Mrs Creasy a disparu

JOANNA CANNON

Mrs Creasy a disparu

Traduit de l'anglais (Royaume-Uni) par
ALEXANDRA HERSCOVICI-SCHILLER

HarperCollins

Titre original :
THE TROUBLE WITH GOATS AND SHEEPS

Ce livre est publié avec l'aimable autorisation de HarperCollins Publishers Limited, UK.

HARPERCOLLINS FRANCE
83-85, boulevard Vincent-Auriol, 75646 PARIS CEDEX 13
Tél. : 01 42 16 63 63

www.harpercollins.fr

ISBN 979-1-0339-0044-3

HarperCollins PUBLISHERS Since 1817

Pour Arthur et Janice

Numéro 4 de l'avenue

21 juin 1976

Mrs Creasy disparut un lundi.

J'en suis sûre, parce que c'était le jour où les éboueurs passaient, et une odeur de restes avariés flottait dans l'air.

— Qu'est-ce qu'il fabrique ? demanda mon père.

Il désigna le rideau en dentelle sur la fenêtre de la cuisine. Mr Creasy errait sur le trottoir en bras de chemise. Par moments, il se figeait devant sa voiture Hillman Hunter, scrutait les alentours et se penchait en avant, comme s'il tendait l'oreille.

— Il a perdu sa femme, dis-je.

Je profitai de la distraction générale pour reprendre un toast et ajoutai :

— Mais elle a probablement juste fini par en avoir marre.

— Grace Elizabeth !

Ma mère, qui s'affairait devant la cuisinière, fit volte-face si rapidement que des gouttes de porridge se répandirent sur le sol.

— C'est Mr Forbes qui l'a dit. *Margaret Creasy n'est pas rentrée hier soir. Elle a peut-être fini par en avoir marre.*

Nous observâmes tous les trois Mr Creasy. Il examinait les jardins des voisins, comme s'il pensait surprendre

Mrs Creasy en plein camping sauvage derrière une haie de plantes vivaces.

Mon père se désintéressa du spectacle, disparut derrière son journal et m'interrogea :

— Tu écoutes toujours aux portes ?

— Mr Forbes était dans son jardin, il parlait à sa femme, et ma fenêtre était ouverte. J'ai entendu la conversation sans faire exprès. C'est permis.

Je m'adressais à mon père, mais c'est Harold Wilson qui me rendait mon regard, la pipe au bec, depuis la une du journal.

— Ce n'est pas en errant sur l'avenue qu'il trouvera une femme, décréta mon père, mais il aurait peut-être plus de chance s'il sonnait au 12.

Je vis ma mère réprimer un sourire. Ils pensaient que je ne comprenais pas, et il valait mieux leur laisser leurs illusions. Ma mère disait que j'étais *à un âge délicat*. Comme je ne me sentais pas spécialement délicate, j'en avais déduit que ça devait être délicat pour eux.

— Peut-être qu'elle a été enlevée, suggérai-je. Peut-être qu'il vaudrait mieux que je n'aille pas à l'école aujourd'hui.

— Ne t'inquiète pas, il ne t'arrivera rien, intervint ma mère. Je ne le permettrais pas.

— Mais comment est-ce qu'on peut disparaître d'un seul coup ?

Je suivis des yeux Mr Creasy, qui arpentait le trottoir, les épaules voûtées, le regard rivé sur ses chaussures.

— Parfois, les gens se sentent un peu perdus et ont besoin d'espace, répondit ma mère depuis la cuisinière.

— Ça, elle était perdue, Margaret Creasy, rétorqua mon père.

Il passa aux pages sport et fit claquer le journal pour le redresser avant d'ajouter :

— Elle posait beaucoup trop de questions. Une fois qu'elle était lancée, on ne pouvait plus l'arrêter.

— Elle s'intéressait aux gens, c'est tout, Derek. Même quand on est marié, on peut se sentir seul. Et ils n'avaient pas d'enfants.

Ma mère me jeta un coup d'œil, comme pour déterminer si ça changeait quoi que ce soit, puis elle servit du porridge dans un gros bol au bord orné de cœurs violets.

— Pourquoi est-ce que vous parlez de Mrs Creasy au passé ? Elle est morte ?

— Non, bien sûr que non.

Ma mère posa le bol par terre avant de crier :

— Remington ! Maman t'a préparé ton petit déjeuner !

Remington fit son apparition. À une époque, ce chien avait été un labrador, mais il avait tellement grossi que ça devenait difficile à dire.

— Elle reviendra, conclut mon père.

Il avait dit la même chose quand le chat des voisins avait disparu, plusieurs années auparavant. Personne ne l'avait jamais revu.

Tilly m'attendait près de la porte d'entrée, vêtue d'un pull lavé à la main et distendu qui lui arrivait aux genoux. Elle avait enlevé ses chouchous, mais on voyait encore la forme de ses couettes.

— La dame du numéro 8 a été assassinée, annonçai-je.

Nous descendîmes l'avenue en silence jusqu'à la rue principale. Nous marchions côte à côte, même si Tilly devait faire plus de pas pour ne pas se laisser distancer.

— Qui habite là, déjà ? demanda-t-elle pendant que nous attendions que le bonhomme passe au vert.

— Mrs Creasy, chuchotai-je, au cas où Mr Creasy aurait étendu ses recherches.

— Je l'aimais bien. Elle m'apprenait à tricoter. On l'aimait bien, hein, Grace ?

— Oh oui, beaucoup.

Nous traversâmes en face de la ruelle près du Woolworth's.

Il n'était pas encore 9 heures, mais le trottoir poussiéreux réverbérait la chaleur, et le tissu de ma chemise me collait au dos. Les gens conduisaient avec les fenêtres grandes ouvertes, et la rue était jonchée de bribes de musique. Quand Tilly s'arrêta pour changer son cartable d'épaule, j'examinai la vitrine. Elle était remplie de poêles en inox.

— Mais qui l'a assassinée ? me demandèrent cent Tilly dans la devanture.

— Personne ne sait.

— Où était la police ?

Je regardai ses reflets bouger les lèvres.

— J'imagine qu'ils passeront plus tard, ils sont sûrement très occupés.

Chaussées de sandales dont les claquements sonores donnaient l'impression que nous étions toute une armée, nous négociions péniblement les pavés. L'hiver, quand il givrait, nous nous agrippions à la rambarde, bras dessus bras dessous, mais à présent la rue ressemblait à une rivière à sec, un lit de terre farineuse qui nous salissait les pieds, couverte de paquets de chips et de mauvaises herbes assoiffées.

— Pourquoi est-ce que tu as un pull ?

Tilly ne sortait jamais sans. Même par temps de canicule, elle tirait sur les manches jusqu'à ce qu'elles lui couvrent les poignets. Son visage avait viré au magnolia, comme les murs du salon, et la sueur plaquait sur son front ses boucles brunes et souples.

— Ma mère dit que je ne peux pas me permettre d'attraper froid.

— Quand est-ce qu'elle arrêtera de s'inquiéter ?

Ça me mettait en colère, sans que je sache pourquoi, ce qui m'énervait encore davantage. Mes sandales faisaient de plus en plus de bruit.

— Ce n'est pas demain la veille. Je crois que c'est parce

qu'elle est toute seule. Elle se sent obligée de s'inquiéter deux fois plus pour faire aussi bien que les autres.

— Ça ne va pas recommencer.

Je m'arrêtai et je lui pris son sac.

— Tu peux enlever ton pull. Il n'y a plus de danger, déclarai-je.

Elle me dévisagea. Il était difficile de lire dans ses pensées. Ses yeux dissimulés derrière d'épaisses lunettes à monture noire ne laissaient rien paraître, pas plus que le reste de son corps.

— D'accord.

Tilly enleva ses lunettes, puis son pull. Quand elle réémergea de sous la laine, elle avait le visage violacé. Elle me tendit le vêtement. Je le remis à l'endroit, comme faisait ma mère, et le pliai sur mon bras.

— Tu vois, tout va bien. Il ne t'arrivera rien. Je ne le permettrais pas.

Le pull sentait le sirop pour la toux et une lessive différente de la nôtre. Je le portai jusqu'à l'école, où nous nous fondîmes dans une mare d'enfants.

Je connaissais Tilly Albert depuis un cinquième de ma vie.

Elle était arrivée deux étés auparavant, à l'arrière d'une grosse camionnette blanche, et on l'avait déchargée en même temps qu'un buffet et trois fauteuils. J'avais suivi les opérations depuis la cuisine de Mrs Morton, tout en mangeant un scone au fromage et en écoutant la météo du Norfolk. Nous n'habitions pas dans la région, mais Mrs Morton était partie en vacances par là-bas, et elle ne voulait pas perdre le contact.

Mrs Morton me gardait.

Pourriez-vous passer un moment avec Grace pendant que je fais une petite sieste ? demandait ma mère, même si Mrs Morton était déjà très occupée : elle faisait la poussière, préparait des gâteaux et regardait par la fenêtre. Ma mère passa la majeure partie de l'année 1974 à faire la sieste, si bien que je vis beaucoup Mrs Morton.

J'examinai la camionnette blanche et, la bouche pleine de scone, je demandai :

— Qui c'est, ça ?

Mrs Morton écrasa contre la vitre le voilage en dentelle qui couvrait le haut de la fenêtre, suspendu à un fil de fer. À force, il piquait du nez vers le milieu, épuisé.

— Ça doit être les nouveaux voisins.

— Et c'est qui, les nouveaux voisins ?

— Je ne sais pas, répondit Mrs Morton en tirant encore un peu plus sur le rideau. Mais tu vois un homme, toi ?

Je me dévissai le cou. Il y avait bien deux hommes, mais ils étaient vêtus de salopettes et avaient l'air affairés. La fille qui était descendue de l'arrière de la camionnette était restée plantée sur le trottoir. Elle était petite, ronde et pâle, comme un galet géant, et portait un imperméable boutonné jusqu'au cou, même s'il n'avait pas plu depuis trois semaines. Elle fit la grimace, comme si elle allait pleurer, se pencha en avant et vomit sur ses chaussures.

— Beurk, commentai-je en reprenant un scone.

À 16 heures, elle était assise à côté de moi à la table de la cuisine.

J'étais allée la chercher parce qu'elle était restée sur le muret devant chez elle, comme si on l'avait oubliée là. Mrs Morton sortit la limonade aux pissenlits et un nouveau paquet de Penguins. Je ne savais pas encore que Tilly n'aimait pas manger devant des inconnus, et elle garda le biscuit au chocolat jusqu'à ce qu'il fonde entre ses doigts.

Mrs Morton cracha sur un mouchoir et lui essuya les mains, même s'il y avait un robinet à un mètre. Tilly se mordit la lèvre et regarda par la fenêtre.

— Qu'est-ce que tu cherches ? demandai-je.

— Ma mère.

Tilly se retourna et fixa Mrs Morton, qui avait recommencé à cracher.

— Je voulais juste vérifier qu'elle ne me voyait pas.

— Tu ne cherches pas ton père ? interrogea Mrs Morton, qui n'était pas du genre à laisser passer une occasion.

— Je ne saurais pas par où commencer.

Tilly s'essuya discrètement les mains sur sa jupe et reprit :

— Je crois qu'il habite à Bristol.

— Vraiment ?

Mrs Morton rangea le mouchoir dans la manche de son gilet.

— J'ai un cousin qui vit à Bristol.

— En fait, je pense que c'est plutôt Bournemouth.

— Oh ! fit Mrs Morton en fronçant les sourcils. Je ne connais personne là-bas.

— Non, moi non plus, répondit Tilly.

Nous passâmes les vacances d'été dans la cuisine de Mrs Morton. Au bout d'un moment, Tilly se détendit et accepta de manger avec nous. Elle mâchait très lentement la purée et volait des petits pois pendant que nous les écossions, assises sur la moquette du salon recouverte de journaux.

— Tu ne veux pas un petit gâteau ?

Mrs Morton passait son temps à nous gaver de chocolat. Elle n'avait pas d'enfants et conservait tout un stock de sucreries dans ses placards. Le garde-manger était une caverne d'Ali Baba pleine à craquer de biscuits fourrés et de barres Cadbury ; je rêvais de me retrouver coincée à l'intérieur toute une nuit, forcée de me goinfrer d'Angel Delight jusqu'à ce que mort s'ensuive.

— Non, merci, fit Tilly, les lèvres pincées comme si elle craignait que Mrs Morton y glisse du chocolat en douce. Ma mère dit que je ne devrais pas.

Plus tard, en regardant Tilly rentrer chez elle, Mrs Morton remarqua :

— Elle doit bien manger quelque chose. On dirait un petit tonneau.

Mrs Creasy n'était toujours pas réapparue le mardi, ni même le mercredi, alors qu'elle devait vendre des billets de tombola pour la British Legion, une association d'aide aux vétérans. Le jeudi, on échangeait son nom par-dessus les haies et il se répandait comme une traînée de poudre dans la queue des magasins.

Et Margaret Creasy, alors ? lançait quelqu'un. C'était le coup d'envoi.

Mon père passait le plus clair de son temps enfermé dans un bureau à l'autre bout de la ville, et il fallait toujours lui raconter la journée par le menu quand il rentrait. Mais tous les soirs ma mère lui demandait quand même s'il avait des nouvelles de Mrs Creasy, et tous les soirs il poussait un profond soupir, secouait la tête, et allait s'asseoir avec une bière blonde et Kenneth Kendall.

Le samedi matin, Tilly et moi étions perchées sur le muret devant chez moi, occupées à balancer nos jambes comme des pendules contre les briques. Nous observions la maison des Creasy. La porte d'entrée était entrebâillée, et toutes les fenêtres ouvertes, comme pour inciter Mrs Creasy à rentrer. Mr Creasy était dans le garage ; il démontait des piles de boîtes en carton et en examinait le contenu une par une.

— Tu crois qu'il l'a assassinée ? s'enquit Tilly.

— Sûrement.

Je ménageai une pause avant de divulguer les dernières nouvelles :

— Elle a disparu sans prendre de chaussures.

— Comment tu sais ? s'émerveilla Tilly, en roulant des yeux de merlan frit.

— La dame de la poste l'a dit à ma mère.

— Mais ta mère ne l'aime pas.

— Maintenant, si.

Mr Creasy s'attaqua à une autre boîte. Il devenait de plus en plus désordonné, répandant le contenu des cartons à ses pieds et marmonnant pour lui-même d'un air confus.

— Il n'a pas une tête d'assassin, observa Tilly.

— Ça ressemble à quoi, un assassin ?

— En général, ils ont des moustaches. Et ils sont beaucoup plus gros.

L'odeur du macadam chaud me piquait le nez. Je remuais les jambes, gênée par les briques brûlantes. Impossible d'échapper à la chaleur. Elle nous attendait tous les matins au réveil, persistante et continue, suspendue en l'air comme une dispute interrompue. Elle faisait fondre nos journées sur le trottoir et dans les cours, si bien que, incapables de rester cloîtrés entre des murs de brique et de béton, nous nous déversions à l'extérieur en emmenant nos vies avec nous. Les repas, les conversations, les débats — tout commençait dehors, puis se libérait, se répandait. Même l'avenue avait changé. D'immenses fissures s'étaient creusées dans les pelouses jaunies, et les chemins se faisaient mous et instables. Ce qui avait été solide et fiable devenait flexible, incertain. Plus rien ne paraissait sûr. Mon père disait que la température distendait les liens, mais ça me semblait plus sinistre encore. J'avais l'impression que l'avenue tout entière se mouvait et s'étirait, tentant de s'échapper d'elle-même.

Une grosse mouche décrivit un huit autour du visage de Tilly. Elle la chassa du revers de la main et reprit :

— Ma mère dit que Mrs Creasy a disparu à cause de la chaleur et que, par ce temps, les gens se comportent bizarrement.

Je regardai Mr Creasy. Il avait épuisé son stock de boîtes et était accroupi sur le sol du garage, immobile et silencieux au milieu des débris du passé.

— Elle doit avoir raison, répondis-je.

— Ma mère dit qu'il faudrait qu'il pleuve.

— Elle n'a pas tort.

Je jetai un coup d'œil au ciel, aussi bleu qu'un océan au-dessus de nos têtes. Il ne pleuvrait pas pendant encore cinquante-six jours.

St Anthony's

27 juin 1976

Le dimanche, nous allâmes à l'église demander à Dieu de retrouver Mrs Creasy.

Mes parents ne Lui dirent rien du tout, parce qu'ils faisaient la grasse matinée, mais je m'assis dans les premiers rangs avec Mrs Morton pour que Dieu nous entende bien.

— Vous croyez que ça va marcher ? chuchotai-je en m'agenouillant sur les coussins glissants.

— En tout cas, ça ne peut pas faire de mal, répondit-elle.

Je ne comprenais pas très bien de quoi parlait le pasteur, mais il me souriait de temps en temps, et j'essayais d'avoir l'air vertueuse et intéressée. L'église sentait la cire et les vieux papiers, et nous abritait du soleil ventru. Les poutres en bois du plafond et la pierre froide et sèche absorbaient la chaleur et la transpiration, si bien que je frissonnais sous ma robe en coton. Nous nous étions éparpillés entre les bancs pour donner l'impression que l'église était pleine, mais je me rapprochai de Mrs Morton et de son gilet chaud. Elle me tendit la main et, même si j'étais trop grande, je la pris.

Les mots du pasteur grondaient comme un orage lointain.

« Je me laisserai trouver par vous, déclara le Seigneur, et je ferai revenir les exilés de votre peuple. »

Je regardai une goutte de sueur se frayer un chemin sur la tempe de Mrs Morton. Si on ajustait bien sa position, on pouvait dormir tranquillement à l'église.

« Je les poursuivrai avec l'épée, la famine et la peste. Parce qu'ils n'ont pas écouté mes paroles. »

Je prêtai l'oreille.

« Ceux qui m'aiment, je les délivrerai ; je protégerai ceux qui connaissent mon nom et, quand ils m'appelleront, je leur répondrai. »

J'examinai l'épaisse croix dorée sur l'autel. Elle nous reflétait tous, pieux ou mécréants, opportunistes ou dévots. Chacun de nous avait ses raisons d'être là : pleines d'espoir, elles se cachaient sans rien dire entre les pages des livres de prières. Comment Dieu allait-Il bien pouvoir nous répondre à tous ?

Agneau de Dieu, reprit le pasteur, *Toi qui ôtes le péché du monde, aie pitié de nous.*

Je me demandai s'il priait Dieu de retrouver Mrs Creasy, ou simplement de lui pardonner d'avoir disparu.

À la sortie, le soleil nous attendait. Il avait fondu comme du beurre sur les tombes, blanchissant les stèles et faisant ressortir les noms des défunts. Je le regardai glisser sur les murs de l'église jusqu'à atteindre les vitraux et jeter des éclats d'écarlate et de pourpre dans le ciel sans nuages. Mrs Morton et sa main avaient été absorbées par une basse-cour énergique de dames à chapeau, et je me mis à errer dans le cimetière en prenant soin de ne pas dévier des chemins, pour ne pas risquer de marcher sur quelqu'un.

Le contact du sol sous mes chaussures m'apaisa. Il me semblait rassurant et perspicace, comme si les os qu'il abritait faisaient pousser la sagesse. Je passai à côté de tombes envahies par les pissenlits, désormais les seuls à chérir le souvenir des nombreux Ernest, Maud et autres Mabel, jusqu'à une allée en gravillons bien nette qui menait au chœur. Ici, les sépultures étaient si vieilles que le lichen avait dévoré leur passé, et des rangées d'oubliés me rendirent mon regard depuis des stèles qui titubaient et s'écroulaient comme une bande d'ivrognes.

Je m'assis sur de l'herbe fraîchement tondue, derrière une tombe marbrée de volutes vertes et blanches. Comme je savais qu'échapper aux dames à chapeau pouvait prendre un moment, j'entrepris de faire une guirlande de pâquerettes. J'en étais à ma cinquième fleur quand la porte du chœur s'ouvrit et que le pasteur apparut. La brise s'empara de l'ourlet de son surplis, qui gonfla comme des draps sur une corde à linge. Je le regardai traverser le cimetière pour ramasser un paquet de chips vide, et quand il revint sur ses pas il enleva sa chaussure et la frappa contre la porte pour faire tomber les brins d'herbe.

Je ne savais pas que c'était permis.

— Pourquoi est-ce que les gens disparaissent ? lui demandai-je depuis la tombe.

Il ne s'arrêta pas, mais ralentit et jeta un coup d'œil par-dessus son épaule.

Je compris qu'il ne pouvait pas me voir. Je me levai.

— Pourquoi est-ce que les gens disparaissent ? répétai-je.

Le pasteur remit sa chaussure et s'approcha. Il était plus grand que dans l'église et il avait l'air très sérieux. Les rides paraissaient profondément incrustées dans son front, comme s'il avait passé sa vie à essayer de résoudre un problème très difficile. Plutôt que de me regarder, il étudia les tombes.

— Pour beaucoup de raisons, finit-il par dire.

C'était vraiment nul, comme réponse. J'avais trouvé ça toute seule, et moi, je ne pouvais même pas demander à Dieu.

— Comme quoi ?

— Ils s'écartent de la voie. Ils partent à la dérive.

Il me regarda et je plissai les yeux face au soleil.

— Ils se perdent.

Je pensai aux Ernest, aux Maud et aux Mabel.

— Ou ils meurent, suggérai-je.

Il fronça les sourcils et répéta :

— Ou ils meurent.

Le pasteur avait exactement la même odeur que l'église. La foi était emprisonnée entre les plis de ses vêtements, et le parfum des tapisseries et des cierges me remplissait les poumons.

— Comment est-ce qu'on empêche les gens de disparaître ? demandai-je.

— On les aide à trouver Dieu.

Il changea de jambe d'appui, faisant crisser les gravillons sous ses chaussures.

— Si Dieu existe dans une communauté, personne ne se perd.

Je pensai à notre quartier. Aux enfants sales que les maisons recrachaient et aux disputes avinées que les fenêtres vomissaient. À mon avis, Dieu ne passait pas beaucoup de temps chez nous.

— Comment est-ce qu'on trouve Dieu ? Où est-Il ?

— Il est partout. Partout.

Il fit un grand geste pour me montrer.

— Il suffit de regarder.

— Et si on trouve Dieu, tout le monde sera en sécurité ?

— Bien sûr.

— Même Mrs Creasy ?

— Naturellement.

Un corbeau perché sur le toit de l'église déploya ses ailes et un cri sanguinaire retentit dans le silence.

— Je ne sais pas comment Dieu s'y prend. Comment est-ce qu'Il peut nous empêcher de disparaître ?

— Tu sais que le Seigneur est notre berger, Grace.

Nous ne sommes que des brebis. Des brebis, rien de plus. Si nous nous écartons du chemin, nous avons besoin que Dieu nous retrouve et nous ramène à la maison.

Je regardai mes pieds en y réfléchissant. Il y avait de l'herbe dans mes chaussettes et ma peau était striée de lignes rouges.

— Pourquoi est-ce que les gens doivent mourir ? demandai-je.

Mais quand je levai les yeux, le pasteur était retourné à la porte du chœur.

— Tu viens au thé de la paroisse ? cria-t-il.

Je n'en avais pas très envie. J'aurais préféré retourner voir Tilly. Sa mère était contre la religion institutionnalisée et avait peur que le pasteur nous fasse un lavage de cerveau, mais j'étais obligée d'accepter, ou ça aurait été un peu comme de dire non à Jésus.

— D'accord, répondis-je en ramassant les brins d'herbe sur mes genoux.

Je suivis Mrs Morton sur le chemin qui menait de l'église à la salle paroissiale. L'accotement avait revêtu un épais manteau de fleurs d'été : langues-d'oiseau, boutons-d'or et imposantes digitales dont les clochettes pourpres soufflaient des nuages de pollen. La brise était retombée, et le couperet de la canicule mordait nos bras, nous épuisant trop pour que nous puissions parler. Endimanchés et ruisselants de sueur, nous avancions péniblement en une unique file de pèlerins silencieux, impatients d'atteindre le vrai Graal, le thé et les digestifs.

Tilly nous attendait au parking, assise sur le muret. Elle était couverte de crème solaire et coiffée d'un suroît.

— C'est le seul chapeau que j'aie trouvé, se justifia-t-elle.

Je lui tendis la main.

— Je croyais que ta mère ne voulait pas que tu viennes à l'église.

— Elle est allée remplir les rayons de la coop, expliqua Tilly en quittant son poste.

La salle paroissiale était une bâtisse blanche et trapue plantée au bout du chemin, comme si on l'avait posée là en attendant de décider ce qu'on allait en faire. À l'intérieur, un brouhaha affairé nous accueillit. Les tasses de thé tintaient, les talons du dimanche claquaient sur le parquet et les thermos géantes en acier inoxydable qui crachotaient dans un coin sifflaient sur tous ceux qui passaient la porte.

— Je vais prendre du bouillon de Bovril, annonça Tilly.

Mrs Morton alla commander nos boissons de l'autre côté de la pièce. Un veuvage précoce l'avait contrainte à se construire une vie à partir des miettes de celle des autres, et ses pâtisseries, son tricot et sa sollicitude l'avaient rendue indispensable. Je me demandai à quoi elle ressemblerait si elle n'avait pas perdu son mari ; si Mr Morton, en voulant ramasser le CD des New Seekers tombé à ses pieds pendant qu'il conduisait, n'avait pas foncé droit dans le terre-plein central de l'autoroute. On murmurait qu'il avait eu une passagère, la femme qui fit son apparition à l'enterrement toute de noir vêtue, avec du rouge à lèvres écarlate, et éclata en sanglots si bruyants qu'elle dut quitter l'église, soutenue par un sacristain inquiet. Je ne m'en souvenais pas. J'étais trop petite. À mes yeux, Mrs Morton avait toujours été vêtue de tweed, propre comme un sou neuf et incapable de remplir à elle seule une vie faite pour deux.

— Voilà ton bouillon, dit-elle en tendant une tasse à Tilly.

Nous savions toutes les trois qu'elle ne le boirait pas, mais nous fîmes comme si de rien n'était. Tilly le porta même à ses lèvres jusqu'à ce que ses lunettes soient couvertes de buée.

— Est-ce que vous croyez en Dieu, Mrs Morton ?

Nous attendîmes, suspendues à ses lèvres.

Elle ne répondit pas tout de suite, mais leva les yeux,

comme pour chercher une réponse parmi les poutres au plafond.

— Ce que je crois, c'est qu'il ne faut pas poser de questions bêtes le dimanche matin, conclut-elle.

Puis elle se mit en quête des toilettes.

La salle se remplissait peu à peu, bien plus fréquentée que l'église, et des jeans se mêlaient aux vêtements du dimanche. Visiblement, Jésus attirait davantage les foules quand Il multipliait les biscuits. Je reconnus des voisins : les Forbes, l'homme qui passait son temps à tondre la pelouse, et la dame du coin de la rue, entourée d'une ribambelle d'enfants pendus à sa taille et à ses jambes. Je la vis glisser des gâteaux secs dans ses poches. Tout le monde avait un journal coincé sous le bras et des lunettes de soleil remontées sur le front. Pendant que, dans un coin, un loulou de Poméranie débattait âprement avec un border collie, les gens parlaient de la pénurie d'eau et de James Callaghan, et se demandaient si Mrs Creasy était réapparue. Eh non.

Personne ne mentionna Jésus.

En fait, je crois qu'Il aurait pu entrer dans la salle sans que personne ne Le remarque, à moins qu'Il n'ait eu la délicatesse d'apporter un gâteau roulé.

— Tu crois en Dieu, toi ? demandai-je à Tilly.

Nous étions assises dans un coin de la salle, sur des chaises en plastique bleu qui nous faisaient transpirer. Tilly reniflait son bouillon et j'avais replié mes genoux sous mon menton comme un bouclier, tout en gardant un œil sur Mrs Morton, coincée à bonne distance entre une table à tréteaux et deux grosses femmes en tablier à fleurs.

— Probablement, répondit-elle. Je pense que Dieu m'a sauvée quand j'étais à l'hôpital.

— Comment tu sais ?

— Maman le Lui a demandé tous les jours.

Elle fronça les sourcils, le nez dans sa tasse.

— Elle L'a laissé tomber après ma guérison.

— Tu ne m'avais jamais raconté. Tu as toujours dit que tu étais trop petite pour te souvenir.

— Je me souviens de ça, et que c'était Noël et que les infirmières avaient des guirlandes dans les cheveux. C'est tout.

Effectivement. Je lui avais souvent posé la question. *Il vaut mieux que les enfants ne sachent pas tout*, disait Tilly, la bouche tordue comme si elle parlait en italique.

La première fois qu'elle avait abordé le sujet, c'était au détour d'une conversation et d'un ton nonchalant — on aurait dit qu'elle jouait une carte à tout hasard. Je n'avais encore jamais rencontré quelqu'un qui ait failli mourir, et au début je la bombardai de questions avec une violente curiosité. Puis je dépassai le stade de la fascination. J'avais besoin de tout savoir, de recoller les morceaux pour me protéger. Comme si connaître la vérité pouvait nous en préserver. Si j'avais failli mourir, j'aurais préparé tout un discours que j'aurais pu débiter au moment opportun, mais Tilly ne se souvenait que des guirlandes, et d'un problème lié à son sang. Ce n'était pas suffisant, même quand je reliais tous les mots entre eux, comme une prière.

Quand je fus dans la confidence, je me joignis à la vigilance secrète de sa mère. J'épiais Tilly tandis que nous nous poursuivions sous un ciel d'août immaculé : le souffle coupé, je jetais un coup d'œil par-dessus mon épaule en attendant qu'elle me rattrape. Je la protégeais du soleil d'été sous le parapluie de golf de mon père, je l'écartais du bord des trottoirs et des trous dans le bitume et, quand septembre charriait du brouillard et de la pluie, je la poussais si près du radiateur que ses jambes se marbraient de rouge comme un tissu écossais.

Je ne la quittais pas des yeux, à l'affût du moindre signe de changement, et pourtant elle n'en savait rien. Mes inquiétudes étaient silencieuses ; mon obsession, sourde : je ne devais jamais relâcher ma concentration, ou je perdrais ma seule amie.

Le ronronnement des voix enfla jusqu'à couvrir tout le reste. C'était une machine qui vrombissait dans la chaleur, alimentée par la rumeur et la critique, propulsée par un moteur vivant, la chair moite et les pieds gonflés de nos voisins. Campé juste devant nous, de plus en plus trempé de sueur, Mr Forbes pérorait en agitant une tartelette à la cerise pour ponctuer son discours.

— Il s'est réveillé lundi matin et pouf ! Elle n'était plus là.

— C'est à en perdre son latin, commenta Eric Lamb, dont le derrière était toujours maculé de brins d'herbe.

— Il faut vivre au jour le jour, je l'ai toujours dit.

En guise de démonstration, Mr Forbes s'empara d'une autre tartelette.

Mrs Forbes garda le silence. Elle se contenta de se dandiner sur le parquet à chevrons en touillant nerveusement sa tasse de thé. Son expression pincée trahissait son inquiétude.

Mr Forbes l'examina tout en engloutissant sa pâtisserie.

— Ne t'en fais pas, Dorothy. Ça n'a rien à voir.

— Bien sûr que si. Je le sens.

— Dis-lui, Eric, répondit Mr Forbes en secouant la tête. Moi, elle ne m'écoute pas.

Eric Lamb s'exécuta :

— Tout ça, c'est du passé. Il doit s'agir d'autre chose. Sûrement une petite prise de bec.

Sa voix me parut douce et rassurante, mais Mrs Forbes continua à s'agiter et fronça les sourcils sans rien dire.

— Ou la chaleur, intervint Mr Forbes en se tapotant le ventre pour s'assurer que les tartelettes étaient arrivées à bon port. Les gens font de drôles de choses quand le thermomètre monte aussi haut.

— Voilà, c'est certainement la chaleur, renchérit Eric Lamb.

Mrs Forbes leva les yeux, un sourire crispé aux lèvres.

— Sinon, on est tous foutus, non ?

Le trio retomba dans le silence. Ils échangèrent un regard, puis Mr Forbes s'essuya la bouche du revers de la main. Eric Lamb ne pipa mot. Quand les autres le fixèrent, il détourna les yeux.

Au bout d'un moment, Mrs Forbes annonça que son thé manquait de lait et disparut à travers un mur de chairs rougies par le soleil.

Je donnai une bourrade à Tilly, qui renversa du bouillon sur le plastique bleu.

— Tu as entendu ? Mrs Forbes a dit qu'ils étaient tous foutus.

— Drôle de façon de parler en sortant de l'église, non ? commenta Tilly, toujours coiffée de son chapeau de marin, en essuyant le Bovril avec sa manche. Mrs Forbes est un peu bizarre, ces temps-ci.

En effet. La veille, je l'avais vue errer dans son jardin vêtue en tout et pour tout d'une chemise de nuit, en grande conversation avec ses plates-bandes.

C'est la chaleur, avait dit Mr Forbes en la ramenant à l'intérieur, une tasse de thé et le *Radio Times* à la main.

— Pourquoi les gens disent toujours que c'est la chaleur ? demanda Tilly.

— C'est plus facile.

— Plus facile que quoi ?

— Que de dire la vérité.

Le pasteur fit son apparition.

Nous fûmes prévenues de son arrivée avant même de le voir, car dans toute la salle les conversations s'étiolèrent et moururent. Tel Moïse traversant la mer Rouge, il fendit la foule, qui se referma derrière lui. Il semblait flotter dans sa soutane, et il dégageait une telle aura d'impassibilité que tous ceux qu'il approchait avaient l'air hyperactifs et vaguement hystériques. Ses paroissiens se tenaient un peu plus droits quand il leur serrait la main, et je vis Mrs Forbes esquisser une espèce de révérence.

— Alors, qu'est-ce qu'il a raconté à l'église ? s'enquit Tilly pendant qu'on le regardait traverser lentement la salle.

— Il a dit que Dieu poursuit les gens qui ne L'écoutent pas avec un grand couteau.

Tilly remit le nez dans son bouillon.

— Je ne savais pas, finit-elle par répondre.

Parfois, je peinais à détacher mon regard d'elle. Elle avait la finesse et la fragilité de la porcelaine.

— Il a dit que si on trouve Dieu, Il nous protégera.

Tilly releva la tête, une trace de crème solaire sur le bout de son nez.

— Tu crois que quelqu'un d'autre va disparaître, Grace ?

Je pensai aux tombes, à Mrs Creasy et aux pelouses jaunes et craquelées.

— Si on a besoin que Dieu nous protège, ça veut dire qu'on n'est pas en sécurité ? demanda-t-elle.

— Je ne sais plus trop.

Je la regardai et je me mis à égrener mes inquiétudes comme un chapelet.

Le pasteur termina son tour de salle, puis, comme l'assistant d'un magicien, s'éclipsa derrière un rideau près de la scène. Le moteur de la conversation redémarra : d'abord faible et incertain, il retrouva bientôt toute sa puissance, tandis que s'élevaient les grommellements sur l'interdiction d'arroser et les rumeurs sur les disparitions de voisins.

On en serait probablement restés là. Les conversations auraient suivi leur cours jusqu'à ce que tout le monde rentre s'empiffrer de choux de Bruxelles si Mr Creasy n'avait pas surgi entre les portes battantes. Il traversa lourdement la salle sous les yeux d'une assistance médusée, faisant régner un tel silence qu'on n'entendit plus que le tintement d'une tasse de thé sur sa soucoupe et le frottement des coups de coude.

Il s'immobilisa en face de Mr Forbes et d'Eric Lamb, blême de rage. Comme Tilly me le confia par la suite, elle crut qu'il allait frapper quelqu'un, mais j'avais plutôt l'impression qu'il était terrifié.

Il leur jeta un regard éloquent, la bouche déformée par la fureur, puis, dans un murmure qui aurait voulu être un cri, il cracha :

— Vous lui avez dit, hein ?

Mr Forbes se détourna de leur public et guida Mr Creasy jusqu'à un mur. Je l'entendis dire *mon Dieu* et *calme-toi* et *merde*, puis :

— Nous ne lui avons rien dit du tout.

— Pourquoi est-ce qu'elle se serait volatilisée, sinon ?

Paralysé par la colère, il ressemblait à une statue de pierre, immobile à l'exception du rouge qui lui montait au cou.

— Je ne sais pas, répondit Mr Forbes, mais si elle a découvert le pot aux roses, ce n'est pas à cause de nous.

— On n'est pas si bêtes, ajouta Eric Lamb.

Il jeta un coup d'œil par-dessus son épaule, jaugeant la mer de tasses de thé bruissant de curiosité.

— Allons faire un tour, boire un verre.

— Je n'en veux pas, de votre verre ! siffla Mr Creasy. Je veux récupérer ma femme.

Il n'avait pas le choix. Ils l'escortèrent jusqu'à la porte comme des gardiens de prison.

Je regardai Mrs Forbes.

Elle continua à fixer la porte longtemps après qu'elle se fut refermée derrière eux.

Numéro 4 de l'avenue

27 juin 1976

Les rues de notre quartier portaient toutes des noms d'arbres ; pour rentrer de l'église, on empruntait un sentier qui reliait le chemin des Cèdres à l'allée des Sycomores. Tilly et moi passâmes entre des fils à linge qui attendaient un souffle de vent dans des jardins déserts, tendus comme des banderoles. La mélodie des gouttes d'eau qui s'écrasaient sur les allées en béton nous berçait.

Nul ne savait alors que bien des années plus tard on continuerait à parler de cet été-là ; toutes les autres canicules seraient jugées à l'aune de celle-ci, et ceux qui l'auraient connue secoueraient la tête en souriant quand quelqu'un se plaindrait de la chaleur. Ce fut un été libérateur. L'âge d'or des ballons sauteurs et d'Abba, quand Dolly Parton suppliait Jolene de ne pas lui prendre son homme, et que devant les premières images de la surface de Mars nous nous sentions tous minuscules. Il fallait partager l'eau du bain et ne remplir la bouilloire qu'à moitié, et nous n'avions le droit de tirer la chasse d'eau qu'après ce que Mrs Morton appelait *une occasion spéciale*. Quand c'était le cas, tout le monde le savait, à notre grand embarras. Mrs Morton disait qu'on finirait par devoir se contenter de seaux et d'eau puisée aux bornes-fontaines si on n'était pas raisonnables, et elle faisait partie d'un groupe de surveillance qui dénonçait quiconque profitait de l'obscurité pour arroser son jardin (Mrs Morton utilisait de l'eau de vaisselle, ce qui était permis). *Ça ne marchera que si nous sommes solidaires*, disait-elle. Mais je savais que c'était faux : au milieu des étendues jaunâtres des terrains voisins, la pelouse de Mr Forbes restait d'un vert suspect.

Derrière moi, la voix de Tilly se répercuta sur les lattes en bois desséchées des clôtures blanchies par les assauts du soleil.

— Qu'est-ce que tu en penses ?

Elle ressassait les déclarations de Mr Creasy depuis le chemin des Pins, dans l'espoir de trouver une théorie qui leur donne un sens.

— Je pense que Mr et Mrs Forbes sont dans le coup, lui criai-je en réponse.

Elle me rattrapa en trottinant, le souffle court.

— Tu crois que c'est eux qui l'ont tuée ?

— À mon avis, ils s'y sont mis à plusieurs.

— Ils n'ont pas trop une tête à faire ça. Ma mère dit que les Forbes sont vieux jeu.

— Non, ils sont très modernes.

Je ramassai un bâton et je le fis courir sur la clôture avant d'ajouter :

— Ils ont une Sodastream.

La mère de Tilly trouvait tout le monde vieux jeu. Elle avait de longues boucles d'oreilles, buvait du Campari et ne portait que de l'étamine. Quand il faisait froid, elle se contentait d'en superposer plusieurs couches, qui l'enveloppaient comme un linceul.

— Ma mère dit que Mr et Mrs Forbes sont bizarres.

— Elle sait de quoi elle parle.

Par cette chaleur, les portes de derrière étaient grandes ouvertes, et des odeurs de pâte à frire et de cuisson au four s'échappaient de la vie des autres. Même par plus de 30 °C, les choux de Bruxelles continuaient à mijoter sur les plaques ; et la sauce de la viande, à goutter et à se figer sur de lourdes assiettes.

— Je déteste les dimanches, dis-je.

— Pourquoi ?

Tilly dénicha un autre bâton et se mit à le traîner près du mien. Elle, elle ne détestait jamais rien.

— Ce n'est qu'un jour vide où on attend le lundi.

— On a bientôt fini l'école. On va avoir six semaines avec rien que des dimanches.

— Je sais.

Je martelai mon ennui dans le bois, armée de ma branche.

— Qu'est-ce qu'on va faire de nos vacances ?

Nous arrivâmes au bout de la clôture et la ruelle retomba dans le silence.

— Je n'ai pas encore décidé, répondis-je en lâchant le bâton.

Nous nous dirigeâmes vers le chemin des Tilleuls. Nos sandales envoyaient valser des gravillons le long de la route. Je levai la tête, mais le soleil me punit en ricochant sur les voitures et les fenêtres. Je plissai les yeux et je réessayai.

Tilly n'avait rien remarqué, mais je les vis tout de suite. Une tribu de filles en uniforme : dégradé à la Suzi Quatro, gloss, veste en jean. Avec leurs mains fourrées dans leurs poches, on aurait dit qu'elles avaient des ailes bleues. Plantées de l'autre côté de la rue, elles ne faisaient rien, se contentant d'être plus vieilles que moi. Je les vis évaluer notre présence tout en mesurant le trottoir avec leurs bottes Chelsea éraflées et leurs chewing-gums. Elles représentaient un marque-page, un chapitre que je n'avais pas encore atteint, et j'avais envie de m'étirer au maximum pour y arriver.

Je les connaissais toutes. Cela faisait tellement longtemps

que je les observais de loin que leurs visages m'étaient aussi familiers que le mien. Je les regardai, cherchant un signe de reconnaissance, mais il n'y en eut aucun. Même quand je les implorai du regard. Même quand je ralentis, presque au point de m'arrêter. Tilly continua à marcher, et je laissai la distance entre nous augmenter tandis que des regards critiques me passaient au laminoir. Ne sachant que faire de mes bras, je finis par les croiser autour de ma taille et je tentai de donner des allures rebelles à mes sandales en tapant du pied.

Tilly m'attendait à l'angle.

— Qu'est-ce qu'on fait, maintenant ? demanda-t-elle.

— Faut voir.

— On va chez toi ?

— Mouais.

— Pourquoi est-ce que tu parles comme ça ?

Je décroisai les bras.

— Je ne sais pas.

Elle sourit, et malgré mon trouble je lui rendis son sourire.

— Donne.

Je m'emparai de son suroît et je m'en coiffai.

Elle éclata de rire et me l'enleva.

— Il y a des gens qui n'ont vraiment pas une tête à chapeau, Grace. Laisse-le à sa place.

Bras dessus bras dessous, nous rentrâmes à la maison, passant devant des gazons interchangeables, des vies décalquées et des rangées de pavillons identiques qui menottaient les unes aux autres des familles réunies par le hasard et les coïncidences.

Et je tâchai de m'en contenter.

Ma mère était en train d'éplucher des pommes de terre tout en parlant à Jimmy Young. Il caquetait depuis la radio posée sur l'étagère au-dessus de sa tête, et elle acquiesçait, un sourire aux lèvres. L'évier était maculé de terre.

— Vous avez disparu un bon moment.

Je ne savais pas si c'était à moi ou à Jimmy qu'elle parlait.

— On était à l'église.

— Ça vous a plu ?

— Pas vraiment.

— Formidable, répondit-elle en repêchant une nouvelle pomme de terre dans la bouillasse.

Le rire de Tilly se cacha dans son pull.

Je sortis deux portions de fromage à tartiner du frigo et je vidai un paquet de Quavers sur une assiette.

— Où est passé papa ?

— Il est allé acheter le journal, expliqua ma mère en noyant les pommes de terre avec un peu plus de vigueur. Il sera bientôt de retour.

Il est au pub, articulai-je silencieusement à l'intention de Tilly.

Je déballai un morceau de fromage tandis que Tilly enlevait son chapeau, puis on écouta Brotherhood of Man en regardant ma mère sculpter les légumes.

Save your kisses for me, dit la radio, et nous fîmes la chorégraphie avec les bras.

— Est-ce que tu crois en Dieu ? demandai-je à ma mère à la fin de la chanson.

— Voyons, est-ce que je crois en Dieu ?

Elle ralentit et regarda le plafond.

Je ne comprenais pas pourquoi tout le monde levait les yeux au ciel quand je posais la question. Comme si les gens s'attendaient à ce que Dieu apparaisse au milieu des nuages pour leur donner la bonne réponse. Dans ce cas, Dieu déçut ma mère : nous attendions toujours son verdict quand mon père réapparut à la porte de derrière, sans journal et les yeux voilés par le pub.

Il enveloppa ma mère comme un drap.

— Comment va ma belle épouse ? s'enquit-il.

— Arrête tes bêtises, Derek, on n'a pas le temps.

Elle noya une autre pomme de terre.

— Et mes deux jeunes filles préférées ?

Il nous ébouriffa les cheveux, ce qui n'était pas nécessairement une bonne idée, vu nos tignasses. Mes mèches blondes étaient trop têtues pour bouger, et celles de Tilly refusaient d'être séparées de leurs chouchous.

— Tu déjeunes avec nous, Tilly ? demanda mon père en récidivant.

Quand elle était là, il devenait un papa de dessins animés, un père de substitution. Il fondait sur elle pour remplir un vide dans son existence qu'elle n'avait jamais remarqué jusqu'à ce qu'il le souligne aussi admirablement.

Tilly commença à répondre, mais il avait la tête dans le frigo.

— J'ai vu Petit Brian au pub, disait-il à ma mère. Devine ce qu'il m'a raconté.

Ma mère garda le silence.

— La vieille qui vit au bout de l'allée des Mûriers, tu vois de qui je veux parler ?

Ma mère acquiesça, le nez dans les épluchures.

— Ils l'ont retrouvée morte lundi dernier.

— Elle était très âgée, Derek.

— Le truc, poursuivit-il en déballant le fromage, c'est qu'ils pensent qu'elle était morte depuis une semaine et personne n'a rien remarqué.

Ma mère nous jeta un coup d'œil. Nous nous fîmes toutes petites, feignant d'être absorbées par l'assiette de Quavers.

— Et ils ne se seraient rendu compte de rien, continua mon père, sauf que ça a commencé à sent…

— Et si vous alliez jouer dehors, les filles ? l'interrompit ma mère. Je vous appellerai quand ce sera prêt.

Nous nous installâmes sur la terrasse, adossées aux briques pour profiter du ruban d'ombre.

— Imagine un peu, tu meurs et tu ne manques à personne, commenta Tilly. Et Dieu, dans tout ça ?

— Le pasteur dit que Dieu est partout.

Tilly fronça les sourcils.

— Partout, répétai-je en désignant tout ce qui nous entourait.

— Dans ce cas, pourquoi est-ce qu'Il n'était pas dans l'allée des Mûriers ?

J'examinai la rangée de tournesols de l'autre côté du jardin. Ma mère les avait plantés au printemps dernier, et à présent ils dépassaient le muret et surveillaient le jardin des Forbes, comme des espions végétaux.

— Je ne sais pas trop. Peut-être qu'Il était occupé ailleurs.

— J'espère que je manquerai à quelqu'un quand je mourrai.

— Tu ne vas pas mourir. Et moi non plus. Sauf quand on sera vieilles, et que les gens s'y attendront. Dieu nous protégera jusque-là.

— Mais Il n'a pas protégé Mrs Creasy, si ?

Je regardai des bourdons zigzaguer entre les tournesols. Ils les exploraient l'un après l'autre, plongeaient au cœur de la fleur, fouillaient et inspectaient, puis réapparaissaient au grand jour, enduits de poussière jaune et grisés par le succès.

Et j'eus une illumination.

— Je sais ce qu'on va faire pendant les vacances, déclarai-je en me relevant.

Tilly me regarda. Elle plissa les yeux et mit sa main en visière.

— Quoi ?

— On va s'assurer que tout le monde est en sécurité et ramener Mrs Creasy.

— Et comment on va faire ?

— Il suffit de chercher Dieu.

— Ah bon ?

— Oui. Ici même, dans cette rue. Et je ne laisserai pas tomber jusqu'à ce qu'on L'ait trouvé.

Je lui tendis la main. Elle la prit et je l'aidai à se relever.

— OK, Gracie.

Elle remit son chapeau de marin et me sourit.

Numéro 6 de l'avenue

27 juin 1976

C'était *Are You Being Served ?* le lundi, *The Good Life* le mardi et *The Generation Game* le samedi. Même si Dorothy ne comprenait vraiment pas comment on pouvait trouver Bruce Forsyth drôle.

Elle essayait de se souvenir du programme de la BBC, comme un quiz, pendant qu'elle faisait la vaisselle. Cela la distrayait du thé de la paroisse, de l'expression de John Creasy et des émotions qui tissaient leur toile d'araignée en elle.

Lundi, mardi, samedi. D'ordinaire, elle aimait faire la vaisselle, regarder le jardin en rêvant, mais aujourd'hui la chaleur pesait de tout son poids sur le verre et lui donnait l'impression d'être coincée dans un four géant.

Lundi, mardi, samedi.

Elle s'en souvenait encore, mais elle ne prenait pas de risques. Elle avait entouré chaque émission dans le *Radio Times*.

Harold devenait très irritable si elle lui posait une question plus d'une fois.

Essaie de le garder en tête, Dorothy, maugréait-il.

Quand Harold s'énervait, il était capable d'amplifier son exaspération jusqu'à ce qu'elle remplisse toute une pièce.

Le salon, le cabinet du docteur. Et même un supermarché entier.

Elle faisait beaucoup d'efforts pour tout garder en tête.

Mais parfois les mots lui échappaient. Ils se cachaient derrière d'autres syllabes, ou ils se montraient quelques instants, puis disparaissaient au fond de son esprit avant qu'elle ait le temps de les attraper.

Je ne sais plus où j'ai mis mes…, commençait-elle, et Harold la mitraillait de réponses possibles. *Clés ? Gants ? Chaussures ? Lunettes ?* et le mot qu'elle cherchait se terrait encore plus loin.

Ma peluche, avait-elle suggéré un jour, pour le faire rire.

Mais Harold n'avait pas ri. Il l'avait regardée comme si une intruse s'était immiscée dans la conversation, puis, sans un mot, il était sorti par la porte de derrière et avait commencé à tondre la pelouse. Et, étrangement, son mutisme rendait l'atmosphère encore plus pesante que sa colère.

Dorothy plia le torchon et le posa sur le rebord de l'évier.

Harold était bien silencieux depuis qu'ils étaient rentrés de l'église. Eric et lui avaient laissé John Creasy quelque part (Dieu seul savait où, elle n'avait même pas osé demander), puis il s'était assis et avait lu son journal en silence. Il avait déjeuné en silence, fait une tache de sauce sur sa chemise en silence, et, quand elle lui avait demandé s'il voulait des quartiers de mandarine et du lait concentré en dessert, il s'était contenté de hocher la tête.

Quand elle les avait posés devant lui, il avait prononcé les seuls mots qu'il lui ait adressés de la journée. *Ce sont des pêches, Dorothy.*

Ça recommençait. Ça se transmettait de génération en génération, elle l'avait lu quelque part. Sa mère aussi avait fini comme ça : on la retrouvait errant dans les rues à 10 heures du matin (facteur, chemise de nuit) et elle rangeait les objets à des endroits incongrus (chaussons, corbeille à pain). *Complètement maboule*, avait diagnostiqué

Harold. Elle avait à peu près l'âge de Dorothy quand elle avait commencé à perdre la tête. Drôle d'expression, d'ailleurs. Comme si on risquait d'égarer sa tête, à l'instar d'un trousseau de clés ou d'un Jack Russell, et qu'on ne pouvait s'en prendre qu'à soi-même, on n'avait qu'à faire un peu attention, mince.

Ils avaient placé sa mère en quelques semaines. Tout était allé très vite.

C'est pour le mieux, avait décrété Harold.

Il l'avait répété à chacune de leurs visites.

Après avoir mangé ses pêches, Harold s'effondra sur le canapé et s'assoupit. Elle ne comprenait pas comment on pouvait dormir par cette chaleur. Il n'avait pas bougé, son ventre se soulevait et retombait entre deux rêves, et ses ronflements retentissaient au rythme de l'horloge de la cuisine, programmant leur après-midi à tous les deux.

Dorothy rassembla les restes de leur repas silencieux et les vida dans la poubelle à pédale. Le seul problème, quand on perdait la tête, c'était qu'on n'était jamais débarrassé des souvenirs qu'on aurait voulu oublier. Ceux dont on avait vraiment besoin étaient les premiers à disparaître. Son pied s'immobilisa sur la pédale et elle examina les ordures. On pouvait écrire autant de listes qu'on voulait, entourer un nombre incalculable de fois des noms dans le *Radio Times* ou s'entraîner à répéter encore et encore les mêmes mots pour donner le change, on ne se souvenait que du pire.

Elle mit la main dans la poubelle et en sortit une boîte de conserve couverte d'épluchures de pommes de terre. Elle la fixa.

— Ce sont des pêches, Dorothy, dit-elle à la cuisine vide. Des pêches.

Elle sentit les larmes couler avant même de savoir qu'elle pleurait.

⁂

— Le problème, Dorothy, c'est que tu penses trop.

Le regard de Harold était rivé sur l'écran de télévision.

— C'est mauvais pour la santé.

La soirée avait adouci l'éclat du soleil, et un déluge doré submergeait le salon. Il donnait au buffet la couleur chatoyante d'un cognac sombre et plongeait entre les plis des rideaux.

Dorothy chassa une peluche imaginaire de la manche de son gilet.

— C'est difficile de ne pas y penser, Harold, étant donné les circonstances.

— Ça n'a rien à voir. C'est une femme adulte. À tous les coups, elle s'est disputée avec John et elle a décidé de faire un petit voyage pour lui donner une bonne leçon.

Elle jeta un coup d'œil à son mari. À la lumière du couchant, son teint lui évoquait de la frangipane.

— J'espère vraiment que tu as raison.

— Évidemment que j'ai raison.

Il n'avait pas détaché son regard de l'écran de télévision, et Dorothy le vit cligner des yeux à mesure que les images changeaient.

C'était *Sale of the Century*. Elle aurait dû savoir que cela ne servait à rien de parler à Harold pendant qu'il regardait son jeu télévisé préféré. Elle aurait mieux fait d'aborder le sujet pendant la pub, mais il y avait trop de mots et elle ne pouvait pas les empêcher de grimper dans sa bouche.

— Ce qui m'embête, c'est que je l'ai vue. Quelques jours avant sa disparition.

Dorothy s'éclaircit la gorge, même si elle n'en avait pas besoin.

— Elle entrait au numéro 11.

Harold la regarda pour la première fois.

— Tu ne m'as jamais raconté.

— Tu ne m'as jamais posé la question.

— Qu'est-ce qu'elle fichait ?

Il se tourna vers elle et ses lunettes tombèrent du bras du fauteuil.

— De quoi auraient-ils pu parler ?

— Je n'en sais rien, mais ça ne peut pas être une coïncidence, si ? Elle lui parle, et quelques jours plus tard elle disparaît. Il a dû lui dire quelque chose.

Harold baissa les yeux, et elle attendit que l'angoisse de son mari rattrape la sienne. La télévision déversa le rire d'inconnus dans leur salon.

— Ce que je ne comprends pas, lâcha-t-il, c'est qu'il soit resté ici, après tout ce qui s'est passé. Il aurait dû déménager.

— On ne peut pas forcer les gens à partir, Harold.

— Il n'a rien à faire ici.

— Il a vécu dans cette maison toute sa vie.

— Mais après ce qu'il a fait ?

— Il n'a rien fait.

Dorothy fixa l'écran pour éviter le regard de Harold et ajouta :

— C'est ce qu'ils ont dit.

— Je sais ce qu'ils ont dit.

Elle entendait le sifflement de l'air chaud qui traversait ses poumons fatigués. Elle attendit. Mais il reporta son attention sur la télévision et se redressa.

— Tu es hystérique, Dorothy. C'est de l'histoire ancienne. Tout ça, c'était il y a dix ans.

— Neuf, en fait.

— Neuf, dix, quelle importance ? C'est du passé, sauf qu'à chaque fois que tu commences à en parler ça redevient du présent.

Elle tritura le tissu de sa jupe puis le laissa retomber.

— Arrête de gigoter, femme.

— Je ne peux pas m'en empêcher.

— Eh bien, va faire quelque chose de productif. Va prendre un bain.

— J'en ai pris un ce matin.

— Reprends-en un, alors, tu me distrais du quiz.

— Mais on n'est pas censés économiser l'eau, Harold ?

Pour toute réponse, Harold se cura les dents. Dorothy l'entendait. Malgré les commentaires du présentateur.

Elle lissa ses cheveux et sa jupe. Elle prit une grande inspiration pour ravaler ses mots, se leva et quitta la pièce. Avant de fermer la porte, elle jeta un coup d'œil par-dessus son épaule.

Il s'était détourné de la télévision et regardait par la fenêtre — à travers la dentelle des rideaux, par-delà les jardins et le trottoir, là où on apercevait la porte du 11.

Ses lunettes étaient toujours par terre.

Dorothy savait exactement où elle avait caché la boîte.

Harold n'entrait jamais dans la chambre d'amis. Elle servait de débarras, de salle d'attente pour tout ce dont elle n'avait plus besoin mais qu'elle ne pouvait se résoudre à jeter. Harold disait que rien que d'y penser il avait mal à la tête. Au fil des années, la pièce avait grandi. Maintenant, le passé envahissait les coins et atteignait le plafond. Il courait le long de l'appui de la fenêtre, frôlait les plinthes, et laissait Dorothy le tenir entre ses mains. Parfois, se souvenir ne suffisait pas. Parfois, elle avait besoin de toucher le passé pour être sûre qu'elle en faisait partie.

La pièce emprisonnait l'été entre ses murs. Elle retenait Dorothy dans un musée étouffant de poussière et de papier, et Dorothy sentait la sueur perler sur son cuir chevelu. Le murmure de la télévision traversait le plancher et elle imaginait Harold sous ses pieds, en train de répondre aux questions en se curant les dents.

La boîte était enfouie sous une pile de couvertures au crochet tricotées par sa mère surmontées par de la vaisselle rescapée du camping-car. Elle la voyait de la porte, comme si elle l'avait attendue. Elle s'agenouilla sur la moquette et la sortit. Sur le côté, des photos de biscuits invitaient à soulever le couvercle : des gaufrettes roses, des petits gâteaux au glaçage coloré et des sablés fourrés à la confiture dansaient main dans la main. Tout en effleurant les bras et les jambes que le dessinateur leur avait collés, Dorothy ouvrit la boîte.

La première chose qu'elle vit fut un billet de tombola de 1967 et un assortiment d'épingles de nourrice. Il y avait aussi des boutons de manchette ternis appartenant à Harold et quelques boutons égarés, ainsi que l'article du journal local sur l'enterrement de sa mère.

Elle s'est éteinte paisiblement, disait-il.

Malheureusement, c'était faux.

Sous les épingles et les boutons, elle trouva ce qu'elle cherchait. Des enveloppes Kodak boursouflées par les années. Harold n'aimait pas la photographie. *De la sensiblerie*, décrétait-il. Dorothy ne connaissait personne d'autre qui utilise ce mot. Il y avait très peu de photos de lui. Un coude sur une table, une jambe de pantalon sur une pelouse. Et si quelqu'un parvenait à capturer son visage dans le cadre, il affichait une expression indignée, comme s'il avait été victime d'un coup monté.

Elle fouilla les liasses d'enveloppes. La plupart des photos venaient de chez sa mère. Des gens qu'elle ne connaissait pas, dans des rectangles dentelés aux bords blanchis, assis dans des jardins qui ne lui disaient rien et des pièces qu'elle n'avait jamais vues. Il y avait des George, des Florry et beaucoup de Bill. Ils avaient écrit leur nom au dos, espérant peut-être qu'on se rappellerait mieux d'eux si on connaissait leur identité.

Elle avait peu de photos à elle — un ou deux repas de Noël, un déjeuner avec les membres du Ladies' Circle. Un cliché de Whiskey tomba sur le tapis, et sa gorge se noua.

Il n'était jamais rentré à la maison.

Tu n'as qu'à prendre un autre chat, avait dit Harold.

Elle n'avait jamais été aussi près de sortir de ses gonds.

La photo qu'elle cherchait était tout au fond, écrasée par le poids des souvenirs. Il fallait qu'elle la voie. Qu'elle soit sûre. Peut-être qu'au fil des années le passé s'était déformé. Peut-être que le temps avait dilaté leur rôle et gonflé sa conscience. Peut-être que si elle revoyait leurs visages elle se rendrait compte qu'ils étaient inoffensifs.

Ils la fixaient depuis une table de leur pub, le British Legion. La photo datait d'avant les événements, mais elle savait que c'était là, à cet endroit précis, qu'ils avaient pris la décision. Harold était assis à côté d'elle, et ils jetaient tous deux un regard troublé à l'objectif. Le photographe les avait pris par surprise, elle s'en souvenait, quelqu'un du journal du coin qui voulait illustrer un article sur *la couleur locale*. Évidemment, ils n'avaient jamais utilisé le cliché. Debout derrière eux, les mains dans les poches, John Creasy disparaissait à moitié derrière une frange digne des Beatles. Devant John, cet ahuri de Petit Brian, une bière à la main, et, en face de Harold, Eric Lamb. Sheila Dakin était au bout — tout en longs cils, une bouteille de Babycham posée devant elle.

Dorothy examina leurs visages, dans l'espoir d'y découvrir quelque chose de nouveau.

Il n'y avait rien. Ils étaient tels qu'elle les avait laissés.

On était en 1967. L'année où Johnson envoya des milliers de jeunes supplémentaires mourir au Vietnam. L'année où la Chine fabriqua une bombe à hydrogène et où Israël livra une guerre de six jours. L'année où les gens manifestèrent en agitant des banderoles pour défendre leurs convictions à grands cris.

Une année de choix.

Elle aurait aimé savoir à ce moment-là qu'un jour elle regarderait celle qu'elle avait été et regretterait leur choix à eux. Elle retourna la photo. Il n'y avait pas de noms. Après tout ce qui s'était passé, elle était sûre qu'aucun d'eux ne voudrait qu'on se souvienne de lui.

— Qu'est-ce que tu fabriques ?

D'habitude, Harold était moins discret. Elle se détourna et fourra la photo dans l'élastique de son pantalon.

— Je vérifie quelques trucs.

Il s'adossa contre le chambranle. Dorothy n'aurait su dire de quand cela datait, mais Harold avait vieilli. La peau de son visage n'était plus qu'un mince vernis, et il se tenait voûté, courbé, comme s'il se repliait lentement pour retourner dans le ventre de sa mère.

— Alors, pourquoi est-ce que tu t'enterres là-dedans, Dorothy ?

Elle le regarda droit dans les yeux et vit son esprit vaciller.

— Je fais… je fais…

— Des progrès ? demanda Harold en jetant un coup d'œil dans la pièce. Des dégâts ? Un spectacle pathétique ?

— Un choix.

Dorothy lui sourit.

— Je fais un choix.

Et elle le regarda s'essuyer la tempe avec la manche de sa chemise.

Quand Harold redescendit, Dorothy sortit sur le palier et examina à nouveau la photo. L'odeur lui revint en premier, une puanteur qui avait flotté sur l'avenue pendant des semaines, emprisonnée dans la morsure de la gelée de décembre. Parfois, elle avait l'impression de toujours la sentir, même après tout ce temps. Elle marchait sur le trottoir, perdue dans ses pensées, et le remugle la prenait en traître. Comme s'il n'avait jamais disparu, comme s'il était resté exprès pour qu'ils n'oublient pas. Cette nuit-là, elle avait observé le déroulement des événements depuis l'endroit où elle se tenait aujourd'hui. Elle s'était repassé la scène d'innombrables fois, peut-être dans l'espoir qu'il y ait un changement, qu'elle arrive à passer à autre chose, mais cette nuit était gravée dans sa mémoire. Et même sur le moment, pendant qu'elle regardait, elle avait su qu'il n'y aurait pas de retour possible.

21 décembre 1967

Les sirènes martèlent la route, tirant l'avenue de son sommeil. Les lampes sifflent et crépitent, et les gens regardent la nuit depuis leur aquarium. Dorothy les observe depuis le palier. La rampe s'enfonce dans ses os quand elle se penche, mais c'est la fenêtre qui a la meilleure vue, et elle s'avance un peu plus. Les cloches des sirènes se taisent et le camion de pompiers déverse ses hommes dans la rue. Elle essaie d'écouter, mais la vitre étouffe leurs voix, et elle n'entend que le bruit de l'air dans sa gorge et le battement d'une veine dans son cou.

Des fougères de glace poussent au coin des fenêtres, et elle doit se contorsionner pour bien voir. Des tuyaux se tordent sur le trottoir et des rivières de lumière percent l'obscurité. Tout paraît irréel, mis en scène, comme si quelqu'un montait une pièce de théâtre au milieu de l'avenue. De l'autre côté de la rue, Eric Lamb ouvre sa porte, enfile une veste et crie une réponse avant de courir dehors, et tout autour d'elle les loquets se soulèvent et les fenêtres s'écartent, libérant un souffle dans les ténèbres.

Dorothy appelle Harold. Elle doit s'y reprendre à plusieurs fois, parce que ses rêves l'enserrent comme du béton. Quand il finit par émerger, il a les contours vagues de ceux qu'on a arrachés à l'inconscience. Il veut savoir ce qu'il se passe, il lui crie la question, même s'il est à un mètre. Elle voit la peau du sommeil au coin de ses paupières, et les mouvements de l'oreiller sur sa joue.

Elle se tourne vers la fenêtre. D'autres portes se sont ouvertes, d'autres gens sont apparus. Par-dessus l'odeur de la maison, des appuis de fenêtres polis et du liquide vaisselle, elle croit sentir la fumée se faufiler par les fissures et les éclats et se frayer un chemin entre les briques.

Elle regarde Harold.

— Je crois qu'il s'est passé quelque chose d'horrible.

Ils sortent dans le jardin. John Creasy les appelle de l'autre côté de l'avenue, mais sa voix est étouffée par le vrombissement du camion et le martèlement des bottes sur le bitume. Dorothy scrute le bas de la rue dans l'obscurité. Sheila Dakin est sur la pelouse, le visage avalé par ses mains ; le vent fouette sa robe de chambre et fait claquer le tissu sur ses jambes comme un drapeau. Harold dit à Dorothy de ne pas bouger, mais c'est comme si le feu était doté d'un champ magnétique qui attirait tout le monde vers lui, le long des allées et du trottoir. La seule à rester immobile est May Roper. Elle se tient sur le pas de la porte, paralysée par la lumière, le bruit et l'odeur. Brian la bouscule en se précipitant dehors, mais elle semble à peine s'en rendre compte.

Les pompiers travaillent comme une machine, formant une chaîne qui arrache l'eau à la terre. Soudain, un arc sonore, une explosion. Harold crie à Dorothy de rentrer, mais elle se rapproche encore un peu plus. Elle observe son mari. Il est trop intéressé par les événements pour la remarquer, et elle progresse avec précaution le long du mur. Elle a besoin de voir. De savoir si c'est vraiment arrivé.

Elle arrive au bout du jardin quand un pompier commence à faire des moulinets avec les bras, les repoussant comme des marionnettes, et ils se rassemblent au milieu de l'avenue, collés les uns aux autres pour échapper au froid.

Le pompier hurle des questions. *Combien de personnes vivent dans la maison ?*

Ils répondent tous en même temps, et leurs voix entremêlées sont emportées par le vent.

Le pompier les examine, désigne Derek.

— Combien ? répète-t-il en articulant exagérément.

— Une, crie Derek, juste une.

Il jette un coup d'œil à sa propre maison et Dorothy suit son regard. Sylvia est à la fenêtre, Grace dans les bras. Elle les observe puis se détourne en serrant la tête de son enfant contre sa peau nue.

— Sa mère vit dans une maison de retraite, mais il l'a emmenée en vacances pour Noël, précise Derek. Donc c'est vide.

Le pompier court déjà vers l'incendie et les mots de Derek se perdent dans la nuit.

Une vague de fumée se déroule vers le ciel. Elle disparaît dans l'obscurité, ses contours hésitants se découpent devant un amas d'étoiles avant de se dissiper. Harold cherche le regard d'Eric et Eric secoue la tête, un bref mouvement, presque rien. Dorothy surprend leur manège mais détourne les yeux, absorbée par le bruit et la fumée.

Au départ, personne ne le remarque. Ils sont trop fascinés par les flammes, trop occupés à contempler les flèches orange et rouges qui courent le long des fenêtres. C'est Dorothy qui le voit en premier. Elle ne crie pas, ne bouge pas. Mais l'onde de choc les rattrape un par un, et ils se tournent tous vers le 11.

Walter Bishop.

Le vent s'engouffre dans son manteau et soulève son col. Il balaye ses cheveux, tente de lui couvrir les yeux. Ses lèvres bougent, mais les mots ne sont pas encore prêts à sortir. Il a un sac en plastique dans les mains. Il lui échappe et une boîte de conserve roule sur le trottoir jusqu'au caniveau. Dorothy la ramasse, essaie de la lui rendre.

— Tout le monde croyait que tu étais parti avec ta mère, articule-t-elle.

Mais Walter ne l'entend pas. Des cris leur parviennent de la maison, et la voix d'un pompier s'élève au-dessus des autres.

Il y a quelqu'un à l'intérieur. Il y a quelqu'un dans la maison.

En un bloc, ils se détournent du feu pour regarder Walter.

— Qui est à l'intérieur ?

On peut lire la question dans tous les regards, mais c'est Harold qui la formule à voix haute.

Au début, Dorothy pense que Walter n'a même pas entendu. Son regard reste rivé sur les volutes de fumée noire que les fenêtres de sa maison ont commencé à cracher. Quand il répond enfin, c'est d'une voix si douce, presque un murmure, qu'ils doivent tous se pencher pour l'entendre.

— Du bouillon de poulet.

Harold fronce les sourcils. Dorothy voit ses futures rides se dessiner sur son front.

— Du bouillon de poulet ? répète-t-il, l'air de plus en plus soucieux.

— Eh oui.

Walter ne quitte pas des yeux le numéro 11.

— C'est d'une efficacité redoutable contre la grippe. C'est affreux, la grippe, n'est-ce pas ?

Ils hochent tous la tête, comme des marionnettes fantomatiques dans l'obscurité.

— On venait d'arriver à l'hôtel quand elle est tombée malade. Je lui ai dit : *Maman, quand on est mal fichu, on n'est bien que dans son propre lit*. Donc on a fait demi-tour et on est rentrés à la maison.

Tous leurs yeux de pantin se posent sur la fenêtre du premier étage.

— Et elle est là-haut, votre mère ? demande Harold.

Walter acquiesce.

— Je ne pouvais pas la ramener à la maison de retraite, n'est-ce pas ? Pas dans cet état. Je l'ai mise au lit et je suis allé téléphoner au docteur.

Il contemple la boîte de conserve que Dorothy lui a tendue.

— Je voulais lui dire que je donnais du bouillon à

maman, comme il me l'avait conseillé. Ils mettent tellement d'additifs là-dedans, maintenant. On n'est jamais trop prudent, hein ?

— Non, on n'est jamais trop prudent, répond Dorothy.

La fumée rampe dans l'avenue. Dorothy en sent le goût sur sa langue. Il se mélange à la peur et au gel, et elle serre un peu plus son gilet contre sa poitrine.

Harold pénètre dans la cuisine par la porte de derrière. Dorothy sait qu'il a quelque chose à lui dire, parce qu'il n'entre jamais par là, sauf quand il y a une urgence ou qu'il porte ses bottes en caoutchouc.

Elle lève les yeux de ses mots croisés et attend.

Il fait les cent pas au milieu des plans de travail, soulève les objets sans raison, ouvre les portes des placards, retourne la vaisselle, jusqu'à ce qu'il n'arrive plus à retenir ses mots.

— C'est horrible, là-bas, lâche-t-il en replaçant le mug sur son arbre. Horrible.

— Vous êtes entrés ?

Dorothy repose son stylo.

— On a le droit ?

— Ça fait des jours que la police et les pompiers ne sont pas passés. Personne ne nous l'a interdit.

— Ce n'est pas dangereux ?

— On n'est pas allés à l'étage.

Il met la main sur un paquet de biscuits Bourbon qu'elle a délibérément caché derrière la farine autolevante.

— Eric trouvait que ce serait irrespectueux, étant donné les circonstances.

Dorothy ne trouve pas non plus respectueux de fouiller le rez-de-chaussée, mais elle choisit la solution de facilité et se tait. Quand on s'oppose à Harold, il passe des jours à se justifier, comme un robinet qu'on ne peut plus fermer. Elle avait voulu aller voir elle-même. Elle était allée jusqu'à la porte de derrière, mais elle avait changé d'avis.

Ce n'aurait probablement pas été très raisonnable, vu le contexte. Harold, en revanche, avait l'autodiscipline d'un gamin de deux ans.

— Et le rez-de-chaussée ? demande-t-elle.

— C'est le plus bizarre.

Il soulève le haut d'un biscuit fourré et s'attaque à la crème.

— Le salon et l'entrée sont dans un état lamentable. Complètement dévastés. Mais la cuisine est presque intacte. Il n'y a que quelques traces de fumée sur les murs.

— C'est tout ?

— Oui. L'horloge fait tic-tac, le torchon est plié au bord de l'évier. Un vrai miracle.

— Qui n'a pas épargné sa mère, paix à son âme.

Dorothy tend la main vers le mouchoir rangé dans sa manche, puis se ravise.

— Et qui ne les a pas non plus empêchés de rentrer plus tôt que prévu.

— En effet.

Harold contemple le biscuit suivant, puis il le remet dans le paquet et poursuit :

— Mais elle ne s'est rendu compte de rien. Apparemment, la fièvre la faisait délirer. Elle n'arrivait même pas à sortir du lit. C'est pour ça qu'il était allé téléphoner au docteur.

— Je ne comprends pas pourquoi il ne l'a pas ramenée à la maison de retraite.

— En pleine nuit ?

— Ça lui aurait peut-être sauvé la vie.

Dorothy regarde l'avenue, derrière Harold et les rideaux. Depuis l'incendie, elle est devenue engourdie et aussi grise qu'un cuirassé. Même les décorations de Noël qu'on n'a pas encore enlevées ne servent à rien. Elles semblent malhonnêtes, quelque part. Comme si elles s'efforçaient trop d'égayer, de détourner les yeux de la coquille calcinée du numéro 11.

— Arrête de tout suranalyser, répond Harold en l'observant. Tu sais bien que quand tu réfléchis trop tu t'embrouilles. C'était un mégot de cigarette, ou une étincelle d'un feu de cheminée. C'est ce qu'ils ont conclu.

— Mais après ce qui a été dit ? Ce qu'on a tous décidé ?

— C'était un mégot.

Il prend le biscuit, le casse en deux.

— Une étincelle.

— Tu y crois vraiment ?

— Les murs ont des oreilles.

— Enfin, Harold, on n'est pas en guerre !

Il se détourne et regarde par la fenêtre.

— Vraiment ?

Numéro 3, Clos des Sorbiers

28 juin 1976

— Tu ne crois pas que les gens risquent de trouver ça un peu bizarre, deux petites filles qui frappent à la porte pour leur demander si Dieu est chez eux ?

Mrs Morton déposa un bol d'Angel Delight sur la table.

— On va être des agents infiltrés, expliquai-je en gravant mon nom dans le flan avec ma cuillère.

— Ah bon ? s'étonna Tilly. Super !

— Et comment comptez-vous vous y prendre ?

Mrs Morton se pencha et rapprocha le bol de Tilly.

— On va faire nos missions d'éclaireuses.

Tilly fronça les sourcils.

— On n'est pas scouts, Gracie. Tu as dit que ce n'était pas notre truc.

— On va être des scouts temporaires, ils sont moins stricts.

Elle sourit et écrivit *Tilly* en lettres minuscules sur le bord du bol.

— Je n'ai rien entendu, prétendit Mrs Morton en s'essuyant les mains sur son tablier. Mais pourquoi cette fascination soudaine pour Dieu ?

— On est tous des brebis, expliquai-je. Et les brebis ont besoin qu'un berger les protège. C'est le pasteur qui l'a dit.

— Vraiment ?

Mrs Morton croisa les bras.

— Donc je veux être sûre qu'on a un berger, ajoutai-je.

— Je vois.

Elle s'adossa à l'évier.

— Tu sais, ce n'est que l'avis du pasteur. Il y a des gens qui se débrouillent très bien sans berger.

— Mais c'est important d'écouter Dieu.

J'enfonçai ma cuillère dans le bol.

— Sinon, Il vous poursuit.

— Avec un grand couteau, précisa Tilly.

Les sourcils de Mrs Morton remontèrent jusqu'à son front.

— J'imagine que c'est le pasteur qui vous a raconté tout ça.

— Oui.

L'horloge sur le mur égrena ses minutes dans le silence, et je regardai la bouche de Mrs Morton tenter de choisir des mots.

— Je ne veux pas que vous soyez déçues, c'est tout, finit-elle par dire. Dieu n'est pas toujours facile à repérer.

— On Le trouvera, et tout le monde sera en sécurité, et Mrs Creasy rentrera à la maison.

Je gobai une bouchée d'Angel Delight.

— On sera des héroïnes, dit Tilly.

Elle lécha le bout de sa cuillère, un sourire aux lèvres.

— J'ai bien peur que Dieu ne suffise pas à ramener Mrs Creasy, marmonna Mrs Morton.

Elle ouvrit une autre fenêtre. J'entendis la camionnette d'un vendeur de glaces qui sillonnait lentement le quartier, faisant surgir les enfants comme par enchantement.

— On a décidé qu'elle n'était probablement pas morte, finalement, annonçai-je.

— Eh bien, c'est déjà ça.

— Et maintenant il faut que Dieu nous aide à la trouver. Vous savez, Mrs Morton, Dieu est partout.

J'agitai les bras autour de nous.

— Alors Il peut très facilement retrouver les gens et faire revenir les exilés.

— Qui a dit ça ?

Mrs Morton enleva ses lunettes et pinça les marques qu'elles avaient laissées sur son nez.

— *Dieu !* répondis-je d'un ton outré, en faisant les gros yeux.

Mrs Morton ouvrit la bouche, mais elle soupira, secoua la tête et décida d'essuyer la vaisselle.

— N'espérez pas trop, c'est tout.

— C'est presque l'heure de *Blue Peter*, commenta Tilly en glissant de sa chaise. Je vais allumer la télé pour qu'on se mette dans l'ambiance.

Elle disparut dans le salon. Je me décollai de ma chaise et j'allai mettre mon bol dans l'évier.

— Par où allez-vous commencer ? demanda Mrs Morton.

— On va simplement faire le tour du quartier jusqu'à ce qu'Il se montre.

— Je vois.

J'étais dans l'entrée quand elle me rappela.

— Grace.

Je m'arrêtai dans l'embrasure de la porte. La camionnette du glacier s'était éloignée et seules des bribes de notes nous parvenaient encore.

— Pendant vos pérégrinations, laissez le numéro 11 de côté.

— Pourquoi ? interrogeai-je en fronçant les sourcils.

— Ne discute pas.

J'ouvris la bouche, mais elle n'avait pas l'air d'humeur à argumenter.

— D'accord.

J'avais ménagé une pause avant de répondre. Mais je ne crois pas que Mrs Morton l'ait entendue.

Numéro 4 de l'avenue

29 juin 1976

Le policier était très grand, même sans son chapeau. Je n'avais encore jamais vu de policier de près. Il portait un uniforme épais, si bien qu'il sentait le tissu, et ses boutons scintillaient tellement que je voyais toute la cuisine s'y refléter pendant qu'il parlait.

— Enquête de routine, expliqua-t-il.

Je me dis que j'aimerais bien avoir un métier qui consistait avant tout à se mêler des affaires des autres.

Je regardai le four danser sur sa poitrine.

On avait frappé à la porte au milieu de *Crossroads*. Ma mère ne voulait pas répondre, mais mon père avait jeté un coup d'œil par la fenêtre et vu une voiture de police garée de l'autre côté du muret. Il avait dit *merde*, et j'avais pouffé dans un coussin pendant que ma mère le grondait, et il avait failli trébucher sur Remington en allant ouvrir.

À présent, le policier était planté au milieu de la cuisine, et nous l'observions, un peu en retrait. Il me rappelait le pasteur. Comme lui, il semblait avoir le pouvoir de nous faire nous sentir petits et coupables.

— Eh bien, voyons voir, commença mon père.

Il essuya la sueur sur sa lèvre supérieure avec un torchon et regarda ma mère.

— Tu te rappelles quand on l'a vue pour la dernière fois, Sylve ?

Ma mère ramassa les sets de table sur la table de la cuisine.

— Je ne sais plus trop.

Et elle les reposa tous.

— C'était peut-être jeudi, suggéra mon père.

— Ou vendredi, contra ma mère.

Il lui jeta un regard en coin.

— Ou vendredi, marmonna-t-il dans son torchon.

À la place du policier scintillant, vu leur comportement, je les aurais arrêtés sur-le-champ.

— En fait, c'était samedi matin.

Trois paires d'yeux et un torchon se tournèrent vers moi.

— Tiens donc ?

Le policier s'accroupit et j'entendis le tissu craquer autour de ses genoux. Il était maintenant plus petit que moi et, comme je ne voulais pas le gêner, je m'assis.

— Ben oui.

Ses yeux étaient aussi sombres que son uniforme. Je les fixai très longtemps, mais il ne cilla pas une seule fois.

— Et comment tu le sais ? demanda-t-il.

— Parce qu'il y avait *Tiswas* à la télé.

— Mes enfants adorent *Tiswas*.

— Moi, je déteste.

Mon père toussota.

— Alors, qu'est-ce qu'elle a dit quand tu l'as vue, Grace ? fit le policier.

— Elle a frappé à la porte parce qu'elle voulait utiliser notre téléphone.

— Ils n'en ont pas, expliqua ma mère avec le genre de ton que les gens emploient quand ils sont mieux lotis que leurs voisins.

— Et pourquoi en avait-elle besoin ?

— Elle a dit qu'elle voulait appeler un taxi, mais je ne l'ai pas laissée faire parce que maman faisait la sieste.

Tout le monde se tourna vers ma mère, soudain absorbée par ses sets de table.

— On m'a dit de ne jamais laisser entrer des inconnus.

— Mais Mrs Creasy n'était pas une inconnue, si ? demanda le policier en cillant enfin.

— Non, mais j'avais du mal à la reconnaître.

— Comment ça ?

Je me laissai retomber sur le dossier en réfléchissant.

— Vous voyez la tête qu'on fait quand on a très très mal aux dents ?

— Oui.

— Eh bien, c'était pire que ça.

Il se leva et remit son chapeau. Il remplissait la pièce entière.

— Vous allez la retrouver ? demandai-je.

Le policier ne répondit pas. Il partit dans l'entrée avec mon père et ils parlèrent si bas que je n'entendis pas un mot. Même en retenant mon souffle et en me penchant par-dessus la table.

— On dirait bien que non, commentai-je.

Ma mère vida la théière.

— En effet.

Et elle remplit la bouilloire avec des gestes brusques, parce qu'à mon avis elle n'avait pas prévu de le dire tout haut.

Les gens pouvaient me poser la question autant de fois qu'ils voulaient, je ne savais pas.

Même quand Mr Creasy surgit dans notre salon et se planta entre ma mère et Hilda Ogden, je ne savais toujours pas. Son visage était si près du mien que je sentais son haleine tout contre moi.

— Elle ne m'a pas dit où elle voulait aller, elle m'a juste demandé si elle pouvait utiliser le téléphone.

— Elle a bien dû te dire quelque chose ?

Les mots de Mr Creasy rampèrent sur ma peau et se glissèrent dans mes narines.

— Non, elle voulait juste appeler un taxi.

Son col était élimé, et il y avait une tache sur sa chemise qui ressemblait à de l'œuf.

— Réfléchis bien, Grace. S'il te plaît, concentre-toi.

Il rapprocha encore son visage du mien, prêt à saisir les mots dès leur apparition.

— Allez, mon vieux.

Mon père essaya de s'interposer entre nous.

— Elle t'a dit tout ce qu'elle savait.

— Je veux juste la retrouver, Derek. Tu comprends, non ?

Je vis ma mère faire mine de se lever puis agripper les accoudoirs de son fauteuil pour se forcer à rester immobile.

— Peut-être qu'elle voulait retourner dans la ville où elle habitait autrefois.

Mon père posa une main sur l'épaule de Mr Creasy.

— Walsall, c'est ça ? Ou Sutton Coldfield ?

— Tamworth, corrigea Mr Creasy. Elle n'y est jamais retournée depuis notre mariage. Ça fait six ans. Elle ne connaît plus personne là-bas.

Je sentais toujours son haleine. Elle me sembla inquiète.

— C'est où, Tamworth ? demanda Tilly en traînant son cartable sur le trottoir.

C'était le dernier jour du trimestre.

— À des kilomètres d'ici. En Écosse.

— Pff, un vrai policier est venu t'interroger et je n'étais même pas là ! J'arrive pas à y croire. Est-ce que c'était comme dans *The Sweeney* ?

La mère de Tilly venait enfin d'acheter une télé.

Je pensai à l'odeur de tissu, à la façon dont le policier scintillant avait griffonné mes mots dans un petit carnet noir, très lentement, en se passant la langue sur les lèvres.

— Oui, tout pareil.

Nous avancions avec précaution. Autour de nous, la chaleur se réveillait et s'étirait. Le lait déposé sur les perrons avait tout de suite disparu, les portes des voitures étaient grandes ouvertes, et les gens pressaient leur chien pour rentrer avant que la canicule ne leur vole la journée.

— Le policier va la chercher ? interrogea Tilly.

Son cartable raclait le bitume, soulevant des nuages de poussière blanche.

— Qu'est-ce qu'il a dit ?

— Que Mrs Creasy est officiellement portée disparue.

— Disparue d'où ?

Je n'arrivais pas à marcher et à réfléchir en même temps.

— De sa vie, j'imagine.

— Comment est-ce qu'on peut disparaître de sa propre vie ?

Je ralentis encore un peu.

— Elle a disparu de la vie qu'elle est censée avoir.

Tilly s'arrêta pour remonter ses chaussettes et commenta, la tête en bas :

— Je me demande comment on peut savoir laquelle c'est.

Je m'aperçus que je m'étais figée et je tournai le dos à Tilly pour froncer les sourcils.

— Tu comprendras quand tu seras grande, rétorquai-je.

Tilly leva les yeux.

— Ton anniversaire n'est qu'un mois avant le mien !

— De toute façon, Dieu sait exactement où on est censé être.

Je m'éloignai de la question à grands pas.

— Alors on s'en fiche un peu de ce que pensent les autres.

— Où est-ce qu'on commence à Le chercher ?

Tilly continua à tirer sur ses chaussettes pour les mettre au même niveau. J'avançai en laissant traîner ma main sur la haie.

— Chez Mr et Mrs Forbes. Pendant les cantiques, ils n'ont jamais besoin de regarder les paroles.

— Mais, même avec l'aide de Dieu, on ne trouvera pas Mrs Creasy si elle est partie à Tamworth.

Un chat commença à nous suivre à pas feutrés sur une clôture, faisant bien attention où il mettait les pattes. Je le vis s'étirer près d'un poteau en bois, et pendant un instant il croisa mon regard. Puis il sauta par terre, se coula dans une haie et disparut.

— Ce n'était pas le chat des Forbes ?

Mais Tilly était trop loin pour m'entendre. Je me retournai et j'attendis qu'elle me rattrape.

— Elle n'est pas partie à Tamworth, expliquai-je. Elle est toujours là.

Numéro 6 de l'avenue

3 juillet 1976

— Allez, vas-y.

Tilly me donna une petite tape avec la manche de son pull. Je fixai la sonnette.

— Attends, je ne suis pas prête.

C'était le genre de maison qui donnait l'impression que personne n'était jamais là. Toutes les autres semblaient déroutées par la chaleur. Les mauvaises herbes envahissaient les allées des jardins, les fenêtres étaient couvertes d'une pellicule de poussière, et les longues soirées gisaient abandonnées sur les pelouses, comme si leurs propriétaires avaient oublié ce qu'ils étaient censés faire. Seule l'arrogante maison des Forbes semblait déterminée à montrer l'exemple à ses voisines négligées.

— Peut-être qu'il n'y a personne et qu'on ferait mieux de revenir demain.

Je passai le bout de ma sandale sur le pas de la porte. Il était soigneusement balayé.

— Ils sont sûrement là. J'entends la télé, répliqua Tilly en se collant devant un panneau de verre coloré incrusté dans la porte.

Je l'imitai.

— Peut-être qu'ils regardent un film. On n'a qu'à revenir plus tard.

— Tu ne crois pas qu'on devrait le faire le plus vite possible ? On est en mission pour Mrs Creasy.

Tilly se tourna vers moi et prit son expression la plus sérieuse.

— Et pour Dieu.

Je plissai les yeux pour me protéger de l'éclat du soleil qui se reflétait sur les gravillons bien blancs de Mrs Forbes.

— Tilly, en tant que chef de patrouille, j'ai décidé de te charger de sonner pendant que je prépare mon discours.

Elle me regarda par-dessous son suroît.

— Mais on n'est pas vraiment scouts, Gracie.

Je poussai un petit soupir.

— C'est important de se mettre dans la peau du personnage.

Tilly fronça les sourcils et fixa la porte d'entrée.

— Peut-être que tu as raison et qu'il n'y a personne.

— On dirait que si.

Mrs Forbes apparut dans l'allée sur le côté de la maison. Vêtue du type de tenue que ma mère réservait aux rendez-vous chez le médecin, elle portait un gros paquet de sacs-poubelle sous le bras. Quand elle en ouvrit un, le claquement fit dégringoler du toit un peloton de pigeons.

Elle nous demanda ce que nous voulions. Tilly fixa les gravillons. Les bras croisés, en équilibre sur une jambe, je me fis toute petite.

— On est des scouts, annonçai-je dès que je m'en souvins.

— Toujours prêtes à donner un coup de main ! ajouta Tilly.

— Vous ne ressemblez pas à des scouts, remarqua Mrs Forbes, les yeux plissés.

— On est en tenue décontractée, répondis-je en plissant les yeux à mon tour.

J'expliquai que nous avions besoin de l'aide du voisinage,

et Mrs Forbes convint qu'en effet elle était notre voisinage, et nous suggéra d'entrer nous mettre au frais. Derrière le gilet de Mrs Forbes, une Tilly surexcitée me fit des grands gestes, et j'essayai de lui faire signe de se calmer.

Nous suivîmes les talons de Mrs Forbes le long de la maison. Ils se frayèrent un chemin bien net en claquant et nos sandales s'efforcèrent de ne pas se laisser distancer, à grand renfort de clic-clac et de chamailleries. Au bout d'un moment, Mrs Forbes se retourna et, comme Tilly et moi agitions toujours les bras, nous faillîmes lui rentrer dedans.

— Ta mère sait que vous êtes là, Grace ? demanda-t-elle.

Elle leva les mains, comme si elle faisait la circulation.

— Oui, on l'a prévenue, Mrs Forbes.

Ses mains retombèrent et le cliquetis de ses talons reprit. Je me demandai si Mrs Forbes savait que dire quelque chose à ma mère n'impliquait pas forcément qu'elle le sache, qu'il lui arrivait souvent de nier vigoureusement qu'on l'ait mise au courant, les doigts devant la gorge — même quand mon père lui opposait des témoins (moi) et un compte rendu détaillé de toute la conversation.

— Elle n'a pas parlé de ma mère, murmura Tilly.

On considérait généralement la mère de Tilly comme trop imprévisible pour poser la question.

Je lissai le dos de son pull.

— Ne t'inquiète pas. Elle a demandé pour ma mère, ça nous couvrira toutes les deux. Tu peux toujours me l'emprunter.

Tilly sourit et passa son bras sous le mien. Je me demandais parfois si elle n'avait pas toujours été là.

La moquette de Mrs Forbes avait la couleur du sirop pour la toux. Elle courait le long de l'entrée, continuait dans le salon, et quand je jetai un coup d'œil par-dessus mon épaule je vis qu'elle grimpait à l'étage. Il y avait encore des lignes là où l'aspirateur était passé, et en entrant dans le salon je découvris un carré supplémentaire de sirop posé dans un coin, juste au cas où on se serait dit qu'une maison entière ne suffisait pas.

Mrs Forbes nous proposa de la grenadine, j'acceptai et mentionnai que je n'aurais rien contre des biscuits fourrés. Sa bouche dessina un *oh* et elle nous laissa nous asseoir sur un canapé rose foncé aux accoudoirs tordus, doté de toute une série de fossettes. Je décidai de me poser sur le bord. Tilly s'était assise en premier. Le siège était tellement profond que ses jambes n'atteignaient pas le sol et restaient étendues devant elle, comme une poupée.

Elle se tortilla pour inspecter l'espace entre le canapé et le mur.

— Tu Le vois ? demanda-t-elle, la tête près de la moquette.

— Qui ça ?

Elle roula jusqu'à moi, le visage empourpré par l'effort.

— Dieu.

— Ça m'étonnerait qu'Il sorte du buffet, Tilly.

Nous jetâmes un coup d'œil au buffet, juste au cas où.

— Mais tu ne crois pas qu'on devrait s'y mettre ? Mrs Creasy est peut-être en danger.

J'examinai la pièce. On aurait dit une boule de glace à la framboise. Même les objets qui n'étaient pas roses arboraient un rappel de la couleur, comme s'ils n'avaient eu le droit d'entrer qu'en s'engageant solennellement à respecter le thème. Des cordons tressés saumon retenaient les rideaux, des pompons fuchsia ornaient chaque coussin, et les chiens en porcelaine qui gardaient la cheminée avaient des guirlandes de boutons de rose autour du cou. Ils encadraient une série de photos : Mr et Mrs Forbes assis sur des chaises longues à la plage, Mr Forbes debout à côté d'une automobile, Mr et Mrs Forbes en train de pique-niquer avec des amis. Pile au milieu, une fille aux cheveux crantés. Sur tous les autres clichés, les gens évitaient l'objectif, l'air sérieux, mais la fille regardait l'appareil en souriant, avec une expression tellement honnête et candide que j'eus envie de lui rendre son sourire.

— Je me demande qui c'est, commentai-je.

Mais Tilly examinait l'espace derrière le sofa.

— Tu penses qu'Il est là-dessous ?

Elle souleva un coussin pour inspecter ce qu'il y avait derrière.

Je contemplai les cristaux couleur champagne qui pendaient au lustre.

— Je crois que c'est peut-être un peu trop rose, même pour Jésus.

Mrs Forbes revint avec un plateau et un assortiment de petits gâteaux.

— J'ai bien peur de ne pas avoir de biscuits fourrés, s'excusa-t-elle.

Je pris trois barres à la figue et un garibaldi.

— Ce n'est pas grave, Mrs Forbes. Je ferai avec.

J'entendais la télévision dans la pièce d'à côté, et Mr Forbes qui lui hurlait ses instructions. C'était probablement un match de foot. Même si le bruit venait de l'autre côté du mur, il semblait très lointain, et, séparées du reste du monde par l'isolation rose, enveloppées dans l'acrylique et les coussins, protégées par les chiens en porcelaine, nous étions figées dans un silence de barbe à papa.

— Vous avez une très jolie maison, Mrs Forbes, dit Tilly.

— Merci, ma chérie.

Je mordis dans mon garibaldi et Mrs Forbes s'empressa de me poser un napperon en papier sur les genoux.

— Le secret d'une maison ordonnée, c'est la prévoyance. Et les listes. Beaucoup de listes.

— Les listes ? m'étonnai-je.

— Oh oui. Comme ça, on n'oublie jamais rien.

Elle sortit une feuille de la poche de son gilet.

— C'est celle d'aujourd'hui, expliqua-t-elle. J'en suis aux poubelles.

La liste était très longue. Elle courait sur deux pages dans des volutes d'encre bleue, qui s'épaississait et bavait là où le stylo s'était arrêté pour réfléchir. En plus de *passer l'aspirateur dans l'entrée* et de *sortir les poubelles*, on y lisait *se brosser les dents* et *prendre le petit déjeuner*.

— Vous écrivez tout sur votre liste, Mrs Forbes ? interrogeai-je en entamant mon premier biscuit à la figue.

— Oh oui, il vaut mieux ne rien laisser au hasard. C'est Harold qui a eu l'idée. Il dit que ça m'évite d'être négligente.

— Vous n'arriviez pas à vous souvenir des choses sans les écrire ? demanda Tilly.

— Mon Dieu, non.

Mrs Forbes se tassa dans son fauteuil et se fondit dans le paysage rose.

— Ça n'irait pas du tout. Harold dit que je serais complètement perdue.

Elle plia soigneusement la feuille de papier en deux et la rangea dans sa poche.

— Alors, ça fait combien de temps que vous êtes scouts ?

— Très longtemps, éludai-je. Qui est la fille sur la photo ?

Mrs Forbes fronça les sourcils, regarda la cheminée et fronça à nouveau les sourcils.

— Oh ! c'est moi, répondit-elle d'un ton surpris, comme si elle avait un instant oublié sa propre existence.

J'étudiai Mrs Forbes et la fille de la photo et je tentai de leur trouver un point commun. En vain.

— Inutile de prendre cet air abasourdi, maugréa-t-elle. Je ne suis pas née vieille, vous savez.

Ma mère disait souvent la même chose. L'expérience m'avait appris à ne rien répondre, et je sirotai ma grenadine pour éviter de mettre mon grain de sel.

Mrs Forbes s'approcha de la cheminée. Je l'avais toujours

considérée comme une matrone imposante, mais de près elle semblait diluée. Son maintien contrit et les plis de ses vêtements racontaient la fin d'une histoire. Même ses mains semblaient petites, prisonnières de l'arthrose et tachées par le temps.

Elle passa le doigt sur le cadre de la photo.

— C'était juste avant que je rencontre Harold.

— Je me demande à quoi vous pensiez, dis-je en prenant un autre biscuit à la figue. Vous aviez l'air très heureuse.

— Oui, n'est-ce pas ?

Mrs Forbes s'empara d'un chiffon qui pendait à sa ceinture et entreprit de s'épousseter elle-même.

— J'aimerais m'en souvenir.

De l'autre côté du mur, le match de foot se termina brusquement. On entendit des craquements et des grognements, puis le cliquetis d'une porte, et un bruit de pas sur la moquette sirupeuse. Quand je me retournai, Mr Forbes nous observait depuis l'encadrement de la porte. Il portait un short. On aurait dit que ses jambes pâles et glabres appartenaient à quelqu'un d'autre.

— Qu'est-ce qu'il se passe ici ? gronda-t-il.

Mrs Forbes reposa son passé sur la cheminée et fit volte-face.

— Grace et Tilly sont scouts.

Ses yeux brillaient tellement qu'ils semblaient presque laqués.

— Elles sont là pour donner…

Mr Forbes plissa le front et mit les mains sur ses hanches.

— Un prospectus ? Des graines ? Des billets de tombola ?

Hypnotisée, Mrs Forbes entortilla le chiffon autour de ses doigts jusqu'à ce qu'ils soient marbrés de blanc.

— Pour donner…, répéta-t-elle.

Mr Forbes continua à la fixer en faisant claquer son dentier contre son palais.

— Un coup de main, compléta Tilly.

— C'est ça. Elles sont là pour donner un coup de main.

Mrs Forbes secoua le chiffon, et j'entendis l'air s'échapper de ses poumons petit à petit.

Son mari grogna.

Il dit *tant que ce n'est que ça* et *est-ce que Sylve sait qu'elle est là ?* et Mrs Forbes acquiesça avec une telle véhémence que la croix à son cou exécuta une petite danse sur sa clavicule.

— Je vais poster ma lettre, annonça Mr Forbes. Si on attend que tu le fasses, je vais manquer la deuxième levée. Il faut juste que je trouve où tu as caché mes chaussures.

Mrs Forbes hocha à nouveau la tête, et le pendentif suivit le mouvement, même si Mr Forbes avait disparu depuis longtemps.

— Mes profs me font ça tout le temps, dit Tilly.

— Quoi donc, ma chérie ?

— Ils me lancent des mots jusqu'à ce que je m'embrouille.

Tilly ramassa des miettes de garibaldi sur le tapis et les posa sur l'assiette.

— Ça me donne toujours l'impression d'être stupide.

— Vraiment ? demanda Mrs Forbes.

— Mais ça ne veut pas dire que je le suis, expliqua Tilly en souriant.

Mrs Forbes lui rendit son sourire.

— Ça te plaît, l'école ?

— Pas tellement. Beaucoup de filles ne nous aiment pas trop. Parfois, elles nous embêtent.

— Elles vous frappent ?

La main de Mrs Forbes vola vers sa bouche.

— Oh non, la rassura Tilly.

— On n'a pas toujours besoin de frapper les gens pour les brutaliser, intervins-je.

Mrs Forbes se laissa tomber dans le fauteuil le plus proche.

— J'imagine que vous avez raison, acquiesça-t-elle.

Je m'apprêtais à parler quand Mr Forbes réapparut. Il portait toujours son short, mais il avait ajouté une casquette plate et une paire de lunettes de soleil, et il avait une lettre à la main. Il me rappelait mon père. Quand il faisait chaud, il remplaçait son pantalon par un short, sans rien changer au reste.

Mr Forbes posa sa lettre sur le buffet et s'assit sur le canapé avec une telle vigueur que Tilly faillit rester suspendue en l'air. Il commença à faire ses lacets en tirant si fort que des petits bouts de tissu volèrent au-dessus de ses doigts. Je me levai pour laisser un peu d'intimité à ses jambes.

— Donc tu peux le rayer de ta liste, Dorothy, disait-il. Même s'il y a beaucoup d'autres choses à faire.

Il me regarda.

— Vous comptez rester longtemps ?

— Oh non, Mr Forbes. Pas longtemps du tout. On repartira dès qu'on aura donné un coup de main.

Il examina ses pieds et poussa un nouveau grognement. Je ne savais pas s'il approuvait mon comportement ou la façon dont ses lacets étaient noués.

— Elle est facilement distraite, vous voyez.

Il désigna Mrs Forbes du bout de sa casquette.

— C'est l'âge. N'est-ce pas, Dorothy ? lança-t-il tout en se tapotant la tempe avec son index.

Mrs Forbes sourit, mais ça ressemblait plutôt à un rictus.

— Incapable de garder quelque chose en tête plus de cinq minutes, ajouta son mari.

Il parlait derrière sa main, comme s'il murmurait, mais le volume de sa voix n'avait pas changé.

— J'ai bien peur qu'elle soit en train de perdre la tête.

Il se leva et se pencha théâtralement pour ajuster ses chaussettes. Tilly se réfugia à l'autre bout du sofa.

— Je vais mettre ma lettre à la boîte.

Mr Forbes partit à grands pas vers l'entrée.

— Je serai de retour dans trente minutes. Essaie de ne pas trop t'embrouiller d'ici là.

Il avait déjà disparu quand je m'aperçus de quelque chose.

— Mr Forbes !

Je dus crier pour qu'il m'entende. Il réapparut. Il n'avait pas l'air habitué à ce qu'on lui crie dessus.

Je lui tendis l'enveloppe.

— Vous avez oublié votre lettre.

Mrs Forbes attendit que la porte d'entrée se referme, puis elle éclata d'un rire contagieux, nous l'imitâmes et le reste du monde sembla revenir dans la pièce, comme s'il n'était pas aussi loin qu'on l'avait cru.

Je regardai Mrs Forbes, puis la fille sur la cheminée, qui riait avec nous par-delà le couloir du temps, et je me rendis compte que finalement c'était exactement la même personne.

— Je ne savais pas qu'on devrait vraiment faire le ménage, gémit Tilly.

Mrs Forbes nous avait laissées sanglées jusqu'aux aisselles dans des tabliers. Tilly était de l'autre côté de la pièce, en train d'astiquer un westie blanc endormi.

— C'est important de ne pas éveiller les soupçons, expliquai-je en retournant m'asseoir sur le sofa avec le dernier garibaldi.

— Mais tu crois que Dieu est ici ?

Tilly inspecta le chien et passa le chiffon sur ses oreilles.

— Si Dieu veille sur tout le monde, tu crois qu'Il veille aussi sur Mrs Forbes ?

— J'espère, dis-je en pensant à la croix autour de son cou.

Mrs Forbes réapparut avec un nouveau paquet de garibaldis.

— Qu'est-ce que tu espères, ma chérie ?

Je la regardai vider le sachet dans l'assiette.

— Vous croyez en Dieu, Mrs Forbes ? demandai-je.

— Bien sûr.

Elle n'hésita pas. Elle n'examina pas le plafond, ne me regarda pas, ne répéta même pas la question. Elle continua simplement à disposer les biscuits.

— Comment est-ce que vous pouvez en être aussi sûre ? interrogea Tilly.

— Parce que c'est comme ça. Dieu rassemble les gens. Grâce à lui, tout a un sens.

— Même le mal ?

— Bien sûr.

Elle me regarda un instant puis reporta son attention sur les gâteaux secs.

Derrière l'épaule de Mrs Forbes, Tilly s'était mise à astiquer de plus en plus lentement, d'un air entendu.

— Comment est-ce que Dieu peut donner un sens à la disparition de Mrs Creasy ? demandai-je. Par exemple.

Mrs Forbes fit un pas en arrière et un nuage de miettes tomba sur la moquette.

— Aucune idée.

Elle plia le paquet vide entre ses mains, même s'il refusait de rapetisser.

— Je n'ai jamais parlé à cette femme.

— Vous ne l'avez jamais rencontrée ?

— Non.

Mrs Forbes tordit le paquet autour de son annulaire.

— Ils ont emménagé il n'y a pas très longtemps, après la mort de la mère de John. Je n'en ai jamais eu l'occasion.

— Je me demande pourquoi elle a disparu.

Je lui lançai la phrase comme un défi.

— Eh bien, ça n'a rien à voir avec moi, je n'ai rien dit du tout, se défendit Mrs Forbes d'une voix soudain fiévreuse et perçante.

La phrase dégringola de sa bouche comme si elle était pressée de s'échapper.

— Qu'est-ce que vous voulez dire, Mrs Forbes ?

Je cherchai le regard de Tilly. Nous fronçâmes les sourcils.

Mrs Forbes s'affaissa sur le sofa.

— Ne m'écoutez pas, je m'embrouille.

Elle se tapota la nuque, comme pour vérifier que sa tête était toujours bien attachée.

— C'est l'âge.

— On ne comprend pas où elle est passée, c'est tout, répétai-je.

Mrs Forbes lissa les pompons d'un des coussins.

— Je suis sûre qu'elle finira par revenir, répondit-elle. En général, c'est comme ça que ça se passe.

— J'espère, intervint Tilly en détachant son tablier. Je l'aimais bien, Mrs Creasy. Elle était gentille.

— Je n'en doute pas.

Mrs Forbes tripota le coussin.

— Mais je n'ai jamais passé de temps en sa compagnie, donc je ne pourrais pas dire.

Je déplaçai les garibaldis sur l'assiette.

— Peut-être que quelqu'un d'autre sait où elle est partie, dans la rue.

Mrs Forbes se leva.

— Ça m'étonnerait beaucoup. La disparition de Margaret Creasy n'a rien à voir avec nous. Comme dit Harold, les voies de Dieu sont impénétrables. Tout arrive pour une raison.

Je voulais lui demander quelle était cette raison, et pourquoi Dieu ne pouvait pas être un peu plus clair, mais Mrs Forbes avait sorti la liste de sa poche.

— Harold va bientôt rentrer, je ferais mieux d'avancer, dit-elle.

Et elle commença à parcourir du doigt les lignes d'encre bleue.

Nous repartîmes le long de l'avenue. Le ciel nous écrasait pendant que nous nous traînions péniblement dans la chaleur. Je regardai les collines qui surplombaient la ville, mais impossible de dire où elles commençaient et où le ciel finissait. Ils étaient soudés par l'été, et l'horizon sifflait, scintillait et refusait de se montrer.

Quelque part au-delà des jardins, j'entendais le commentaire d'un match de Wimbledon par une fenêtre ouverte.

Borg est en tête. Et le crépitement distant des applaudissements.

La rue était déserte. Terrassés par le soleil de l'après-midi, tous nos voisins s'étaient barricadés pour s'éventer avec un journal et se tartiner de crème solaire. Il ne restait que Sheila Dakin, qui avait viré à l'acajou, assise sur une chaise longue sur la pelouse du 12, les bras et les jambes écartés, le visage tendu vers la chaleur, comme un agneau sacrificiel géant.

— Bonjour, Mrs Dakin ! criai-je de l'autre côté du macadam.

Sheila Dakin leva la tête et je vis un filet de salive briller au coin de sa bouche.

Elle nous fit signe.

— Bonjour, mesdemoiselles !

Sheila Dakin nous appelait toujours *mesdemoiselles*. Cela nous fit sourire et Tilly rougit.

— Alors Dieu est chez Mrs Forbes, avança Tilly au bout d'un moment.

— Je pense que oui.

Je réajustai sur son chapeau et j'ajoutai :

— Du coup, on peut être sûres que Mrs Forbes ne risque rien, même si j'ai un doute pour son mari.

— C'est juste dommage qu'elle n'ait jamais parlé à Mrs Creasy, elle aurait pu nous donner des indices.

Tilly envoya un gravillon valser dans une haie.

Je m'arrêtai si brusquement que ma sandale fit voler un nuage de poussière.

Tilly se retourna.

— Qu'est-ce qu'il y a, Gracie ?

— Le pique-nique.

— Quel pique-nique ?

— La photo sur la cheminée.

Tilly fronça les sourcils.

— Je ne comprends pas.

Je fixai le trottoir et j'essayai de revenir en arrière.

— La femme…

— Quelle femme ?

— Celle qui est assise à côté de Mrs Forbes au pique-nique.

— Et alors ? me pressa Tilly.

Je la regardai droit dans les yeux.

— C'était Margaret Creasy.

Numéro 2 de l'avenue

4 juillet 1976

Brian chantonnait devant la glace de l'entrée en essayant de refaire la raie dans ses cheveux. Ce n'était pas une mince affaire, étant donné que sa mère avait insisté pour acheter un miroir en forme d'étoile tellement fragmenté que l'astre en question semblait en pleine explosion, mais, s'il pliait un peu les genoux et penchait la tête vers la droite, il arrivait presque à voir son visage entier.

Ses cheveux étaient son principal atout, sa mère l'avait toujours dit. Mais maintenant que les filles semblaient préférer les hommes aux cheveux un peu plus longs, il doutait de sa tignasse, qui finissait en queues de rat dès qu'elle dépassait sa mâchoire.

— Brian !

Peut-être que s'il ramenait quelques mèches derrière ses oreilles…

— Brian !

Les cris de sa mère le tirèrent vers elle comme une laisse. Il passa la tête par l'embrasure de la porte du salon.

— Oui, maman ?

— Passe-moi la boîte de Milk Tray, tu veux ? Mes pieds me font un mal de chien.

Allongée sur une mer de crochet, les jambes calées sur le sofa, sa mère frottait ses oignons à travers un collant. Il entendait l'électricité statique.

— C'est cette fichue chaleur.

Son visage était tendu et ses joues gonflées par l'effort.

— Là-bas ! Là-bas !

Sa mère arrêta de se gratter et désigna le repose-pieds, sur lequel trônaient le magazine télé et ses chaussons, ainsi qu'un paquet renversé de Murray Mints. Elle lui prit la boîte de Milk Tray et étudia les chocolats avec l'expression concentrée d'un écolier confronté à une question d'examen particulièrement ardue.

Elle goba un Orange Cream puis fronça les sourcils en voyant sa veste en cuir.

— Alors comme ça, tu sors ?

— Je vais boire une bière avec les copains, maman.

— Les copains ?

Elle s'empara d'un loukoum.

— Oui, maman.

— Tu as quarante-trois ans, Brian.

Il eut envie de se passer la main dans les cheveux, mais, se souvenant de la brillantine, il renonça.

— Tu veux que je demande à Val de te faire une coupe la prochaine fois qu'elle passera ?

— Non, merci, je les laisse pousser. Les filles préfèrent les cheveux longs.

— Les filles ?

Elle éclata de rire et des petits morceaux de loukoum tanguèrent dans sa bouche.

— Tu as quarante-trois ans, Brian.

Il se dandina et la veste en cuir crissa au niveau des épaules. Il l'avait achetée au marché. Ce n'était probablement même pas du cuir. Sûrement une imitation plastique, et le seul à n'y voir que du feu, c'était l'idiot qui la portait. Il tira sur le col, qui craqua entre ses doigts.

La gorge de sa mère montait et descendait avec le loukoum, et il la regarda se passer la langue sur les dents du fond pour s'assurer qu'elle en avait eu pour son argent.

— Vide le cendrier avant de partir, tu veux.

Il prit le cendrier et le tint à bout de bras, comme une sculpture douteuse, un cimetière de cigarettes, chacune datée par une couleur différente de rouge à lèvres. Il regarda celles du bord pencher et vaciller pendant qu'il traversait la pièce.

— Pas dans la cheminée ! Jette-le dans la poubelle dehors, crachota-t-elle à travers un Lime Barrel. Ça va puer dans toute la maison si tu les laisses là.

Une volute de fumée s'échappa du cœur de la montagne de mégots. Il crut d'abord que c'était son imagination, mais l'odeur lui chatouilla bientôt les narines.

— Tu devrais faire attention, dit-il en désignant le cendrier. C'est comme ça que démarrent les incendies.

Le regard de sa mère se posa sur lui avant de revenir à la boîte de chocolats.

Ni l'un ni l'autre ne dit quoi que ce soit.

Il fouilla la cendre, trouva la braise et la pinça jusqu'à ce que le filet de fumée tremblote et se dissipe.

— Je l'ai éteinte, dit-il.

Mais sa mère était obnubilée par ses oignons, les chocolats, les Orange Cream et *le film qui commence sur BBC2*. Il savait qu'elle n'aurait pas bougé à son retour du pub. Il savait qu'elle aurait tiré la couverture sur ses jambes, que la boîte de Milk Tray massacrée serait par terre et que la télévision monologuerait dans un coin. Il savait qu'elle ne se serait pas aventurée en dehors des limites de son existence crochetée. Un monde dans un monde, une vie qu'elle s'était tissée au cours des dernières années et qui semblait rétrécir et se resserrer de plus en plus au fil des mois.

L'avenue était plongée dans le silence. Il souleva le couvercle de la poubelle et y vida les cigarettes. Un nuage de cendres monta vers lui. Il toussa, passa la main devant son visage, s'étouffa un peu, puis leva les yeux. Sylvia était dans le jardin du numéro 4, sans Derek ni Grace. Il avait rarement l'occasion de la voir seule, et il se risqua à l'observer un instant. Elle ne l'avait pas vu. Elle arrachait des mauvaises herbes qu'elle jetait dans un seau avant de s'essuyer les doigts. De temps en temps, elle se redressait, reprenait son souffle et se frottait le front du dos de la main. Elle n'avait pas changé. Il aurait voulu le lui dire, mais savait que ça ne ferait que compliquer encore plus les choses.

Il sentit un filet de sueur s'insinuer dans son col. Il n'aurait su dire depuis combien de temps il la regardait, mais elle leva la tête et le vit. Elle fit mine de le saluer. Il se retourna juste à temps et se réfugia à l'intérieur.

Il replaça le cendrier sur le repose-pieds.

— Sois rentré pour 10 heures, lui ordonna sa mère. J'aurai besoin de ma pommade.

Au Royal British Legion

4 juillet 1976

Le pub était vide, à l'exception de deux vieillards dans un coin. À chaque fois que Brian les voyait, ils étaient assis au même endroit, habillés de la même façon, en train de dire la même chose. Ils se faisaient face, mais tenaient deux conversations distinctes, et chacun était perdu dans ses propres mots. Brian laissa ses yeux s'habituer à la pénombre. Ici, il faisait plus frais et plus sombre. L'été ne passait pas le filtre du papier peint et du bois poli. Il était avalé par l'ardoise froide de la table de billard et s'effondrait entre les fils de la moquette, épuisé par les longues discussions. Le Legion ne connaissait pas les saisons. On aurait pu être au milieu de l'hiver, sauf que la chemise de Brian ruisselait de sueur et que ses jambes étaient fatiguées d'avoir trop marché.

Assis sur un tabouret au bout du bar, Clive donnait des chips à un terrier noir qui agitait les pattes et gémissait s'il trouvait que l'intervalle entre deux bouchées se faisait trop long.

— Une bière ? demanda-t-il.

Brian acquiesça. Clive se laissa glisser de son siège.

— Fait chaud, hein ?

Brian hocha la tête et lui tendit son argent. Il y avait

trop de pièces. Il souleva sa pinte et quelques gouttes de bière coulèrent sur le comptoir.

— Tu cherches toujours du boulot ? demanda Clive en prenant un torchon pour essuyer le bois.

Brian marmonna dans son verre et détourna les yeux.

— M'en parle pas. S'ils continuent à m'enlever des heures, je vais devoir m'y coller aussi.

Il retourna sa main et examina ses ongles. Brian le fixa par-dessus sa bière.

— Oh ! je blague, dit Clive.

Il éclata de rire, et Brian tenta de l'imiter, mais il n'y parvint pas vraiment.

Il en était à sa deuxième pinte quand ils firent leur apparition. Harold entra le premier, tout en short et beuglements.

— Clive ! s'exclama-t-il comme si c'était la dernière personne qu'il pensait voir.

Ils se serrèrent la main et posèrent leur autre main par-dessus jusqu'à ce que la poignée prenne des proportions démesurées.

Brian les observa.

— Une Double Diamond ? proposa Harold en désignant le verre de Brian.

Brian répondit que non, merci, il paierait sa bière, et Harold dit *à ta guise*, se retourna vers Clive et sourit, comme s'il y avait une autre conversation que Brian n'entendait pas. Au milieu de leur échange silencieux, Eric Lamb entra accompagné de Sheila Dakin, et Clive disparut dans la réserve, à la recherche d'une cerise pour le Babycham de Sheila.

Le temps que Brian les rejoigne à table, il se retrouva coincé contre le mur, entre le distributeur de cigarettes et la poitrine mystérieuse de Sheila Dakin.

Elle plissa le nez.

— Tu as recommencé à fumer, Brian ? Tu pues le vieux cendrier.

— C'est maman, expliqua-t-il.

— Tu devrais peut-être aller chez le coiffeur, suggéra-t-elle en trempant sa cerise dans le Babycham. Ta coupe ressemble vraiment à rien.

Il y avait une radio allumée quelque part et Brian percevait des bribes confuses de musique, sans parvenir à reconnaître le groupe. Peut-être les Drifters, ou les Platters. Il aurait voulu demander à Clive d'augmenter le volume, mais ça faisait cinq minutes que celui-ci était planté au bout du bar, en train de tordre un torchon dans la même chope de bière dans l'espoir d'entendre leur conversation. Il n'accepterait jamais de s'éloigner.

— Silence dans la salle, ordonna Harold en tambourinant sur la table avec le bord d'un dessous-de-verre, même si personne ne parlait. J'ai organisé cette réunion en raison de ce qui s'est passé dernièrement.

Brian se rendit compte qu'il avait presque fini sa bière. Il fit pivoter la chope pour tenter de récupérer la mousse qui en tapissait les côtés.

— De quoi tu parles ? fit Sheila.

Elle tirait sur sa boucle d'oreille en bronze massif, qui n'aurait pas détonné sur un totem. Le bijou ramenait la chair vers la mâchoire et transformait le trou dans l'oreille en une ligne dentelée.

— Cette histoire avec Margaret Creasy.

Harold n'avait pas lâché le dessous-de-verre.

— John croit dur comme fer que ça a un rapport avec le numéro 11. Il s'est mis dans un état pas possible après l'église le week-end dernier.

— Ah bon ? demanda Sheila. J'étais pas là.

Harold la dévisagea.

— Ça ne m'étonne pas.

— Dis donc, toi !

Elle se mit à tripoter son autre boucle d'oreille et son rire emplit toute la tablée.

Harold se pencha en avant, même s'il n'y avait pas la place.

— Il faut juste qu'on se mette d'accord sur ce qu'il s'est passé, dit-il.

La musique s'était tue. Brian entendait le torchon de Clive crisser contre le verre et le bourdonnement des deux vieux qui peinaient avec leurs mots.

— Viens t'asseoir, Clive, intervint Eric Lamb en désignant la chaise vide avec son verre. Tu es aussi impliqué que nous là-dedans.

Clive fit un pas en arrière, serra le torchon contre son torse et dit qu'il n'était pas sûr que ce soit sa place, mais Brian vit Harold le persuader d'un regard et Clive installa son tabouret entre Harold et Sheila.

— J'ai fait exprès de ne pas inviter John, déclara Harold en se redressant et en croisant les bras. On n'a pas besoin qu'il nous fasse encore une scène.

— Qu'est-ce qui lui fait dire que ça a un rapport avec le numéro 11 ?

Sheila avait fini son Babycham et tournait le pied de sa coupe entre ses doigts. Il s'approchait lentement du bord de la table.

— Tu connais John, répondit Harold. Il cherche toujours une raison de s'inquiéter, il ne peut pas s'empêcher de s'agiter.

Brian était d'accord, même s'il ne l'aurait jamais admis. Quand ils étaient petits, John comptait les bus. Il pensait qu'ils portaient bonheur.

Plus on voit de bus, mieux c'est, disait-il. *Ça protège.* À force de faire des détours pour essayer d'en voir le plus possible, ils étaient en retard à l'école. *Ça nous a mis en retard, comment est-ce que ça peut nous porter chance ?* demandait Brian en riant, mais John se rongeait les ongles et répondait qu'ils n'avaient pas dû en voir assez.

— John ne pense quand même pas que ce pervers l'a trucidée, si ? demanda Sheila.

La coupe s'inclina vers le sol et Eric guida sa main vers la table.

— Oh non, pas du tout. Non, non.

Après avoir laissé échapper une guirlande de *non*, Harold baissa les yeux vers son dessous-de-verre.

— Ça m'étonnerait pas, dit Sheila. Je pense toujours qu'il a pris le bébé.

Harold la regarda un instant puis baissa la tête.

— Mais le bébé a été retrouvé sain et sauf, Sheila, rappela Eric en lui prenant le verre. C'est ce qui compte.

— Ce sale pervers, cracha-t-elle. Je me fiche de ce qu'a dit la police. C'est une rue normale, avec des gens normaux. Il n'a rien à faire ici.

Un silence enveloppa la table. Brian entendait la Guinness couler dans la gorge d'Eric Lamb et le torchon se froisser entre les doigts de Clive. Il entendait la boucle d'oreille de Sheila s'agiter et le dessous-de-verre de Harold marteler le bois, et il distinguait le bruit des poches d'air qui s'échappaient de sa propre bouche. Le silence devint un son à part entière, agressant leurs oreilles jusqu'à ce qu'il craque.

— Margaret Creasy parlait beaucoup à maman, annonça-t-il.

Il porta sa chope à sa bouche. Elle était presque vide.

— De quoi ? demanda Harold. Du numéro 11 ?

Brian haussa les épaules derrière sa bière.

— Je ne suis jamais resté. Elles jouaient au gin-rami pendant des heures. Maman disait qu'elle était de bonne compagnie, qu'elle savait écouter.

— Elle passait son temps fourrée chez toi, Harold, fit Sheila.

Dans un cliquetis, elle ouvrit son porte-monnaie et posa un billet d'une livre devant Clive.

— Ah bon ? Je ne l'ai jamais vue.

— Elle tenait probablement compagnie à Dorothy pendant que tu étais sorti.

Brian voulut poser une pile de pièces sur le billet, mais Sheila l'écarta.

— Dorothy a vu Margaret Creasy entrer au numéro 11, dit Harold. Elle est aussi hystérique que John. Elle pense que quelqu'un a parlé.

Clive rassembla les verres vides, un doigt dans chacun, et rétorqua :

— Qu'est-ce qu'on aurait pu dire ? La police a conclu que l'incendie était accidentel.

— Vous connaissez Dorothy, répondit Harold. Elle avouerait n'importe quoi à n'importe qui. La moitié du temps, elle ne sait même pas ce qu'elle raconte.

Les verres s'entrechoquèrent en quittant la table.

— Tant que la police ne change pas d'avis et ne commence pas à tout ressortir…

Pour une fois, Sheila parlait bas. Elle tenait toujours son porte-monnaie et Brian la regarda triturer la fermeture. Ses mains étaient raidies par la chaleur et son vernis à ongles s'écaillait sur les bords.

— Merde, Sheila, c'est exactement ce que je veux dire.

Il n'y avait personne d'autre dans le bar : même les deux vieux étaient partis. Malgré tout, Harold examina les chaises vides derrière lui, puis il se retourna et se rapprocha de la table.

— Inutile d'être alarmistes. À l'époque, on s'est mis d'accord pour exprimer notre point de vue, rien de plus. Le reste n'était qu'une coïncidence.

Brian se laissa retomber sur sa chaise. Il sentait le coin du distributeur de cigarettes lui rentrer dans l'épaule.

— Mais elle parlait à tout le monde, non ? Elle a fait

le tour de l'avenue. On ne sait pas ce qu'elle a trouvé. Elle était maligne, Mrs Creasy. Très maligne.

Sheila fourra son porte-monnaie dans son sac à main.

— Ça me fait mal de le dire, mais Brian a raison. Peut-être qu'elle en savait plus que nous.

— C'était un accident, répondit Eric Lamb en détachant les syllabes comme des ordres.

Maintenant que sa chope avait disparu, Brian ne savait plus quoi faire de ses mains. Il posa son pouce sur les gouttes de bière sur la table, dessina des lignes, essaya de reconstituer un motif. C'était le problème avec les gens qui vous connaissaient depuis l'enfance : ils ne pouvaient jamais admettre que vous n'aviez plus besoin qu'on pense à votre place.

— Il faut simplement qu'on reste calmes, conclut Harold. Pas de bavardages. On n'a rien fait de mal, c'est compris ?

Brian haussa les épaules et sa veste crissa en réponse. Ce n'était décidément pas du cuir.

Ils retraversèrent le quartier. Sheila prit le bras de Brian pour garder l'équilibre, soi-disant parce que ses chaussures étaient mal foutues. Il doutait que le problème vienne de là, mais lui offrit tout de même son bras. Il était presque 22 heures. Eric Lamb était parti devant et ils avaient laissé Harold aider Clive à fermer. C'était le meilleur moment de la journée, se dit Brian. La chaleur s'était estompée, laissant place à un lourd silence, et il y avait même un soupçon de brise qui repoussait le calme plat et se frayait un chemin à travers les feuilles les plus hautes.

Quand ils arrivèrent au garage au bout de l'avenue, Sheila s'arrêta pour tripoter la bride de sa chaussure, chancela et dut s'accrocher à Brian pour ne pas tomber.

— Saletés de talons.

Il regarda la route. La lumière s'échappait du ciel et se pressait contre l'horizon, emportant avec elle tout ce qui était familier et rassurant. Au crépuscule, les maisons semblaient différentes, exposées, comme si on leur avait arraché leur déguisement. Elles se regardaient en chiens de faïence, et tout en haut, à l'écart, il y avait le numéro 11.

Immobile, silencieux, patient.

Sheila leva les yeux et suivit son regard.

— Ça a pas de sens, hein ? commenta-t-elle. Pourquoi il reste alors qu'il sait qu'on ne veut pas de lui ?

Brian haussa les épaules.

— Peut-être qu'il pense la même chose de nous. Peut-être qu'il attend nos excuses.

Sheila eut un petit rire mauvais.

— Il peut les attendre longtemps, les miennes !

— Mais tu crois vraiment qu'il a fait ça ? Qu'il a pris le bébé ?

Elle l'observa. Son visage tout entier sembla se pincer et se contracter, jusqu'à ce que le blanc de ses yeux flotte dans une mer de haine.

— C'est bien le genre, non ? Il suffit de le regarder. Tu n'es pas bête à ce point, Brian.

Il sentit qu'il s'empourprait. Heureusement qu'elle ne pouvait pas s'en rendre compte.

— Walter le pervers, dit-il.

— Exactement. Même les gamins le sentent.

Il jeta un coup d'œil aux lumières chez Sheila.

— Qui surveille les tiens ?

Elle sourit.

— Ils n'ont pas besoin de baby-sitter. Ma Lisa est grande, maintenant. Elle est futée, celle-là, comme sa mère. Je lui ai bien appris.

Il regarda le numéro 11. La maison se perdait peu à peu dans l'obscurité ; le bout du toit glissait dans le ciel d'encre.

— C'est ce que les gamins font, non ? Copier papa et maman ?

Les chaussures de Sheila raclèrent le trottoir, éraflant le bitume.

— Tout juste, répondit-elle. Et ne commence pas à t'apitoyer sur Walter Bishop. Les gens comme lui ne méritent pas notre compassion. Ils ne sont pas comme nous.

Le cliquetis du loquet retentit dans la rue déserte.

— Tu crois vraiment que la police va s'intéresser à l'incendie ? Après tout ce temps ?

Elle se retourna. Dans la pénombre, il ne voyait pas son visage, juste une silhouette qui se mouvait devant les briques de plus en plus sombres. Quand elle répondit, ce fut dans un murmure qui rampa dans le silence.

— On n'a vraiment pas intérêt.

Et ses chaussures raclèrent la marche, une clé tourna dans une serrure, et Brian regarda l'obscurité voler la dernière trace de jour.

Il traversa la rue, en direction de chez lui, les mains fourrées dans les poches de sa veste. Au début, il se dit que c'était son imagination, puis il sentit à nouveau du carton frotter contre ses doigts. Il s'arrêta et tira sur la doublure déchirée jusqu'à ce que l'objet apparaisse.

Une carte de bibliothèque.

La lumière liquide et orange du lampadaire au-dessus de sa tête inonda le nom sur le carton.

Mrs Margaret Creasy.

Il fronça les sourcils, le plia en deux et le poussa dans la doublure jusqu'à ce qu'il disparaisse enfin.

Brian se posta dans l'embrasure de la porte et regarda le salon. Une énorme grotte, la bouche de sa mère endormie, lui rendit son regard, donnant au reste de son visage une allure étrangement triviale. La boîte de Milk Tray était éviscérée sur le repose-pieds, et les débris de la soirée décoraient la moquette — aiguilles à tricoter, mots croisés et programme télé déchiré dans un journal.

— Maman ? appela-t-il.

Assez bas pour ne pas la réveiller, assez haut pour se dire qu'il avait essayé.

Pour toute réponse, elle émit un ronflement. Pas le grondement puissant auquel on s'attendrait, mais quelque chose de plus doux. Un bourdonnement prévenant. Son père lui avait dit un jour que quand ils s'étaient rencontrés sa mère était délicate et gracieuse, et Brian se demanda si ses ronflements étaient le seul vestige de cette femme menue et fragile.

Il regarda la bouche de sa mère. Combien de mots en étaient sortis pour se déverser dans les oreilles de Margaret Creasy ? Elle était incapable de se contrôler. On aurait dit qu'elle utilisait les rumeurs comme une toile pour piéger l'attention des gens, comme si elle ne se trouvait pas assez intéressante pour les retenir par d'autres moyens.

La bouche de sa mère s'élargit un peu plus, ses yeux se rétrécirent encore davantage, et le léger chuintement de l'inconscience monta des profondeurs de ses poumons.

Brian se demanda si elle avait parlé à Margaret Creasy de la nuit de l'incendie. De ce qu'elle avait vu, ou cru voir, dans les recoins sombres de l'avenue.

Et si c'étaient ses mots qui avaient fait disparaître Margaret Creasy comme par magie.

20 décembre 1967

Brian rapproche l'allumette de sa cigarette roulée et regarde le tabac s'enflammer et rougeoyer dans l'obscurité.

Il peut fumer à l'intérieur s'il en a envie. Les pièces sont tapissées par la peau jaune des cigarettes de sa mère, mais il préfère rester dehors, pour sentir la morsure de l'hiver sur son visage et observer la pénombre sans être dérangé.

L'avenue est figée dans le silence du gel. Toutes les

maisons sont emmitouflées pour affronter le froid ; le chauffage, réglé au maximum ; les fenêtres, envahies par la condensation. Des sapins de Noël le regardent par les interstices entre les rideaux, mais Brian n'a pas trop la tête à ça. Comme tout le monde, probablement, après tout ce qu'il s'est passé.

La fine cigarette roulée est vite consumée. Elle lui gratte la gorge et lui serre la poitrine. Il décide d'aspirer une dernière bouffée avant de rentrer dans la chaleur capitonnée de la cuisine, quand il voit un mouvement au bout de la route. Quelque part près du 11, il y a un tressaillement dans l'obscurité, un bref changement de lumière à la périphérie de son champ de vision, alors qu'il s'apprête à se retourner.

Brian recouvre la cigarette de sa paume pour en cacher l'éclat et essaye de tirer la rue vers ses yeux, mais au-delà de la flaque orange des lampadaires les formes se fondent dans les ténèbres.

Il est certain d'avoir perçu un mouvement.

Et, pendant qu'il ferme la porte de derrière, il entend un bruit de pas qui s'éloignent.

— Tu peux fumer à l'intérieur, Brian, dit sa mère en désignant un cendrier boursouflé. Tu pourrais m'aider à accrocher les cartes de Noël.

Elle attache les cartes à une guirlande composée de minuscules pinces rouges et vertes tout en faisant un sort à un paquet de biscuits fourrés.

— J'avais envie de prendre l'air, maman.

— Tant que tu n'oublies pas tes reins…

Il va à la fenêtre et écarte un tout petit peu le voilage, juste assez pour dégager un centimètre de verre.

— Qu'est-ce que tu regardes ?

La voix de sa mère frétille de curiosité et elle pose les cartes sur ses genoux.

— Le 11.

— Je croyais qu'il était parti avec sa mère. Je pensais qu'on s'était tous dit que ça ne servait à rien de surveiller la maison jusqu'à son retour.

— Il y a quelqu'un dans son jardin.

Elle bondit. La pile de cartes fait un saut périlleux et trois humbles mangeoires et un âne tombent sur la moquette.

— Eh bien, tant qu'à faire, fais les choses bien, dit-elle. Éteins la grande lumière et ouvre les rideaux.

Il obéit et ils observent tous les deux les ténèbres.

— Tu vois quelque chose ? demande-t-elle.

Rien. Ils guettent en silence.

Sheila Dakin va jeter quelque chose à la poubelle et l'avenue retentit du bruit du verre qui s'écrase sur le métal. Sylvia Bennett écarte le store d'une fenêtre à l'étage et jette un coup d'œil à la route. On dirait qu'elle les regarde droit dans les yeux et Brian plonge sous l'appui de la fenêtre.

— Elle ne peut pas te voir, pauvre nouille, gronde sa mère. La lumière est éteinte.

Brian refait surface, et quand il lève les yeux Sylvia a disparu.

— Si ça se trouve, c'était encore les gamins du lotissement, suggère sa mère. Peut-être qu'ils sont revenus.

Brian s'appuie sur la fenêtre. Il ne sent plus ses jambes et l'arrière du sofa s'enfonce dans ses côtes.

— Ils n'oseraient pas, répond-il. Pas après ce qu'il s'est passé.

Sa mère renifle d'un air dubitatif.

— En tout cas, je ne vois rien. Tu as dû rêver, il n'y a personne.

Pendant qu'elle parle, Brian l'aperçoit à nouveau. Un mouvement derrière les arbres minces et dénudés du jardin de Walter Bishop.

— Là.

Il tapote la vitre.

— Tu vois, maintenant ?

Sa mère écrase son visage contre la fenêtre et ses soupirs fascinés obscurcissent la vitre.

— Eh ben, dis donc ! Qu'est-ce qu'il fabrique ?

— Qui ça ? demande Brian en la rejoignant. Qui c'est ?

— Enlève ta tête, Brian. Tu me gênes toujours.

— Qui c'est ? répète-t-il en s'écartant.

Sa mère croise les bras sur sa poitrine, l'air satisfait.

— Harold Forbes, répond-elle. C'est Harold Forbes.

— Ah bon ?

Brian se risque à rapprocher sa tête de la vitre.

— Comment tu sais ?

— Je reconnaîtrais sa démarche entre mille. Il se tient toujours voûté, cet homme.

Ils contemplent tous deux l'obscurité, et leurs reflets dans la vitre leur rendent leurs regards, fantomatiques, curieux.

— Il y a des gens bizarres, ici, souffle sa mère.

La vision de Brian s'habitue à la nuit, et au bout d'un moment il voit la silhouette, un peu penchée, un objet entre les mains. Elle se déplace entre les arbres et se dirige vers la façade du 11. C'est manifestement un homme, mais Brian ne comprend pas comment sa mère peut être aussi certaine qu'il s'agit de Harold Forbes.

— Qu'est-ce qu'il transporte ?

Brian essuie la buée sur le verre.

— Tu arrives à voir ?

— Je ne suis pas sûre, mais ce n'est pas ce qui m'intéresse le plus.

Brian se tourne vers elle et fronce les sourcils.

— Qu'est-ce que tu veux dire ?

— Ce que je me demande, c'est qui est avec lui.

Elle a raison. Derrière la silhouette voûtée qui erre dans les arbres, il y a une deuxième personne. Elle est un peu plus grande que la première, et plus droite, et elle désigne quelque chose à l'arrière de la maison. Il essaie de se coller un peu plus à la vitre, mais l'image devient floue et déformée, un fatras de contours et d'ombres.

Brian avance plusieurs hypothèses, toutes rejetées par sa mère : trop jeune, trop vieux, trop grand.

— Alors, c'est qui, à ton avis ? demande Brian.

Sa mère se redresse et rentre le menton dans la chair de son cou.

— J'ai mes soupçons, répond-elle, mais évidemment ce ne serait pas bien de spéculer.

Il n'y a qu'une seule chose que sa mère aime plus que les ragots, c'est de les refuser à une oreille intéressée sous prétexte de scrupules soudains.

Ils se chamaillent. Brian ne gagne jamais leurs disputes, sa mère est bien trop têtue et expérimentée. Le temps qu'il abandonne, les silhouettes dans l'avenue ont disparu.

— Et voilà, dit sa mère.

Les cartes sont toujours étalées sur la moquette et elle rassemble plusieurs Vierges Marie en revenant sur le sofa.

— Qu'est-ce qu'ils faisaient, d'après toi ? interroge Brian.

Elle prend un autre biscuit et il doit attendre qu'elle ait soulevé le dessus et examiné la garniture.

— Eh bien, en tout cas, espérons qu'ils essaient de se débarrasser de Bishop une fois pour toutes, répond-elle. Il y a eu trop d'incidents ces derniers temps.

Pour une fois, il est d'accord avec elle. Les dernières semaines n'ont été qu'une longue série de désordres. Autrefois, la police ne venait jamais sur l'avenue, et maintenant on dirait qu'elle y est en permanence.

— Je suis sûre d'une chose.

Sa mère croque dans le biscuit et une pluie de miettes atterrit sur la têtière.

— Je suis contente que tu sois là, Brian. Sinon, je n'arriverais pas à fermer l'œil. Pas tant que ce type habite au bout de la rue.

Brian s'adosse à l'appui de la fenêtre, mais le rebord

s'enfonce dans sa colonne vertébrale et fait craquer ses vertèbres. Il fait trop chaud. Sa mère a toujours mis le chauffage trop fort. Enfant, il restait devant la fenêtre, cherchant un moyen d'échapper à l'atmosphère étouffante et de disparaître définitivement.

— Je vais fumer, annonce-t-il.

— Je ne comprends pas pourquoi tu ne fumes pas à l'intérieur, Brian. Ma compagnie ne te plaît pas ?

Sa mère s'est remise à enfiler des cartes de Noël. *Il y a un thème*, pense Brian. Elle ajoute un petit jésus à une série. Il y a treize étoiles de Bethléem. Treize ânes à l'air soucieux. Une ribambelle de petits jésus à suspendre devant la cheminée, qui les regarderont manger leur repas de Noël, coiffés de chapeaux en papier silencieux.

— J'ai envie de prendre l'air, c'est tout.

— Eh bien, ne traîne pas trop. Tu sais qu'avec mes nerfs je n'aime pas rester seule trop longtemps. Pas tant que tout ce bazar durera.

Brian récupère sa tabatière et sa boîte d'allumettes posées sur l'appui de la fenêtre.

— Je ferai vite, promet-il.

Et il ressort dans l'obscurité.

Numéro 4 de l'avenue

5 juillet 1976

On était lundi. Le premier vrai jour des vacances. L'été lançait un pont poussiéreux jusqu'en septembre, et je restai au lit aussi longtemps que possible, savourant cet instant de grâce.

J'entendais les bruits familiers de mes parents dans la cuisine. Un concert de placards, d'assiettes et de portes que je connaissais par cœur. J'écrasai l'oreiller sous ma tête, je tendis l'oreille et je regardai une brise s'engouffrer dans les rideaux et les gonfler comme des voiles. Je savais qu'il ne pleuvrait pas. *On peut reconnaître l'odeur de la pluie comme celle de la mer*, disait mon père. Tout ce que je sentais depuis mon lit, c'était le porridge de Remington et un relent de bacon qui venait de la cuisine de quelqu'un d'autre. Je me demandai si on me laisserait me rendormir, puis je me souvins que Dieu et Mrs Creasy m'attendaient, et mon petit déjeuner aussi.

Ma mère était silencieuse. Elle ne dit rien lorsque j'entrai dans la cuisine, ni pendant que je mangeais lentement mes Rice Krispies, ni quand je posai mon bol dans l'évier. Le plus étrange, c'est que même si elle ne faisait pas un bruit on n'entendait qu'elle.

Assis dans un coin, mon père essuyait ses chaussures sur un morceau de journal pendant que ma mère tournait autour des placards comme un satellite. De temps en temps, il faisait une remarque très banale pour voir s'il arriverait à lancer une conversation. Il avait essayé la météo, mais personne n'avait répondu. Il avait même parlé à Remington, qui s'était contenté d'agiter la queue sur le lino d'un air désorienté.

— C'est le premier jour des vacances, hein, tenta-t-il.

— Mmm.

Je m'accroupis et j'inspectai le frigo dans l'espoir de deviner ce que j'allais manger ce midi.

— Alors, qu'est-ce que vous allez faire cet été, Tilly et toi ?

— On va trouver Dieu, répondis-je, la tête dans le bac à légumes.

— Dieu ?

J'entendais la brosse racler le cuir.

— Ça devrait bien vous occuper.

— Ça ne sera pas si difficile que ça. Il est partout.

— Partout ? Je ne suis pas sûr qu'Il passe beaucoup de temps dans ce lotissement.

— Ne recommence pas, Derek.

Par-dessus la porte du frigo, je vis ma mère ranger dans le tiroir des couverts enveloppés dans un torchon.

— Je t'ai expliqué pourquoi je n'y allais pas.

— Ce n'est pas ce que je voulais dire, mais maintenant que tu en parles…

Je me fis toute petite derrière un yaourt au cassis et une douzaine d'œufs de plein air.

— Je n'ai pas besoin de me justifier. On va à suffisamment d'enterrements dans une vie sans en rajouter inutilement.

— J'ai peur que personne ne vienne.

Mon père avait arrêté de frotter ses chaussures et les contemplait.

— J'irais moi-même si je ne travaillais pas. 14 heures, ce n'est vraiment pas un horaire pratique.

— La mère de Petit Brian sera là.

— Elle va à tous les enterrements. C'est les seules fois où elle sort de chez elle.

Il trempa la brosse dans le pot de cirage et ajouta :

— Ça ne compte pas.

— Je ne connaissais même pas Enid si bien que ça, rétorqua ma mère.

Elle se cacha derrière ses mains et je l'entendis soupirer entre ses doigts.

— C'est horrible qu'elle soit morte seule, mais je ne vois pas en quoi aller à son enterrement la fera se sentir mieux.

La dame de l'allée des Mûriers. Je devenais une excellente détective.

— Comme tu veux.

Et ma mère retomba dans son silence assourdissant.

— Je n'arrive pas à croire que Mrs Forbes nous ait raconté des bobards, s'indigna Tilly.

Je l'avais convoquée pour une réunion d'urgence dans ma chambre. Ce n'était pas idéal, parce que Tilly se déconcentrait très facilement, mais Mrs Morton était allée voir la tombe de son mari et racheter des Penguins, si bien que sa table de cuisine était temporairement indisponible.

Je pensai à mes parents. Ils mentaient sur le temps que ça prendrait d'aller quelque part et la durée exacte du dîner, et même si ma mère disait toujours que les cadeaux étaient de leur part à tous les deux, quand je les ouvrais le matin de Noël, mon père avait l'air aussi surpris que moi.

— Les adultes passent leur temps à raconter des salades. Je me demande simplement ce que Mrs Forbes a à cacher.

J'écrivis la date dans mon cahier. Je savais que Tilly regardait la rangée de figurines Whimsy sur l'étagère derrière ma tête. Je voyais ses yeux les passer en revue.

— T'as le galago et la girafe, dit-elle. Moi, je n'ai aucun des deux.

— Tilly, concentre-toi.

Ses yeux atteignirent le bout de l'étagère.

— Tu as deux galagos. Deux. Je n'en ai même pas un seul.

— Ils vont ensemble. Ils sont censés être par deux.

— Je ne savais pas que c'était des paires. Ça veut dire qu'ils ne peuvent pas être séparés, du coup.

— Tilly, c'est pas les figurines, le problème. On est censées trouver un plan.

— Je savais qu'elle ne disait pas la vérité.

Mon stylo s'immobilisa sur la ligne.

— Comment ?

— Elle faisait une drôle de tête, comme quand ma mère me parle de mon père. Je sais que c'est son écriture à elle sur les cartes de Noël.

— Ma mère écrit toutes mes cartes de Noël.

— Mais ce n'est pas pareil, si ?

— Non, j'imagine que non.

La brise faisait claquer les rideaux. Ma mère passait la journée à les fermer pour ne pas laisser entrer la chaleur, puis à les rouvrir pour la chasser. Je grimpai sur le lit en contournant Tilly et je les ouvris de quelques millimètres. Tilly se retourna et regarda à travers la vitre.

— Qu'est-ce que fabrique Mr Creasy ? demanda-t-elle.

Planté au milieu de la chaussée, John Creasy fixait le bas de la route.

— Il attend le bus qui s'arrête au bout de l'avenue à 10 h 55.

— Il ne devrait pas aller à l'arrêt de bus ?

— Oh non, il ne veut pas le prendre. Il espère que Mrs Creasy en descendra. Il vient tous les jours.

Le bus apparut. J'entendis les freins siffler et cracher et le moteur tousser, mais l'arrêt demeura désert et Mr Creasy rentra chez lui, les mains dans les poches. Nous reportâmes notre attention sur le cahier.

— Il y avait qui d'autre, sur la photo du pique-nique ? s'enquit Tilly.

Je relevai les jambes.

— Mr et Mrs Forbes et Mrs Creasy.

— Oui, mais qui d'autre ?

Je fermai les yeux et j'essayai de visualiser le cliché. J'avais été trop absorbée par Mrs Forbes et ses cheveux crantés, et l'image se brouilla et vacilla derrière mes paupières.

— Petit Brian, dis-je enfin. Il était là, c'est sûr.

Tilly fronça les sourcils.

— C'est qui, Petit Brian ?

— Mr Roper. Il habite au 2 avec sa maman.

— Est-ce qu'il y a un Grand Brian ?

Je réfléchis un instant.

— Non.

— Alors, on va lui demander ce qu'il sait ?

— Oui, bien sûr. Mais pas cet après-midi.

Tilly leva les yeux et se gratta le bout du nez avec son pull.

— Pourquoi pas ?

— Parce que cet après-midi, on va à un enterrement.

— Je ne suis pas sûre que ce soit une bonne idée, Gracie.

Plantée devant mon placard, Tilly se regardait dans le miroir.

— Tu m'as dit que tu n'avais rien de noir, répondis-je.

— Mais c'est un poncho.

— Il y a du noir dessus.

Elle étudia son reflet.

— Et plein d'autres couleurs.

— C'est important de porter du noir à un enterrement. C'est plus respectueux.

— Comment tu t'habilles, toi ?

— Je voulais mettre mes chaussettes noires, mais comme il fait trop chaud je vais me contenter d'une montre noire.

Je voulus lui passer ma paire de lunettes de soleil de secours, puis je me rendis compte qu'elle n'avait pas de bras et je les lui posai sur le nez.

— Je ne comprends toujours pas pourquoi on y va.

— Parce qu'il risque de n'y avoir personne d'autre. J'ai entendu mes parents en parler.

— Mais on ne connaissait même pas la dame de l'allée des Mûriers.

J'examinai nos reflets dans le miroir.

— Ce n'est pas grave. Il faut qu'il y ait quelqu'un. Imagine que personne n'aille à ton enterrement. Imagine que tu meures et que personne ne t'aime assez pour te dire au revoir.

J'avais une boule dans la gorge et je ne savais pas du tout d'où elle sortait. J'avais du mal à la contourner pour parler, et quand les mots surgissaient ils étaient tout tremblants et bizarres à force de s'être serrés.

Tilly fronça les sourcils et tenta de me prendre la main à travers la laine.

— Ne sois pas triste, Gracie.

— Je ne suis pas triste. Mais je veux qu'elle sache qu'elle ne comptait pas pour du beurre.

Je retirai ma main et j'essayai de tout ravaler. J'étais l'aînée, il fallait que je montre l'exemple. Je remis mes lunettes et je me lissai les cheveux.

— De toute façon, Dieu sera là. On va peut-être trouver des indices.

Nous n'étions pas seules dans l'église, et tant mieux, parce que je ne savais jamais quand il fallait s'asseoir, se lever ou s'agenouiller, et c'était bien pratique d'avoir quelqu'un sur qui copier. Assise au premier rang, Mrs Roper se massait les pieds. Elle était flanquée du barman du pub, mais aucune trace de Petit Brian. Juste derrière, deux vieux messieurs marmonnaient dans leur barbe. Nous nous glissâmes sur les bancs tout au fond pour pouvoir faire des commentaires. Pendant que nous calions nos chaussures sur les coussins, Mr et Mrs Forbes entrèrent. Mrs Forbes se dirigea vers l'avant, mais Mr Forbes la tira par le bras et désigna des sièges vers le milieu, où Eric Lamb était déjà installé.

— Je me demande si Dieu sait que Mrs Forbes passe son temps à raconter des bobards, chuchota Tilly en tirant sur son poncho.

Le pasteur nous avait accueillies à la porte et s'était étonné que nous soyons des amies d'Enid, et j'avais répondu qu'elle nous aimait comme ses propres filles, et il nous avait demandé : *Saviez-vous qu'elle avait quatre-vingt-dix-huit ans ?* Nous avions acquiescé derrière nos lunettes de soleil tout en attrapant un livre de cantiques pour deux. Quelque part au-dessus de nos têtes, l'orgue jouait la musique d'introduction, des notes douces et hésitantes qui disparaissaient dans la pierre et le bois avant même qu'on les ait entendues.

— C'est Jésus ? demanda Tilly.

Je suivis son regard jusqu'à une statue. Enveloppé dans une étoffe rouge et or plissée, l'homme était juché sur une poutre à mi-chemin du plafond. Il tendait la main comme s'il nous invitait à venir le rejoindre.

— Je crois, répondis-je. Il a une barbe.

— Mais ils ont tous une barbe, non ?

Je jetai un coup d'œil autour de nous. En fait, toute une foule de gens nous toisaient depuis des poutres. C'était déroutant, parce qu'ils semblaient tous songeurs et un peu déçus, et je me sentis soudain bien incapable de dire lequel était Jésus.

— Non, je crois que c'est bien Jésus, m'entêtai-je. C'est celui qui a l'air le plus religieux.

Pendant que nous délibérions, le pasteur descendit la nef et s'arrêta devant le cercueil d'Enid.

Elle avait dû être très petite.

« *Je suis la résurrection et la vie, dit le Seigneur. Celui qui croit en moi vivra, quand bien même il serait mort.* »

Le pasteur parlait très fort et d'une voix convaincante. Même si je ne comprenais jamais ce qu'il racontait, j'avais envie d'être d'accord avec lui.

Nous sommes rassemblés aujourd'hui pour commémorer devant Dieu le souvenir de notre sœur Enid, et pour Le remercier de lui avoir donné la vie. Pour mettre son corps en terre et pour nous réconforter les uns les autres dans notre chagrin.

Je regardai le cercueil d'Enid derrière le pasteur et je pensai aux quatre-vingt-dix-huit années qu'il contenait. Je me demandai si elle y avait pensé aussi, toute seule sur la moquette de son salon, et j'espérai que oui. On allait lui faire traverser l'église et le cimetière, en passant devant tous les Ernest, les Maud et les Mabel, puis ses quatre-vingt-dix-huit années seraient ensevelies, et des pissenlits finiraient par recouvrir son nom. J'imaginai toutes les générations qui longeraient sa tombe en se rendant à des mariages et à des baptêmes, en prenant un raccourci, en fumant une cigarette. Je me demandai s'il leur arriverait de s'arrêter et de penser à Enid et à ses quatre-vingt-dix-huit années, et si le monde aurait encore un peu de mémoire à lui consacrer.

Je m'essuyai les joues avant que Tilly ne me voie. Mais j'étais contente. Ça voulait dire qu'Enid comptait. Que quatre-vingt-dix-huit années méritaient quelques larmes.

L'orgue se remit à jouer avec plus d'assurance dans le bruissement des livres de cantiques.

— Qu'est-ce que ça veut dire, *s'assujettir* ? demanda Tilly en montrant la page.

J'y jetai un coup d'œil.

— Qu'il faut être sage, je crois.

Les gens fredonnaient à voix basse, et Tilly et moi faisions un peu semblant, mais Mrs Roper compensait pour tout le monde : elle avait reposé son livre de cantiques sur son siège et chantait à tue-tête.

Après l'hymne où on promettait d'être sages, le pasteur monta à sa chaire et annonça qu'on allait lire la Bible.

« *Or quand le Fils de l'homme viendra environné de Sa gloire et accompagné de tous les saints anges, alors il s'assiéra sur le trône de Sa gloire.* »

Je me laissai retomber sur ma chaise, un réglisse à la main.

« *Et toutes les nations seront assemblées devant Lui ; et Il séparera les uns d'avec les autres, comme le berger sépare les brebis d'avec les boucs. Et Il mettra les brebis à sa droite, et les boucs à sa gauche.* »

— Encore des brebis, remarqua Tilly.

— Je sais. Elles sont partout.

Je lui proposai un bonbon, mais elle secoua la tête.

« *Alors Il dira à ceux qui seront à Sa gauche : Allez-vous-en loin de moi, maudits, dans le feu éternel qui est préparé pour le diable et ses anges.* »

Tilly me donna un petit coup de poncho.

— Pourquoi est-ce qu'Il déteste autant les boucs ?

« *Car j'ai eu faim, et vous ne m'avez pas donné à manger ; j'ai eu soif, et vous ne m'avez pas donné à boire.* »

— Je ne sais pas trop. On dirait qu'il n'aime que les brebis.

« *J'étais étranger, et vous ne m'avez pas recueilli ; j'étais nu, et vous ne m'avez pas vêtu ; j'étais malade et en prison, et vous ne m'avez pas visité.* »

— Oh ! ils ne se sont pas occupés de Lui, dit Tilly. C'est logique, j'imagine.

« *Et ceux de gauche s'en iront dans les tourments éternels, tandis que seuls ceux de droite connaîtront la vie éternelle.* »

Le pasteur hocha la tête comme s'il nous avait dit quelque chose de très important, et je l'imitai, même si je ne savais pas bien ce que c'était.

— Mais je ne comprends pas, murmura Tilly. Comment Dieu sait qui sont les boucs et qui sont les brebis ?

Je regardai Eric Lamb et Mr Forbes, qui remettait le livre de cantiques de Mrs Forbes à la bonne page. Je regardai Mrs Roper qui se massait les pieds, le barman du British Legion, et les deux vieux messieurs qui chuchotaient toujours, la tête baissée. Et enfin je regardai le pasteur, qui nous observait du haut de son petit escalier.

— Je crois que c'est tout le problème. Ce n'est pas toujours très facile de faire la différence.

Le pasteur attendait à la sortie de l'église pour dire au revoir à tout le monde. Il me serra la main et nous remercia d'être venues, et je le remerciai de nous avoir invitées. Il essaya de serrer aussi la main de Tilly, mais elle l'avait perdue quelque part dans son poncho et elle ne parvint pas à la retrouver à temps. Tous les autres semblaient avoir disparu, sauf Mrs Roper, qui se massait les orteils, adossée à une pierre tombale.

— Je suis complètement à la merci de mes jambes, nous expliqua-t-elle. Je passe mon temps chez le docteur.

— C'était très gentil de votre part de venir alors que ça vous fait mal à ce point, répondis-je.

Mrs Roper leva les yeux, mit sa main en visière et nous adressa un grand sourire.

— Vous devez être très religieuse, pour faire autant d'efforts, ajoutai-je.

Je tendis ma main comme Jésus et je l'aidai à se relever.

— Oh oui, mais ça me fait un bien fou de sortir. Ça me ragaillardit, vous ne pouvez pas imaginer.

Je dis à Mrs Roper qu'elle était un exemple édifiant pour

notre génération, et elle répondit que oui, en effet, et son sourire s'agrandit encore.

Elle rangea le papier sur le déroulement de la cérémonie dans son sac, qu'elle referma avec un cliquetis.

— Vous rentrez sur l'avenue, les filles ? On fait le chemin ensemble ?

J'acceptai avec enthousiasme et je vis Tilly sourire.

Nous avions à peine atteint le chemin des Tilleuls que Mrs Roper mentionnait déjà Mrs Creasy.

— Quelle histoire affreuse, cette disparition, commenta-t-elle en s'essuyant l'aisselle avec un mouchoir.

— Vous la connaissiez bien ? demandai-je.

— Oh oui.

Elle changea d'aisselle.

— Mieux que beaucoup de gens. Elle trouvait qu'on pouvait me parler librement.

— Ça ne m'étonne pas, parce que vous savez ce que c'est de souffrir, Mrs Roper.

Elle en convint.

— Mais pourquoi est-ce que Mrs Creasy a disparu, à votre avis ?

Mrs Roper accéléra et je dus faire plus de pas pour ne pas me laisser distancer. Quelque part derrière nous, j'entendais les halètements de Tilly. On aurait dit une petite locomotive à vapeur.

— Eh bien, il peut y avoir toutes sortes de raisons, évidemment.

Nous étions arrivées au bout de notre rue, ce qui sembla inciter Mrs Roper à ralentir.

— Mais je sais sur quoi je parierais.

Je farfouillai dans ma poche.

— Voulez-vous un autre mouchoir, Mrs Roper ? Vous avez l'air exténuée.

Elle accepta avec un sourire.

— Vous êtes pressées, les filles ? Parce que je viens d'ouvrir une boîte de Quality Street.

Nous la suivîmes dans son jardin.

Quand je me retournai, Tilly souriait tellement que je craignis que quelqu'un ne l'entende.

Numéro 8 de l'avenue

5 juillet 1976

— Vous êtes-vous disputé avec votre épouse ?

Le policier, un certain Green, mit six minutes et trente-deux secondes à poser la question. John le savait parce qu'il avait surveillé l'horloge sur la cheminée. Quand il avait dressé la liste des questions qu'ils allaient sûrement lui poser, il l'avait mise tout en haut. À présent, tout était dans le désordre.

— Mr Creasy ?

— Non, nous ne nous sommes pas disputés.

John voulut ajouter que ça ne leur arrivait jamais. Qu'en six ans Margaret et lui n'avaient jamais été en désaccord, mais il se dit que le policier trouverait peut-être ça bizarre, que si ça se trouve il faisait partie de ces gens étranges qui trouvent sain de se quereller avec son conjoint, alors il fixa la deuxième aiguille de l'horloge pour se retenir d'ajouter quoi que ce soit.

— Mr Creasy ?

— Excusez-moi, je n'ai pas entendu la question.

Green était perché au bord du canapé, comme s'il ne comptait pas rester longtemps et que moins il touchait le coussin, plus il pourrait partir vite. Son numéro de plaque était le 1279.

— Je vous demandais si votre épouse était en conflit avec quelqu'un d'autre.

Douze mois dans un an, sept jours dans une semaine. Qu'est-ce que le neuf pourrait représenter ? Rien ne lui venait.

— Margaret s'entendait avec tout le monde, répondit John. Elle était gentille avec tous les voisins. Trop, peut-être.

Le policier arrêta d'écrire et leva les yeux.

— Trop gentille ?

John tripota les fils sur l'accoudoir de son fauteuil. Il y avait un accroc. Les policiers étaient comme les médecins. Ils arrivaient avec leur propre opinion et ils n'entendaient que ce qui confirmait leur théorie.

— Je veux dire qu'elle passait beaucoup de temps à aider les autres. À essayer de résoudre leurs problèmes.

Green regarda son carnet.

— Je vois. Une bonne voisine.

La preuve par neuf. Ça ferait l'affaire. John regarda le policier prendre des notes. Il se demanda comment il pouvait porter un uniforme aussi épais par cette chaleur. La hiérarchie devrait leur fournir un uniforme d'été. Ou peut-être était-ce déjà le cas. Peut-être celui d'hiver était-il encore plus épais.

— Est-ce que vous enregistrez la conversation ? demanda-t-il.

Green leva les mains, comme si ça prouvait quoi que ce soit.

— Personne n'est en état d'arrestation, Mr Creasy, nous éclaircissons simplement quelques points.

— C'est juste que j'ai déjà tout raconté à votre collègue la semaine dernière. Mr Hay. Plaque numéro 7523. Sept jours dans une semaine, cinquante-deux semaines dans une année, plus la Sainte-Trinité.

Green arrêta de noter pour le fixer.

— Vous connaissez Mr Hay, n'est-ce pas ? reprit John.

Il hocha la tête, mais continua à l'observer.

— Vous savez donc qu'on m'a déjà posé ces questions. Dans un ordre différent, bien sûr, mais j'ai répondu très scrupuleusement.

— J'y suis sensible, Mr Creasy.

Le policier n'avait pas l'air de vouloir détourner les yeux, mais il rassembla ses esprits et revint quelques pages en arrière.

— Nous venons de recevoir un coup de téléphone, plusieurs, même, d'un... d'un voisin inquiet, et le brigadier a pensé que ça valait la peine de revenir sur certains points.

— Un voisin inquiet ?

— Je ne peux pas vous dire qui c'était, Mr Creasy.

— Je ne vous le demande pas, monsieur l'agent. Je ne voudrais pas vous faire enfreindre le règlement.

Il n'y avait pas d'air dans la pièce. John sentait sa poitrine se contracter, lutter pour respirer. Tous ses muscles résistaient à sa volonté et tentaient d'empêcher ses poumons de se remplir, et le bout de ses doigts commençait à le picoter. Il savait ce qui était en train de se passer, mais il ne pouvait pas l'empêcher.

— Vous avez dit à mon collègue que votre épouse n'avait pas de famille ?

— En effet.

Il aurait voulu ouvrir une fenêtre, mais il craignait de tourner le dos à Green.

— Vous avez vécu à Tamworth au début de votre mariage et vous êtes revenus habiter ici après la mort de votre mère ?

— C'est cela.

Il n'était même pas sûr que ses jambes supporteraient son poids. Elles lui semblaient flasques et distantes, comme si quelqu'un les éloignait de son corps.

— Ça va, Mr Creasy ? Vous êtes très pâle.

Il croisa les jambes pour vérifier qu'elles fonctionnaient encore.

— J'ai chaud, c'est tout, prétendit-il.

— Permettez-moi d'ouvrir une fenêtre.

Green se leva et tenta de contourner les meubles. Son uniforme semblait entraver ses mouvements. Il le rendait maladroit et rigide, et le bord de sa veste accrocha une pile de journaux posés sur l'appui de la fenêtre. Ils glissèrent sur la moquette. John se demanda comment les policiers arrivaient à pourchasser les criminels s'ils n'étaient même pas capables de se déplacer dans un salon.

Green se rassit encore plus près du bord qu'avant.

— C'est mieux ? demanda-t-il.

John acquiesça, même si ça ne changeait rien. La chaleur s'était transformée en cerbère. Elle refusait de laisser passer quoi que ce soit, défiait le reste du monde et les enfermait tous dans une prison sans air.

— Y avait-il autre chose, monsieur l'agent ?

Il se passa la main dans les cheveux et sentit une fine couche de sueur glisser sur sa peau.

Le policier tourna les pages de son carnet. John l'entendait parler d'hôpitaux et de l'importance de garder espoir, de chemins de fer et de gares routières, dire que parfois les adultes avaient besoin de faire une pause et qu'en général ils revenaient d'eux-mêmes. Et la chaleur, beaucoup de remarques sur la chaleur. On lui avait déjà expliqué tout ça tellement de fois qu'il aurait aussi bien pu se le répéter à lui-même pour épargner cette peine aux autres.

— Mr Creasy ?

Green l'observait à nouveau. Il dévisagea le policier dans l'espoir de deviner la question.

— Le numéro 11, Mr Creasy. Est-ce que votre épouse a déjà parlé à Walter Bishop ?

John Creasy entendait le bruit de son propre souffle. Il se demanda si Green l'entendait aussi. Il essaya d'ouvrir la bouche, mais cela sembla empirer les choses. L'air s'engouffra dans son palais et aspira tous les mots qu'il avait dans la gorge.

— Mr Creasy ?

— Ça m'étonnerait beaucoup.

John entendait sa propre voix mais ne savait pas comment elle était sortie.

— Pourquoi cette question ?

— C'est juste que c'est le seul voisin auquel nous n'avons pas encore réussi à parler.

Quand le policier fronça les sourcils, le blanc de ses yeux disparut.

— Pas de quoi s'inquiéter, affirma-t-il, même s'il avait l'air soucieux.

— Elle est partie sans ses chaussures. Vous êtes au courant, monsieur l'agent ?

Green secoua la tête et continua à froncer les sourcils.

— C'est très dangereux de marcher en pantoufles.

John se remit à tripoter les accoudoirs. Il entendait son ongle soulever les fils.

— On peut se blesser.

— Est-ce que vous avez quelqu'un qui pourrait passer un peu de temps avec vous, Mr Creasy ? Un membre de votre famille, un ami ?

John Creasy secoua la tête.

— Vous êtes sûr ?

— Tout à fait. Je suis toujours très sûr de ce que je dis.

Le policier referma son carnet et se leva. Il rangea son crayon dans la poche de sa veste.

— Nous vous tiendrons au courant s'il y a du nouveau. Ne vous dérangez pas, je connais le chemin.

Il y avait quinze pas jusqu'à la porte d'entrée. Il peut se passer beaucoup de choses en quinze pas.

John se leva aussi et s'appuya contre le fauteuil.

— Si ça ne vous fait rien, je préfère vous raccompagner. On n'est jamais trop prudent.

La maison n'avait pas beaucoup changé depuis qu'il était revenu y vivre. Margaret avait parlé de construire un petit jardin d'hiver, mais il avait eu peur que ça attire les mouches et peut-être même les souris s'ils y prenaient le thé, et Margaret lui avait tapoté la main en souriant et affirmé que ce n'était pas grave.

Son soutien lui manquait. Sa façon de lui voler son angoisse et de la diluer, de l'aider à traverser la journée grâce à son insouciance. Elle ne se moquait jamais de ses inquiétudes, mais elle les démêlait, les lissait et les étirait jusqu'à ce qu'elles soient à peine visibles. Sa conversation lui manquait, son débit facile pendant qu'ils mangeaient, le bruit des couverts reposés sur une assiette. Il avait essayé d'attaquer le silence avec la télévision et la radio, et le son de sa propre voix, mais ça n'avait fait que grandir le vide qui le suivait de pièce en pièce, comme de l'eau s'écoulant d'un verre.

Depuis sa disparition, John avait remarqué que le silence le suivait partout. De temps en temps, quand ils pensaient qu'il ne les voyait pas, les gens lui jetaient un coup d'œil, et parfois des groupes entiers se tournaient vers lui, mais personne ne lui parlait jamais. Ils l'évitaient dans les magasins. Ils s'attardaient près des fruits en conserve et des produits ménagers plutôt que de faire la queue derrière lui à la caisse. Ils cherchaient des objets imaginaires dans leur sac à main et lisaient des petites annonces sur des poussettes à vendre et des cours du soir plutôt que de croiser son regard dans la rue. John les entendait chuchoter. Il reconnaissait les remarques qui lançaient la conversation, les témoins experts, la rhétorique, les verdicts et le bouche à oreille. Puis ils s'écartaient de son chemin, comme si les disparitions étaient contagieuses et que, s'ils avaient l'imprudence de s'approcher, ils risquaient de s'évaporer à leur tour. Margaret disait toujours qu'il se préoccupait trop de ce que pensaient les autres, mais il était bien difficile de faire autrement quand ils se donnaient autant de mal pour être invisibles.

Même quand John était seul, le salon paraissait instable. Il voyait la bosse au bord du coussin sur lequel le policier s'était assis, et le verre auquel il n'avait pas touché sur la table basse, et dans le silence il entendait toujours résonner ses questions, suspendues en l'air comme des cordes.

Est-ce que votre épouse a déjà parlé à Walter Bishop ?

Il se mordilla les ongles. Il fallait qu'il sorte de cette pièce.

Il y avait douze marches. Treize si on comptait celle juste avant d'arriver à l'étage, mais c'était plutôt un minipalier. Margaret y avait placé un chlorophytum quelques années plus tôt, mais devant le risque de chute elle avait accepté de le mettre dans la chambre d'amis. Ironie du sort, à présent, toutes les marches étaient couvertes d'objets. Des livres, des lettres, des cartons pleins de documents et de photographies. John devait contourner les factures de gaz et les polices d'assurance, les travaux de secrétariat de Margaret et ses diplômes de comptabilité. Les manuels d'instructions et les livres d'exercices, les coupures de presse — il devait tout vérifier. Il fallait tout fouiller. Si Margaret était partie de son plein gré, elle avait dû trouver quelque chose qui l'avait poussée à disparaître. Si personne ne lui avait parlé, elle avait dû le découvrir d'elle-même. Il y avait quelque chose dans la maison. Quelque chose qui lui avait raconté ses secrets, et il fallait qu'il découvre quoi.

John zigzagua entre les reliques en montant. Depuis deux semaines, il avait passé en revue tout le rez-de-chaussée et le garage. C'était la cuisine qui lui avait pris le plus de temps : il avait soulevé chaque couvercle, passé la main entre chaque assiette. On n'est jamais trop prudent. Une bonne partie de la maison portait toujours l'empreinte de sa mère. À la fin, elle gardait tout. Les billets, les bons de réduction, les vieux tickets de bus. Il en avait retrouvé dans les endroits les plus incongrus, glissés derrière la corbeille à pain, dans un livre de bibliothèque oublié. Il y avait peut-être eu un article de journal ? Une allusion dans une lettre ? Si ça se trouve, Margaret était tombée sur une preuve sans le vouloir. Le passé l'avait peut-être atteinte par erreur.

Il ouvrit la porte de leur chambre. La pièce sentait le renfermé et le roussi. Comme si des couches de chaleur avaient recouvert les souvenirs et les avaient étouffés. Il avait essayé d'y dormir les premiers jours, mais c'était impossible. Le lit semblait trop léger, presque en apesanteur. Il avait l'impression qu'il risquait de s'envoler sans elle à ses côtés, et quand il parvenait enfin à s'assoupir il se réveillait au bout de quelques minutes et c'était comme s'il la perdait une deuxième fois.

Au lieu de dormir, il marchait. Pendant que tout le monde dormait, il déambulait dans le lotissement, le long des avenues et des allées, au milieu des voisins en train de sombrer dans l'inconscience, et le silence lui faisait l'effet d'un opiacé, capitonnant son esprit et démêlant le fil de ses pensées. Il allait au parc, où Margaret aimait s'asseoir près du kiosque pour regarder les enfants jouer. Puis il s'arrêtait devant le banc face à la mare et il regardait les joncs agglutinés près des rives et les canards qui frôlaient le bord de l'eau, plongés dans un sommeil de plumes. Il prenait le chemin qu'elle empruntait pour aller faire les courses et imaginait son trajet sur la rue principale. Il passait à côté des mannequins, devant les vitrines couvertes de plastique orange, les étals métalliques frais du poissonnier sur lesquels il ne restait que du persil frauduleux. Il suivait l'écho de ses propres pas dans des rues désertes, jusqu'à la bibliothèque, puis il revenait par la place du marché et descendait jusqu'au canal. Il savait qu'elle aimait déjeuner au bord de l'eau. Pendant la journée, il y avait toute une flopée de gens avec qui passer le temps, les propriétaires de chiens, les cyclistes, les clients de magasins qui prenaient un raccourci vers le centre, et tous les soirs, pendant le dîner, elle lui racontait leurs histoires en riant. Mais, dans l'obscurité, les frênes baissaient la tête vers l'eau en cherchant leur reflet, et le canal noir et infini se déroulait comme un ruban d'encre vers le lointain. La nuit transformait le paysage jusqu'à ce qu'il devienne aussi déroutant et inconnu qu'un pays étranger.

En retraçant les pas de Margaret dans les rues, il parlait comme si elle était à ses côtés. Avant sa disparition, il ne lui avait jamais dit *je t'aime*. Manquant de confiance en eux, les mots étaient restés coincés, gênés et peu enclins à sortir. Au lieu de lui dire *je t'aime*, il lui chuchotait *fais attention à toi* et *à quelle heure rentres-tu ?* Au lieu de lui dire *je t'aime*, il mettait son parapluie au pied de l'escalier pour qu'elle ne l'oublie pas, et l'hiver il plaçait ses gants sur la chaise près de la porte pour qu'elle s'en souvienne en sortant. Jusqu'à sa disparition, il était incapable de faire autrement, mais depuis les mots s'étaient détachés. Ils s'écoulaient de sa bouche en silence, sûrs d'eux et sans pudeur. Ils bringuebalaient sous le pont du canal et trébuchaient au bord de l'eau. Ils dansaient autour du kiosque et couraient sur le trottoir pendant qu'il marchait. Il se disait que s'il répétait assez souvent les mots elle les entendrait sûrement, et s'il continuait à marcher ils finiraient bien par se croiser. Statistiquement, il devait y avoir un nombre limité de pas à faire avant de retrouver quelqu'un.

John ouvrit la porte de l'armoire et fut saisi d'un haut-le-cœur à la vue des objets familiers. Ses vêtements étaient tellement intimes, comme de vieilles connaissances, qu'il tomba en arrêt. Il n'arrivait pas à détourner le regard. Il avait suggéré à Margaret de les ranger selon un ordre quelconque. Par couleurs, peut-être, ou par types de vêtement. Ce serait tellement plus facile de tout retrouver, lui avait-il dit. Mais elle lui avait déposé un baiser sur le crâne en riant et avait répondu qu'il réfléchissait trop. Ses tenues étaient restées désordonnées, et elles lui rendaient son regard depuis la tringle, toute une assemblée de Margaret qui contemplaient sa détresse. Il inspira dans l'espoir que son odeur l'avait attendu derrière la porte, mais l'été l'avait volée. Il ne restait que les relents neutres du tissu, de la chaleur coincée entre ses couches, et la morsure chimique des emballages du pressing. Malgré le chaos, tout était bien entretenu. Les ourlets étaient recousus ; les semelles des chaussures, changées ; les déchirures, anéanties. Margaret aimait repriser. Les réparations la réjouissaient et rassuraient John. Maintenant qu'elle était partie, il imaginait les fils se relâcher, les ourlets se soulever, et des milliers de trous se former pour que sa vie s'y déverse.

Il avait honte de fouiller ses vêtements, mais ses mains parcouraient néanmoins les vestes et les manteaux, à la recherche d'un passage vers la vie de Margaret. Il découvrit que parfois les poches n'étaient pas du tout des poches mais des trompe-l'œil fixés sur le devant, et celles qu'il trouva ne contenaient plus que quelques mouchoirs et pastilles pour la gorge. Les sacs à main étaient tout aussi insignifiants. Des listes de choses à faire et des pennies fugueurs, des lunettes de rechange prêtes pour une visite chez l'opticien et de vieux tickets de caisse. Fragments d'une vie ordinaire. Une vie qu'elle avait décidé de quitter.

John se rassit. Le résultat de ses fouilles était étalé sur la moquette autour de lui, et il jetait des coups d'œil fréquents vers la porte, comme si quelqu'un risquait encore de le surprendre, ce qu'il craignait et espérait à la fois. Il changea de position et les nœuds d'une vie disloquée lui rentrèrent dans le dos. Bientôt, la maison serait submergée, le chaos envahirait toutes les pièces, et il ne lui resterait plus de place pour exister. Avant le départ de Margaret, il y avait toujours quelque chose à faire, à plier, à classer, à redresser. Il y avait un agencement, un plan. À présent, il n'avait plus d'attache et dérivait entre les strates de ses propres pensées, entouré de tiroirs, de placards et de garde-robes qui vomissaient leur contenu sur le sol pendant qu'il cherchait une réponse à une question qui n'existait peut-être même pas. Il plaqua ses doigts à l'arrière de son crâne, essayant de retenir son esprit, couvrant ses oreilles pour bloquer le bruit de ses battements de cœur. Il compta ses respirations, comme Margaret le lui avait appris. *Compte et patiente.* Ça allait passer, il fallait juste qu'il trouve une distraction, un semblant de contrôle. Il prit une des listes et la déplia.

Elle était datée du 20 juin, la veille de sa disparition. Il imaginait comment elle aurait passé la semaine à partir de ses mots : *boucher (commander de la viande), livres de la bibliothèque, opticien, billets de tombola pour la British Legion (mercredi), prendre rendez-vous chez le coiffeur.* Il visualisait le trajet qu'elle aurait fait, les gens à qui elle aurait parlé. Tout le monde aimait bavarder avec Margaret. Quand elle parcourait la rue principale, elle flottait d'une conversation à l'autre. Voyait quelque chose chez chacun.

John se demanda s'il devrait accomplir l'une des tâches de la liste. Il chercha les lunettes sur la moquette et les trouva coincées entre un paquet de bonbons à la menthe Polo et une brosse à cheveux. Il manquait une minuscule vis à une charnière, et la branche des lunettes penchait vers le sol. Il retint son souffle, n'osant pas faire un geste. Peut-être que la vis était toujours dans le sac à main, mais, si ce n'était pas le cas et qu'il regardait, il risquait de déranger autre chose et on ne la retrouverait jamais. Ce dont il avait besoin, c'était de dénicher un indice de ce qu'il cherchait. Alors il retourna les lunettes, bougeant seulement le poignet. C'est seulement à cet instant qu'il remarqua les verres. Ils étaient lourds et épais et saillaient de leur monture noire comme dans un dessin animé. Il les mit devant ses yeux et la pièce devint ivre et déformée. Ce n'étaient certainement pas les lunettes de Margaret, et ce n'étaient pas les siennes non plus, mais bizarrement il avait l'impression de les avoir déjà vues quelque part.

L'idée le frappa en quelques secondes. Il se leva par réflexe. Les lunettes. Les pastilles à la menthe. La brosse à cheveux. Tout s'étala sur la moquette.

Le numéro 11, Mr Creasy. Est-ce que votre épouse a déjà parlé à Walter Bishop ?

Il courut ouvrir une fenêtre et les halètements *staccato* de son angoisse se collèrent à la vitre. Au-dessus des toits, une rivière d'étourneaux roulait et virevoltait, dessinant leurs pirouettes harmonieuses sur le ciel décoloré, et il tenta de trouver quelque chose de familier, de rassurant. Mais dans la chaleur les bruits coupaient la surface et déformaient l'image. Le bruissement du balai de Dorothy Forbes sur le béton, le craquement de la chaise longue de Sheila Dakin, les rires de Grace et Tilly qui remontaient l'allée de May Roper. Les lunettes de soleil de Grace étaient trop grandes et il la regarda les remonter sur son nez. May Roper parlait, ses bras bougeaient autour de sa tête, ses lèvres se tordaient et s'étiraient et débitaient des mots. John regarda Grace mettre la main dans sa poche et proposer quelque chose. Il entendit Sheila traîner sa chaise longue sur la pelouse et un choc sourd quand le bois heurta un verre. Il vit Harold Forbes crier quelque chose à Dorothy en mimant les instructions depuis le salon. Il distingua des sons qu'il n'avait jamais remarqués jusque-là. L'avenue était devenue une animation, un carnaval. La température avait tout aiguisé, le volume, le contraste et la luminosité, tout lui vrillait le crâne.

Son souffle brouilla la vitre et il l'essuya de la manche. Quand le verre s'éclaircit, il regarda le 11.

Il crut percevoir un éclat, comme celui d'une fenêtre tournée vers le soleil. Il crut entendre le cliquetis d'un loquet et voir l'ombre de Walter Bishop l'observer derrière la vitre.

Le thé le requinqua un peu. Ce n'était pas tant le thé lui-même que le fait de le préparer. Le rituel. Remplir la bouilloire, réchauffer la théière, remuer les feuilles jusqu'à ce qu'il soit juste assez fort. *Trouve une distraction*, lui disait toujours Margaret. *Quand tu commences à t'inquiéter, occupe ton esprit.* Il était devenu expert dans l'art de la distraction. Il s'y était tellement exercé qu'il se noyait dans les diversions, et tous les petits détails de l'univers semblaient se réunir dans sa tête et constituer un nouveau sujet d'inquiétude.

Margaret affirmait qu'il avait besoin d'un passe-temps. Il avait essayé, mais chaque loisir apportait son propre lot de soucis. La pêche laissait beaucoup trop de temps pour réfléchir, le cricket était semé de dangers et Dieu sait combien de bactéries on pouvait trouver dans un jardin. Et il faisait donc ce qu'il avait toujours considéré comme son passe-temps. Il allait au pub. Malheureusement, tout avait commencé au British Legion. C'était d'autant plus ironique que ce soir-là il s'apprêtait à rentrer chez lui. On était début décembre et le gel envahissait déjà le trottoir. Il envisageait de se mettre en route avant que les températures ne descendent davantage, rendant le chemin du retour encore plus dangereux. Peut-être que, s'il l'avait fait, rien de tout cela ne serait arrivé. Même si d'expérience il savait que, si un malheur devait advenir, il était inutile d'essayer de l'éviter. Les désastres vous trouvent. Ils vous pistent. Même si vous tentez de les ignorer, de vous cacher ou de fuir dans la direction opposée, ils finissent par vous débusquer.

Ce n'est qu'une question de temps.

11 décembre 1967

Harold a repris la parole. John l'entend malgré le concert de voix geignardes.

— Vous voulez savoir ce que je pense ? demande-t-il.

Personne ne répond, mais ça n'a jamais empêché Harold de distribuer libéralement ses opinions.

— Je pense que si la police refuse de l'évacuer il faut qu'on prenne les choses en main. Voilà mon avis.

Il y a des hochements de tête et des murmures approbateurs. John voit May Roper donner un coup dans la jambe de Brian sous la table.

Harold tapote son alliance contre le bord d'un verre et Dorothy cligne des yeux à chaque choc. Derek Bennett tourne sa pinte d'un quart de tour et le groupe retombe dans le silence.

John voudrait partir. Il voit la porte depuis son siège. Il lui suffirait de quelques pas pour être dehors, s'en aller en les laissant à leurs affaires, mais toute l'avenue est là. Sauf sa mère, qui garde Grace et regarde Fred Astaire trouver le bonheur en faisant des claquettes. Son départ serait trop visible. Ils le remarqueraient, et ils se rendraient compte qu'il est faible et inutile, et lâche. Il faut qu'il reste. Pour une fois, il se doit de défendre une cause. Il faut qu'il trouve sa voix, ne serait-ce que pour compenser toutes les années où il a existé en silence.

— On a essayé de surveiller la maison, rappelle Derek. Ça n'a pas été un grand succès. Ça n'a fait qu'empirer les choses. Maintenant, il ne se montre jamais. Avant, au moins, on savait ce qu'il fabriquait.

— Un type pareil ne devrait pas être autorisé à habiter dans une rue comme la nôtre, intervient May Roper.

John la voit à nouveau pousser la jambe de son fils sous la table.

— Maman a raison, récite Brian, comme si c'était un réflexe musculaire.

— Apparemment, il a le droit de vivre où il veut, dit Dorothy.

Elle cligne toujours des yeux, même si l'alliance de Harold s'est tue.

— Non mais dans quel monde on vit ! s'indigne Sheila. Il y a beaucoup trop de gens qui ont des droits, de nos jours.

Tout le monde acquiesce, même Dorothy Forbes, qui continue à ciller.

— Quel genre de type s'en prend à un gosse ? Quel genre de monstre est capable d'une chose pareille ? lance Derek.

Sheila Dakin tend la main vers son Babycham, mais elle calcule mal la distance et la bouteille se renverse sur la table.

— Je suis désolée. Je suis vraiment désolée.

Ils mettent la main sur Clive et sur un torchon, et tout le monde lève son verre pendant qu'il essuie les dégâts.

Les bras croisés, Sylvia serre son gilet contre elle et remarque :

— Il dit toujours que c'est une erreur, un malentendu.

— Il y a eu beaucoup trop de malentendus, rétorque Eric Lamb tout en essuyant sa bouche maculée de Guinness. Les photos, cette histoire avec Lisa. Je croyais qu'il n'oserait pas enlever un deuxième gamin, mais clairement j'avais tort.

— Un type pareil ne devrait pas être autorisé à posséder un appareil photo, siffle May Roper.

— Maman a raison.

Brian parvient à parler avant de se faire bousculer.

Les bras de Sylvia sont toujours croisés. Elle a commandé un Britvic orange, mais le soda attend dans son verre, intact.

— La police a dit que la photographie était son passe-temps et qu'ils ne pouvaient pas l'en empêcher.

— Un type pareil ne devrait pas être autorisé à avoir

des passe-temps, martèle May Roper. Dieu sait quels autres clichés il a pris.

Tout le monde baisse les yeux et boit une gorgée. Un ange passe. Il s'étend sur la table comme une nappe et personne ne semble vouloir le déranger. Clive passe entre eux pour ramasser les verres vides. Il échange un coup d'œil avec Harold mais aucun des deux n'ouvre la bouche. John regarde Clive retourner au bar. Il a trop de verres et pas assez de doigts.

C'est Sylvia qui prend la parole en premier, mais elle parle si bas que John l'entend à peine.

— La seule manière de le faire dégager, ce serait qu'il n'ait plus de maison.

— Si seulement elle pouvait avoir disparu à son retour de vacances, renchérit Sheila.

John la regarde et fronce les sourcils.

— Il part toujours pour les fêtes, John. Il fait Noël avec sa maman. Dans un endroit où personne n'a eu vent de sa réputation, ni de ses préférences.

Sheila avait raison. C'était le seul moment où Walter Bishop quittait l'avenue. Il ne partait même pas en été. Il restait au numéro 11 à cuire entre quatre murs jusqu'en septembre.

— Dommage qu'il ne la retrouve pas rasée au nouvel an, marmonne Derek. Sale pervers.

Harold se laisse retomber en arrière et croise les bras avant d'insinuer :

— Mais, bien sûr, on n'a pas forcément besoin d'un bulldozer pour détruire un bâtiment.

— Qu'est-ce que tu veux dire ? demande Brian.

— Je veux dire que parfois c'est la faute à pas de chance. Un problème d'électricité, l'étincelle d'un feu de cheminée. Ça ne veut pas dire qu'il y aura des blessés.

Eric repose sa pinte sur la table d'un air circonspect.

— J'espère que tu es conscient de ce que tu suggères, Harold.

— Je ne suggère rien du tout. Je dis juste que ça arrive.

— Surtout si on donne un coup de pouce au destin, insinue Sheila.

— Doux Jésus.

Eric se cache derrière ses mains.

— Ne t'occupe pas de Jésus. Jésus n'habite pas en face de chez ce type. Toi non plus, d'ailleurs.

Eric ne dit rien. Il hoche un tout petit peu la tête, mais ça suffit à faire repartir Harold.

— J'en ai assez, Eric. J'en ai assez que ce cinglé soit l'un de mes voisins les plus proches. Si on ne fait rien, que Dieu me pardonne, parce que je ne réponds plus de rien. Il faut penser aux enfants. Il y a des gosses dans cette rue.

John a déjà vu Harold en colère. C'est son état permanent ; Harold est une dispute ambulante. Mais cette fois c'est différent. Cette rage est plus sombre et plus brutale, et John croit reconnaître son origine. Peut-être qu'ils sont tous en colère à leur façon, parce que chaque expression autour de la table s'est altérée. Ils ont changé, ils ont pris une autre voie. Il le constate à leur visage, et à la façon dont ils dirigent leurs opinions vers le plancher. Seule Dorothy regarde devant elle. Ses yeux brillent d'un éclat fixe.

— On partage tous ton sentiment, Harold. Essaie de ne pas t'énerver.

John le perçoit, ce ton conciliant et fragile, ce léger tremblement né de l'expérience.

Le flash les prend tous par surprise. Il est soudain et brutal, et quand ils lèvent les yeux un objectif leur rend leur regard.

Il y a deux hommes. L'un est muni d'un appareil photo ; l'autre, d'un bloc-notes et d'une expression curieuse.

— Andy Kilner, du journal local, se présente le bloc-notes. C'est pour le numéro de fin d'année. Un peu de couleur locale, d'esprit de Noël, paix sur la terre à tous les hommes de bonne volonté, tout ça.

— Je vois, répond Harold.

— Un commentaire ? demande le bloc-notes.

— Je ne crois pas.

Harold s'empare de sa pinte.

— Nous avons dit tout ce qu'il y avait à dire.

Numéro 2 de l'avenue

5 juillet 1976

— C'était une belle cérémonie.

Mrs Roper sortit un poudrier de son sac et je la regardai tapoter sa lèvre supérieure luisante de sueur.

— Si j'ai retenu quelque chose aujourd'hui, c'est bien que la vie est trop courte.

Quatre-vingt-dix-huit ans, articula Tilly à l'autre bout de la pièce. J'étouffai un éclat de rire.

— C'était splendide, Brian.

Le poudrier se referma dans un claquement et Mrs Roper le rangea dans les profondeurs de son sac en macramé.

— Tu aurais dû venir.

Brian était assis dans un coin près d'un lampadaire dont le large abat-jour crème s'étalait comme une jupe, si bien qu'il devait pencher la tête pour ne pas être avalé par les franges.

Je jetai un coup d'œil à la boîte de Quality Street posée sur un repose-pieds près du canapé.

— Vous avez une voix magnifique, Mrs Roper, dis-je.

— Merci, ma chérie.

Elle me tendit la boîte.

— Un caramel ?

Ma main erra entre les papiers colorés et Tilly secoua la tête presque imperceptiblement, un sourire aux lèvres.

— J'ai posé le programme sur le rebord de la fenêtre. Lis-le avant que je le range avec les autres, Brian.

Il y jeta un coup d'œil.

— Je n'ai pas le temps, là, s'excusa-t-il. Je le lirai plus tard.

Le salon de Mrs Roper était étouffant. Une odeur douceâtre de caramel et de menthe imprégnait l'air et nous enveloppait comme un cataplasme. Les murs avaient des couleurs de pâtisserie, avec des bandes de café et de crème, et au-dessus de la cheminée une rangée de clichés nous observait depuis des cadres argentés. Les gens sur les photos se ressemblaient tous : ronds et rutilants, avec des sourires de carnaval, ils s'étalaient sur le manteau comme des poupées russes.

— Mes parents, expliqua Mrs Roper, qui avait suivi mon regard, et mes frères et sœurs.

Elle déballa un Toffee Penny.

Je souris.

— Tous morts, bien sûr.

Mon sourire s'effaça.

— Crises cardiaques, intervint Brian depuis l'abat-jour.

Les mouvements de mâchoire de Mrs Roper ralentirent un temps pendant qu'elle regardait Brian.

— Effectivement, dit-elle en détournant les yeux et en retrouvant son rythme de croisière. Ma mère s'est effondrée au milieu de Miss Monde 1961. Je n'ai jamais pu regarder Michael Aspel dans les yeux après ça.

Je pris un autre triangle.

— Et Mr Roper aussi est mort comme ça ?

— Oh non, répondit-elle. Il a pris le ferry pour Yarmouth il y a douze ans et on ne l'a jamais revu.

— Il s'est noyé ? demanda Tilly.

— Non, il s'est sauvé avec une dactylo, répondit Brian.

Mrs Roper le fusilla du regard. Puis elle haussa les épaules et un sourire rida son nez.

— Enfin. Rien n'est éternel, n'est-ce pas ? commenta-t-elle en me passant un autre Quality Street. C'est la volonté de Dieu.

— Alors vous croyez en Dieu, Mrs Roper ? l'interrogeai-je.

— Mon Dieu, oui. Dieu !

Elle en parlait comme d'un vieil ami très cher.

— Dans Sa miséricorde, le Seigneur donne et le Seigneur reprend.

— Vous pensez que, dans Sa miséricorde, le Seigneur a pris Mrs Creasy ?

Je vis Tilly se rapprocher du bord de son siège.

— Oh ! ça, quelqu'un l'a prise.

Mrs Roper se pencha et s'éventa avec un numéro du *People's Friend*.

— Mais je ne crois pas que Dieu s'en soit mêlé.

— Ne commence pas, maman.

Brian changea de position et les ressorts du fauteuil se réveillèrent en bâillant.

— Enfin, ce ne serait pas la première fois, si ? rétorqua Mrs Roper.

Brian gigota à nouveau.

— Ça vous dirait, un thé ? J'ai passé l'aspirateur tout l'après-midi.

— Quelle bonne idée, Brian.

Mrs Roper posa ses jambes sur la couverture au crochet.

— Mets la bouilloire à chauffer. Merci, mon garçon. Les enterrements me donnent toujours soif.

Je proposai à Brian de l'aider à préparer le thé et je le suivis dans la petite cuisine toute en longueur à l'arrière de la maison. Les portes des placards en noyer étaient d'une couleur sinistre, et entre l'obscurité et le silence j'avais l'impression d'être assise dans une boîte.

— Fais pas attention à maman, dit Brian.

Il versa des feuilles de thé dans une théière orange vif.

— Elle a tendance à s'emballer. Elle passe trop de temps à ruminer sur son canapé.

— Elle ne sort pas beaucoup ?

— Pas depuis que mon père est parti.

Il ouvrit un placard et je vis une pile d'assiettes et de bols en équilibre précaire.

— Elle s'est assise dans le salon quand il a claqué la porte, en attendant qu'il rentre et qu'il s'excuse, et elle n'a pas vraiment bougé depuis.

La bouilloire se manifesta, d'abord timidement, en faisant claquer tout bas le bec en métal, puis plus fort, tambourinant d'impatience et crachant un nuage de vapeur sur la faïence dans un sifflement rageur.

— Vous avez dû être triste quand il a disparu. Ça a dû vous faire un choc.

— Pas vraiment. Je l'ai senti venir. Comme la pluie.

Sur le haut du frigo, Brian prit un plateau à la mine usée et fatiguée, cerclé de traces de tasses de thé, témoins de chaque jour de son existence.

— Vous croyez que c'est ce qui s'est passé avec Mrs Creasy ? Vous pensez qu'elle prévoyait de partir ?

Brian mit un moment à répondre. Il disposa le pot à lait, la théière et le sucrier sur le plateau, puis il sortit des tasses d'un placard. Elles avaient chacune des motifs différents, des digitales, des marguerites et des hortensias tous plus criards les uns que les autres.

— Je ne suis pas sûr, dit-il enfin. Je ne crois pas.

Je patientai. J'avais découvert que parfois, si on prolongeait le silence, les gens ne pouvaient pas s'empêcher de le meubler.

— Elle avait un rendez-vous le lendemain.

Il s'empara d'une boîte à biscuits posée près de la bouilloire. Elle était en forme de chien de chasse et il dut enlever le haut du crâne pour récupérer un paquet de sablés au gingembre.

— Elle n'aurait pas annulé sans prévenir. Ce n'était pas son genre.

— Avec qui est-ce qu'elle avait rendez-vous ?

Brian prit un cache-théière rose et vert et tira dessus pour le faire tenir sur le bec. Il se tourna vers moi et il s'apprêtait à parler quand la voix de Mrs Roper nous parvint du salon.

— Tu es allé le chercher en Chine, ce thé, Brian ?

Il souleva le plateau, et le paquet de biscuits roula vers le bord. Il me regarda dans les yeux un instant puis se détourna.

— Avec moi, répondit-il.

— Un dimanche, en plein milieu du déjeuner, disait Mrs Roper quand on entra dans le salon. Elle était en train de servir les pommes de terre sautées et paf ! Le nez dans le poulet garni.

— Mrs Roper m'a raconté plein de choses sur les crises cardiaques, annonça Tilly, un peu pâle. Mais je crois qu'on a fait le tour du sujet.

— J'expliquais à Tilly qu'il faut profiter de l'instant présent. On ne sait jamais ce qui peut se passer. Regardez Ernest Morton, ou Margaret Creasy.

Brian posa le plateau sur la table basse. Le damier d'un échiquier était gravé dans le bois, mais aucune trace des pièces. Il cala le paquet de sablés au gingembre contre le pot de lait.

— Une assiette, Brian. Va chercher une assiette pour les biscuits. Nous avons des invitées.

Mrs Roper nous désigna d'un geste et fit claquer sa langue sur ses incisives.

— C'est un bon garçon, qui ne ferait pas de mal à une mouche, mais un peu bébête, nous confia-t-elle quand Brian quitta la pièce. Comme son père.

— Vous avez passé beaucoup de temps avec Mrs Creasy, alors ? demandai-je.

Brian réapparut et disposa les sablés sur une assiette avant d'en confier la garde à sa mère.

— On jouait aux cartes pendant des heures, répondit Mrs Roper. Je la connaissais mieux que personne.

— Mais vous ne savez pas pourquoi elle a disparu ?

J'arrivais encore à atteindre l'assiette si je me perchais au bord de mon siège.

— Elle ne vous a rien dit ?

— Non, admit Mrs Roper, l'air très déçue de ne pas s'être mieux débrouillée. Rien du tout.

Brian servit le thé tout en jetant un coup d'œil à sa mère entre chaque tasse.

— Mais elle n'a peut-être pas eu le choix, dit-elle très vite, pendant que Brian était occupé avec le sucrier.

— Ne commence pas à leur bourrer le crâne de bêtises, maman.

— Je dis simplement ce que je pense, Brian. C'est pour ça que ton grand-père a combattu pendant la guerre, pour que je puisse parler librement.

Mrs Roper plongea un biscuit dans son thé et de minuscules miettes dérivèrent dans les vagues lactées.

— Il y a beaucoup de gens dans cette rue qui en savent plus qu'ils ne veulent bien l'admettre.

— Qu'est-ce que vous voulez dire, Mrs Roper ? l'encourageai-je.

Elle suça le biscuit jusqu'à ce qu'il se soit complètement délité, puis elle ajouta du sucre dans son thé. J'entendais sa cuillère tinter contre les hortensias tandis qu'elle dérivait dans la tasse. Brian s'était planté devant elle. Il voulut poser un bras sur la cheminée, mais elle était un peu trop basse.

Mrs Roper lui jeta un coup d'œil avant de reprendre :

— Ce que je veux dire, c'est qu'il y a toutes sortes de gens en ce bas monde.

Brian n'avait toujours pas bougé.

— Il y a des gens bien, et puis il y a les hurluberlus, ceux qui n'ont rien à faire là. Ceux qui créent des problèmes pour les autres.

— Les brebis et les boucs, intervint Tilly de l'autre côté de la pièce.

Mrs Roper fronça les sourcils.

— Oui, si vous voulez.

— C'est Dieu qui le veut, expliqua Tilly en croisant les bras sous son poncho.

— Bref, ces gens-là ne pensent pas comme nous. Ce sont des marginaux, des inadaptés. C'est à eux que la police devrait parler, pas à des gens comme nous. Des gens normaux.

— Est-ce que la police est venue vous voir aussi, Mrs Roper ?

Elle noya un autre biscuit.

— Oh oui, tout à fait. Comment s'appelait-il, déjà, Brian ?

— Green.

Brian retourna s'asseoir près de la fenêtre, sous les franges.

— C'est ça. Green. Il n'en sait pas plus que les autres sur la disparition de Margaret. Même si je ne l'ai pas vu frapper au 11, et toi, Brian ?

Il secoua la tête. J'avais l'impression que ce n'était peut-être pas la première fois qu'elle lui posait la question.

— Comment on les reconnaît, les gens qui ne s'intègrent pas ? demanda Tilly.

Mrs Roper continua à aspirer le thé qui gorgeait son biscuit.

— Ça se voit comme le nez au milieu de la figure. Ils ont de petites manies bizarres, un comportement étrange. Ils ne se mélangent jamais aux autres. Ils ont l'air différents.

— Ah bon ? m'étonnai-je.

— Vous comprendrez quand vous serez grandes. On les repère à un kilomètre, alors on apprend à changer de trottoir.

Elle désigna son repose-pieds.

— Passe-moi le cendrier, Brian. Mes jambes me font un mal de chien, je peux à peine bouger.

— Peut-être que c'est pour ça qu'ils ne se mélangent pas aux autres, parce que tout le monde est sur le trottoir d'en face ? suggéra Tilly.

Mais Mrs Roper était occupée à allumer sa Park Drive, et en quelques secondes une nappe de fumée commença à envahir la pièce.

Dans la rue, un moteur bredouilla avant de se taire, et on entendit une portière de voiture claquer.

Brian se prit l'abat-jour en se dévissant le cou.

— Intéressant, dit-il.

— Quoi ?

Mrs Roper, qui contemplait la boîte de Quality Street, releva la tête, à l'affût.

— C'est encore la police.

Elle sauta du canapé comme un diable à ressort. On se dirigea tous vers la fenêtre et Tilly parvint à se glisser sous l'aisselle de Mrs Roper. On regarda Mr Green remettre son manteau et tirer sur sa veste avant de remonter la rue.

— Il va au 11 ? demanda Mrs Roper.

— J'ai pas l'impression, répondit son fils.

Le policier traversa la rue et Brian écarta un peu plus le rideau.

On le suivit des yeux pendant qu'il passait devant toutes les maisons. Il s'arrêta devant le 4.

— On dirait qu'il va chez toi, Grace, commenta Brian en laissant retomber le rideau.

Mrs Roper prit une longue bouffée de sa cigarette.

— Ça, par exemple.

Numéro 4 de l'avenue

5 juillet 1976

Nous nous étions postées pile au milieu de l'escalier. Une série d'expériences m'avait appris que c'était la meilleure marche. Plus haut, on n'entendait rien ; plus bas, on risquait de se faire surprendre, renvoyer dans sa chambre et seriner des proverbes sur les gens qui écoutent aux portes.

— On a raté quelque chose ? demanda Tilly.

Ma mère avait poussé la porte du salon, mais elle était juste assez entrebâillée pour qu'on aperçoive la veste du policier et l'épaule gauche de mon père.

— Je crois qu'ils lui proposent une tasse de thé, chuchotai-je. Ils ne feraient probablement pas ça s'il les arrêtait.

Mon père haussa l'épaule gauche. La droite aussi, présumai-je.

— Je n'ai rien à vous dire que je ne dirais pas devant ma femme.

Mon père n'appelait jamais ma mère *ma femme*.

Je déduisis du dos de Mr Green qu'il sortait son carnet de sa poche. J'entendais les pages crisser et les doigts de mon père tambouriner sur le dossier d'une chaise.

— Mr Bennett, vous êtes le propriétaire du cabinet de gestion immobilière Bennett, sis au 54 rue St John ?

D'une petite voix insignifiante, mon père répondit que oui. On aurait dit qu'il avait disparu, remplacé par un inconnu qui essayait de se souvenir de sa propre valeur.

— Un témoin a vu Mrs Creasy entrer dans vos bureaux à…

Le policier tourna la page.

— … environ 14 heures le 20 juin.

Mon père cessa de pianoter sur la chaise et une chape de silence s'abattit sur la pièce. Comme si personne ne savait qui était censé parler.

Finalement, ma mère se lança.

— C'était la veille de sa disparition.

— En effet, acquiesça Mr Green. Et c'était un dimanche.

J'entendis ma mère souffler. On aurait dit qu'elle retenait sa respiration depuis un moment.

— Eh bien, je ne sais pas ce qu'elle faisait là, mais ça n'a rien à voir avec Derek. Il va aux réunions de la Round Table le dimanche après-midi, n'est-ce pas, Derek ?

— Mr Bennett ? Pouvez-vous nous confirmer que vous étiez à votre club le dimanche 20 juin après-midi ?

Mon père ne confirma rien du tout. Il frottait ses pieds sur le tapis et tout le monde entendit le bruit de la respiration de ma mère.

— Mr Bennett ?

— Je lui ai peut-être brièvement parlé ce jour-là, finit-il par admettre. En passant.

Le carnet du policier tourna à nouveau.

— Pourtant, Mr Bennett, pendant notre entretien de la semaine dernière, quand je vous ai demandé quand vous aviez vu Mrs Creasy pour la dernière fois, vous avez clairement répondu que *c'était peut-être jeudi, ou vendredi*.

Tilly se tourna vers moi en ouvrant de grands yeux. J'obligeai les miens à reprendre leur taille normale.

— Ça a dû me sortir de l'esprit, dit mon père. Mais, maintenant que vous le dites, oui. Oui, je l'ai vue le dimanche.

— Est-ce que votre cabinet est ouvert ce jour-là, Mr Bennett ?

— Non, répondit ma mère. Ses bureaux ne sont pas ouverts le dimanche.

— Dans ce cas, vous pourriez peut-être m'expliquer ce que Mrs Creasy faisait dans vos locaux ?

— Derek ?

Je ne voyais pas le visage de ma mère, mais je l'imaginais très bien, tendu sur la question comme un tambour.

Je n'avais jamais vu mon père dans un état pareil. C'était toujours lui qui posait les questions, exigeait des explications. Ça faisait bizarre, comme si la lumière avait changé, me révélant que je n'avais lu qu'un seul chapitre d'une histoire. Quand il répondit enfin, nous dûmes nous pencher à travers la rampe pour l'entendre.

— Elle voulait des conseils. C'était le seul jour où elle pouvait venir.

— Des conseils ? demanda le policier.

— En effet.

— Sur…

J'entendis à nouveau les pages tourner. Je détestais ce bruit.

— … la gestion immobilière ?

Je vis le bras gauche de mon père se croiser sur le droit. Pendant un moment, on n'entendit que l'horloge de la cuisine qui grignotait les secondes.

— Elle envisageait de faire un investissement, répondit-il enfin.

— Je vois, Mr Bennett. Mais son mari ne nous en a pas parlé du tout.

— Je ne crois pas qu'elle en avait discuté avec lui. Nous sommes en 1976. Les femmes peuvent prendre des décisions toutes seules.

Sa voix avait enflé. Il était presque redevenu mon père.

Je vis le policier ajuster sa veste et ranger son carnet,

et je l'entendis suggérer à mon père de bien réfléchir, au cas où autre chose lui serait sorti de l'esprit. Il avait dit *sorti de l'esprit* comme s'il apprenait à parler une langue étrangère. Mon père répondit qu'il n'y manquerait pas, de sa voix enflée toute neuve. La porte du salon s'ouvrit et tout le monde se dirigea vers l'entrée. Nous dûmes nous précipiter en haut de l'escalier sans faire de bruit.

— Qu'est-ce que tu en penses, alors ? demanda Tilly quand nous arrivâmes dans ma chambre.

Les marches et l'excitation lui avaient coupé le souffle. Je haussai les épaules.

— Je sais pas trop.

— Tu ne trouves pas ça bizarre que ton père n'en ait pas parlé plus tôt ?

— Peut-être.

— Eh bien, moi, je trouve ça très bizarre.

Tilly appuya sur le *très* tout en enlevant son poncho, puis elle ajouta :

— C'est pas logique.

Nous nous assîmes sur le lit. L'édredon était frais et glissant contre mes jambes. Sous nos pieds, j'entendais la voix de ma mère monter et descendre, frappant le plafond.

Tilly s'empara d'un galago et se cacha derrière la figurine.

— J'ai l'impression que ta mère n'est pas très contente.

Je passai la main sur le tissu et une vague d'électricité statique pétilla sous mes doigts.

— Non.

— Elle doit être fâchée que le policier ait dû revenir. Ils sont très occupés, non ? C'est sûrement ça.

— Possible.

— À mon avis, il n'y a pas de quoi s'inquiéter, affirma-t-elle, l'air très inquiète.

La voix tranchante de ma mère traversait toujours le plancher. On n'entendait que des éclats incomplets, et bizarrement c'était encore pire. Si j'avais compris ce qu'ils disaient, j'aurais peut-être trouvé des bribes rassurantes, parce que je savais que ma mère était parfois capable de broder une dispute qui durait toute une soirée à partir de rien du tout. J'aurais voulu que ce soit le cas, si bien que je retenais mon souffle et essayais de démêler les morceaux, mais ils restaient accrochés au plafond comme des gravillons.

Derrière la voix de ma mère, les excuses basses et graves de mon père nous parvenaient, et entre ses cris je l'entendis dire *il n'y a rien à raconter* et *pourquoi est-ce que je mentirais ?* Puis sa voix se perdit dans une vague de hurlements.

Tilly remit le Whimsy sur l'étagère.

— Mais c'est bizarre, non, qu'il n'ait pas dit plus tôt qu'il avait vu Mrs Creasy ?

Je décalai la figurine un tout petit peu vers la gauche.

— Ça a dû lui sortir de l'esprit, répondis-je.

J'avais l'impression de parler une langue étrangère.

6 juillet 1976

Nous suivîmes Mrs Morton sur la rue principale. Tel un navire, elle fendait le trottoir, esquivant poussettes, caniches et amateurs de glaces qui s'étaient arrêtés pour s'essuyer la bouche.

Juillet n'avait jamais eu de représentant plus zélé. Le ciel avait revêtu un habit bleu acide et même les nuages dans les coins étaient tombés, laissant une page d'été immaculée au-dessus de nos têtes. Malgré tout, certains restaient méfiants. Nous vîmes des gilets drapés sur des coudes et des imperméables fourrés dans des Caddie, et une dame avait calé un parapluie sous son aisselle, comme un fusil. Apparemment, les gens ne parvenaient pas tout à fait à renoncer à la météo et se sentaient obligés d'en garder toutes les nuances sur eux, pour ne pas les perdre.

Mrs Morton se débrouillait pour parler à tous ceux

qui croisaient son chemin sans jamais s'arrêter. Ma mère s'éternisait à la porte des magasins et au bord des trottoirs jusqu'à ce que les cabas lui mordent les doigts et que mes pieds laissent les marques de leur impatience dans le béton, mais Mrs Morton semblait capable de mener une conversation tout en marchant, distribuant de petits échantillons d'elle-même à chacun sans jamais être ralentie par ses questions. Cependant, elle s'immobilisa devant Woolworth's pour contempler des chaises longues empilées sur le trottoir. Nous attirâmes son attention sur des paniers entiers d'objets indispensables — fléchettes, Stylophone, raquettes de badminton sous cellophane. Il y avait même des montagnes de pelles et de seaux, ainsi qu'une pyramide de moules pour faire des châteaux de sable, qui s'élevaient jusqu'au menton de Tilly. La plage la plus proche était à quatre-vingts kilomètres.

J'étudiai une rivière de bonbons qui nous narguait de l'autre côté de la porte.

— Et si on entrait un instant, pour se rafraîchir un peu ?

Je regardai Mrs Morton.

— Nous sommes censées aller à la bibliothèque, rappela-t-elle.

— C'est important d'éviter les insolations, répondis-je en jetant un coup d'œil aux bonbons. Ils l'ont dit à la télé.

Mrs Morton suivit mon regard.

— Je pense qu'on peut survivre encore trois minutes et demie.

La bibliothèque se trouvait tout au bout de la rue principale, là où les boutiques laissaient place aux comptables, aux avocats, aux architectes et aux façades géorgiennes arborant d'épaisses plaques de cuivre. Le bâtiment surplombait le parc et le monument aux morts orné des coquelicots délavés de l'an dernier. D'habitude, c'était ma mère qui m'emmenait à la bibliothèque, mais depuis la visite du policier sa vie s'était détachée du temps et des dates. Mes parents avaient la même conversation plusieurs fois par jour : ma mère accusait mon père de mentir, il répliquait qu'elle était ridicule, puis ils se reprochaient mutuellement d'être déraisonnables. Les mots tournaient dans la pièce quelques secondes jusqu'à ce qu'ils aient épuisé leur énergie, puis ils disparaissaient et se rechargeaient pour la prochaine fois où mes parents se croiseraient dans l'escalier, dans l'entrée ou à table.

Mrs Morton poussa la porte et nous nous faufilâmes sous son bras. Après ma chambre, c'était l'endroit que j'aimais le plus au monde. Des bibliothèques lourdes, des horloges bruyantes et des fauteuils en velours trônaient sur la moquette, comme dans un salon. Il flottait une odeur de pages à tourner et d'aventures à vivre, et sur chaque étagère m'attendaient des compagnons à rencontrer et des endroits à visiter. À chaque fois, je me perdais entre les couloirs de livres et les boiseries polies avant de choisir mon prochain voyage.

Mrs Morton sortit mes derniers emprunts de son sac et les posa sur le bureau de l'accueil.

— Les livres de Grace Bennett rendus dans les temps, on aura tout vu ! s'exclama la bibliothécaire.

Elle fit claquer les couvertures, envoyant de petits courants d'air vers nous. Je lui décochai mon plus beau sourire et elle me tendit les tickets en fronçant les sourcils. Elle avait les mains maculées d'encre, jusque dans les crevasses autour de ses ongles.

J'avais cinq tickets. Cinq aventures à sélectionner.

Je commençai par rendre visite à Aslan, Mowgli, Jo et Meg. Je les avais lus tant de fois qu'ils étaient devenus des amis, et il fallait que je caresse le dos de chacun d'eux pour vérifier qu'ils étaient au bon endroit et en sécurité, avant de pouvoir envisager de faire quoi que ce soit d'autre. Tilly désigna ceux qu'elle voulait et je la laissai lire *Alice au pays des merveilles* sur une toute petite chaise devant une toute petite table.

Je croisai Mrs Morton, qui examinait les westerns.

— Tu ne restes pas dans la salle des enfants ?

— Je suis trop grande, Mrs Morton. J'ai dix ans.

— Mais il y a des livres qui conviennent très bien aux jeunes demoiselles de dix ans, ici.

Elle avait un roman à la main. La couverture représentait un stetson troué qui fumait encore.

— Oui, je sais, je les ai tous lus.

— Tous ?

— Ouais.

Le livre était intitulé *Une balle pour Beau Barrowclough*.

— Il faut que je diversifie mes lectures.

Mrs Morton remit Beau Barrowclough sur l'étagère.

— D'accord, mais ne les diversifie pas trop quand même.

Au-delà des romances, derrière les livres de cuisine et les guides touristiques, à côté de la salle de réunion pleine de vieux journaux aux murs tapissés d'affiches du club de lecture, les essais m'attendaient. Au fond du bâtiment, les étagères étaient plus larges ; les couloirs, plus longs ; et l'odeur des pages, encore plus pénétrante. Je n'avais pas l'habitude de ce parfum riche et mûr, celui de la connaissance. Je venais d'atteindre le *C* quand une conversation flotta par-dessus une bibliothèque.

— C'est exactement ce que j'ai entendu. Sauf qu'on m'a dit qu'elle s'était disputée avec lui.

— Oh non, pas du tout. C'est sorti de nulle part.

L'une des voix appartenait à la bibliothécaire acariâtre aux mains couvertes d'encre.

Elles s'éloignèrent, et pendant un instant je ne les entendis plus.

— Eh bien, ce serait logique, non ? Qui d'autre est-ce

que ça pourrait bien être ? disait l'autre voix quand je les retrouvai.

— Je me cache toujours dans la réserve quand il vient. Il me fiche la trouille.

— Il n'est pas bien dans sa tête, si ? Il suffit de le regarder.

J'enlevai un dictionnaire des citations de l'étagère pour faire de la place pour mes oreilles.

— Elle est venue ici, vous savez, quelques jours avant sa disparition.

L'autre voix fit un bruit surpris.

— Qu'est-ce qu'elle a emprunté ?

— Rien. Elle n'avait pas sa carte de bibliothèque. Elle a passé à peu près une demi-heure dans la salle de réunion et puis elle est partie.

— Ça ne m'étonnerait pas qu'on la retrouve sous son patio.

— Moi non plus. Il a une tête de criminel, celui-là. Ça se voit dans ses yeux.

— Et comment. Vous avez parfaitement raison, Carole.

Et les voix s'éloignèrent des dictionnaires et des encyclopédies pour disparaître au-delà du système solaire et de la mythologie.

— Tu as choisi ?

Mrs Morton m'attendait à l'accueil avec Tilly.

— Oui, répondis-je, même si mon menton maintenait la pile de livres dans mes bras et que ce n'était pas facile de parler.

— Mais, Grace, combien est-ce que tu en as ? Tu n'as que cinq tickets.

— Tilly m'a dit qu'elle m'en prêterait quatre.

— Ah bon ? s'étonna Tilly.

Mrs Morton examina le livre de Tilly.

— Qu'est-ce que tu as choisi ?

— *Le Lion, La Sorcière blanche et L'Armoire magique.*

— Elle prend toujours le même. Elle est amoureuse de Mr Tumnus.

— N'importe quoi !

Tilly serra Narnia contre sa poitrine.

— C'est juste que j'aime la neige.

Mrs Morton étudia mon butin.

— On y jette un coup d'œil, tu veux ?

Elle souleva mes trouvailles une par une.

— *Dans la tête d'un tueur en série*. Intéressant. Et qu'avons-nous là ? *Les Secrets de Scotland Yard*. Et *Les Pires Meurtres du XX*e *siècle : une anthologie*.

Elle leva un sourcil et me regarda.

— C'est pour mes recherches, expliquai-je.

Elle contempla le livre qui était désormais en haut de la pile.

— *Une balle pour Beau Barrowclough* ?

— C'est la couverture qui m'a plu.

— Je crois qu'on va revoir un petit peu tout ça, qu'en dis-tu ?

Nous parcourûmes les étagères une nouvelle fois, la bibliothécaire tamponna les fiches, fit claquer les couvertures et passa ses doigts pleins d'encre sur mes nouvelles acquisitions, puis nous quittâmes les moquettes et les couloirs frais et polis pour retrouver une chaleur qui faisait miroiter la cime des arbres et trembler et se brouiller les extrémités du monde.

— Ouh là là ! s'exclama Tilly.

Je pris son livre pendant qu'elle enlevait son pull.

— On va passer par le parc, annonça Mrs Morton en nous entraînant vers les portes avec l'audace d'un explorateur subsaharien. On aura de l'ombre.

Le parc n'était pas si ombragé que ça. Il y avait des poches voilées et fraîches, là où les arbres noircissaient les allées, mais une nappe de chaleur régnait sur la majeure partie du jardin, et nous dûmes zigzaguer pour rester à l'abri. Ça n'avait pas l'air de déranger grand monde. Certains étaient allongés sur des T-shirts, les antennes de leurs radios dirigées vers le soleil, des romans oubliés sur l'herbe. Des enfants brassaient l'air en poussant des cris perçants, guettés par le soleil, pendant que leurs parents enfonçaient des chapeaux sur leurs têtes et tartinaient de crème leurs genoux poussiéreux.

Je m'aperçus que le clac-clac des sandales de Tilly s'était tu et je me retournai. Elle était près du kiosque, agrippée à la balustrade, son pull toujours noué autour de la taille. Plus loin, Mrs Morton s'arrêta aussi et mit sa main en visière.

— Je vais bien, Mrs Morton, affirma Tilly. C'est juste la chaleur. Ça vous rend tout flagada.

Je regardai l'expression de Mrs Morton quand elle passa à côté de moi, et ma bouche devint toute sèche, envahie par l'inquiétude.

Elle examina les yeux de Tilly et lui toucha le front et fronça les sourcils, et dit qu'on devrait toutes s'asseoir un moment à l'ombre du kiosque. Il n'y avait personne d'autre à l'intérieur, juste des traînées de fientes d'oiseaux sur les balustrades en bois délavé et un vieux journal qui se retournait encore et encore sur le béton à mesure qu'une brise parcourait ses pages.

Tilly annonça qu'elle allait *bien, juré,* mais elle était blanche comme un lavabo et mes yeux trouvèrent l'inquiétude de Mrs Morton et la copièrent.

— J'avais les jambes en compote, c'est tout.

— Tu ne devrais pas tirer sur la corde, répondit Mrs Morton en lui prenant la main. Il faut que tu fasses très attention à toi.

— Grace a dit qu'il ne m'arriverait rien. Elle a dit qu'elle ne le permettrait pas.

Mrs Morton croisa mon regard un instant avant de se tourner vers Tilly.

— Évidemment, qu'il ne va rien t'arriver. Mais ta mère préfère être prudente, n'est-ce pas ?

Tilly hocha la tête et je vis des gouttes de sueur glisser sur son front.

— Donc on va rester assises un moment. Le temps que tu reprennes ton souffle.

Je me souvins de la petite buvette près du mémorial.

— Peut-être qu'une glace ou un Topic aiderait ?

Tilly secoua la tête et dit qu'elle n'aurait rien contre une gorgée d'eau.

Mrs Morton regarda autour de nous sans lâcher la main de Tilly.

— J'y vais, dis-je. Je t'apporte de l'eau.

Je fuis le kiosque et je retrouvai volontiers la chaleur écrasante sur mes épaules et le bruit des gens qui ne se faisaient pas de souci. La buvette était derrière les frisbees colorés et les transistors. C'était un petit bâtiment à rayures roses et jaunes, dont l'auvent craquait et claquait sous la brise pendant que le vendeur cherchait un gobelet en plastique.

Je jetai un coup d'œil au kiosque. Je n'avais pas envie d'y retourner. De retrouver l'inquiétude cachée dans le regard de Mrs Morton et une Tilly toute pâle et silencieuse.

Numéro 12 de l'avenue

9 juillet 1976

C*razy*, chantait Patsy Cline.

— *Crazy*, répéta Sheila Dakin avec une demi-seconde de retard.

Elle chantait par-dessus le bruit de l'aspirateur et l'odeur de la moquette surchauffée et de la poubelle qui suppliait qu'on la vide. Patsy savait ce que c'était de souffrir. Elle avait eu bien des malheurs, cette pauvre femme. Il n'y avait qu'à écouter son vibrato. Sheila passa l'aspirateur dans le couloir, devant un chœur de manteaux et une pile de petites voitures appartenant à Keithie, avant de faire une entrée triomphale dans le salon.

— Arrête, maman.

Lisa posa les jambes sur le canapé. Sheila changea de tonalité.

— Maman ! J'essaie de lire !

L'aspirateur buta contre les meubles et le cordon serpenta à travers la pièce, rassemblant pieds de table, chaussures oubliées et bord de cendrier.

— Mes chansons vont te manquer quand je ne serai plus là, rétorqua Sheila en tirant sur le fil. Tu supplieras de pouvoir m'entendre encore une fois.

Lisa leva les yeux de son magazine.

— Pourquoi ? Tu vas où ?

— Nulle part. Mais écoute-moi bien, Lisa Dakin : quand je serai partie, tu t'en mordras les doigts.

Sheila croisa le miroir et frotta la trace de mascara sous son œil, mais le maquillage s'enfonça encore plus profondément dans les creux et s'installa entre les plis de peau qui refusaient de se lisser.

Le vinyle était éraflé et usé, mais les grattements de la guitare la rapprochaient toujours un peu du désespoir, et elle arrêta l'aspirateur pour être sûre de ne pas manquer l'impact.

— Pourquoi c'est toujours la même chanson ? Mince, il doit y en avoir des mieux, râla Lisa en tournant la page.

— Elle est morte dans un accident d'avion, tu sais.

— Tu me l'as déjà dit.

— Elle n'avait que trente ans. Toute la vie devant elle.

— Je sais. Tu me l'as déjà dit.

Lisa jeta un coup d'œil à sa mère par-dessus le dossier du canapé.

— Tu m'as aussi raconté pour Marilyn, Carole et Jayne.

— Ça vaut la peine de s'en souvenir, Lisa. Il y a toujours plus mal loti que soi.

— Elles sont mortes, maman.

— Exactement.

Sheila appuya sur un autre bouton et la poussière, la chaleur et le grondement du moteur se dissipèrent.

— Et voilà. Je ressors.

Lisa tourna une page.

— J'aimerais vraiment que tu arrêtes de bronzer devant la maison. Ça fait mauvais genre.

Son visage est en train de changer, se dit Sheila. *Il se forme et se rapproche de son père.* D'année en année, Lisa s'éloignait un peu plus. Ça avait dû arriver lentement, repas après repas, conversation après conversation, mais Sheila ne le remarquait que quand elles se disputaient. À ce moment-là, elle comprenait que Lisa avait franchi une étape de plus et qu'elle la laissait très loin derrière. Que sa fille grandisse, très bien. Les garçons, les cours séchés et le bruissement léger des cigarettes et des chewing-gums, passe encore. C'était le reflet qu'elle lui renvoyait qu'elle ne pouvait pas tolérer.

— C'est mon jardin, répliqua Sheila. Je fais ce que je veux.

— Les gens regardent.

— Je m'en fous.

— C'est comme d'aller à l'épicerie en chaussons avec des bigoudis. Ça ne se fait pas, c'est tout.

— Et qui a décidé ça ?

— Tout le monde.

Lisa tourna une nouvelle page.

— Et quand tout le monde décide de quelque chose, ça vaut probablement la peine d'écouter.

— Je vois.

Sheila enroula le cordon autour de l'aspirateur et rétorqua :

— Dans ce cas, pourquoi est-ce que tu n'es pas en train de chercher un job d'été ? Comme tout le monde ?

Pas de réponse.

— Dans un an, tu auras fini l'école. Ne t'imagine pas que tu pourras rester vissée sur ton cul toute la journée.

Keithie fit son apparition et son petit corps s'écroula sur une chaise.

— Mais moi, je peux rester vissé sur mon cul, non ?

Sheila le regarda.

— Pour l'instant, répondit-elle. Et ne dis pas *cul*.

Cul, cul, cul.

Lisa continua à feuilleter son magazine.

— J'aimerais bien que Margaret Creasy se grouille de revenir. Tu étais différente quand elle était là.

— Ah bon ? Comment ça ?

— Tu t'énervais moins. Tu jurais moins.

Lisa la scruta par-dessus son magazine.

— Tu avais moins de migraines.

Elle était maligne, comme sa mère. Trop maligne.

— Elle reviendra, prétendit Sheila. C'est la chaleur. Ça rend les gens bêtes.

— À moins que Walter lui ait mis la main dessus. Il aime bien faire disparaître les gens.

Sheila jeta un coup d'œil à Keithie. Il enfonçait la mine d'un stylo dans l'accoudoir d'un air concentré en chantonnant *cul, cul, cul.*

— Attention, ton frère est trop jeune pour comprendre.

Lisa posa son magazine.

— Il connaît la blague, hein, Keithie ?

— Walter le pervers, récita Keithie. Il fait disparaître les gens. Comme un magicien.

Il éclata d'un rire pétillant d'enfant.

— Trop jeune pour comprendre, mon cul, ricane Lisa.

Cul, cul, cul.

— Ne dites pas *cul* !

Sheila ramassa un coussin et le reposa sur le canapé.

— Je ne sais pas pourquoi il n'a pas déménagé, reprit Lisa sans lever les yeux de sa page. Il faudrait faire quelque chose. Il me suit tout le temps des yeux.

— Comment ça, il te suit des yeux ?

— Il me flanque la trouille.

Frottement de jean contre jean.

— Quand je suis avec mes copines, il nous observe depuis sa fenêtre. Comme s'il réfléchissait à son prochain coup.

Sheila essaya d'entortiller la prise autour du fil, mais il aurait fallu qu'elle quitte Lisa des yeux.

— Il vous a dit quelque chose ?

— Maman, c'est ça, le truc, expliqua Lisa de sa voix traînante d'adolescente. Il dit jamais rien. Il regarde, c'est tout.

— Tu me dirais, sinon ?

Lisa hocha la tête et tritura ses cheveux. L'élastique laissé sans surveillance glissa innocemment sur son épaule.

— Il faudrait faire quelque chose. On est tous d'accord là-dessus.

Sheila s'apprêtait à répondre quand elle entendit des pas dans l'allée.

— Ça sonne ! s'écria Keithie.

Il se rua vers le couloir avant qu'on ait le temps de l'arrêter, en chantonnant *cul, cul, cul* tout du long.

— Pff, j'espère que ce n'est pas encore ce flic, remarqua Lisa. C'était pas un marrant, celui-là.

— Il ne devrait pas se donner la peine de revenir.

Sheila ramassa une tasse de café froid. Elle avait laissé des traces sur la table en bois où elle l'avait attendue.

— On a dit tout ce qu'on avait à dire.

— Tu sais qu'il est passé au numéro 4 hier ? Il est resté des plombes. J'ai vu Derek Bennett ce matin, et il avait une tête à faire peur.

— Tu ne m'as pas raconté.

— Je ne t'ai pas vue.

Lisa la fixa.

— Tu étais toujours au lit quand je suis sortie. J'ai préparé le petit déj' de Keith, je l'ai habillé et j'ai supporté ses questions à la con.

Sheila serra son café. Il était couvert d'une pellicule de lait jaunie qui accrochait sur les bords.

— J'étais épuisée, se défendit-elle.

— Ouais.

Lisa regarda son magazine.

— Moi aussi, je serais épuisée, à ta place.

— Si tu as quelque chose sur le cœur, tu n'as qu'à le dire, OK ?

— J'ai rien à dire, OK ?

Une nouvelle étape, se dit Sheila. Quelques centimètres de plus.

***

— Je tombe mal ?

Sheila se tourna vers la porte. Dorothy Forbes, toute de taupe et de sollicitude vêtue. Typique.

— Dorothy, la salua-t-elle. Quelle bonne surprise. Bien sûr que non.

Keithie était à côté de Dorothy, un stylo cassé à la main. Il leva les yeux vers elle et sourit. *Cul, cul, cul*, chantonna-t-il.

— Je ne veux pas te déranger.

Elles s'étaient installées dans la cuisine. Elles y seraient mieux, loin des *culs* de Keithie et du regard inquisiteur de Lisa. Sheila essaya de focaliser l'attention de Dorothy sur la conversation, plutôt que sur la vaisselle d'hier soir et le cendrier dans l'évier, mais le soleil qui inondait la pièce semblait souligner tout ce qu'elle aurait voulu oublier.

— Tu ne me déranges jamais, Dot.

Elle regarda Dorothy tenter de toussoter et sourire en même temps, sans grand succès, puis elle se souvint que Dorothy n'aimait pas qu'on l'appelle Dot. Comme ça voulait dire « point », elle disait que ça lui donnait l'impression d'être un signe de ponctuation, la fin d'une histoire.

— Tu veux boire quelque chose, Dorothy ?

— Oh non. Pas pour moi, merci.

Elles se sourirent en silence.

— C'est Keithie ? Harold en a assez de l'entendre jouer au foot ?

— Oh non. Pas du tout.

— Lisa ?

— Non. Ça n'a rien à voir avec Lisa.

Du Dorothy tout craché. Elle avait toujours été comme ça. Elle tournait autour du pot, faisait le tour du pâté de maisons pour aller à deux pas de chez elle. Mais on ne pouvait pas la brusquer. Sinon, elle perdait ses moyens et niait tout en bloc et il était impossible de savoir ce qu'elle avait voulu dire. Sheila se demandait parfois si Dot serait enterrée avec des milliers de mots refoulés dans la bouche. Des encyclopédies entières qu'on n'entendrait jamais.

Elle patienta.

— C'est Margaret Creasy, finit par lâcher Dorothy. Enfin, c'est John Creasy. Ou plutôt tout le monde. J'ai essayé de parler à Harold, mais tu le connais, il est têtu comme une mule. Et Eric Lamb n'est pas beaucoup mieux. Je ne savais pas vers qui me tourner. Tu étais là, tu vois. Tu comprends.

Quand les mots émergeaient enfin, c'était en groupes.

Sheila tendit la main vers le cendrier.

— Nous étions tous là, Dorothy. Il y avait toute l'avenue.

Dorothy tenta de poser les mains sur la table, mais tout l'espace était occupé par des tasses, des journaux et l'ardoise magique de Keithie. Elle les laissa sur son sac à main.

— Je sais. J'ai l'impression que c'était hier.

— C'était il y a neuf ans, Dot. Pourquoi est-ce que tu t'imagines que ça a un rapport avec Margaret ?

— Parce que c'est comme ça que ça marche, non ?

Sheila sortit une cigarette du paquet et la tapota contre la table.

— De quoi tu parles ?

Même plus jeune, Dorothy avait toujours affiché un vernis d'anxiété. Elle scrutait son environnement, à la recherche de la prochaine catastrophe, triturait ses neurones jusqu'à fabriquer un problème, puis rayonnait de la satisfaction d'avoir trouvé un sujet d'inquiétude.

Dorothy serrait son sac à main comme un harnais sur des montagnes russes.

— Le destin, répondit-elle. Les choix qu'on fait. Ils reviennent toujours nous hanter.

Il y eut une étincelle. Une minuscule étincelle.

— Ne sois pas bête.

Sheila alluma sa cigarette. Fumer l'apaisait toujours.

— Tu te laisses encore emporter par ton imagination.

— La police est repassée. Tu les as vus ?

— J'en ai entendu parler.

— Ils doivent savoir quelque chose. Ils ont fouiné partout en cherchant Margaret, et ils ont découvert le pot aux roses.

Des torrents de mots coulaient de sa bouche.

— Peut-être qu'ils l'ont déjà trouvée. Peut-être qu'elle leur a tout raconté et qu'ils vont revenir nous arrêter.

— Calme-toi, voyons ! Margaret ne savait rien. Elle n'était même pas là.

— Mais elle parlait à tous les voisins, Sheila. On ne pouvait pas s'empêcher de se confier à elle.

Sheila gratta les petites traces de vernis sur ses ongles.

— Elle savait écouter, admit-elle.

— Tout juste.

Les doigts de Dorothy parcouraient les anses de son sac à main.

— Et les gens comme ça finissent toujours par entendre plus de choses qu'on ne voudrait.

Sheila leva les yeux.

— Mon Dieu, Dot, qu'est-ce que tu lui as dit ?

— Rien. Je ne lui ai rien dit du tout.

Dorothy fronça les sourcils.

— Enfin, je ne crois pas.

Et elle cligna des yeux — beaucoup trop lentement.

Sheila se passa la main dans les cheveux, raidis par la laque de la veille.

— Oh ! Dot.

Elle alluma une cigarette, puis elle vit que l'œil rouge de la précédente était toujours braqué sur elle depuis le cendrier.

— Elle parlait à tout le monde, Sheila, pas qu'à moi.

Dorothy prit une inspiration si soudaine et si brusque que Sheila tressaillit.

— Quoi ? demanda-t-elle.

— Et si Margaret avait tout compris ? Et si elle avait disparu parce qu'elle a accusé quelqu'un ?

— Mais tu vas te calmer, oui !

Sheila savait qu'elle criait, mais elle ne pouvait pas s'en empêcher.

— On ne sait même pas pourquoi elle est partie !

— Il faut qu'on parle à John. Il faut qu'on sache ce qu'elle a dit avant de s'en aller.

Sheila tira sur sa cigarette. De petites bouffées qui charrièrent de minuscules volutes de fumée vers ses poumons.

Lisa passa la tête par la porte.

— Tout va bien ? demanda-t-elle.

— Très bien. Aucun problème.

Sheila regardait toujours Dorothy. La fumée errait entre elles, formant des dessins paresseux qui montaient vers le plafond.

— Si ça intéresse quelqu'un, il faudrait passer à l'épicerie, annonça Lisa. On n'a plus de lait.

Sheila prit son porte-monnaie.

— Emmène Keithie, tu seras gentille.

Lisa se mit à protester avec un grondement d'animal sauvage.

— Ne commence pas, Lisa. Obéis, c'est tout.

Sheila lui tendit les pièces.

— Je dois sortir dix minutes. Il n'a que six ans, il ne peut pas rester seul.

— Presque sept, corrigea une voix dans le couloir.

Sheila se tourna vers Dorothy.

— Je vais mettre mes chaussures, attends-moi dehors.

Réfugiée dans le garde-manger frais et sombre, Sheila entendit Dot tirer la porte d'entrée et Lisa promettre des bonbons à Keithie pour qu'il accepte de se relever.

Elle attendait derrière la farine, tapie dans une boîte pleine de riz et de pâtes en vrac.

Sheila était censée l'avoir vidée. Elle avait dit à Margaret qu'elle l'avait vidée. Elle tendit la main et la sentit se tendre vers elle en retour. Encore une gorgée et elle le ferait. Une dernière, parce que là, elle en avait vraiment besoin.

Au début, il ne répondit pas. Dot grimpa au-dessus de la plate-bande pour se coller à la vitre et maugréa que c'était une vraie porcherie.

Sheila cracha son chewing-gum et cria dans la fente de la boîte aux lettres. Pas de réponse, même si elle crut entendre une porte s'ouvrir quelque part dans les profondeurs de la maison.

— John, je sais que tu es là, répéta-t-elle.

Dorothy redescendit.

— Peut-être qu'il est sorti, suggéra-t-elle. Si ça se trouve, il est parti à sa recherche.

— Il est là.

Sheila regarda à travers la fente. Elle distingua des piles de cartons et de documents, et le coin d'une table couverte de sacs en plastique. On aurait dit qu'il déménageait, sauf que rien n'était emballé. L'ensemble s'était simplement étalé sur toutes les surfaces.

— Je sais que tu es à l'intérieur, et je ne bougerai pas d'un pouce, cria-t-elle. Je vais rester plantée là jusqu'à ce que tu ouvres.

La porte s'ouvrit.

Il lui fallut un moment pour s'habituer à l'obscurité et cesser de voir des points orange et noirs, puis elle reconnut John, au pied de l'escalier. Il avait l'air d'avoir dormi toute la semaine dans les mêmes vêtements, et ses yeux étaient tuméfiés et méfiants.

— Dieu du ciel, John. À quoi tu joues ?

Sheila poussa la porte, qui buta sur des journaux jaunis et une flaque de courrier en retard. Comme un enfant, il les laissa entrer sans rien faire. Dot mit une main devant sa bouche, se délectant du chaos.

— Qu'est-ce qui se passe ici ? demanda Sheila.

Elle prit un sac par le bord, mais, craignant de déclencher une réaction en chaîne qui ferait s'écrouler toute la maison, elle le lâcha.

— Qu'est-ce que tu fabriques ?

Il se mâchonna les ongles avec des airs de rongeur.

— Je cherche.

— Tu cherches quoi ?

— Ce qui a poussé Margaret à partir. Elle a dû découvrir quelque chose. La maison a dû lui dire ce qui s'était passé.

Sheila prit une grande inspiration. La pièce sentait la sueur et le désespoir, et derrière son épaule gauche Dorothy contribuait peu à peu à la puanteur ambiante. Elle fit mine d'enlever un parapluie de la chaise près de la porte.

— Laisse !

John le remit à sa place.

— Je l'ai mis là exprès. Pour Margaret. Sinon, elle risque de l'oublier.

Sheila l'observa. Elle voyait la peur pulser sous sa peau et ses pensées tellement comprimées qu'elles avaient commencé à se tordre et à se fracasser. Ce n'était pas la première fois que ça lui arrivait. À l'époque, tout le monde avait chancelé. Les événements les avaient réduits au silence et étourdis pendant des mois, mais c'était John qui avait fui le plus loin. Il s'était retiré à la périphérie de sa propre vie, et il y était resté, à l'abri.

— Allons nous asseoir dans la cuisine, proposa Sheila. On va boire quelque chose et discuter.

Ils burent du thé noir dans des tasses que Sheila avait nettoyées à l'essuie-tout. Dorothy s'assit aussi loin de sa tasse que possible, comme si celle-ci était toxique, tandis que John contemplait la sienne à chaque fois que Sheila lui posait une question.

— Elle a forcément dit quelque chose, John ?

— Rien. Elle n'a rien dit. Pourquoi est-ce que tout le monde me pose les mêmes questions ?

— Donc tu t'es réveillé et elle n'était plus là, c'est tout ? Tu n'as rien vu venir ?

— Je suis allé me coucher avant elle. Quand je me suis réveillé, j'ai cru qu'elle était passée à l'épicerie ou chez l'un de vous. Elle est tout le temps fourrée chez les autres.

— Oui, chez tout le monde, insinua Dorothy.

Sheila jeta un regard noir à Dot, puis elle se retourna vers John.

— Et elle n'a pas parlé d'un voisin, de confidences qu'on lui aurait faites ?

— Non.

— Ni de Walter Bishop ?

Leurs regards s'affrontèrent un instant, en silence.

Il baissa les yeux vers son thé. Sheila entendit Dorothy haleter.

— John ?

— Je crois qu'elle est allée le voir. Les lunettes de Bishop… elles étaient dans le sac à main de Margaret. Elle allait les faire réparer.

— J'en étais sûre.

Dorothy bondit et sa tasse heurta une pile d'assiettes.

— Je savais bien que je l'avais vue sortir du 11.

On entendit un gémissement, sorti des profondeurs de la gorge de John. Il avait quelque chose de résigné, comme un râle d'agonie. Sheila se demanda si c'était contagieux ou si sa propre vague de panique n'appartenait qu'à elle.

— Du calme. Réfléchissons.

Mais ses mots se noyèrent dans l'affolement ambiant.

Dorothy était toujours debout. On voyait bien qu'elle aurait voulu faire les cent pas, mais la pièce était trop petite et encombrée par les fouilles de John. À défaut, Dorothy se tordit les mains pour libérer de l'adrénaline.

— Margaret a compris, gémit-elle. Elle est sûrement allée voir la police.

Sheila regarda John.

— Elle ferait ça ? Sans t'en parler ?

— Je ne sais pas, répondit-il en secouant la tête. Je ne crois pas.

Sheila ferma les yeux et respira lentement. Elle serra les poings pour tenter de maîtriser ses tremblements.

— Si elle était allée voir la police, on serait au courant.

Elle tenta de prendre un ton calme et raisonnable.

— Ils nous auraient déjà interrogés.

— Mais alors, si elle n'est pas allée au commissariat, où est-ce qu'elle est passée ?

John leva les yeux.

— Peut-être qu'elle a découvert la vérité et qu'elle a accusé quelqu'un.

— Elle parlait à tout le monde, Sheila, rappela Dorothy en ouvrant de grands yeux terrifiés. Elle connaît tous nos secrets.

Dorothy n'était plus qu'une immense vague de panique.

— Oh ! ça va ! la rabroua Sheila. Nous n'avons rien fait de mal.

— Comment est-ce que tu peux dire ça ? s'indigna John, les mains crispées sur le bord de la table. Comment est-ce que tu peux dire que nous n'avons rien fait de mal ? Nous avons tué quelqu'un.

Elles étaient revenues. Les ténèbres.

Malgré la chaleur écrasante, malgré l'aiguillon du soleil, une ombre pesait toujours sur l'avenue. Posté à la fenêtre de son salon, John regarda Sheila et Dorothy s'éloigner. Au milieu de la route, Dot, folle d'angoisse, se mit à faire de grands gestes et à agiter son mouchoir comme un sémaphore.

Il n'aurait pas dû dire ça. Il n'aurait pas dû dire qu'ils avaient tué quelqu'un.

Mais c'était vrai.

Peu importaient leurs intentions, n'est-ce pas ? Certains actes étaient si noirs, si graves que même s'ils n'étaient pas intentionnels ça ne changeait rien. Sinon, personne ne serait jamais condamné, il suffirait de dire qu'on n'avait pas vraiment prévu son crime.

John jeta un coup d'œil au 11, et la maison lui rendit son regard.

Quand il reporta son attention sur l'avenue, les doigts de Sheila Dakin étaient pressés contre ses tempes et Petit Brian avait délaissé sa poubelle pour enquêter sur les gesticulations de Dorothy.

John était sûr qu'ils ne le voyaient pas.

Il s'était réfugié derrière un vase que Margaret avait posé sur le rebord de la fenêtre. Margaret ne supportait pas les fleurs artificielles. Elle disait qu'il y avait suffisamment d'hypocrisie dans le monde pour qu'on n'en introduise pas dans son salon. Avant son départ, elles étaient fraîches, bien sûr, mais à présent il sentait l'inévitable odeur douceâtre de décomposition qui se rappelait toujours à votre bon souvenir, même quand on essayait de la cacher sous toutes sortes d'autres parfums.

Il regarda le mouchoir de Dorothy flotter sous le soleil et Sheila s'avouer vaincue et s'adosser au muret de son jardin.

Quarante-sept briques. John le savait déjà, bien sûr, mais ça ne faisait jamais de mal de revérifier ce genre de choses. Quand Margaret était là, il n'avait pas besoin de revérifier quoi que ce soit. Elle avait volé ses inquiétudes, les avait rangées dans un placard et réduites au silence. Mais depuis sa disparition elles s'étaient vite échappées pour revenir vers lui comme de vieilles amies.

Soixante si on comptait les demi-briques.

Dorothy pointait son mouchoir vers chez lui et Brian observait ses gestes en fronçant les sourcils.

Fais quelque chose, disait Margaret. *Plutôt que de rester là à compter, fais quelque chose d'utile.*

Treize demi-briques. Treize. Ça le mettait mal à l'aise.

John, ne reste pas planté là à compter les jours que tu ne vis pas.

S'il avait parlé plus tôt, s'il avait rassemblé son courage au départ, sa vie n'aurait peut-être pas pris la même direction.

Agis, John.

Quand il se retourna, sa manche frôla les fleurs et la puanteur se faufila dans sa bouche. Une nouvelle attitude, voilà ce qu'il fallait. S'il changeait de comportement, s'il arrêtait de tout compter, peut-être que Margaret le sentirait et rentrerait à la maison.

John claqua la porte du salon et l'écho se réverbéra dans toute la maison. Il surgit des murs et des plafonds. Il secoua les tables et les chaises et fit trembler le petit vase posé sur l'appui de la fenêtre. Une poignée de pétales tressaillirent, frissonnèrent et abandonnèrent leurs tiges, et une traînée de pourriture glissa sur le mur.

— Tu en as mis, un temps.

Brian l'attendait sur le trottoir, les mains dans les poches.

— J'ai cru que tu allais rester planqué derrière ces fleurs mortes tout l'après-midi.

John jeta un coup d'œil à la maison. Parfois, Brian semblait savoir certaines choses sans que John comprenne comment.

— Tu l'as bien fait dérailler.

Brian désigna Dorothy, qui faisait de grands gestes devant Sheila. John n'entendait pas tout, mais il distingua *perdus*, *fichus* et *Holloway*.

— Qu'est-ce que tu lui as raconté ?

— La vérité, c'est tout. Parfois, il faut être ferme. Parfois, il faut dire ce que l'on pense.

Fort de sa nouvelle attitude, John se redressa et serra les mâchoires.

— Vraiment ?

Brian se tapota le coin du nez en souriant.

— Et parfois, mon cher John, il faut la boucler.

John desserra les mâchoires et regarda ses pieds.

— Et ne vous imaginez pas que vous allez vous en tirer comme ça, tous les deux, les interpella Dorothy. On aura tous la police sur le dos dès qu'ils auront compris ce qui s'est passé, alors tu peux arrêter de sourire bêtement, Brian Roper.

Brian toussota et fixa ses propres chaussures.

— Bon Dieu, Dorothy, arrête ton cinéma.

Sheila se détacha du mur.

— Ça n'arrange rien. Si la police veut nous interroger, qu'ils viennent. Ils ne peuvent rien prouver.

Brian se mordit la lèvre. Sheila appuya un peu plus fort sur ses tempes et Dorothy se remit à agiter son mouchoir en geignant. Le bruit fit bourdonner les oreilles de John, il se les couvrit, ferma les yeux et tenta de tout faire disparaître.

— Tout va bien ?

Aucun d'eux n'avait entendu le postier. Appuyé sur son vélo, il se grattait la tête avec le coin d'une enveloppe.

Sheila leva les yeux et croisa les bras.

— Oui, dit-elle.

— Tout va bien, confirma Brian.

— Très bien, ajouta Dorothy.

Elle rangea son mouchoir dans sa manche et sourit.

Le postier fronça les sourcils.

— D'accord.

Il poussa sa bicyclette le long de l'avenue. Les roues grincèrent dans la chaleur et John se demanda si la poste leur fournissait une petite flasque d'huile ou s'ils étaient censés en acheter eux-mêmes.

Ils le regardèrent caler son vélo contre le mur de chez Walter Bishop avant de disparaître.

— Un nouveau, remarqua Dorothy sans quitter des yeux le numéro 11.

Sheila croisa un peu plus les bras et se campa devant Dorothy.

— Ah bon ?

— *Pas d'ici*, articula Dorothy.

— Vraiment ?

— Tss. Il suffit d'écouter ses voyelles.

Quelques instants plus tard, le postier réapparut et fit demi-tour. Il avait toujours l'enveloppe à la main.

— Deuxième passage ? lui demanda Dorothy quand il arriva à leur hauteur.

Il hocha la tête.

— Mais il n'y a personne au 11. Il faudra que je la renvoie.

Ils observèrent tous l'enveloppe. Elle était blanche et épaisse. Dorothy tendit tellement le cou pour lire le cachet de la poste que John craignit qu'il ne se déboîte.

— Kodak ?

— On dirait des photos, répondit le postier en louchant sur l'enveloppe.

Dorothy tendit la main.

— Je peux les prendre, si vous voulez ?

Elle sourit et ses doigts tremblèrent un peu. Le postier hésita, puis il désigna son badge.

— Je risquerais de perdre ma place, expliqua-t-il. Je suis du Royal Mail, vous voyez. Nous sommes un service public. Comme la police.

— La police ? s'étonna Dorothy.

— Et les pompiers.

— Les pompiers ? répéta Sheila.

Le postier sourit et fit demi-tour avec son vélo. Ils l'entendirent grincer jusqu'au bout de l'avenue.

— Je me demande ce que c'était, commenta Brian en

désignant l'endroit où le postier se tenait quelques instants plus tôt.

— Des photos, répondit Sheila.

— Des preuves ! s'exclama Dorothy.

Elle ressortit son mouchoir.

— Vous disiez qu'on ne pouvait rien prouver ? Je parie qu'il a toujours des clichés de Dieu sait quoi cachés dans cette maison !

— Seigneur.

Sheila se laissa retomber contre son mur.

— Je ne suis pas sûre de supporter ça encore longtemps, gémit Dorothy. J'ai un début de migraine.

— Qu'est-ce que tu en penses, Brian ? demanda John.

Le fond de sa gorge se mit à le picoter.

— Tu crois qu'on a des ennuis ?

Brian le fixa avec une telle férocité qu'il dut détourner le regard et s'intéresser à l'allée de Dorothy Forbes.

— J'en pense que si on avait agi quand on en avait l'occasion on n'en serait pas là, lança Brian sans le quitter des yeux. J'en pense que si tu m'avais écouté, si tu avais eu le courage de parler, tout serait différent.

John se tourna vers lui.

— Mais tu viens de me dire que parfois il faut la boucler.

Brian s'éloigna, les mains toujours dans les poches.

— Et le plus important, c'est ça.

— De quoi ? cria John.

— De savoir faire la différence, imbécile, hurla Brian.

John le regarda traverser vers le numéro 2. Il s'arrêta près de l'allée de Dorothy Forbes et envoya valser un gravillon.

Il y avait eu cent trente-sept gravillons, mais maintenant il n'en restait que cent trente-six.

John le savait parce qu'il venait de les compter.

***

Sheila ferma sa porte d'entrée. Elle entendait toujours Dorothy se lamenter en agitant son mouchoir, comme pendant la nuit des photos.

Aujourd'hui encore, Sheila était capable de se repasser toute la scène, comme un film qu'elle ressortait pour les occasions spéciales, quand elle avait besoin de se rassurer sur leur innocence et leurs bonnes intentions. Il y avait des enfants à protéger. C'était avant la naissance de Keithie, mais il y avait Lisa, et on doit montrer l'exemple à ses gosses. L'époque où on leur donnait des leçons avec une ceinture était révolue, Dieu merci, et il fallait leur apprendre à survivre, leur montrer comment éviter les crises de rage, les bleus et les hommes déterminés à vous soutirer tout ce qu'ils peuvent.

Des hommes comme le père de Lisa.

Et comme Walter Bishop.

Si elle ne l'apprenait pas à ses enfants, qui le ferait ? Ce n'était pas seulement qu'il avait pris le bébé. C'était tout le reste. Sa manière de poser sur vous un regard tellement brûlant qu'il vous volait des morceaux de vous-même. La façon dont des mèches de cheveux gris tombaient sur ses épaules, dont sa veste élimée était couverte de graisse noircie. Sa tête. Et puis les photos, la goutte d'eau qui avait fait déborder le vase. Ces garçons n'auraient même pas été là si Walter n'avait pas kidnappé le bébé, donc il ne pouvait s'en prendre qu'à lui-même. Ç'avait été une réaction en chaîne. Finalement, ce n'étaient que des enfants qui ne pensaient pas à mal. Elle l'avait su dès qu'elle les avait vus.

2 décembre 1967

Les sacs de courses que Sheila ramène s'entrechoquent. Même si elle tend les mains, même si elle fait bien attention à les tenir à bout de bras, ils carillonnent comme des cloches d'église, égrenant ses défaillances.

Mais il n'y a que Lisa pour les entendre. Les routes sont désertes à l'heure du repas du samedi, des haricots sur des toasts avec des boîtes de soupe, un repas fumant pour se réchauffer sous ce soleil froid.

— Quand est-ce qu'on déjeune ? demande Lisa.

Elle est saucissonnée dans son duffle-coat trop petit. Sheila n'est même pas sûre qu'il fera la fin de l'hiver.

— Qu'est-ce que c'est que cette histoire de déjeuner ? Tu ne dis plus *manger* ?

— Les gens chics disent déjeuner.

— Ah, vraiment. Parce que c'est toi l'experte, du haut de tes six ans ?

Lisa ne répond pas, mais elle traîne les pieds.

— N'abîme pas tes bottes toutes neuves.

— Je veux être chic.

Un gravillon valse sur le trottoir.

— Eh bien, tu ne l'es pas, alors on va continuer à dire *manger*, merci bien. Ou les gens du coin ne voudront plus nous parler.

Elles traversent à côté de l'arrêt de bus et c'est à cet instant que Sheila les voit. Deux jeunes garçons, plantés près du numéro 11. Ça n'a rien d'extraordinaire. Depuis que les rumeurs sur Walter ont commencé à circuler, les gamins du lotissement passent de temps en temps. Ils crient, jettent une poignée de graviers et prennent leurs jambes à leur cou. Une fois, Sheila a cru voir l'un d'eux se soulager dans le jardin de Walter, mais elle a décidé de fermer les yeux.

Ils ne pensent pas à mal.

Ces deux-là regardent les fenêtres. L'un est grand et maigre, l'autre plus petit, le pull rentré dans son pantalon. Ils ne peuvent pas avoir plus de douze ans.

Elle les hèle et leur demande ce qu'ils fabriquent.

— On s'amuse, c'est tout, crie la grande perche.

Le petit se retourne et lui sourit. Il a un ballon de foot, mais ils ne jouent pas avec.

— Eh bien, faites attention à vous, recommande-t-elle en prenant Lisa par la main et en la tirant vers la porte d'entrée.

— Vous inquiétez pas pour nous, répond le grand. On se débrouille très bien tout seuls.

Elle n'en a pas douté une seconde.

Sheila range les courses et sort une boîte de soupe à la queue de bœuf pour Lisa. Ils n'ont pas bougé. Maintenant, ils sont trois, et tandis qu'elle les observe par la fenêtre un quatrième les rejoint. Le grand va dans le jardin de Walter, et quand il saute du mur il a une branche dans les mains. Il l'agite comme un trophée de guerre et les autres se bousculent, hurlent et tentent de l'attraper. Le petit a abandonné son ballon, qui roule dans l'herbe, ramassant des feuilles dans le caniveau.

Eric Lamb les surveille aussi. Sheila et lui se regardent en silence derrière leurs vitres.

Quand elle reporte son attention sur les garçons, ils sont plus nombreux, pas loin d'une douzaine. Le bruit se faufile jusque dans son salon. Certains ont pénétré dans le jardin de Walter et lancent des insultes aux fenêtres en s'encourageant les uns les autres. Il y en a de plus âgés, peut-être quinze ou seize ans.

— Salaud ! hurle l'un d'eux.

Un sourire se dessine sur les lèvres de Sheila avant qu'elle ait le temps de réfléchir.

Lisa est en train de mettre son manteau et ses patins à roulettes.

— Où est-ce que tu crois aller ? l'apostrophe Sheila en se détournant de l'avenue.

— Je vais jouer dehors.

Sa mère jette un coup d'œil aux garçons.

— Non, pas maintenant.

Walter est apparu à l'une des fenêtres de l'étage. Il crie que c'est une propriété privée et qu'il va appeler la police. Les gamins se moquent de lui, imitant sa voix et employant des mots que seuls leurs parents devraient connaître. Dans l'encadrement de sa fenêtre, Walter semble petit et insignifiant. Il a le visage rougi et boursouflé par la colère, et ses grands gestes le rendent encore plus écarlate et enragé. Sheila se demande un bref instant si quelqu'un d'aussi faible et fade peut vraiment constituer une menace, puis elle se souvient du père de Lisa, de son propre père, et de tous les autres hommes à l'air inoffensif.

Elle serre les dents et regarde le spectacle, les doigts livides sur l'appui de la fenêtre.

Les garçons se calment. Deux ou trois shootent dans les gravillons de l'allée, mais la plupart restent assis sur le mur du jardin. De temps en temps, ils lèvent les yeux et hurlent, mais avec une certaine naïveté — celle d'enfants qui ne savent pas pourquoi ils crient, qui se contentent d'imiter leurs parents.

Walter ferme la fenêtre et disparaît, mais quand il revient quelques instants plus tard il a quelque chose dans les mains.

Un appareil. Il les prend en photo.

Au départ, les garçons ne remarquent rien, trop absorbés par leur propre énergie. Des membres qui se cognent. La conversation physique de l'adolescence.

Walter les suit avec l'objectif. Il parcourt la rangée. S'interrompt. Retourne en arrière. Appuie sur l'obturateur.

Il les capture tous, emprisonnant chaque garçon dans la courbure du verre, copiant leurs images sur la pellicule, volant leur enfance pendant qu'ils regardent ailleurs.

— Salaud, pervers, s'indigne Sheila.

Elle est sur le point de taper sur la vitre pour les prévenir quand un des enfants lève les yeux et voit Walter. Il le pointe du doigt et ils s'éparpillent en quelques secondes. Ils détalent dans un désordre de vélos et de pulls, courant dans les allées et sur les trottoirs, jusqu'à ce qu'il ne reste plus qu'une longue branche morte au bout du mur de Walter Bishop.

— Salaud, répète Sheila.

— Qui ça, salaud ? demande Lisa, délaissant ses patins.

— T'occupe.

Walter est toujours à sa fenêtre, le regard fixé sur l'endroit où étaient les garçons.

— Et ne dis pas *salaud*. Ce n'est pas un mot pour les enfants.

Sheila fulmine tout l'après-midi. Elle passe sa colère sur les portes de placard et les couvercles de théière, mais la rage grignote ses pensées et refuse de lâcher prise. Elle voudrait se ruer chez Eric pour voir ce qu'il en pense, mais Lisa lui traîne dans les pattes et elle sait que, si elle fait ça, sa fille passera l'après-midi à lui poser des questions.

— Je ne suis pas fâchée contre toi, Lisa, répète-t-elle pour la dixième fois.

— Mais t'es fâchée contre qui, alors ?

— Le monsieur bizarre aux cheveux longs. Celui qui habite la grande maison au bout de la route.

— Celui qui a pris le bébé.

— Oui, exactement. Il est méchant, Lisa. Ne t'approche pas de lui. Jamais. Tu comprends ?

Lisa hoche la tête.

— Il est méchant.

Elle retourne dessiner, mais de temps en temps elle jette un coup d'œil à sa mère puis à la fenêtre et plisse les yeux, absorbée dans ses réflexions.

***

Une heure plus tard, Sheila entend les voix. Nombreuses, sombres, enragées, elles se rapprochent comme un orage. Le ciel de décembre est gris et solennel, mais il éclaire juste assez pour qu'on voie des silhouettes avancer sur l'avenue. Ce sont surtout des hommes, avec quelques femmes à la périphérie, et un groupe d'enfants qui suit en gardant ses distances. Les mêmes que tout à l'heure. Sheila reconnaît le grand et le petit, mais personne ne chahute ni ne crie ; ce sont de petits garçons qui marchent timidement, l'air inquiet, les bras croisés pour se protéger du froid.

— Reste là, ordonne-t-elle à Lisa.

Elle sort sur le perron et ferme la porte derrière elle.

Sheila n'a jamais vu autant de monde sur l'avenue. On dirait un match de foot. Ce sont des cols bleus, des ouvriers. Des gars qui passent leurs journées à creuser à la mine, ou à soulever de la terre et de la pierre. Ils se dirigent vers le 11 en martelant le macadam et en serrant leur rage dans leurs poings.

Le premier à arriver chez Walter Bishop abat sa paluche sur la porte.

Pas une ombre de mouvement au numéro 11. Seules des ténèbres silencieuses y sont tapies. On pourrait croire que Walter n'est pas chez lui, mais Sheila sait que c'est faux. Tout le monde le sait. Même si la porte de Walter Bishop ne bouge pas, toutes les autres s'ouvrent une par une. Eric et Sylvia et Dorothy Forbes sortent de chez eux. Même May Roper écarte les rideaux de son salon et jette un coup d'œil.

L'homme frappe à nouveau. Ses poings font un bruit de balles. Il recule d'un pas et hurle à Walter Bishop de se montrer.

— Tu prends des photos de mes gamins, tu sors t'expliquer, connard !

Sheila regarde sa propre porte et la ferme un peu plus.

La foule encercle la maison de Walter. Les hommes ont

soif de confrontation. Les femmes sont plus réservées, plus contenues, mais une menace tranquille se lit dans leurs regards. De toute évidence, on a ordonné aux gamins de rester à l'écart, parce qu'ils se cantonnent à la périphérie, essayant de se rapprocher discrètement. Le petit se retourne et regarde Sheila. Il a l'air d'avoir pleuré.

L'homme donne des coups de pied dans la porte de Walter. Les autres lui beuglent d'y aller plus fort, plus vite. Du coin de l'œil, Sheila voit Dorothy Forbes se précipiter en tirant sur son manteau.

— Je vais à la cabine téléphonique appeler la police, annonce-t-elle en passant devant Sheila.

— Mais qu'est-ce qui te prend ?

— Ils sont déchaînés, Sheila. Déchaînés. Dieu sait à qui ils s'en prendront ensuite.

— Ils n'en veulent qu'à Walter. Ils ne nous embêteront pas. Nous, on est tous des gens respectables.

Mais Dorothy a disparu derrière une haie, et Sheila observe la foule en fronçant les sourcils.

La police arrive. Dorothy s'est réfugiée auprès de Sheila sur le pas de la porte et entortille la ceinture de son manteau autour de ses doigts. Elle plie le tissu dans un sens puis dans l'autre jusqu'à ce qu'il lui cisaille les mains.

— Oh ! arrête de gigoter, Dot.

— Je ne peux pas m'en empêcher. J'ai les nerfs à vif.

Dorothy libère l'accordéon et le reconstitue aussitôt.

Les policiers sortent de leur voiture et, en quelques secondes, leurs uniformes sont avalés par une masse d'épaules et de rage.

— Pourquoi est-ce qu'ils sont aussi furieux ? demande Dorothy. J'étais en plein épisode d'*Emmerdale*.

— Il prenait des photos. Des enfants.

Sheila entend Dot soupirer.

— Je l'ai déjà vu faire ça, au parc. Il s'assoit dans le kiosque avec son fichu appareil autour du cou.

— Vraiment ?

— Oh ! il n'y a pas que les enfants, il prend des photos de tout. Les fleurs, les nuages, même les pigeons.

— Quel genre de type prend des photos des enfants des autres ?

— Quel genre de type vit avec sa mère jusqu'à ses quarante-cinq ans ?

— Et n'ouvre jamais les rideaux de son salon.

— Il aurait aussi besoin d'une bonne coupe de cheveux.

Elles se penchent toutes les deux en avant et tendent l'oreille.

— Pourquoi est-ce que tu ne vas pas voir ce qu'il se passe, Dot ?

— Oh ! je ne pourrais pas. Je risquerais de me faire agresser. Les gens comme ça perdent tout bon sens.

Elles se rapprochent un peu plus en silence.

— Dans ce cas, j'y vais.

Sheila jette un coup d'œil à la porte.

— Je te confie Lisa.

Sheila se fraie un chemin à travers la foule. Elle se faufile sous des coudes, contourne des disputes et se glisse jusqu'au premier rang, où elle trouve deux policiers et Walter Bishop, que la vue des uniformes a fait sortir de sa tanière.

— C'est tout à fait ridicule, déclare Walter. Comme si j'allais faire une chose pareille.

Ses yeux évitent tout le monde et se rabattent sur le tapis de mousse humide sur le perron et les douzaines de pieds qui l'entourent.

— Ces messieurs pensent que vous avez pris en photo leurs enfants. Vous niez leurs accusations ? demande le premier policier.

Walter Bishop ne répond pas. Ses lèvres bougent

lentement autour de ses dents jaunies, mais aucun mot n'apparaît. Sheila regarde autour d'elle. Le petit a trouvé son père et se cache dans son ombre. Il a l'air trop jeune pour entendre ce genre de conversations.

— Mr Bishop ? le presse le second policier.

— En effet, j'aime la photographie. J'aime capturer des images.

— D'enfants ?

Les bottes raclent le macadam à mesure que la foule s'avance. Sheila n'observe pas les visages. Elle n'en a pas besoin.

— Entre autres.

Walter enlève ses lunettes et sort un mouchoir de sa poche.

— C'est mon passe-temps, monsieur l'agent. J'ai une chambre noire.

— Ah, vraiment ?

Le mouchoir est gris et froissé.

— Ce n'est pas la première fois que nous avons une discussion concernant votre conduite avec les enfants, n'est-ce pas, Mr Bishop ?

Le visage du policier est un masque impassible, mais Sheila décèle un tic irrité au coin de ses lèvres.

— Nous avons parlé de votre comportement inapproprié il y a quelques semaines, quand un bébé a disparu.

Les yeux de Walter croisent ceux du policier pour la première fois.

— Comme vous le savez, c'étaient de fausses accusations. Et, pour autant que je le sache, aucune loi n'interdit de prendre les gens en photo.

Les yeux de Walter brillent quand il entrevoit une échappatoire.

— Surtout si on a une bonne raison.

Le policier met les mains derrière son dos et Sheila le voit serrer les poings.

— Donc vous admettez avoir pris des photos de ces enfants sans l'autorisation de leurs parents ?

Walter remet ses lunettes. Il garde le silence un instant, et quand il parle enfin c'est d'une voix tremblante.

— C'étaient des preuves, monsieur l'agent. Des preuves de leur mauvaise conduite.

— Des preuves ?

— Oh oui, reprend Walter Bishop d'un air plus assuré. Vous n'imaginez pas ce qu'on me fait subir. Je vous ai appelés plusieurs fois, mais vous me répondez toujours que je n'ai pas de preuves. Eh bien, désormais, j'en ai.

Walter est arrivé à la fin de sa tirade, s'enhardissant au fur et à mesure. C'était pareil avec le père de Lisa. La lente montée de l'arrogance, quand sa tête rattrapait sa bouche.

— Et qu'est-ce que faisaient ces enfants, exactement, qui justifie que vous rassembliez des preuves ?

— Des actes de vandalisme, monsieur l'agent.

Walter désigne les plates-bandes moisies et les branches négligées des arbres.

— Ils se sont introduits chez moi et m'ont insulté.

Le policier se tourne vers le petit, qui serre toujours la taille de son père.

— Mr Bishop suggère que toi et tes amis vous êtes introduits chez lui. Qu'est-ce que tu en dis ?

Le petit tente de se réfugier dans l'ombre de son père, mais il n'y a nulle part où aller. Son père a reculé et croisé les bras. Le garçon regarde Walter Bishop, qui le toise et semble le contrôler du regard. Ce genre de contrôle, Sheila l'a déjà vu de nombreuses fois, et elle en a la nausée.

— On jouait au foot.

La voix du petit est tellement pâle et distante que tout le monde doit se pencher vers lui pour l'entendre.

— Le ballon est passé par-dessus le mur. On est juste allés le chercher dans le jardin. C'est tout.

Il ouvre de grands yeux humides et effrayés. Sheila regarde

le père du petit. C'est un homme massif, avec des mains vives et rugueuses et la corpulence de quelqu'un qu'on écoute depuis des années. Elle pense aux yeux suffisants de Walter Bishop.

— Ils jouaient au foot, c'est tout. Ils s'amusaient. J'ai tout vu de ma fenêtre.

Sheila entend sa propre voix avant de se rendre compte que c'est elle qui parle. Elle semble fragile. Comme si elle risquait de se briser d'une seconde à l'autre.

À la périphérie de la foule, elle voit Eric Lamb. Il contemple ses mots.

— Donc vous êtes témoin ?

Le policier regarde Sheila puis Walter Bishop.

— Ces garçons ne faisaient rien de mal ?

— Rien du tout.

Sheila regarde le petit tout en parlant. Il tremble, même s'il ne fait pas si froid au milieu de la foule.

— J'ai des droits, s'indigne Walter. Je peux prendre en photo qui je veux. Ce n'est pas un crime. Quand les photos seront développées, vous verrez ce que ces garçons faisaient.

— Jetons un coup d'œil à cet appareil, alors.

Le policier attend pendant que Walter disparaît derrière la porte. À son retour, celui-ci lui tend l'appareil.

— Tout est là-dedans. Vous verrez à quel point ces enfants sont méchants. Ils ont besoin d'une punition, d'une bonne correction. Voilà ce qu'il leur faut.

Pendant que Walter Bishop crache son vitriol, le policier examine l'appareil. Son collègue regarde droit devant lui, le menton tailladé par la lanière de son casque, les dents serrées, l'air décidé.

— S'agit-il de la même punition que celle que vous voulez infliger aux mères qui laissent leurs enfants sans surveillance, Mr Bishop ?

Walter se tait. Sheila voit une traînée de sueur couler sur son cuir chevelu.

— On ne devrait pas autoriser ce genre de personnes à être parents, siffle-t-il. Les enfants ont besoin d'être dirigés d'une main ferme. Il faut leur montrer qui commande.

Il y a un brouhaha à l'arrière de la foule. Les hommes poussent dans un martèlement de bottes.

Le second policier tend le bras. Ça les arrête. Pour le moment.

— Donc toutes les preuves sont là-dedans, c'est bien ça ? demande le premier en examinant l'appareil.

— Tout ce dont vous avez besoin pour arrêter ces gens, monsieur l'agent.

Le policier appuie sur un loquet à l'arrière de l'appareil.

— Oh ! ne touchez pas à ça !

Walter tend la main.

— Si vous ouvrez ça, ça détruira…

Le policier ouvre le loquet.

— Oh ! zut alors, regardez ce que j'ai fait.

— J'arriverai peut-être à en tirer quelque chose. Si vous voulez bien me le rendre…

Walter tente de prendre l'appareil, mais le policier le retourne et son contenu se renverse sur le béton.

— Quelle maladresse.

Il écrase la pellicule sous sa botte.

— On dirait qu'on ne verra jamais ces preuves, n'est-ce pas, Mr Bishop ?

Walter regarde le sol.

— Qu'est-ce que vous voulez que je fasse ?

Le policier se rapproche tellement de Walter Bishop qu'on voit son souffle heurter le visage de celui-ci.

— Ce que je veux, c'est que vous vous occupiez un peu moins des enfants des autres.

Il l'examine des pieds à la tête. Les chaussures fatiguées, la veste tachée, les mèches de cheveux jaunis.

— Et un peu plus de vous-même.

***

La police disperse la foule. Les hommes semblent hésitants. Ils laissent derrière eux des regards menaçants et des promesses lourdes de sens. Le petit jette un coup d'œil par-dessus son épaule tout en s'éloignant au bras de son père.

Eric Lamb vient rejoindre Sheila, les mains fourrées dans les poches.

— C'était nécessaire, se défend-elle. Ne commence pas.

Il ne dit rien.

— Si la police et la municipalité refusent d'agir, on est obligés de prendre les choses en main.

Sheila regarde le 11.

— Il faut bien que quelqu'un nous en débarrasse.

Il garde le silence.

— Il va y avoir une victime, Eric.

— Oh ! je n'en doute pas. Je n'en doute pas une seconde.

— Ça ne t'inquiète pas ? demande Sheila en serrant son gilet contre sa poitrine. Un pervers qui prend en photo les enfants des autres dans notre rue ?

— Bien sûr que si, Sheila, et je sais que tu es encore toute retournée par cette histoire avec Lisa. Simplement, je ne suis pas sûr que ce soit la meilleure solution.

Son cardigan lui gratte la nuque et elle sent sa peau s'échauffer au contact de la laine.

— Qu'est-ce que tu proposes ? Il faut faire quelque chose.

— Une chasse aux sorcières ?

— S'il le faut, oui, Eric.

Elle l'entend remâcher ses pensées en même temps que l'air immobile de décembre.

— Il n'y a qu'un seul problème avec les chasses aux sorcières, lâche-t-il.

— Quoi donc ?

Eric se dirige vers chez lui et répond :

— Ce n’est pas toujours la sorcière qu’on attrape.

Elle regarde le numéro 12. Lisa lui fait coucou derrière la vitre, près de Dorothy Forbes, dont le visage est tordu par l’angoisse.

Sheila entortille la ceinture de son cardigan autour de ses doigts. Elle plie le tissu dans un sens puis dans l’autre jusqu’à ce qu’il lui cisaille les mains.

Numéro 4 de l'avenue

9 juillet 1976

La maman de Tilly la garda au lit trois jours.

Cela me parut exagéré, même si Mrs Morton m'assura qu'on n'était jamais trop prudent. Je n'étais pas d'accord, mais je le gardai pour moi, parce qu'à chaque fois qu'on parlait de Tilly Mrs Morton avait l'air triste.

— Ce n'est pas votre faute, la consolai-je. Même si ça aurait pu se passer autrement si on avait bien fait comme ils disent à la télé.

Nous jouâmes au Monopoly, regardâmes des films en noir et blanc sur BBC2 et mangeâmes de l'Angel Delight, mais c'était moins bon avec juste mon nom gravé dedans. Un après-midi, nous grimpâmes en bus la route raide qui part de la place du marché et nous nous promenâmes dans les collines qui surplombent la ville. Mrs Morton me montra des monuments. J'avais des gravillons dans mes chaussures, je me sentais mal et je devais faire beaucoup d'efforts pour avoir l'air intéressée. Rien n'était pareil sans Tilly. Tous les endroits où on allait me semblaient vides et étranges, comme la maison quand on rentre de vacances.

Quand Tilly réapparut, elle était blanche comme un linge.

— Tu as besoin d'air frais, décréta Mrs Morton.

Elle l'installa à l'ombre avec plusieurs coussins et un paquet de Wagon Wheels.

— Qu'est-ce que vous avez fait sans moi ? demanda Tilly en mâchonnant des morceaux de guimauve.

— Des tonnes de trucs.

— Vous avez trouvé Dieu ?

— J'étais très occupée, je n'ai pas eu le temps.

— Alors on peut continuer à Le chercher ?

— J'imagine.

Elle sourit et me passa les biscuits.

Tilly choisissait ce qu'on regardait à la télé, n'avait pas besoin de se lever quand elle voulait boire quelque chose, et était dispensée de vaisselle.

— Je me sens un peu faible, annonçai-je en posant une assiette sur le rebord de l'évier, mais personne ne réagit.

Au bout de trois jours, nous eûmes le droit de jouer dehors tant que ce n'était pas aux heures les plus chaudes et que Tilly mettait son suroît. Comme elle ne s'en séparait jamais, je me dis que tout était revenu à la normale. Cependant, il faisait trop chaud pour sortir ce matin-là, si bien que nous restâmes assises dans ma cuisine à tenter de tordre des cuillères comme Uri Geller. Ça nous occupait depuis un bon moment.

— Regarde, elle se plie, affirma Tilly en me tendant sa cuillère.

Je ne vis aucune différence.

— Je ne vois aucune différence.

— Là, répondit Tilly en me montrant un endroit parfaitement droit.

Ma mère, qui passait par là, se pencha, plissa les yeux et confirma que oui, ça lui semblait un peu tordu. Mais ma mère était passée experte dans l'art d'être d'accord avec les gens juste pour les consoler.

— Ce n'est pas tordu, m'indignai-je. C'est droit.

— Je ne sais pas comment fait Uri Geller.

Tilly frotta encore un peu la cuillère avant d'abandonner.

— C'est parce qu'il est espagnol, expliquai-je. Les Espagnols savent faire ce genre de choses. Ils sont très futés.

Délaissant les couverts, nous regardâmes John Creasy attendre le bus jusqu'à ce qu'il s'arrête au bout de la rue, puis nous le suivîmes du regard tandis qu'il rentrait chez lui tout seul. Il avait l'air encore plus négligé que la dernière fois que je l'avais vu. Ses cheveux étaient tout ébouriffés, comme s'ils essayaient de s'enfuir, et ses vêtements pendaient tellement qu'ils ne semblaient plus faire partie de lui. Même ses lacets étaient défaits et voltigeaient autour de ses pieds pendant qu'il se traînait sur le trottoir. Debout à côté de la table, ma mère l'observait aussi.

— Il n'a pas l'air d'aller très bien, si ? remarquai-je.

— Non, répondit-elle sans le quitter des yeux. Vraiment pas.

L'été se faufila entre les rideaux et dessina des lignes fuselées sur le sol de la cuisine. Elles étaient tellement précises que je pouvais bouger mon pied entre elles et regarder le soleil grimper sur mes orteils et glisser vers la dalle suivante. Allongé au beau milieu d'une série de lignes, Remington ressemblait à un petit tigre croisé labrador.

— À mon avis, il fait aussi chaud dehors que dedans, lançai-je. On pourrait aussi bien s'installer sur le mur.

— Formidable, répondit ma mère en enfilant une aiguille.

La porte de la cuisine s'était refermée avant que le coton n'ait trouvé le chas.

Cela ne faisait que quelques minutes que nous étions assises là quand Mrs Forbes passa devant nous dans un déferlement de beige. Nous nous penchâmes pour la regarder entrer dans le jardin de Sheila Dakin et engager une conversation dramatique avec Keithie sur le pas de la porte.

— Qu'est-ce qu'elle fabrique ? demandai-je.

Tilly donna un coup de pied dans les briques.

— Je ne sais pas, mais je ne lui fais pas confiance, Gracie, et toi ?

Je réfléchis.

— Non. Mais tout le monde se comporte bizarrement depuis la disparition de Mrs Creasy.

Je pensais aussi à mon père, mais je n'en parlai pas, parce que je ne voulais pas que mes inquiétudes existent en dehors de ma tête.

Au bout d'un moment, Mrs Forbes émergea en compagnie de Sheila Dakin et elles se dirigèrent vers la maison de Mr Creasy. Mrs Dakin semblait chanceler un peu.

— Je me demande si elle est malade aussi, commenta Tilly.

Après avoir bien crié et tambouriné chez Mr Creasy, elles disparurent à l'intérieur. La porte de Sheila Dakin se rouvrit aussitôt et Lisa en sortit en traînant Keithie par le coude. Elle portait sa veste en jean et les mules que j'avais vues dans le catalogue Kays.

Hors de question, avait dit mon père avant d'éclater de rire.

— Allez, viens, dis-je à Tilly.

Tilly était toujours partante. C'était l'une de ses plus grandes qualités. On arriva juste au moment où Lisa fermait le portillon.

— Salut !

— Saluuut, répondit Lisa d'une voix traînante en levant les yeux au ciel.

Je frottai mes sandales sur le béton et je croisai les bras.

— Vous allez où ?

Lisa se mit en route sans lâcher le coude de Keithie, malgré ses protestations.

— À l'épicerie. On a besoin de lait. Arrête de chouiner, Keith !

— Oh ! c'est marrant, on y va aussi.

— Ah bon ? s'étonna Tilly, mais si bas que personne ne réagit.

Lisa se retourna. Keith continuait à lui tordre le bras en poussant des beuglements puissants, la bouche fermée.

— Vous pouvez nous prendre du lait, alors ?

— J'imagine, répondis-je sans cesser de traîner les pieds. Je pensais qu'on pourrait y aller tous ensemble.

— Ça me sauverait la vie, dit Lisa en étirant les syllabes pour souligner mon importance.

Je souris.

Elle me tendit les pièces.

— Et emmène-le aussi, tu veux. Il me rend dingue.

Elle remonta l'allée, enleva ses mules et s'allongea sur la chaise longue.

Keithie nous regarda.

— J'ai toujours droit à des bonbons, affirma-t-il.

On prit la rue des Érables. Tous les dix mètres, Keithie envoyait valdinguer son ballon de foot par-dessus un mur ou dans une allée, si bien qu'on devait l'attendre pendant qu'il le récupérait.

Je me sentis obligée de faire un effort.

— Mon père aime bien le foot.

— Il est fan de Manchester United, rétorqua Keithie sans lever les yeux.

— Et ça change quelque chose ?

— Évidemment.

Il nous montra un écusson sur son jean.

— Chelsea, y a que ça de vrai.

— C'est où, Chelsea ? demanda Tilly en examinant le badge.

— J'sais pas.

Il recommença à taper dans le ballon.

— Pourquoi est-ce que tu portes le blason d'un endroit que tu ne connais même pas ? déclarai-je.

— Parce que comme ça je suis avec eux.

Il manqua le dernier coup et le ballon dériva de l'autre côté de la route.

— Ça veut dire que je suis dans un groupe.

— Dans ta tête, oui !

Je dus crier, parce qu'il avait disparu dans une haie. Il refit surface, le ballon serré contre son cœur, et répliqua :

— C'est le seul endroit qui compte.

L'épicerie Chez Cyril était au coin de la rue des Érables et du chemin des Pins. Le propriétaire actuel ne s'appelait pas Cyril mais Jim. Ce n'était même pas une vraie boutique, juste un salon reconverti. Quand la clochette sonnait, Jim émergeait débraillé de la pièce de derrière, les yeux ensommeillés, et à chaque fois que j'allais acheter des bonbons il croisait les bras et me fusillait du regard jusqu'à ce que j'aie fait mon choix.

— Bonjour, Cyril, le saluai-je, parce que je savais que ça l'énervait.

Jim m'adressa son plus beau regard noir.

Je lui demandai un litre de lait et il eut l'air stupéfait : d'habitude, je ne prenais que des réglisses et des soucoupes volantes. C'était la première fois que je prenais autre chose.

Je mis un poing sur ma hanche.

— Et Margaret Creasy, alors ?

Mais ça ne marchait pas avec Jim. Il garda les bras croisés et me demanda si c'était tout. Keithie me tira par la manche et Tilly dut sacrifier toute sa monnaie pour lui acheter un Sherbet Fountain.

À notre retour, Lisa lisait *Jackie*, blottie sur le canapé.

— Voilà ton lait, annonçai-je.

— Mmmh.

— Je le mets au frigo ?

— Mmmh.

La cuisine de Sheila Dakin était un vrai labyrinthe, et

il fallut dénicher le frigo derrière une planche à repasser et un assortiment de draps. Il y avait beaucoup de casseroles sales, de magazines et de paquets de cigarettes vides. L'horloge au-dessus de la porte était ornée d'une photo d'Elvis.

C'est maintenant ou jamais, annonçait-il.

Mais, pour une cuisine aussi compliquée, le frigo de Sheila Dakin était étrangement vide.

Quand je réémergeai dans le salon, Keithie faisait le camion de pompiers et Lisa disait d'un ton morne :

— J'arrive pas à croire que vous lui ayez acheté des bonbons.

— Il nous a dit d'en prendre.

— Et vous obéissez toujours aux gamins de six ans ?

— En général, oui, répondit Tilly.

Lisa déclara qu'on devrait attendre le retour de sa mère pour récupérer l'argent du Sherbet Fountain, et comme toutes les chaises étaient occupées on s'assit sur un tapis en peau de mouton devant la cheminée électrique. Le feu faisait semblant d'être vrai, mais comme il était éteint les cendres n'étaient qu'une plaque de plastique gris et froid, comme une chaîne de montagnes. Il y avait un trou dans un des morceaux, et quand je m'approchai je vis une minuscule ampoule et trois cafards morts.

— Qu'est-ce que tu fabriques ? demanda Lisa.

Je reculai.

— Je m'intéresse à des trucs.

Elle retourna à son magazine. J'entendais les pages tourner et Elvis compter les secondes dans la cuisine.

— J'aime bien tes chaussures.

Page suivante. Je regardai Tilly, et il me sembla qu'elle haussait les épaules, même si c'était difficile à dire à cause de tous ses vêtements.

— Tilly a failli mourir la semaine dernière, annonçai-je.

— Mmmh.

— J'ai dû la ressusciter.

— C'est ça.

— Mais je savais ce que je faisais, parce que je suis plus grande. Vachement plus grande.

Tilly voulut parler, mais je la fusillai du regard jusqu'à ce qu'elle se ravise.

Page suivante.

— J'aime bien tes chaussures, répétai-je.

Lisa leva les yeux de son magazine.

— Vous préférez rentrer chez vous et j'enverrai Keithie vous rendre l'argent plus tard ?

On répondit *non merci, ça va*, et Lisa marmonna *comme vous voulez* et disparut derrière *Jackie*. Keithie avait épuisé le camion de pompiers et était allongé de travers sur le tapis, couvert de poudre acide et de petits bouts de réglisse. Je regardai Lisa lire en tirant sur la laine frisée du tapis. Je m'allongeai sur le côté, je mis mes cheveux sur une épaule et tentai de faire comme si nous étions deux chapitres de la même histoire. Quand Sheila Dakin rentra enfin, j'avais tellement trituré la laine que je tenais toute une poignée de fils et je dus trouver précipitamment un endroit où les rattacher.

J'annonçai à Mrs Dakin que son lait était au frigo et que je ne savais pas que Keithie n'avait pas droit aux bonbons, et elle regarda Lisa et leva un sourcil sans un mot.

— Elle a dit que je lui sauvais la vie, expliquai-je en rejetant mes cheveux en arrière.

Mrs Dakin nous assura qu'elle était désolée que nous ayons dû attendre notre monnaie, et je répondis que ce n'était pas grave, parce que j'avais regardé les mules de Lisa et pensé que je pourrais peut-être lire son magazine quand elle aurait fini. Lisa déclara qu'elle n'aurait pas terminé avant très longtemps. Probablement jamais.

Mrs Dakin alla chercher son porte-monnaie dans la cuisine, Lisa la suivit et je les entendis parler.

C'est une gamine gentille, donne-lui un peu de temps et *ça te tuerait d'être sympa ?* et *tu vois bien à quel point elle t'admire.*

Je me tournai vers Tilly.

— Ne t'en fais pas, lui dis-je, elles ne savent pas que tu les entends.

À leur retour, Mrs Dakin se souvint qu'elle avait oublié quelque chose dans le garde-manger et disparut quelques minutes.

— Ça va, maman ? demanda Lisa quand elle ressortit.

Mrs Dakin n'était pas pâlichonne, parce qu'elle était toujours bronzée, mais elle n'avait pas l'air très dorée quand elle revint dans le salon, juste un peu jaunâtre et mal fichue.

— C'est Dorothy Forbes, répondit Mrs Dakin. Elle me rend dingue.

— Vous aussi, elle vous a menti ? compatit Tilly.

Mrs Dakin s'apprêtait à allumer une cigarette, mais elle laissa la flamme mourir et ôta la cigarette de sa bouche.

— Menti ? répéta-t-elle.

Comme je savais que Lisa regardait, je rejetai à nouveau mes cheveux en arrière avant de répondre :

— Quand on lui a demandé si elle connaissait Mrs Creasy, elle nous a menti. Elle a dit qu'elle ne lui avait jamais parlé.

Mrs Dakin alluma sa cigarette.

— Un peu, qu'elle lui a parlé. C'est le moins qu'on puisse dire.

— Je ne pense pas qu'elle ira au paradis, intervint Tilly. Dieu n'aime pas trop les boucs.

— Les boucs ?

La cigarette de Mrs Dakin s'affaissa un peu dans sa bouche.

— Elle veut dire que les gens qui racontent des bobards finissent toujours par se faire prendre, expliquai-je. Quand tu t'es mal comporté, Dieu le sait et il te poursuit avec des couteaux.

— Et des épées, ajouta Tilly.

— Les deux, parfois. Mais le truc, c'est que tout le monde finit par se faire pincer, et tu ne t'en tires pas comme ça, parce que Dieu est partout.

Tilly et moi fîmes de grands gestes avec les bras.

— Vous croyez en Dieu, Mrs Dakin ? demandai-je.

Sheila Dakin s'assit. Sa cigarette n'était plus qu'une tourelle de cendres qui tombèrent sur son gilet pendant qu'on attendait sa réponse.

— Il faut juste que j'aille récupérer quelque chose dans le garde-manger, annonça-t-elle.

— Tu es toute blanche, maman, tu veux un verre d'eau ?

— Je suis inquiète pour Margaret Creasy, c'est tout. J'ai peur qu'elle ne revienne jamais.

— Bien sûr qu'elle reviendra.

Lisa se percha sur l'accoudoir du canapé.

— Elle a dû décider de faire un petit break.

Mrs Dakin acquiesça comme un enfant.

— Je ne crois pas, intervins-je.

Mrs Dakin m'observa.

— Pourquoi ? Qu'est-ce qui te fait penser ça ?

— Elle avait un rendez-vous le lendemain, et elle n'était pas du genre à annuler sans prévenir.

Mrs Dakin continua à me fixer, avec une telle intensité que je discernai tout un réseau de veines rouges brodées sur le blanc de ses yeux.

— Avec qui ? demanda-t-elle.

Je savais que Tilly me regardait, mais je répondis quand même.

— Avec Petit Brian.

— Ah, vraiment, marmonna Mrs Dakin.

Elle remonta les manches de son gilet et tenta de se relever.

Ensuite, Tilly dit qu'on n'aurait pas dû parler des bobards, des épées et de Petit Brian, mais je rétorquai que ça avait obligé Mrs Dakin à penser à Dieu, et que penser à Dieu ne faisait de mal à personne.

Numéro 10 de l'avenue

10 juillet 1976

Eric Lamb souleva la photo encadrée.

Ce jour-là, il faisait froid. Elsie avait toujours voulu se marier en décembre. Elle avait envie d'un col en fourrure blanche, de houx dans l'église et d'allées saupoudrées de neige. C'était ainsi, elle l'avait décidé avant même de savoir qui elle épouserait. Quand ils lui en avaient parlé, le pasteur avait regardé son agenda, sifflé entre ses dents et déclaré que c'était la période de l'année où il avait le plus de travail. Trois visites et une petite bouteille de brandy plus tard, Eric l'avait convaincu qu'il fallait que tout soit parfait. Cependant, Dieu non plus ne semblait pas avoir reçu le message : le jour de leur mariage, le ciel était gris pigeon, fadasse. Sans neige, sans houx, mais avec un froid qui vous transperçait jusqu'aux os. Malade comme un chien, Eric s'était tiré du lit pour aller se marier, et dans l'église, avec 39 de fièvre, il tremblait tellement que le pasteur avait pris ses frissons pour de l'angoisse et posé une main rassurante sur son épaule pendant la plus grande partie du service. Mais rien de tout cela n'avait d'importance, parce qu'il aurait fait n'importe quoi pour Elsie. Et, tant qu'il avait Elsie, il était comblé.

Eric reposa la photo sur la cheminée. En récitant *jusqu'à*

ce que la mort nous sépare, il n'avait pas cru que cela arriverait un jour. Cela semblait si peu probable, si farfelu. Et pourtant, aujourd'hui, il fuyait un monde rempli par les projets des autres, achetait une demi-miche de pain quand il faisait ses courses, et retrouvait chaque matin une maison où rien n'avait bougé depuis qu'il était monté se coucher la veille.

Il sortit une boîte de soupe du placard. Drôle d'idée par cette chaleur, mais il n'y avait rien d'autre. Il eut honte de regretter Margaret Creasy à cet instant, et pourtant ce n'était pas tant la gamelle qu'elle lui apportait que sa conversation qui lui manquait.

Pas une seule fois elle n'avait déclaré qu'Elsie avait bien profité de la vie, ni qu'au bout de cinq ans il devrait se reprendre, ni fait de remarque sur la brosse à dents d'Elsie, qui attendait toujours près du lavabo, ou sur son manteau, suspendu au pied de l'escalier. Elle s'était contentée d'écouter. Ce que les autres ne faisaient jamais, attendant simplement qu'il arrête de parler pour lui rabâcher les oreilles de leurs petites histoires. C'était peut-être pour ça qu'il lui avait raconté.

Il y eut un cliquetis, le sifflement du gaz, et les flammes commencèrent à lécher la casserole.

Eric n'avait jamais parlé d'Elsie. Pas comme il aurait fallu. Pas en profondeur. Il avait murmuré tous les mots attendus quand on vous exprime de la sollicitude, et que personne n'écoute vraiment. Ces marmonnements ne servent qu'à ponctuer le discours de son interlocuteur, à faire rebondir ses opinions. Margaret Creasy était différente. Elle posait les bonnes questions, celles qui voulaient dire qu'elle avait écouté.

Il remua la soupe. Une lourde odeur de tomates envahit la cuisine, incongrue par plus de 30 °C.

Eric n'avait pas prévu de le lui dire, bien qu'en se remémorant la conversation il voyait que l'issue était évidente.

Il avait parlé à Margaret du jour où ils avaient reçu le diagnostic et où Elsie avait déclaré que tout irait bien, alors que ses épaules semblaient frêles et fatiguées. Il lui avait raconté qu'Elsie faisait une pause après chaque phrase pour laisser le temps au médecin de leur donner de l'espoir, et que celui-ci gardait le silence. L'espoir, il n'y en avait pas. Le cancer galopait dans son corps comme s'il avait un rendez-vous urgent. Eric décrivit à Margaret Creasy les hospitalisations, les longs couloirs qu'il parcourait seul, les infirmières aux voix douces et aux yeux las, les médecins qui faisaient leurs rondes sans jamais s'arrêter. Il lui confia qu'Elsie disparaissait dans les oreillers, qu'il ne reconnaissait plus que ses mains, que son corps semblait s'effacer avant elle. Il lui parla du jour où Elsie avait décidé qu'elle en avait assez, de l'hospice qu'ils avaient refusé, du sac de médicaments ramené à la maison. Du lit d'hôpital dans le salon, des gens qui venaient faire la toilette d'Elsie, nettoyer les appareils et retourner les draps. De la honte, de l'humiliation. De la souffrance quand le cancer atteignit ses os. De ses sanglots quand elle croyait que personne ne l'entendait. *Si j'avais une arme, je me tirerais une balle*, avait chuchoté Elsie. Ils s'étaient regardés. Il aurait fait n'importe quoi pour elle. Il avait tout raconté à Margaret Creasy. Il lui avait même montré la poignée de cachets qui étaient restés dans le sac de l'hôpital. Margaret lui avait conseillé de les déposer à la pharmacie, mais comment aurait-il pu, sachant qu'ils auraient voulu savoir où était passé le reste ?

Eric déposa la soupe sur un plateau avec une cuillère et un petit pain de la veille et il contempla l'ensemble.

En cinq ans, il n'avait jamais parlé d'Elsie à personne. Il savait garder un secret, il l'avait prouvé, mais sans savoir pourquoi il avait tout avoué à Margaret Creasy. Immédiatement après, il s'était senti soulagé, comme si prononcer ces mots à voix haute leur avait enlevé de leur pouvoir. Emprisonné dans sa tête, le secret s'était déchaîné, cognant contre son crâne et étouffant tout le reste jusqu'à ce qu'il arrête de penser. Eric avait étudié l'expression de sa voisine en parlant, guettant un jugement aussi sévère que le sien, cherchant une raison de s'interrompre, mais il n'avait rien trouvé.

À la fin, elle lui avait pris la main et lui avait dit qu'il avait agi selon sa conscience, et cette absolution lui avait causé un tel choc qu'elle lui avait fait l'effet d'une réaction chimique.

Mais, quand Margaret Creasy était partie, son secret l'avait accompagnée. Il l'avait suivie dans la rue, était entré dans une autre maison, et s'était aventuré dans une vie différente. Eric avait libéré son secret, et toute une série de pensées nouvelles avait emménagé dans sa tête — des ruminations qui lui tenaient compagnie la nuit. Qui le faisaient regretter de ne pas avoir tenu sa langue.

Il regarda une pellicule recouvrir peu à peu sa soupe.

Maintenant que Margaret avait disparu, son secret aussi s'était évanoui dans la nature.

Eric déversa le contenu du bol dans l'évier. De toute façon, il faisait trop chaud pour manger de la soupe.

Numéro 4 de l'avenue

11 juillet 1976

S*hould have told her that I can't linger*, chantonna la radio.

— *There's a wedding ring. On. My. Fing-er*, ajouta Tilly.

— Comment est-ce que tu connais les paroles ? demandai-je.

Tilly était plutôt Donny Osmond.

Elle se mit à plat ventre, le menton entre ses mains.

— Parce que ta mère la chante à chaque fois qu'elle fait la vaisselle. C'est soit ça, soit *Knock Three Times*.

— Ah bon ?

— *Twice on the pipe if the answer is no…*

Installées sur la pelouse de devant, du pollen plein les narines, nous écoutions la radio de ma mère par la fenêtre de la cuisine. Je dessinais une carte de l'avenue sur laquelle j'essayais de transcrire nos progrès. Tilly faisait des commentaires pertinents.

Par exemple, *les fleurs de Mrs Forbes sont plus hautes que ça* et *la haie de Mr Creasy n'est pas droite*.

Tilly dessina un oiseau sur le toit de Sheila Dakin et un autre sur notre pelouse.

— C'est la seule chose que je sais dessiner, expliqua-t-elle.

Nous étudiâmes la carte.

— On ne voit pas tellement Dieu, si ? remarqua Tilly en effleurant la rangée de maisons. Je ne suis même pas sûre qu'on L'ait aperçu, pour l'instant.

Je pensai aux bobards de Mrs Forbes, au goût de May Roper pour les enterrements et à la façon dont Sheila Dakin chancelait et trébuchait en traversant la rue.

— Non, mais il reste plein d'endroits à explorer.

Je jetai un coup d'œil furtif à Tilly.

— On pourrait retourner chez Mrs Dakin, proposai-je.

— On y est déjà allées. Pourquoi est-ce que tu veux y retourner ?

— Pour rien.

— C'est à cause de Lisa ?

— Non, non.

Je rejetai mes cheveux en arrière.

— Parce que, toi et moi, on est meilleures amies, hein ? demanda Tilly. Ça ne changera jamais, pas vrai ?

— Non. C'est juste qu'on a plein de trucs en commun, Lisa et moi.

— Ah bon ?

— Oh oui. On fait la paire, Lisa et moi. Ça arrive, non ? Parfois, les gens sont faits pour être ensemble.

Tilly acquiesça et reporta son attention sur la carte.

— J'imagine.

Quelquefois, Tilly ne comprenait pas les choses compliquées. C'était pour ça qu'il me fallait une amie comme Lisa. Quelqu'un de sophistiqué, qui soit sur la même longueur d'onde que moi.

— Qui habite là ? demanda Tilly en désignant un point sur le plan.

— Pour l'instant, personne.

Aussi loin que remontaient mes souvenirs, le 14 avait toujours été vide. Les Pugh avaient emménagé pendant un moment, mais ils avaient disparu après la crise de la cinquantaine de Mr Pugh, qui avait volé cinq mille livres à son cabinet d'experts-comptables. Il avait un chapeau mou et un camping-car à Llandudno. Tout le monde avait été très choqué. Après leur départ, un employé du lotissement avait planté un panneau À VENDRE dans le jardin, mais Keithie l'avait fait tomber avec son ballon dès le premier jour, et personne n'était revenu depuis.

— Et celle-ci ?

Tilly désigna une autre maison.

— Eric Lamb. Il fait surtout du jardinage.

— Et là ?

Le numéro 11.

Je gardai le silence. Tilly le montra à nouveau, fronça les sourcils et m'encouragea :

— Gracie ?

— Walter Bishop.

Je regardai la maison.

— Walter Bishop habite ici.

— C'est qui, Walter Bishop ?

— Quelqu'un que tu n'as pas envie de connaître.

Tilly fronça à nouveau les sourcils, si bien que je dus lui expliquer.

Je lui racontai que je n'avais vu Walter Bishop qu'une seule fois. Avant l'arrivée de Tilly, j'allais à la poissonnerie Bright's tous les vendredis avec Mrs Morton, et on commandait des feuilletés aux saucisses et des croquettes au poisson, qu'on en ait envie ou non. Un jour, Walter Bishop fit son apparition. Il se tortillait dans la queue qui serpentait dans toute la boutique, aussi pâle et luisant que la morue fraîche derrière le comptoir. Mrs Morton m'avait serrée tout contre son manteau. Je n'avais pas eu le droit de passer sous la barrière pour regarder le poisson monter et descendre dans l'huile et sentir la chaleur de la cuisson sur mon visage.

— C'était qui ? lui avais-je demandé plus tard, tandis

que nous défaisions le papier journal qui emballait notre repas.

— Walter Bishop.

Elle n'avait même pas eu besoin que je précise.

— C'est qui, Walter Bishop ?

Mrs Morton avait passé le vinaigre à quelqu'un avant de répondre :

— Quelqu'un que tu n'as pas envie de connaître.

À la fin de mon histoire, Tilly jeta aussi un coup d'œil à la maison.

— Pourquoi est-ce que les gens ne l'aiment pas ? demanda-t-elle.

— Je ne sais pas trop. Personne ne l'explique jamais. Peut-être que ça a un rapport avec Dieu ?

Tilly frotta le pollen qui s'était déposé sur le bout de son nez.

— Je ne vois pas en quoi, Gracie.

Nous gardâmes le silence un instant. Même la radio semblait y réfléchir. Je comptai toutes les maisons du regard et je me demandai si le pasteur avait raison, si Mrs Creasy avait disparu parce que Dieu n'était pas assez présent sur l'avenue. S'Il avait oublié certains d'entre nous, laissé des trous dans leur foi, dans lesquels ils risquaient de tomber et de disparaître.

— On devrait peut-être rendre visite à Walter Bishop, suggérai-je. Histoire de vérifier nous-mêmes si Dieu y est ou pas.

Nous observâmes le numéro 11. Il nous rendit nos regards, tout en fenêtres sales et silencieuses et en peinture gondolée. Des mauvaises herbes grimpaient sur les briques et s'enterraient dans les coins, et toutes les fenêtres, tous les rideaux étaient étroitement fermés pour se protéger du reste du monde.

— Je ne pense pas que ce soit une bonne idée, protesta Tilly. On devrait obéir et ne pas s'approcher.

— Tu obéis toujours ?

— En général, oui.

Tilly se releva et proposa d'aller voir plutôt Eric Lamb, je dis *d'accord*, repliai la carte et la rangeai dans ma poche.

Mais, tout en allant au 10, je jetai un coup d'œil à la maison de Walter Bishop et je m'interrogeai.

Parce que j'avais déjà décidé qu'il fallait déballer ce secret-là.

Ce n'était pas difficile de trouver Eric Lamb.

Il était toujours dehors, par tous les temps, à bêcher et à tailler, à enfoncer des graines dans la terre molle. Quand il pleuvait, il se munissait d'un parapluie géant pour surveiller ses protégés, ou il se réfugiait dans une remise au bout du jardin avec une petite flasque et un bonnet à pompon. J'avais patienté dans cette cabane pendant que mon père interrogeait Eric Lamb sur la meilleure façon de faire un tas de compost ou sur le moment idéal pour la taille des roses, et Eric Lamb réfléchissait toujours très lentement, comme si les mots étaient des pousses qui devaient grandir.

— Alors comme ça, vous faites une mission jardinage ? demanda-t-il.

J'étais dans la remise avec Tilly. On se sentait en sécurité dans cet univers sombre où flottait une odeur de terreau, de bois et de goudron.

Nous répondîmes que oui, très lentement. Apparemment, c'était contagieux.

Plutôt que de nous regarder, Eric Lamb contempla une petite fenêtre salie par les efforts des étés précédents.

Au bout d'un moment, il reprit :

— Pourquoi ?

— Parce que c'est ce que font les scouts, expliqua Tilly. Ils ont des missions.

Elle me jeta un coup d'œil et j'approuvai d'un signe de tête.

— Pourquoi ? répéta Eric Lamb.

Derrière lui, Tilly haussa les épaules et fit une horrible grimace.

— Parce que ça prouve qu'on est capables de faire quelque chose, répondis-je en essayant de ne pas regarder Tilly.

— Vraiment ?

Eric Lamb posa le bouchon de sa flasque sur le comptoir.

— Vous croyez qu'il faut faire des missions et gagner des badges pour prouver qu'on est capable de faire quelque chose ?

— Non.

J'avais l'impression d'être de retour à l'école, en plein sermon.

— Dans ce cas, pourquoi faites-vous cela ? demanda-t-il en retournant à sa flasque.

— Parce que ça donne l'impression de faire partie d'un groupe ? tenta Tilly.

— C'est un emblème, ajoutai-je.

— Un emblème, répéta Tilly.

Même si, dans sa bouche, ça ressemblait plutôt à « problème ».

Eric Lamb sourit et revissa le bouchon.

— Eh bien, dans ce cas, on ferait bien de sortir vous en faire gagner un.

Même si je savais qu'il faisait exactement la même taille que le nôtre, le jardin d'Eric Lamb paraissait beaucoup plus grand.

Peut-être parce que le sien était divisé en parcelles nettes qui en imposaient, alors que le nôtre était jonché de vieilles boîtes, avec une tondeuse rouillée dans un coin et des trous dans la pelouse aux endroits où Remington avait œuvré, à l'époque où il en était encore capable.

Nous étions à côté d'une plate-bande agrémentée de piquets et de ficelles entrelacés selon une logique mystérieuse.

Eric Lamb croisa les bras et hocha la tête, le regard perdu dans le lointain.

— De quoi un jardin a-t-il besoin plus que tout ?

Nous croisâmes aussi les bras, pour mieux réfléchir.

— D'eau ? suggérai-je.

— De soleil ? contra Tilly.

Eric Lamb secoua la tête, un sourire aux lèvres.

— De ficelle ? risquai-je, en désespoir de cause.

Quand son fou rire se fut calmé, Eric Lamb décroisa les bras et expliqua :

— Ce dont un jardin a besoin par-dessus tout, c'est de l'ombre d'un jardinier.

Je décidai à cet instant qu'Eric Lamb était très intelligent, même si je n'avais pas encore compris pourquoi. Il avait une certaine aisance, une sagesse tranquille qui se déployait sur la terre comme son ombre. Je contemplai les papillons blancs qui dansaient entre les dahlias, les freesias et les géraniums. Un chœur de couleurs tentait d'attirer mon attention, et j'avais l'impression de l'entendre pour la première fois. Puis je pensai à la rangée de carottes que j'avais plantées l'année précédente (et qui n'avaient jamais survécu, parce que je passais mon temps à les déterrer pour vérifier qu'elles n'étaient pas mortes), et je me sentis un peu dépassée.

— Comment est-ce qu'on sait où il faut planter, à quel endroit ça va pousser ? demandai-je.

Eric Lamb mit les mains sur les hanches, observa le jardin à nos côtés et désigna le lointain. La terre avait grignoté ses doigts et s'était installée dans les plis de sa chair.

— Ce qui se ressemble s'assemble, et c'est comme ça qu'on plante. Ça ne sert à rien de planter une anémone dans un champ de tournesols, n'est-ce pas ?

— Non, répondîmes-nous en chœur.

— C'est quoi, une anémone ? chuchota Tilly.

— Aucune idée, avouai-je sur le même ton.

Je crois qu'Eric Lamb surprit notre manège.

— Parce que l'anémone mourrait, expliqua-t-il. Elle a des besoins différents. Il y a un emplacement logique pour chaque être, et s'il est à sa place il prospérera.

— Mais comment on sait… Comment on sait qu'il est à sa place ? demanda Tilly.

— Question d'expérience.

Eric Lamb désigna nos silhouettes, étalées sur le béton. La sienne, large et sage, évoquait un chêne, tandis que les nôtres étaient frêles, menues et mal assurées.

— Continuez à faire des ombres, et au bout d'un moment vous connaîtrez toutes les réponses.

Puis il nous équipa de binettes et d'un seau en étain et nous envoya désherber à l'autre bout du jardin. Il nous donna aussi des gants (j'avais le droit et Tilly le gauche), mais ils étaient trop grands et nous gênaient, si bien que nous ne tardâmes pas à les enlever. La terre était douce et calme sous nos doigts.

Au bout de quelques minutes, la tête de Keithie apparut au-dessus de la barrière qui nous séparait du jardin de Sheila Dakin.

— Vous faites quoi ? demanda-t-il.

— On désherbe, répondis-je.

Je changeai de position sur le journal où Eric Lamb nous avait dit de nous agenouiller.

— Et on fait des ombres, ajouta Tilly.

Keithie plissa le nez.

— Pourquoi ?

— Parce que c'est intéressant.

Je vis Keithie regarder le seau, qui avait commencé à se remplir de feuilles terreuses.

— Et parce que ça apprend des trucs sur la vie.

— À quoi ça sert ?

— À quoi ça sert de taper dans un ballon toute la journée ? rétorquai-je.

— Je pourrais être repéré. Brian Clough pourrait me voir jouer et me recruter.

En guise de démonstration, Keithie fit rebondir son ballon.

— Eh bien, si je vois Brian Clough rue des Érables, je l'enverrai chez toi.

J'aurais été bien incapable de reconnaître ce type, mais j'étais à peu près sûre que Keithie l'ignorait, et sa tête disparut. Je jetai un coup d'œil à Eric Lamb de l'autre côté du jardin. Même s'il nous tournait le dos, je voyais ses épaules rire.

On continua à désherber, Tilly coiffée de son suroît et moi d'un feutre qu'Eric Lamb avait déniché au fin fond de sa remise. Le jardinage avait un effet étrangement apaisant. J'avais cessé de m'inquiéter pour Dieu, Mrs Creasy et la façon dont ma mère sortait d'une pièce quand mon père y entrait, et je ne pensais plus qu'à la terre qui me chatouillait les doigts.

— Ça me plaît, remarquai-je.

Tilly hocha la tête et nous travaillâmes en silence. Au bout d'un moment, elle désigna une plante qui était toujours enracinée au sol.

— C'est aussi une mauvaise herbe, ça ?

Je me penchai pour examiner la suspecte. Elle avait de grandes feuilles dentelées, mais elle ne ressemblait pas à celles du seau. Il n'y avait pas de graines au milieu, comme pour un pissenlit, et elle ne faisait pas très mauvaise herbe.

— Je ne sais pas trop.

Je continuai à la regarder.

— On dirait que oui.

— Mais si je l'arrache alors que ça n'en est pas une ? Si je la tue, et que finalement c'était une fleur ? Si je fais une erreur ?

Eric Lamb nous rejoignit.

— Quel est le problème ?

Il s'accroupit à côté de nous et on observa la plante tous les trois.

— On n'arrive pas à savoir si c'est une mauvaise herbe ou pas, et je ne veux pas l'arracher si ça n'en est pas une, expliqua Tilly.

— Je vois, dit-il, mais sans rien ajouter.

Nous attendîmes. Mes jambes commencèrent à me picoter et je gigotai sur le journal. Quand je baissai les yeux, les gros titres de la semaine précédente étaient imprimés à l'envers sur mes genoux.

— Qu'est-ce qu'on fait, alors ? demanda Tilly.

— Eh bien, commençons par là. Qui décide si c'est une mauvaise herbe ou non ?

— Les gens ? suggérai-je.

Eric Lamb éclata de rire.

— Quels gens ?

— Les gens qui commandent. Ils décident de ce qui est une mauvaise herbe.

— Et qui commande, là ?

Il se tourna vers Tilly, qui lui rendit son regard en plissant les yeux, gênée par le soleil.

— Qui tient la binette ?

Tilly se gratta le nez, y déposant un peu de terre.

— Moi ? répondit-elle tout bas.

— Toi, confirma Eric Lamb. Donc c'est toi qui décides si, oui ou non, c'est une mauvaise herbe.

Nous nous tournâmes tous vers la plante, qui attendait de connaître son sort.

— Les mauvaises herbes, c'est très subjectif.

Devant notre air perplexe, il reformula :

— C'est une question de point de vue. Ce que quelqu'un considère comme une mauvaise herbe sera peut-être une belle fleur pour quelqu'un d'autre, en fonction de l'endroit où elle pousse et du regard qu'on porte sur elle.

Nous contemplâmes les dahlias, les freesias et les géraniums.

— Alors ce jardin tout entier pourrait paraître plein de mauvaises herbes ?

— Exactement. Si tu aimais les pissenlits, tu te dirais que tout ça, c'est une perte de temps.

— Et je sauverais plutôt les pissenlits, compléta Tilly.

Il hocha la tête.

— Alors, c'est une mauvaise herbe ou pas ? demanda-t-il.

Nous regardâmes Tilly.

Sa binette hésita au-dessus du sol. Elle nous observa l'un après l'autre puis reporta son attention sur la plante. Je crus une seconde qu'elle allait la déterrer, mais elle posa l'outil et s'essuya les mains sur sa jupe.

— Non, ce n'est pas une mauvaise herbe, trancha-t-elle.

— Alors nous allons la laisser vivre, conclut Eric Lamb. Et rentrer prendre un verre de limonade.

Nous nous redressâmes avant d'épousseter les brins d'herbe sur nos vêtements et de le suivre à travers le jardin.

— Je me demande si tu as bien deviné, commentai-je pendant qu'on s'essuyait les pieds sur le paillasson. Peut-être qu'en fait c'était une mauvaise herbe.

— Je ne crois pas que ce soit la question, Gracie. Je crois que l'idée, c'est qu'on a le droit de ne pas tous penser la même chose.

Parfois, ça ne servait à rien de discuter avec Tilly.

— Tu ne comprends toujours pas, hein ? rétorquai-je.

Elle effaça sa grimace à coups de semelles sur le paillasson.

Pendant qu'Eric Lamb cherchait des verres dans le placard du haut, nous en profitâmes pour enquêter sur sa cuisine.

Les grandes différences entre les cuisines des gens m'épataient toujours. Certaines étaient bruyantes et incertaines, comme celle de Mrs Dakin, et d'autres, comme celle d'Eric Lamb, quasiment silencieuses. Une horloge faisait tic-tac au-dessus de la porte et un frigo ronronnait dans un coin. En dehors de cela, ce fut dans le plus grand silence que nous ouvrîmes le robinet et nous lavâmes les mains au liquide vaisselle en contemplant le jardin. À côté du poêle, il y avait deux fauteuils, l'un affaissé et avachi, l'autre lisse, comme neuf. Des couvertures au crochet, véritable explosion de couleurs, ornaient le dossier de l'un d'eux, et la photo d'une femme au visage doux était posée sur la commode. Elle nous regarda nous essuyer les mains et prendre la limonade que nous tendait Eric Lamb et je me demandai si c'était sa patience qui avait tricoté une parure pour un fauteuil dans lequel elle ne pouvait plus s'asseoir.

Je décidai de mettre les pieds dans le plat.

— Est-ce que vous croyez en Dieu ?

Eric Lamb regarda la photo sans rien dire. Il était tellement silencieux que j'entendais l'air entrer et sortir de ses poumons. Enfin, après un dernier coup d'œil au portrait, il répondit :

— Bien sûr.

— Vous croyez qu'Il nous réserve une place à chacun ?

— Comme pour les anémones ? intervint Tilly.

Eric Lamb contempla son jardin.

— Je pense qu'Il nous autorise à pousser. Nous devons simplement trouver la meilleure terre. Toutes les plantes peuvent s'épanouir à condition de les planter à l'emplacement idéal, et parfois ce n'est pas celui qu'on croit.

— Je me demande si les brebis et les boucs peuvent pousser au même endroit, dit Tilly.

Eric Lamb fronça les sourcils. Nous lui expliquâmes alors pour les brebis et les boucs, lui annonçâmes que Dieu était partout en agitant les bras en guise de démonstration et nous bûmes notre limonade.

— C'est qui, la dame sur la photo ? demandai-je.

Nous nous tournâmes tous vers elle et elle nous rendit notre regard.

— C'était ma femme, répondit Eric Lamb. Je me suis occupé d'elle jusqu'à sa mort.

— Et maintenant qu'elle n'est plus là, vous vous occupez de votre jardin à la place, suggéra Tilly.

Il récupéra son verre vide.

— J'ai comme l'impression que vous avez fait beaucoup plus d'ombres que je ne le croyais.

Et il sourit.

Nous venions de refermer la porte d'entrée quand Tilly me prit le bras.

— On n'a pas parlé de Mrs Creasy, fit-elle remarquer.

J'ouvris le sac qu'Eric Lamb nous avait donné. Il était plein de tomates cerises, et un parfum d'été se faufilait entre les plis du papier brun.

— Bien sûr que si.

J'en mis une dans ma bouche et je la sentis éclater entre mes dents.

— On n'a parlé quasiment que de ça.

Tilly plongea la main dans le sac.

— Ah bon ?

— Qu'est-ce que tu ferais sans moi, Tilly Albert ?

Elle mordit dans une tomate et me rendit mon sourire.

Au milieu de l'après-midi, le sac était vide. Les tomates étaient douces comme du miel.

Numéro 3, Clos des Sorbiers

15 juillet 1976

— Maman va préparer le dîner pour 18 heures, Remington. Espérons que tout le monde aura la politesse de rentrer à l'heure.

— Si les gens étaient polis, Remington, ils comprendraient qu'on ne dînerait pas du tout si certains d'entre nous ne travaillaient pas.

Mes parents s'étaient mis à se disputer par chien interposé.

Remington avait été reconverti en instrument de communication, même si, affalé sous la table de la cuisine, il ne semblait pas particulièrement conscient de son nouveau rôle. À tous les coups, il pensait qu'il était devenu une star.

Mes parents ne s'adressaient directement la parole qu'en présence de quelqu'un d'autre, ou quand ils voulaient une dispute plus corsée, ce qui impliquait de hurler, de claquer les portes des placards et de courir dans l'escalier en faisant un maximum de bruit. Ma mère avait arrêté de poser à mon père des questions sur Mrs Creasy et était passée à d'autres sujets : pourquoi ne partions-nous pas en vacances cette année ? Et si mon père emmenait un matelas à son fichu bureau et s'y installait pour de bon ?

Tilly et moi nous étions réfugiées chez Mrs Morton,

où régnait une atmosphère plus paisible, et où personne ne tapait du pied.

Mrs Morton rangeait le garde-manger pendant que Tilly et moi étions assises à la table de la cuisine.

Tilly jouait au solitaire, mais à chaque fois qu'elle trouvait un roi elle le remettait simplement en bas de la pile.

— Ce n'est pas comme ça qu'on fait, protestai-je. C'est de la triche.

— Je suis la seule à jouer.

— Mais ce sont les règles.

— Pas pour moi, rétorqua Tilly.

Elle cacha un autre roi sous mes yeux.

— Je trouve que les gens devraient avoir le droit de choisir les leurs.

— C'est tout l'intérêt des règles. Elles servent à s'assurer que tout le monde fait la même chose.

— Mais c'est un peu ennuyeux, tu ne trouves pas ?

Tilly était du genre à envoyer une carte de Noël en juillet parce qu'elle avait pensé que l'image plairait au destinataire. Parfois, il fallait simplement se montrer indulgente avec elle.

Mrs Morton nous passa devant, chargée de trois boîtes de biscuits au marshmallow.

— Qu'est-ce que vous pensez des règles, Mrs Morton ? demandai-je.

Mrs Morton et les marshmallows tombèrent en arrêt sous mon nez.

— Certaines sont importantes, répondit-elle. D'autres ne servent qu'à donner l'impression qu'on est tous du même côté, à mon avis.

Je fis un signe de tête à Tilly et enlevai un roi du bas de la pile.

— Mais ça ne marche pas, si ? se défendit Tilly. Mr et Mrs Forbes n'ont jamais l'air d'accord, Mr Creasy n'a plus personne, et je ne sais pas trop du côté de qui est Mrs Dakin.

— Non, admis-je en regardant le roi. J'imagine que ça ne marche pas toujours.

— Ton père et ta mère ne sont pas du même côté, c'est sûr, commenta Tilly.

Mrs Morton toussota et rapporta ses friandises dans le garde-manger.

— C'est à cause de Dieu, expliquai-je. Si on pouvait simplement trouver Dieu, Mrs Creasy rentrerait à la maison et tout s'arrangerait.

— Peut-être qu'elle ne reviendra jamais, Gracie. Peut-être que notre première intuition était la bonne. Peut-être que Mr et Mrs Forbes l'ont assassinée et enterrée sous leur patio.

— Mr et Mrs Forbes n'ont pas de patio, rappela Mrs Morton depuis le garde-manger.

— Je suis sûre que si on Le trouve Mrs Creasy reviendra, répétai-je. Il faut juste qu'on continue à chercher.

— Tu as dit qu'il n'était pas chez Eric Lamb parce que Dieu ne rendrait jamais visite à quelqu'un d'aussi triste, mais on a cherché dans toute l'avenue.

Je tripotai le coin de la carte du bout de l'ongle.

— Gracie ?

— Pas tout à fait.

Tilly me fixa et je regardai l'idée atterrir sur son visage.

— Non ! protesta-t-elle. On ne peut pas faire ça !

Je lui pris le bras et la conduisis dans le jardin. C'est incroyable, tout ce qu'on peut entendre depuis un garde-manger.

— On était d'accord pour dire qu'on n'irait pas au numéro 11, commença Tilly. Et que c'est trop dangereux.

— J'ai jamais dit que j'étais d'accord.

Nous étions perchées sur deux pots géants derrière la remise de Mr Morton. Il était mort, c'est vrai, mais parfois, même quand quelqu'un disparaît, certains endroits lui appartiennent encore.

— Mrs Morton nous a interdit d'approcher Walter Bishop, rappela Tilly en se tortillant.

— Tu obéis toujours à Mrs Morton ?

— En général, oui.

— Tu as dit que tu n'aimais pas les règles, qu'elles rendent la vie trop ennuyeuse.

Tilly passa ses bras autour de ses genoux et se fit toute petite.

— Mais c'est différent. Cette règle-là, je crois qu'on ferait bien de la respecter.

— Dieu est forcément là-bas, Tilly. C'est obligé. On ne L'a trouvé dans aucune des autres maisons, et le 11 est notre dernier espoir.

— On ne pourrait pas juste imaginer qu'Il y est, sans aller voir ?

— Non, il faut qu'on vérifie. Sinon, Mrs Creasy ne reviendra jamais, et n'importe lequel d'entre nous pourrait être le prochain à disparaître. Il faut s'assurer qu'on a un berger.

Le soleil de plomb me donnait mal à la tête. Il n'y avait pas d'ombre derrière la remise de Mr Morton et la chaleur était oppressante, impitoyable. Sa cruauté semblait se propager, enflammer ma peau, se glisser dans mes cheveux et mordiller ma chair avec une rage silencieuse et persistante.

— Je n'ai pas très envie, Gracie.

Tilly me regarda droit dans les yeux, ce qu'elle ne faisait jamais.

— Eh bien, dans ce cas, je peux me débrouiller seule.

Je haussai le ton pour tenter d'étouffer ma peur.

— Si tu refuses de venir, j'irai seule.

— Non ! Tu ne peux pas faire ça !

— Alors je demanderai à quelqu'un d'autre de m'accompagner.

Je me levai. La chaleur devint encore plus insoutenable. Je la sentais irradier des parois de la remise et des briques poussiéreuses du muret.

— Je vais demander à Lisa Dakin.

Je n'avais pas encore conscience du pouvoir des mots. De la façon dont, une fois qu'on les a prononcés, ils se dotent d'un souffle et d'une vie propres. Je n'avais pas encore compris qu'ils cessent alors de nous appartenir et qu'une fois qu'on les a laissés sortir ce sont eux qui nous contrôlent.

Je regardai Tilly. Elle ne m'avait jamais semblé aussi petite et pâle, mais le soleil commençait à la rattraper et à colorer en rouge le bout de son nez.

— Pourquoi est-ce que tu ferais une chose pareille ? Je croyais qu'on était meilleures amies. Je croyais qu'on cherchait Dieu toutes les deux.

— On peut avoir plusieurs meilleures amies.

Je chassai mes cheveux, qui me semblaient brûlants et mal lunés.

— Et si tu refuses de m'accompagner, je vais devoir tout remettre en question.

Tilly ne dit rien.

Je m'obligeai à la fixer sans ciller.

— Alors ? Tu viens, ou je demande à Lisa Dakin ?

Tilly tira sur un fil attaché à un de ses boutons.

— Dans ce cas, j'imagine que je n'ai pas le choix.

Nous attendîmes en silence, Tilly, moi et notre dispute. Elle ne ressemblait pas à celles de mes parents, où tout le monde tapait du pied, claquait les portes et faisait beaucoup de bruit. Celle-là était prudente et bien élevée, et je ne savais pas trop quoi en faire.

J'empruntai la petite allée derrière la remise.

— Mais avant, mets de la crème, lançai-je par-dessus mon épaule. Tu as un début de coup de soleil sur le nez.

— D'accord, Gracie.

Je l'entendis se lever.

— Si tu le dis.

Je me disputais rarement avec les autres. En fait, Tilly et moi ne nous chamaillions jamais. J'essayais parfois, mais elle ne rentrait jamais dans mon jeu. Elle disait toujours *peu importe* ou *bon, d'accord* ou *si tu le dis*.

C'était notre premier désaccord sérieux.

Quand je sortais victorieuse d'une prise de bec, j'étais toujours très satisfaite, mais ce jour-là, en regagnant la cuisine de Mrs Morton tandis que Tilly suivait très lentement, j'avais beau l'avoir persuadée de faire ce que je voulais, je ne trouvais pas cela très glorieux.

Numéro 11 de l'avenue

15 juillet 1976

Contrairement au reste de la rue, le numéro 11 était assez éloigné de la route. Il se cachait derrière un groupe de cèdres agglutinés sur la pelouse tels des invités mécontents. Alors que les autres maisons formaient un cercle et se saluaient poliment, le 11 semblait hésitant et contrit, comme s'il observait le reste de la rue en attendant qu'on l'invite à entrer.

Nous nous arrêtâmes au bout du mur du jardin.

J'effleurai les briques, faisant voler un nuage de poussière orange.

— Tu crois qu'il est là ? demanda Tilly.

Je risquai un coup d'œil de l'autre côté d'un cèdre.

— J'sais pas.

La maison ne laissait rien paraître. Elle était beaucoup plus vieille que le reste du lotissement, ce qui la séparait des nouveaux venus qui s'étaient installés autour. Le temps avait terni les briques envahies par le lichen et, au lieu d'accueillantes fenêtres carrées, d'immenses panneaux de verre nous montraient les dents.

— Je crois qu'il est toujours chez lui, dis-je.

Nous prîmes l'allée de gravier qui menait à la petite véranda, tendues comme sur une corde raide. À chaque pas, nous regardions autour de nous pour vérifier que rien n'avait changé, que les arbres n'avaient pas bougé ni les fenêtres cillé.

La porte d'entrée était peinte en noir, mais des traces de toiles d'araignée flottaient tout autour, et dans un coin une épeire morte attendait patiemment un repas qui n'était jamais arrivé. Sous nos pieds, un carrelage en damier, et à côté de nous une pile de journaux presque aussi haute que Tilly. Par la fenêtre de l'entrée, je distinguai d'autres périodiques. Des années de gros titres tentaient de s'échapper en faisant pression sur le verre jauni.

Nous contemplâmes l'araignée.

— Je ne crois pas que cette porte soit très souvent utilisée, remarqua Tilly.

Je m'appuyai sur la balustrade en bois qui flanquait le porche. Elle fit entendre un craquement de protestation.

— Et si on essayait par-derrière ? proposai-je.

Tilly regarda la pile de journaux.

— Je ne sais pas, Gracie. Ça ne me plaît pas.

À moi non plus, ça ne me plaisait pas.

Même si nous n'étions qu'à quelques pas de la rue, de ma porte, de la remise d'Eric Lamb et de la chaise longue de Sheila Dakin, j'avais l'impression de m'être aventurée bien au-delà de ce qui était permis.

— Ne sois pas bête. Allez, viens.

Je n'aurais jamais pu l'avouer à Tilly.

Nous contournâmes la maison et je gardai la main sur le mur, ramassant de la poussière rouge brique au passage. J'entendais les sandales de Tilly crisser sur les gravillons derrière moi. Un silence absolu planait par ailleurs. Même les oiseaux semblaient retenir leur souffle.

Je m'arrêtai près de la première fenêtre et je me collai à la vitre.

Tilly jeta un coup d'œil à l'autre côté de la maison.

— Tu vois Mrs Creasy ? chuchota-t-elle. Est-ce qu'elle est attachée à l'intérieur ? Ou morte ?

La pièce semblait fatiguée et triste.

Un soleil robuste frappait la vitre, mais les ténèbres régnaient chez Walter Bishop. Je distinguai une commode de bois sombre, un tapis couleur rouille mangé par le temps, et un canapé vert forêt qui avait l'air rêche et inutilisé. C'était une grotte oubliée, tendue de tapisseries et de papier peint fleuri.

Le visage de Tilly apparut près du mien.

— C'est vide, remarquai-je. On dirait qu'il n'y a même pas d'air là-dedans.

Je m'apprêtais à me détourner quand je la vis.

— Regarde, Tilly, dis-je en donnant de petits coups sur la vitre.

Il y avait une croix. Un grand crucifix en cuivre, posé sur une étagère au-dessus de la cheminée. Il était là, tout seul, sans photos, ni décorations, ni aucun indice sur le maître des lieux, ce qui donnait à la cheminée des allures d'autel.

— J'avais raison.

Je fixai la croix.

— C'est simplement qu'on ne cherchait pas au bon endroit.

— Ça ne prouve pas forcément que Dieu est là, tempéra Tilly. Ma mère a des tonnes de livres de recettes, mais elle ne fait jamais la cuisine.

Sous nos yeux, le soleil caressa le bout du crucifix et fit ricocher un rayon de lumière, qui grimpa sur le vieux canapé rêche, parcourut le tapis fatigué, atteignit l'appui de la fenêtre et rebondit sur le verre juste devant nous.

— Waouh, s'exclama Tilly. On dirait que Dieu veut nous montrer quelque chose.

— Je peux vous aider ?

Nous étions tellement en admiration devant notre propre

génie qu'il nous fallut une seconde pour comprendre que nous n'étions pas seules.

Walter Bishop était plus petit que dans mon souvenir, ou peut-être avais-je simplement grandi depuis que je l'avais aperçu à la poissonnerie. Il était aussi plus mince, avec une peau lisse brunie par l'été.

— Vous cherchiez quelqu'un ? demanda-t-il.

— Dieu, répondit Tilly.

— Et Mrs Creasy, ajoutai-je.

Pour qu'il ne nous prenne pas pour des dingues.

— Je vois.

Un sourire se dessina lentement sur son visage et ses yeux se plissèrent.

— C'est le seul endroit qui reste, expliqua Tilly. On est allées partout ailleurs.

— Je vois, répéta-t-il. Alors, où est-ce que vous avez cherché ?

— Partout, affirmai-je. La Bible dit que Dieu est partout, mais on n'arrive pas à le trouver. Je commence à penser que c'est le pasteur qui a inventé tout ça.

Walter Bishop s'installa sur un vieux banc adossé au mur de derrière et désigna un siège en bois qui lui faisait face.

— Dieu est un sujet de conversation passionnant. Et qu'est-il arrivé à Mrs Creasy, d'après vous ?

Nous nous assîmes.

— On se dit qu'elle est peut-être en Écosse, dit Tilly. Ou alors elle a été assassinée.

— Vous ne croyez pas qu'il y aurait plus de policiers dans le quartier, si elle avait été assassinée ?

Je réfléchis.

— Parfois, la police se trompe.

— C'est vrai.

Walter baissa les yeux et se mit à gratter la peinture du

banc, même si, pour être honnête, il ne restait pas grand-chose à abîmer.

Tilly enleva son gilet, le plia et le posa sur ses genoux.

— On aimait bien Mrs Creasy, hein, Grace ?

— Beaucoup. Vous la connaissiez, Mr Bishop ?

— Oh oui, elle venait souvent me rendre visite.

Walter leva la tête et sourit avant de reporter son attention sur la peinture.

— Je la connaissais très bien.

— Pourquoi est-ce qu'elle est partie, à votre avis ? demanda Tilly.

Walter Bishop garda le silence. Il mit tellement de temps à répondre que je commençai à me demander s'il avait entendu la question.

— Je suis sûr qu'elle nous racontera tout à son retour, dit-il enfin.

— Vous croyez qu'elle va revenir ? m'étonnai-je.

— En tout cas, si elle revient, elle aura sûrement beaucoup de choses à dire.

Il lui fallut un moment pour lever les yeux et remonter ses lunettes sur son nez.

Je sentis la chaleur du bois se propager dans mes jambes.

— Ce siège est très confortable, remarquai-je.

— Ça s'appelle un banc-coffre.

Je me penchai en arrière et pressai mes omoplates contre le dossier.

— C'est bien, comme nom.

Il sourit.

— En effet.

Nous restâmes assis en silence. J'avais tout de suite senti que Walter Bishop était quelqu'un avec qui on pouvait ne rien dire. C'était très rare. La plupart des adultes aiment meubler le silence. Ils engagent des conversations qui ne sont ni importantes ni nécessaires, rien qu'une pluie de mots qui ne sert qu'à faire du bruit. Mais cela ne dérangeait pas Walter Bishop de se taire, et par cette chaude journée de juillet je n'entendais que le cri anxieux d'un pigeon ramier qui appelait sa compagne, en haut d'un arbre. J'eus beau fouiller les branches des yeux, je ne parvins pas à l'apercevoir.

Walter suivit mon regard.

— Il est là, dit-il en désignant la cime d'un arbre, et je vis un éclair gris entre les feuilles.

— Vous croyez que Dieu est dans cet oiseau ? demandai-je.

Walter leva les yeux.

— Bien sûr.

— Et dans les cèdres ?

Walter esquissa un nouveau sourire.

— J'en suis sûr. Je suis d'accord avec votre pasteur. Dieu est partout. Lui, ou une présence, en tout cas.

Je fronçai les sourcils.

— Je ne vous ai jamais vu à l'église.

— Je ne m'entends pas très bien avec les gens.

Il baissa les yeux et remua les pieds.

— Nous non plus, le rassura Tilly.

— Ça vous dérange ? demandai-je.

— Je pense qu'avec le temps on s'habitue à presque tout.

Walter Bishop parlait lentement, savourant les mots comme des bouchées. Sa voix douce lui donnait l'air encore plus pensif.

Il me jeta un coup d'œil.

— J'ai du mal à comprendre les gens, expliqua-t-il. Ils sont parfois très déroutants.

— Surtout ceux de cette rue, acquiesça Tilly.

— Mais vous vous entendez bien avec nous, non ? Vous nous comprenez ?

— J'ai toujours eu de bonnes relations avec les enfants.

Il recommença à écailler la peinture. Je comprenais mieux pourquoi il en restait aussi peu.

Nous retombâmes dans le silence. J'entendais des voix

quelque part au-delà des arbres. Peut-être Sheila Dakin ou Mrs Forbes. Je n'étais pas sûre, parce que la chaleur semblait étouffer tous les bruits et éloigner la réalité.

— Le truc, c'est que par ici les gens n'en ont pas grand-chose à faire de Dieu, avançai-je au bout d'un moment.

Walter avait arrêté de gratter le banc et retirait des fragments de peinture incrustés sous ses ongles.

— Jusqu'à ce qu'ils aient besoin de quelque chose, compléta-t-il.

— Vous croyez que Dieu écoute, même si on ne Lui a jamais beaucoup parlé jusque-là ? demanda Tilly.

— À Sa place, je n'écouterais pas, commentai-je en me rencognant contre le banc-coffre. C'est mal élevé.

— Qu'est-ce que vous attendez de Dieu ? s'enquit Walter.

Il enleva ses lunettes et entreprit de les essuyer avec un mouchoir qui n'avait pas l'air si propre que ça.

Je réfléchis à sa question un long moment. J'y pensai en écoutant l'appel du pigeon dans le cèdre, en inspirant l'odeur de l'été et en savourant la chaleur du bois sous mes jambes.

— Je veux qu'Il veille sur tout le monde dans la rue, finis-je par dire. Comme un berger.

— Mais juste sur les brebis, corrigea Tilly. Dieu n'aime pas les boucs. Il les envoie dans le désert et ne leur reparle plus jamais.

Walter leva la tête.

— Les boucs ?

— Oh oui, répondis-je. Le monde est plein de brebis et de boucs. Il faut simplement comprendre qui est qui.

— Je vois.

Walter remit ses lunettes. Il y avait du scotch sur l'une des branches, mais elles penchaient tout de même beaucoup trop d'un côté.

— Et d'après vous, les habitants de la rue sont tous des brebis ou des boucs ?

Je m'apprêtais à répondre, mais je m'interrompis et je réfléchis.

— Je n'ai pas encore décidé.

Walter se leva.

— Et si on entrait boire une limonade ? On peut en parler à l'intérieur. Au frais.

Tilly me regarda, et je regardai Walter Bishop.

Je ne savais pas trop si c'était à cause du bouton manquant sur sa chemise, de son menton mal rasé ou de la façon dont ses mèches jaunes pendouillaient sur son col. Ou rien de tout cela. Peut-être étaient-ce simplement les recommandations de Mrs Morton, qui résonnaient toujours dans mes oreilles.

— On peut la boire dehors, Mr Bishop, non ? demandai-je.

Il se dirigea vers la porte de derrière.

— Oh non. Ça n'irait pas du tout. Regarde comme tes mains sont sales. Il faut que tu te les laves.

Je baissai les yeux. Elles étaient rouge brique à force de traîner sur le mur. Je les frottai sur ma jupe, mais la couleur continua à s'insinuer entre mes doigts.

Walter Bishop ouvrit la porte de sa cuisine.

— Vos parents savent que vous êtes là ?

Je ne répondis pas tout de suite. Je me levai et je croisai le regard de Tilly, qui avait l'air hésitante.

— Non. Personne ne sait qu'on est là.

Et, quand nous passâmes la porte, je ne savais toujours pas si je lui avais donné la bonne réponse.

Numéro 12 de l'avenue

15 juillet 1976

— Rien.

Le regard de Brian glissa du journal de la veille au bout de sa basket gauche.

— Si je comprends bien, tu avais rendez-vous avec Margaret Creasy pour parler de rien ? demanda Sheila Dakin.

Elle l'avait convoqué devant sa chaise longue.

Il se mêlait de ses oignons, perdu dans les vieux vinyles de son garage, quand elle l'avait aperçu et appelé d'un hurlement strident d'oiseau de proie. À présent, Hank Marvin, les Shadows et Brian se trémoussaient dans le jardin du numéro 12 en évitant le regard de Sheila.

— Alors ? le pressa-t-elle.

Il serra le vinyle contre son cœur.

— C'est personnel.

— Ne prends pas de grands airs avec moi, Brian Roper.

Il fixa son autre basket. Il ne pouvait pas lui dire. Il ne pouvait l'avouer à personne.

S'il essayait d'expliquer ce qui s'était passé avec Margaret Creasy, personne ne comprendrait. Cela ne ferait qu'entraîner d'autres questions, et il s'emmêlerait les pédales en essayant d'y répondre. Ils penseraient que c'était sa faute. Comme d'habitude.

— Tu as entendu ce que je viens de dire ?

Sheila Dakin changea de position et la toile protesta en grinçant.

Brian quitta sa basket des yeux et la regarda de biais. Il vit surtout le bikini et la chaise longue.

— Qu'est-ce que tu as raconté à Margaret Creasy sur cette rue, exactement, Brian ?

— Rien.

— Et sur l'incendie ?

— Rien.

Il lui coula un nouveau regard furtif.

— Elle savait déjà tout.

— Ah, vraiment. Donc quelqu'un a ouvert sa grande bouche.

— Peut-être pas.

D'un geste machinal, Brian tendit la main vers la poche arrière de son jean.

— Elle allait souvent à la bibliothèque. Ils ont des exemplaires de la *Gazette* qui ont plusieurs années.

Il s'était mis à emporter la carte de bibliothèque partout avec lui. Il était sûr que sa mère fouillait ses poches. Dès que sa propre vie l'ennuyait, elle fouinait dans celle des autres pour passer le temps. Il avait envisagé de rendre la carte en douce, d'aller chez John et de la laisser entre les pages d'un livre, ou sous un set de table, mais il se ferait forcément attraper. Comme toujours.

— Qu'est-ce que tu as à trifouiller dans ta poche ? demanda Sheila.

On ne le laissait jamais tranquille.

— Rien.

— Des vieilles *Gazette*, mon œil. Quelqu'un lui a raconté ce qui s'est passé. C'est pour ça qu'elle a disparu. On l'a forcée à la boucler.

— Elle parlait à tout le monde. Pas qu'à moi.

Brian voulut vérifier à nouveau sa poche, mais il se retint juste à temps.

— C'est tout le problème, Brian. Comme tu dis, elle parlait à tout le monde. Elle savait tout ce qu'il y a à savoir sur nous tous.

Il serra encore davantage le vinyle contre son cœur.

— Et alors ? On est une rue comme les autres, non ?

Les traits de Sheila se plissèrent d'un seul coup.

— Si quelqu'un a ramené sa fraise, je parie que c'est toi.

Il la regarda.

Sheila tendit la main et tâta l'herbe, renversant un verre et envoyant un paquet de chips valser dans l'allée, jusqu'à ce que ses mains se referment sur le journal.

— Allez, lis-le.

Il avait très soif. Il la reconnaissait, cette sensation familière. Sa gorge sèche qui se craquelait lentement, ses oreilles qui bourdonnaient.

— Je n'ai pas envie.

— Allez, insista Sheila en agitant le journal sous son nez. Lis-le.

— Je n'en ai pas besoin.

— Eh bien, je m'en charge, alors.

Elle chaussa brusquement ses lunettes.

— Voyons voir.

La police souhaite localiser Margaret Creasy, qui a disparu de son domicile le 21 juin.

Sheila continua à lire en soulignant les mots du doigt.

Un comportement qui ne lui ressemble pas, aucun contact, aucune raison de disparaître, etc., etc., etc.

Elle rapprocha un peu plus le journal de son visage.

— Nous y voilà.

Mr Brian Roper, quarante-trois ans.

Sheila lui jeta un coup d'œil par-dessus ses lunettes avant de poursuivre.

… quarante-trois ans, qui habite dans la même rue, a déclaré : « Nous avons tous peur que quelqu'un lui ait réglé son compte, il y a des gens vraiment bizarres dans le coin. »

Sheila enleva ses lunettes et fixa Brian.

— Qu'est-ce qui t'a pris de parler à des journalistes ?

— Je les trouvais sympas.

— Des journalistes, sympas ?

Elle abattit la branche de ses lunettes sur l'article.

— Tu as quarante-trois ans, Brian.

Il se gratta le nez. Sa mère avait dit la même chose.

— Il faut que tu arrêtes d'ouvrir ta grande gueule. Les journalistes, Margaret Creasy, Grace et Tilly…

— Je n'ai rien dit à Grace et Tilly.

— Et arrête de te curer le nez.

— Demande-leur, si tu veux, elles sont juste à côté.

Il regarda la rue, mais elle était déserte. Même le balai de Mrs Forbes et la tondeuse d'Eric Lamb s'étaient évaporés. Seul régnait le silence brûlant d'un après-midi de juillet.

— Elles ont disparu.

Sheila se pencha en avant.

— Qui a disparu ?

— Grace et Tilly. Elles étaient là-bas il y a une minute.

Sheila posa le journal et ses lunettes.

— Où ça ?

— Au bout de la rue.

Il regarda par-dessus son épaule et pointa vaguement l'avenue du doigt.

— Bon sang, Brian. Où, exactement ?

— Juste devant le numéro 11.

Il se tourna vers Sheila, mais elle était déjà debout.

Numéro 11 de l'avenue

15 juillet 1976

Le savon de Walter Bishop était vert, craquelé et tellement collé au lavabo que je dus l'arracher avec les ongles.

Tilly et moi nous lavions les mains côte à côte. Je savais que Tilly me regardait, mais je préférais fixer la longue tache orange dans la cuvette, parce que je n'avais pas encore décidé de la réponse qu'elle lirait dans mes yeux.

— C'est ça, dit Walter derrière nous. Frottez bien, mesdemoiselles.

Cela ne nous fit pas sourire. Les mots n'avaient pas la même sonorité que quand c'était Sheila Dakin qui les prononçait.

Il nous tendit un torchon et nous nous séchâmes les mains, puis je le pliai avant de le poser sur l'évier.

— Oh non, non, non, protesta Walter en faisant claquer sa langue d'un air désapprobateur. On ne plie jamais, jamais les torchons.

— Ah bon ?

— Ils ont besoin d'air, vous voyez. Sinon, les germes sont emprisonnés. Pends-le donc à ce petit crochet.

Je suivis son regard et j'accrochai le torchon à côté du placard.

— Voilà qui est mieux. Dans cette maison, on ne plie jamais les torchons. C'était une des règles de ma mère.

— Elle avait beaucoup de règles, Mr Bishop ?

Je me glissai sur l'une des chaises de la cuisine. Tilly m'imita et posa son gilet sur ses genoux, même si elle continuait à jeter des coups d'œil réguliers à la porte de derrière.

— Oh oui, des tas. Ne jamais siffler après la tombée de la nuit. Ne jamais poser de chaussures neuves sur la table. Former un cercle pour éloigner le malin.

Walter posa trois verres poussiéreux sur la table.

— Un, deux, trois, nous irons au bois.

Il sourit.

— Une limonade ?

— Il faut vraiment qu'on y aille.

Sous son cardigan, Tilly se rapprocha du bord de sa chaise.

— C'est presque l'heure du dîner.

— Oh non, pas déjà. Vous venez d'arriver.

Walter servit la limonade.

— Depuis le départ de Margaret Creasy, j'ai très peu de visites, vous voyez.

Il se tourna vers le placard. Je haussai les épaules à l'intention de Tilly.

— On peut rester quelques minutes, chuchotai-je.

Je parcourus la cuisine du regard. Elle me sembla sombre et sinistre, et, malgré la chaleur, étrangement fraîche. Les placards étaient tous peints en vert, et dans les coins on apercevait le plancher là où le lino gondolé avait abandonné la partie.

— Vous respectez toujours les règles de votre mère ? demandai-je.

Walter s'assit en face de nous. Il entrelaça les doigts, comme s'il s'apprêtait à prier.

— Certaines, mais pas toutes.

— Même si c'était votre mère ? s'étonna Tilly.

Walter se pencha en avant et pria un peu plus.

— Même. Un sage sait décider par lui-même. C'est très important de s'en souvenir, surtout si on cherche Dieu.

— Comment ça ? demandai-je.

— Les gens ont tendance à croire certaines choses uniquement parce que tout le monde le dit.

Walter regarda ses mains et commença à mordiller les petites peaux autour de ses ongles.

— Ils ne cherchent pas de preuves, ils veulent simplement l'approbation des autres.

Je dus me laisser aller contre le dossier pour y réfléchir. Parfois, les adultes disaient des choses qui paraissaient vraies, même si on ne comprenait pas tout à fait ce que ça signifiait.

— Donc si vous avez décidé de chercher Dieu, poursuivit Walter, vous devez commencer par réfléchir à votre but exact.

Je n'en étais même pas sûre. Je me disais que je reconnaîtrais peut-être Dieu quand je Le verrais, mais je n'avais qu'une seule certitude : même si tout le monde disait qu'Il existait, Dieu était introuvable dans cette rue.

— Les gens croient en certaines choses sans savoir si elles sont vraies, dis-je.

— Parce que partager des convictions donne l'impression de faire partie d'un groupe, expliqua Walter.

— Comme un troupeau de brebis, ajouta Tilly.

Elle prit son verre puis le reposa.

— Peut-être qu'on n'a vraiment besoin que d'une chose à laquelle on peut tous croire.

Walter cessa de se ronger les ongles pour nous regarder.

— Et cette chose, ce n'est pas toujours Dieu. D'où l'importance de la sagesse.

— Et de décider par soi-même, complétai-je.

Walter Bishop sourit.

— Exactement.

J'avais beaucoup de questions à lui poser, et je m'apprêtais à commencer quand un bruit de pas furieux s'immisça dans mes réflexions. Ils claquèrent sur le gravier et nous allâmes tous les trois à la fenêtre qui donnait sur l'allée.

C'était Sheila Dakin. Ses mules roses envoyaient voltiger des nuées de gravillons terrifiés.

Quelques secondes plus tard, elle apparut dans l'encadrement de la porte, son haut de bikini soulevé par l'effort. Nous étions figés comme des figurines devant la fenêtre.

— Qu'est-ce que vous fichez ? s'écria-t-elle, les bras croisés, crachotant de petites poches d'air furieuses.

Des mots sortirent de la bouche de Walter Bishop, mais ils étaient biscornus, confus et désordonnés. Je regardai la sueur perler sur son front bronzé. Un nouveau genre de silence s'installa.

— On discutait, c'est tout, répondis-je.

— C'est ça, oui.

Sheila Dakin voulut nous attraper par le col, mais aucune de nous deux n'en portait, si bien qu'elle dut passer ses bras acajou autour de nos épaules pour nous pousser en avant.

— On ne faisait rien de mal, protestai-je.

— Non, en effet.

Même si c'était à moi qu'elle répondait, elle regardait Walter Bishop.

— On cherchait Dieu, expliquai-je.

— Eh bien, ce n'est pas ici que vous allez Le trouver.

J'aurais voulu que Walter lui explique. Qu'il dise que Dieu était partout, dans le pigeon, le cèdre et le crucifix en cuivre posé sur le manteau de la cheminée, mais le regard de Sheila Dakin l'avait paralysé aussi efficacement qu'une paire de menottes.

— On s'en va, annonça Mrs Dakin en nous tirant vers l'allée.

Je me retournai pour jeter un coup d'œil à Walter.

Il nous regardait partir depuis la porte, les bras ballants, mais quand il me vit me retourner il me héla :

— Grace !

Il brandissait le gilet de Tilly. Je me libérai de l'emprise de Sheila Dakin et j'allai le chercher.

— N'oublie pas, me dit Walter en me le tendant. Comporte-toi comme un sage.

Je souris et je hochai la tête. Il m'imita.

Et à cet instant je me demandai si, parfois, il ne suffisait pas que deux personnes croient à la même chose pour qu'on ait l'impression d'avoir trouvé sa place.

Sheila Dakin nous fit défiler le long de l'avenue, et en chemin elle nous exhiba saines et sauves aux voisins, que ses mules semblaient avoir alertés.

— Comment est-ce que vous avez su qu'on était là-bas ? demandai-je.

— Petit Brian vous a vues traîner devant le 11 et m'a prévenue.

On aurait dit que Sheila Dakin faisait soudain partie de la police.

— Il sert pas à grand-chose, mais c'est déjà ça.

Eric Lamb nous adressa un signe de tête. Planté au milieu de ses fleurs, un râteau dans une main et une bêche dans l'autre, il ressemblait à un nain de jardin géant. Dorothy Forbes tomba en arrêt sur ses gravillons, une main devant la bouche, et Petit Brian nous regarda passer depuis son garage en farfouillant dans la poche de son jean.

— Où est ta mère ? me demanda Sheila Dakin en arrivant au bout de la rue.

J'examinai les rideaux de la chambre.

— Je crois qu'elle fait une petite sieste.

— J'imagine que vous allez venir chez moi, alors.

Tilly me regarda en soupirant.

Même Sheila Dakin ne demandait pas où était la mère de Tilly.

***

Mrs Dakin nous fit nous asseoir près d'Elvis et de la planche à repasser, et la cuisine tout entière prit des allures de tribunal.

— Ta mère ne t'a jamais rien expliqué ? Qu'est-ce que vous fabriquiez ? Est-ce qu'il vous a dit quelque chose de dérangeant ? Alors ?

— On a parlé de Dieu et des pigeons, annonçai-je.

— Et des croyances, ajouta Tilly.

Mrs Dakin nous observait en attendant la suite. Nous lui rendîmes son regard sans rien dire.

— C'est tout ? finit-elle par demander.

— Oui.

Comme je ne savais pas ce qu'elle voulait de plus, j'attendais qu'elle me donne un indice.

Ses épaules retombèrent de trois bons centimètres.

— Pourquoi tout le monde le déteste ? l'interrogeai-je. Qu'est-ce qu'il a fait de mal ?

— Rien. Officiellement.

— Alors pourquoi on n'a pas le droit de lui parler ?

Notre voisine s'assit, l'air frustré. Sheila Dakin, qui ne se gênait jamais pour déverser des torrents de mots, devait soudain s'exprimer avec le vocabulaire limité d'un enfant.

— Les gens ont dit qu'il avait fait quelque chose de très grave, répondit-elle en tripotant un paquet de cigarettes.

— Et c'est vrai ?

— La police a prétendu que non, mais il n'y a pas de fumée sans feu.

— Parfois, si, intervint Tilly.

Je hochai la tête et nous fixâmes toutes les deux Mrs Dakin.

— Une fois, on m'a accusée d'avoir copié mes devoirs, mais c'était un mensonge et ma mère a obligé Mr Nesbitt à s'excuser, racontai-je.

Je vis Tilly me jeter un regard en coin.

— C'est pas un très bon exemple, remarqua-t-elle tout bas.

— Il y en a plein d'autres. Lisa est tout le temps accusée de plein de trucs, et ce n'est pas possible qu'elle soit coupable à chaque fois.

Mrs Dakin fronça les sourcils et alluma une cigarette.

— Qu'est-ce qu'il a fait, Walter Bishop ? demandai-je. Ou qu'est-ce qu'il n'a pas fait ?

— Peu importe.

Au contraire, c'était la question la plus importante que j'aie jamais posée.

— Tout ce qui compte, poursuivit Sheila Dakin, c'est que vous ne vous approchiez pas de lui. Quoi qu'il ait fait, il n'est pas comme nous.

Elle inhala une bouffée de fumée et, sans la relâcher, ajouta :

— Ce n'est pas quelqu'un de bien.

J'ouvris la bouche pour parler, puis je changeai d'avis. Mrs Dakin n'avait pas l'air d'avoir spécialement envie d'entendre le point de vue intéressant de quelqu'un d'autre.

— Ça a un rapport avec sa mère ? s'enquit Tilly.

Mrs Dakin se figea.

On aurait dit une figurine de boîte à musique, mais sans musique. Paralysée, elle ne cillait plus, ne respirait plus. Seule sa cigarette vacillait et tanguait entre ses lèvres.

— Qu'est-ce que tu veux dire ? demanda-t-elle tout bas, à travers sa cigarette.

— Mr Bishop nous a parlé de sa mère, répondis-je en regardant les soubresauts s'accentuer. En fait, on a eu une longue conversation à son sujet.

Le mégot tremblait tellement que je craignis qu'il ne tombe, mais en professionnelle chevronnée Mrs Dakin réussit à le maintenir en place.

— Ne faites pas attention à ce que raconte Walter Bishop. Il est aussi cinglé que sa mère autrefois.

— Elle avait beaucoup de règles, remarqua Tilly.

— Du genre ?

— Ne pas poser de chaussures sur la table, ne jamais plier les torchons.

Mrs Dakin ôta la cigarette de sa bouche et des cendres dérivèrent vers la table.

— Les torchons ?

— Walter ne plie jamais les torchons.

Je regardai la cendre se poser sur un set.

— Les torchons pliés contiennent des germes.

Mrs Dakin fronça les sourcils, le regard perdu dans le lointain. Puis elle nous jeta un coup d'œil.

— Vraiment ?

Nous hochâmes la tête.

— Absolument.

Sheila Dakin écrasa les vestiges de sa cigarette dans un cendrier et en alluma immédiatement une autre.

— Et Walter Bishop vous a parlé de Margaret Creasy ?

— Pas vraiment, répondit Tilly.

— Si, beaucoup, protestai-je.

Mrs Dakin nous jeta des regards furtifs.

— Est-ce qu'il sait où elle est ? Et si elle va revenir ?

— Il a dit que si elle rentrait elle raconterait tout à tout le monde, répondit Tilly.

Elle voulut balancer ses jambes sous la table, mais elles se heurtèrent au panier à linge et à une pile de jouets appartenant à Keithie.

— Et qu'elle aurait beaucoup de choses à dire.

La bouche de Sheila Dakin s'ouvrit et sa cigarette tomba par terre.

— Attention, Mrs Dakin.

Je lui tendis sa cigarette.

— Un incendie est si vite arrivé.

Heureusement que les rideaux de la chambre de ma mère s'étaient rouverts, parce que Mrs Dakin se sentit soudain patraque et décréta qu'elle voulait se reposer un peu.

En sortant par l'allée en patchwork de Mrs Dakin, on passa devant des chaises longues dépliées et une pile de magazines appartenant à Lisa.

— J'ai bien aimé Mr Bishop, déclarai-je.

— Moi aussi, fit Tilly.

— Vous avez soûlé ma mère ?

Posté près de la porte du jardin, Keithie faisait avancer son ballon du bout d'une botte.

— Non, répondit-on en chœur.

— Vous êtes allées chez le taré, non ?

— Il est pas taré, protestai-je. C'est juste qu'il ne s'entend pas très bien avec les gens.

— J'imagine que ça vous parle.

On le regarda s'éloigner en jonglant jusqu'à ce que son ballon heurte le trottoir et disparaisse derrière le mur du jardin de Mrs Forbes.

— Qu'est-ce qu'on fait, maintenant ? s'enquit Tilly. On ne peut pas retourner chez Walter Bishop, on serait punies pour toute notre vie.

Je regardai le 11.

— J'imagine.

— Alors comment on peut savoir si Dieu est vraiment là ?

En arrivant près de chez moi, je vis ma mère mesurer son après-midi près de l'évier de la cuisine.

— On peut suivre les conseils de Walter Bishop, répondis-je. Examiner les preuves. Et être des sages.

Numéro 12 de l'avenue

15 juillet 1976

De la fenêtre de sa cuisine, Sheila Dakin suivit des yeux Grace et Tilly jusqu'à ce qu'elles rentrent au numéro 4.

C'était devenu une habitude, de surveiller les enfants. Même après l'incendie. Même s'ils avaient tous admis que Walter Bishop avait été suffisamment puni et qu'il valait mieux le laisser tranquille, elle continuait à les surveiller.

Dès que Grace et Tilly eurent disparu, Sheila se réfugia dans le garde-manger. Lisa et Keithie n'étaient pas là, mais elle n'alluma pas la lumière. Elle se sentait moins mal si elle était invisible, si elle ne voyait pas ses mains trembler ni le liquide froid heurter le fond du verre.

Ça n'avait pas toujours été comme ça.

Elle se souvenait, avec difficulté cependant, d'une époque où elle avait eu le choix. C'était ce qu'elle avait dit à Margaret Creasy : si seulement elle pouvait revenir à cette époque. Pas arrêter complètement, juste choisir au cas par cas. Mais peut-être que Margaret avait raison et que ce temps-là était révolu. Sheila était allée jusqu'à tenir la bouteille au-dessus de l'évier, mais elle n'avait pas eu le courage d'aller jusqu'au bout. Bizarre. Même si elle n'avait pas beaucoup de qualités, Sheila Dakin n'aurait jamais cru manquer de cran.

Elle prit une autre gorgée. L'alcool glissa dans sa gorge comme une caresse.

La porte d'entrée avait semblé si ordinaire.

Comme elle l'avait raconté à Margaret, du dehors, on n'aurait jamais pensé qu'il se passait ce genre de choses dans cette maison. Une fille du boulot lui avait donné l'adresse. Pas le genre qu'on croirait, en plus. Pâle, maigre, silencieuse, elle s'essuyait toujours le nez sur la manche de sa combinaison de travail. Elle l'avait griffonnée sur une serviette à la cantine et fourrée dans la poche de Sheila sans un mot. Sheila ne lui avait jamais parlé auparavant, ni depuis.

Elle se versa un autre verre. Le sol du garde-manger était froid et inconfortable, mais elle replia les jambes et s'adossa aux étagères, et au bout d'un moment cela ne lui sembla pas si terrible.

Elle avait gardé la serviette dans son tiroir à petites culottes pendant trois semaines.

Ce n'était pas comme si quelqu'un risquait de remarquer ce qui lui arrivait. Son père était dans son monde, et sa mère était partie depuis longtemps. Comme toujours, ses frères la traitaient comme un garçon, sauf que c'était elle qui cuisinait, nettoyait et leur sortait une chemise propre chaque matin. Mais Sheila était rongée par l'inquiétude. Elle avait peur pour son travail. Si la fille pâle et maigre avait compris, le reste de l'usine risquait de s'en apercevoir bientôt.

Il lui fallut trois heures pour frapper à cette porte d'apparence si banale. Elle avait arpenté la rue en attendant que les femmes finissent de lessiver les perrons et les gamins de jouer à la marelle. On était fin novembre, un samedi après-midi froid et humide, le moment idéal pour aller voir un match de foot ou faire les courses, avec un vent qui rougissait les visages. Mais pas celui de Sheila. Le sien demeurait blafard, larmoyant et perdu.

En frappant à la porte, elle imagina la femme qui allait répondre. Elle aurait voulu qu'elle soit replète et avenante, qu'elle comprenne. Qu'elle ait les cheveux crantés, qu'elle porte un tablier à fleurs rustique, comme sa mère autrefois. Mais la femme qui ouvrit la porte était étroite et sévère. Elle examina Sheila des pieds à la tête et s'écarta sans mot dire.

Elle ne lui posa que trois questions : son nom, son adresse et son âge. Sheila mentit sur les trois.

Elle lui répondit d'une voix qu'elle ne reconnaissait même pas.

— Vingt et un ans, dit-elle, parce qu'elle craignait que cela ne change quelque chose.

Ses yeux commençaient à se faire à l'obscurité du garde-manger. Elle voyait les bords incurvés du verre dans sa main et le goulot de la bouteille qui s'inclinait. Tant qu'elle y était, autant en prendre un autre.

Elle s'était couchée sur le lit, avec la femme étroite et sévère debout au-dessus d'elle. Une faible lumière filtrait par les rideaux et elle entendait le monde extérieur tenter de s'insinuer à travers la vitre. Les bruits de course des enfants sur le trottoir, et des bribes de conversations quand les gens passaient sous les fenêtres. À l'époque, elle ne fumait pas, alors elle avait parlé pour tenter de détricoter ses nerfs. Elle avait parlé de tout et n'importe quoi — de la météo, de Noël, de la couleur du papier peint.

La femme n'avait pas répondu. Sheila n'était même pas sûre qu'elle écoutait.

— Vous savez, ce n'est pas mon genre, avait chuchoté Sheila au début.

Elle avait dit la même chose à l'homme quelques semaines auparavant.

T'avais qu'à pas t'habiller comme ça, avait-il rétorqué.

Sheila leva les yeux vers la femme étroite.

— Parfois, c'est plus facile de ne pas se défendre, non ? Parfois, les gens n'ont pas vraiment le choix, vous ne pensez pas ?

C'était sa dernière chance d'obtenir l'absolution. Sa dernière chance de sauver le restant de sa vie.

La femme étroite l'avait laissée tomber.

Elle n'avait jamais répondu.

Sheila fut obligée de dire à son père qu'elle avait perdu sa paie.

Quand il eut fini de grogner et d'épiloguer et de la maudire, elle alla dans le salon boire quelques gorgées de son brandy. C'était amer et brûlant, et elle le vomit dans le lavabo de la salle de bains quelques minutes plus tard. Mais elle recommença. Et cette fois le brandy resta en place. Il enveloppa ses pensées et les empêcha de s'entrechoquer dans sa tête, et il endormit son mal-être, même si cela ne dura que quelques heures.

Un mécanisme de survie, avait dit Margaret Creasy. Le seul problème, c'était qu'à force de survivre on s'apercevait un jour qu'on ne savait plus vivre.

— Maman ?

C'était Lisa. Sheila l'entendait marcher dans la cuisine, appeler dans le salon. Elle se releva, mais elle avait dû aller trop vite, parce que la pièce sembla glisser sur le côté et elle dut se tenir à une étagère.

— Je suis là ! cria-t-elle. Je suis juste allée chercher quelque chose.

Sheila s'empara de la première conserve qui lui tomba sous la main et chercha la poignée de la porte à tâtons.

La cuisine lui parut éblouissante et hostile après l'obscurité du garde-manger.

— Des pêches au sirop ?

Lisa se tenait debout devant elle. Sheila regarda la boîte de conserve.

— Pour le dessert, dit-elle.

Lisa fronça les sourcils et se détourna. Pendant le restant de la conversation, Sheila ne vit que le dos de sa fille et le rideau de cheveux qui couvrit son visage quand elle se pencha pour enlever ses bottes.

— On m'a raconté, pour les gamines.

Lisa tira sur les boucles de ses chaussures.

— Tu les as sauvées, maman. T'es une vraie héroïne. Tout le monde en parle.

— Elles n'auraient jamais dû y aller, ces andouilles.

Sheila sentait toujours le goût du brandy. Il y avait des chewing-gums dans un tiroir, mais elle n'arrivait pas à mettre la main dessus, comme si rien n'était à sa place.

— Il faut qu'on s'occupe de son cas. C'est ce que pensent les garçons de l'école. Quel connard.

— Ne dis pas *connard*, Lisa. Ou pas aussi souvent, au moins.

— Mais c'est vrai. C'est un pervers, voilà ce que c'est. Un putain de pervers.

Sheila se retourna, mais sans lâcher le bord de l'évier. Les murs tanguèrent et glissèrent autour d'elle, et la lumière étendit son mal de tête à tout son crâne.

— Je veux dire, continua Lisa en envoyant valser ses bottes dans un coin de la pièce, quel genre de monstre s'en prendrait à un enfant ?

— Je ne sais pas, Lisa.

Sheila regarda sa fille. Elle avait grandi, elle était capable. Ce n'était plus vraiment une enfant à qui on pouvait interdire de jurer.

— Mais parfois, reprit Sheila, parfois, les choses ne sont pas si claires, si ? Parfois, les gens n'ont pas vraiment le choix ?

— Bien sûr que si.

Lisa se retourna pour la première fois et la fusilla du regard.

— Les gens ont toujours le choix, merde.

Sheila regarda ses mains. Elles étaient blanches, tremblantes et couvertes de taches brunes, héritage d'une vie en chute libre.

Numéro 4 de l'avenue

18 juillet 1976

Le camion de déménagement attendait sur l'avenue en faisant ronronner son moteur Diesel et en crachant un nuage noir dans le silence attentif. Des bribes de musique sortaient de la cabine et des volutes de fumée de cigarette s'élevaient par la fenêtre ouverte.

Pendant notre sommeil, la nuit étouffante de juillet était devenue une matinée parfaite, bleue et tranquille. De minuscules nuages dansaient dans le lointain et, au-dessus de nos têtes, un merle mettait tout son cœur dans un chant si beau que je ne comprenais pas pourquoi le monde entier ne s'était pas arrêté pour l'écouter.

Installées sur le muret devant chez moi comme au cinéma, Tilly et moi savourions des Sherbet Fountain, dévorées par la curiosité. Le soleil zébrait nos jambes nues, tendues vers la journée à venir.

— Tu vois quelque chose ? demanda Tilly.

— Non.

Je trempai le réglisse dans la poudre acidulée, qui pétilla sur ma langue.

— Mais ça ne devrait plus tarder.

Ça faisait quarante-cinq minutes que le camion patientait

devant le numéro 14, et ma mère était restée collée à la fenêtre de la cuisine en prétendant faire la vaisselle.

Je lui avais proposé de nous rejoindre sur le muret, mais elle avait rétorqué qu'elle était beaucoup trop occupée et avait continué à faire semblant.

— Tu crois qu'il y aura des enfants ? s'enquit Tilly.

Comme je lui avais déjà répondu quatre fois que je n'en savais rien, je me contentai de sucer mon réglisse en donnant des coups de talon dans les briques. Mrs Dakin bronzait les yeux ouverts et Mr Forbes avait inspecté sa poubelle six fois en une demi-heure. La rue bouillait d'impatience.

La voiture arriva à 11 h 08 ou 11 h 09 (comme il manquait une ligne au cadran de ma montre, je ne pouvais pas en être sûre). C'était une berline argentée tellement grosse qu'elle dut s'y prendre à deux fois pour entrer dans l'allée du 14. La portière côté passager s'ouvrit, puis côté conducteur, puis une autre à l'arrière. J'étais tellement concentrée que j'avais oublié le morceau de réglisse dans ma bouche.

Au début, je crus qu'on sortait un objet doré, vert et bleu saphir. Puis je compris qu'il s'agissait de tissu, et plus précisément des vêtements de quelqu'un. Et ils étaient plissés et drapés autour de la plus belle dame que j'avais jamais vue. Elle nous sourit et nous fit signe, l'homme qui venait de sortir côté conducteur (vêtu d'une chemise blanche et d'un pantalon ordinaire) l'imita, et un petit garçon surgit de la banquette arrière comme un boulet de canon pour aller caracoler sur la pelouse.

— Mince, s'écria Tilly, ils sont indiens !

Je sortis le réglisse de ma bouche :

— C'est génial, non ?

De l'autre côté de la rue, la poubelle de Mr Forbes se renversa sur son allée, et derrière mon épaule j'entendis un bruit de vaisselle cassée.

***

— Ce n'est pas ça, se défendit ma mère.

J'aurais été bien incapable de dire combien de fois elle l'avait répété, j'avais perdu le compte.

— Eh bien, qu'est-ce que c'est, alors ? demandai-je.

— Ils n'ont peut-être pas envie qu'on aille les voir. Ils ont peut-être leurs propres coutumes.

— Parce qu'ils sont indiens ?

— Ce n'est pas ça.

— Mais tu as fait un gâteau.

— Oh ! ça. C'est pour tout le monde.

— Il y a écrit « bienvenue » dessus avec du glaçage bleu.

Ma mère se passionna soudain pour le magazine télé.

— Dans ce cas, je vais y aller seule, annonçai-je.

— Tu ne peux pas faire ça !

Ma mère reposa le *TV Times*.

— Dis-lui, Derek.

Jusque-là, mon père avait échappé à la conversation. Il était plongé dans un livre et personne ne lui prêtait attention. Il marmonna *eh bien* et *peut-être* et *si*, puis sa voix s'éteignit.

Ma mère lui jeta un regard assourdissant.

Heureusement, la sonnette l'interrompit. On n'utilisait jamais la porte d'entrée, elle était décorative. Personne ne savait si elle marchait encore, et pendant un instant nous restâmes figés à nous regarder.

Mon père se leva d'un bond et nous l'imitâmes. Il batailla avec la porte d'entrée, nous ordonna de reculer, et nous patientâmes jusqu'à ce qu'elle cède enfin en frissonnant. La belle dame, son mari à la tenue ordinaire et le petit garçon qui courait comme un boulet de canon se tenaient sur le perron.

— Bonjour, dis-je.

Ma mère lissa ses cheveux et son pantalon. Mon père se contenta de faire un grand sourire.

— Bien le bonjour, répondit la belle dame.

— Je suis vraiment contente que vous soyez indiens, annonçai-je.

Je comptais leur proposer d'entrer, mais les mots avaient changé d'avis en cours de route. La belle dame et son mari éclatèrent de rire, et en moins de cinq minutes ils étaient tous assis sur notre canapé.

La dame s'appelait Aneesha Kapoor ; son mari, Amit Kapoor ; et le petit garçon, Shahid. Ils avaient des noms exotiques et précieux, comme des bijoux, et je les répétai encore et encore dans ma tête.

— Eh bien, c'est très gentil à vous, commença ma mère.

Aneesha Kapoor lui avait offert une boîte de curieux biscuits, qu'elle appelait des *friandises*.

— Je vous ai fait un gâteau, poursuivit ma mère.

— Mais c'est pour tout le monde, tempérai-je.

Ma mère plissa les yeux.

— C'est adorable de passer, on comptait aller vous voir, de toute façon.

À mon tour de plisser les yeux.

— Nous voulions faire la connaissance de tout le monde, expliqua Amit. C'est important, la solidarité au sein d'une communauté, n'est-ce pas ?

— Oh oui, répondirent mes parents.

— Et les relations de bon voisinage, l'identité de quartier ?

— Tout à fait, bien sûr, affirmèrent-ils.

Je me demandai où était cette solidarité. Si elle attendait au fond du garde-manger de Sheila Dakin, si elle se cachait dans la remise solitaire d'Eric Lamb. Si elle s'asseyait près de May Roper sur son canapé couvert de crochet, ou s'incrustait dans les fenêtres pourries de Walter Bishop. Peut-être qu'elle habitait tous ces endroits, mais que je ne l'avais pas encore trouvée.

— Eh bien, je suis ravie que vous fassiez désormais partie de notre quartier, déclara ma mère. Ça apportera un peu de couleur.

Mon père s'étrangla sur son biscuit.

— Ce n'est pas ce que je voulais dire, paniqua ma mère. Je parlais de la couleur locale. Je veux dire…

Aneesha éclata de rire.

— Je vois ce que vous voulez dire.

J'entendais mon père continuer à cracher des miettes dans la cuisine pendant qu'il faisait du thé.

Il l'apporta sur un plateau. Le lait était dans un pot à lait. Je ne savais même pas qu'on en avait un. On distribua des tasses, des petites assiettes et des coups de coude, puis ma mère entailla le B de « bienvenue ».

— Alors, d'où venez-vous ? demanda-t-elle.

Amit s'était moulé dans le canapé, les bras le long du corps, comme un soldat.

— De Birmingham, répondit-il.

Il entama sa part et la fourchette crissa sur l'assiette.

Ma mère se pencha en avant avec des airs de conspirateur.

— Oui, mais d'où venez-vous vraiment ?

Amit se pencha également.

— D'Edgbaston, chuchota-t-il, et tout le monde éclata de rire.

Avec quelques secondes de retard dans le cas de ma mère.

— Et si vous goûtiez ? proposa Aneesha en nous passant les friandises. Ça s'appelle des *mithai*.

— Plaît-il ? s'étrangla ma mère.

— Des mite-ail, Sylvia, gronda mon père.

Il fit un clin d'œil à Amit en le poussant du coude.

— Tu n'en as jamais entendu parler ?

Ma mère fronça les sourcils et jeta un regard méfiant à la boîte.

— Non, je ne crois pas.

— J'ai failli aller en Inde, déclara mon père.

Nous ouvrîmes tous de grands yeux. Surtout ma mère. Mon père n'aimait déjà pas prendre le bus 107 qui allait à Nottingham. Il disait que ça lui donnait mal au cœur.

— Vraiment ? s'étonna Amit.

— Oh oui. Mais j'ai dû laisser tomber, finalement. J'ai été découragé par le système d'égouts, expliqua-t-il en se tapotant le ventre. Et la pauvreté, bien sûr.

— Ah oui, releva Amit. La pauvreté.

— Mais on aime bien le curry, et on écoute souvent votre musique.

Mon père ouvrit une autre bière blonde.

— On adore Demis Roussos, n'est-ce pas, Sylve ?

Tous les regards se fixèrent sur lui.

— Je crois qu'il est grec, Derek, articula ma mère.

— Grec, indien, quelle différence ? Le monde est grand, maintenant.

Aneesha Kapoor me sourit. Puis elle me fit un clin d'œil très discret, comme si elle savait que j'aurais voulu disparaître sous terre.

Mon père s'empara d'un autre biscuit.

— Prends donc une bière, Amit. Ne sois pas timide, il y en a plein.

Après leur départ, je m'assis dans la cuisine et je regardai mes parents se rentrer dedans en rangeant les assiettes.

— Eh bien, ça s'est bien passé, déclara mon père.

— Vraiment ? demanda ma mère en contemplant les biscuits. Je me demande s'ils vont réussir à s'intégrer.

— Il faut vivre avec son temps. Il y a une autre famille indienne qui a emménagé chemin des Pins. Tu devrais peut-être commencer à te demander si tu vas réussir à t'intégrer, toi.

Ma mère examina une friandise, puis elle changea d'avis et la reposa.

En allant dans le couloir, mon père ramassa un journal et jeta par-dessus son épaule :

— Comme disait Elvis Presley, le monde entier est un théâtre et chacun doit jouer son rôle, Sylvia.

Et il ferma la porte du salon et mit le journal télévisé.

— Je crois que j'ai oublié quel était le mien, répondit ma mère.

Elle posa les friandises tout au fond de la boîte à biscuits, sous un paquet de roulés aux figues et un demi-cake à la vanille de Madagascar.

Numéro 6 de l'avenue

18 juillet 1976

— Qu'est-ce qu'ils fabriquent encore ? aboya Harold depuis le canapé. Si tu écartais franchement le rideau, tu verrais peut-être mieux.

— Ils viennent d'entrer chez les voisins avec une boîte. Grace les a laissés entrer. Laisse tomber, Harold. Ils sont à l'intérieur.

— Incroyable. Ils auraient pu nous prévenir.

— Qui ça ?

Dorothy laissa retomber le rideau.

— Le conseil du lotissement. Ils auraient dû leur dire de se préparer.

— De se préparer comment, au juste ?

— En s'habituant à nos coutumes.

Harold tira sur son lacet.

— Et en apprenant un peu notre langue, tu vois.

— Je suis à peu près sûre qu'ils parlent anglais, Harold.

— Si c'est le cas, c'est grâce à l'Empire. On ne peut pas envahir un pays étranger et s'attendre à ce que tout le monde fasse comme nous.

— Envahir l'Inde ? demanda Dorothy.

— Non, la Grande-Bretagne. Tss.

Harold s'attaqua à sa deuxième chaussure.

— En voilà, des manières.

Harold se leva. C'était impossible à prouver, mais Dorothy aurait juré qu'il rapetissait.

— Je jetterai un œil depuis la rue. Je fais juste un saut au pub.

— Encore ? Tu y es déjà allé hier.

— J'ai promis à Clive de passer. Au cas où il aurait besoin d'un coup de main.

Elle le fixa jusqu'à ce qu'il baisse les yeux, soudain absorbé par des lacets déjà faits.

Dorothy se posta à la fenêtre du salon. Son mari plissa les yeux en passant devant le numéro 4 et jeta un coup d'œil au 11 avant de disparaître au coin de la rue, les mains dans les poches de son short.

La maison lui semblait toujours plus détendue en l'absence de Harold. On aurait dit que les murs soufflaient, que les sols et les plafonds s'étiraient et bâillaient, que tout le monde se mettait à l'aise. C'est dans ces moments-là que Whiskey lui manquait le plus, quand ils auraient pu s'asseoir côte à côte en savourant le silence.

Dorothy s'installa dans le fauteuil de Harold. Elle avait fini la liste du jour des heures plus tôt et l'avait rangée dans la poche de son tablier, barrée et cochée, satisfaite. Si Harold s'en était rendu compte, il l'aurait rallongée. *Chez une femme, l'oisiveté est mère de tous les vices,* aurait-il dit. *Surtout quand la femme en question traîne, rêvasse et se trouble pour un rien.* Mais Dorothy avait besoin d'un après-midi à elle. Il fallait qu'elle réfléchisse.

La boîte n'avait pas bougé : elle était toujours cachée au fond du placard de Harold, derrière des dossiers, des liasses de relevés bancaires et autres documents importants qu'on ne montrait pas à une tête de linotte dans son genre.

Elle l'avait découverte par hasard.

C'était après l'incendie. Dorothy avait commencé à se faire du souci pour l'assurance de la maison, se demandant ce qui arriverait si le numéro 6 brûlait dans des circonstances mystérieuses. Elle n'en dormait plus. Elle ne pouvait pas en parler à Harold parce qu'il trouvait son inquiétude désagréable, et ensuite il était d'une humeur de chien et roulait des yeux furieux. Elle avait donc décidé de vérifier le contrat toute seule. De faire preuve d'initiative, même si Harold répétait qu'elle en était incapable.

Et c'est comme ça qu'elle était tombée dessus.

Au fil des années, de temps en temps, quand Harold sortait, elle était allée chercher la petite boîte, l'avait vidée et s'était tracassée en silence.

Aujourd'hui, elle était d'humeur à se faire du mouron. C'était la faute de Margaret Creasy, de la canicule interminable, et du spectacle auquel elle avait assisté la veille : Sheila Dakin qui ramenait ces deux fillettes par la peau du cou.

Dorothy s'assit dans la cuisine et étala le contenu de la boîte sur la table. Les fenêtres et la porte étaient ouvertes, mais il n'y avait pas un souffle de vent. On aurait dit que tout était suspendu, même la météo, et que le monde entier disparaissait dans un dernier arrêt sur image étouffant.

Elle passa les doigts sur le carton, en quête de traces de brûlures, de résidus de fumée, d'une réponse à l'inquiétude qui avait grandi au fil des années. Elle était tellement perdue dans ses pensées qu'elle n'entendit pas le bruit de pas et ne vit pas l'ombre dans l'encadrement de la porte. Elle ne se rendit compte de rien jusqu'à ce qu'elle entende sa voix.

— Bon sang, Dorothy, qu'est-ce que tu fabriques ?

Eric Lamb.

Il s'approcha de la table, dont il examina le contenu.

— Qu'est-ce que tu fiches avec l'appareil photo de Walter Bishop ?

***

Dorothy remplit la bouilloire et alluma le gaz sous une plaque.

— Harold a dû le prendre, expliqua-t-elle. Après l'incendie, quand vous êtes allés voir au numéro 11.

Eric se passa les doigts dans les cheveux et les y oublia, immobiles et attentifs.

— On n'a rien pris du tout.

— Il a dû le piquer quand tu ne regardais pas. Quand tu avais le dos tourné.

Eric leva les yeux.

— On n'a rien pris, répéta-t-il.

— Peut-être que ça t'est juste sorti de la tête ? On peut s'embrouiller, non ? Harold dit que ça m'arrive tout le temps.

— Je me souviens de tout.

Eric se laissa aller contre le dossier de sa chaise, croisa les bras et prit une grande inspiration.

— L'odeur de fumée, les murs noircis. La cuisine intacte, le tic-tac de l'horloge et le torchon plié sur l'évier. Je n'ai rien oublié.

Il s'empara de l'appareil photo et le retourna.

— Et pourquoi Harold aurait-il pris ça ?

— Pour le mettre à l'abri, au cas où il y aurait eu des voleurs ?

— Dans ce cas, pourquoi ne l'a-t-il jamais rendu ?

Ils retombèrent dans le silence. Seule la bouilloire crépitait et crachait dans un coin.

— L'eau bout, annonça Eric avec un petit signe du menton.

Dorothy porta la main à sa gorge.

— Tu l'as allumée ?

— Non, Dot, c'est toi qui l'as allumée.

Eric éteignit le gaz et attrapa une enveloppe.

— Il n'y a rien d'intéressant là-dedans, le prévint

Dorothy. J'ai déjà regardé. Des pigeons. Des nuages. Un merle perché sur une bouteille de lait.

— Il prenait beaucoup de photos.

Eric sélectionna une autre enveloppe.

— Et dans celle-ci ?

Dorothy y jeta un coup d'œil.

— Je ne me souviens plus. Brian qui vide un cendrier dans sa poubelle, je crois. Beatrice Morton faisant ses lacets. Rien de passionnant.

— Autrefois, je le voyais en rentrant du pub. Il errait dans le noir, son appareil à la main.

Dorothy semblait figée.

— Je sais.

— Dieu sait ce qu'il a vu, dit Eric en parcourant les photos.

— Je sais, répéta Dorothy.

Il interrompit ses recherches et leva les yeux. Ils se défièrent du regard en silence.

— Remets cette boîte là où tu l'as trouvée, Dot.

— Je veux simplement des réponses.

Dorothy sortit un mouchoir de sa manche.

— J'ai besoin de savoir comment cet appareil est arrivé là. Je n'y comprends rien.

— Parfois, les réponses ne font que poser d'autres questions. C'était il y a longtemps. Laisse tomber.

— Mais Margaret Creasy a tout ravivé, non ? Je t'assure qu'elle savait quelque chose, Eric. Je te jure qu'elle connaissait tous nos secrets.

Dorothy entreprit de plier le mouchoir en deux. Encore et encore, jusqu'à ce qu'il soit trop petit pour continuer.

Eric Lamb posa sa main sur les siennes.

— Arrête, Dorothy. Arrête de te tracasser alors que tu ne peux rien y changer. Remets tout ça là où tu l'as trouvé. Cache-le.

— Je n'ai pas le choix, on dirait, répondit-elle en

commençant à ranger les photos dans les enveloppes. J'aimerais juste savoir pourquoi Harold l'a volé.

— Qu'est-ce que ça change, Dot ? Quelle importance ?

— C'est important pour moi.

Eric se leva et remit la chaise sous la table.

— Si tu veux mon avis, oublie que tu as vu cet appareil.

— Je ne peux pas.

Dorothy prit la boîte, qui lui sembla lourde et dure.

— On ne peut jamais oublier ce qu'on a vu, pas vrai ? On n'a même pas besoin de photos. Il suffit d'aller chercher les images dans sa tête dès qu'on en a besoin.

Numéro 10 de l'avenue

18 juillet 1976

Eric Lamb traversa l'avenue. Elle lui sembla déserte, mais il était tellement plongé dans ses pensées qu'il n'aurait probablement rien remarqué si quelqu'un avait surgi juste devant lui.

Il savait qu'il avait raison pour le numéro 11. Ils en avaient fait le tour en évaluant les dégâts. Il ne voulait pas venir, mais Harold l'avait aperçu et hélé.

— Vérifie que l'endroit est sûr, avait-il ordonné. Il ne faudrait pas que ça nous tombe dessus.

Une douzaine de pompiers et la moitié des policiers de la ville s'en étaient déjà chargés, mais il était inutile de raisonner avec Harold. Il était bien plus facile de lui céder que de devoir le repousser pendant des jours.

Ils avaient fait le tour de la maison, les mains dans les poches, examinant les murs et les plafonds et se répétant que c'était affreux.

Ils n'avaient rien pris. Ils n'avaient même rien touché.

Puis ils avaient raconté au reste de l'avenue ce qu'ils avaient trouvé.

Mais Dot avait raison sur un point. En général, elle était désorientée, névrosée et irrationnelle, et parfois ses jérémiades donnaient envie de s'arracher les cheveux, mais là elle avait tapé dans le mille. On peut toujours aller chercher des souvenirs quand on en a besoin. Le seul problème, c'est que parfois ils se libèrent tout seuls. Des moments qu'on préférerait oublier ; des détails qui changent notre point de vue et nous font douter, malgré tous nos efforts pour nier leur existence.

23 novembre 1967

Elsie est couchée à l'étage. Ces derniers temps, elle dort de plus en plus, même si Eric essaie de ne pas y penser, parce que sinon il faudra qu'il trouve une explication à sa fatigue. Une raison autre que sa santé. Il fait plus froid ces jours-ci. Le froid, c'est épuisant, n'est-ce pas ? Ou c'est peut-être parce que les jours raccourcissent, ou à cause de leurs allers-retours incessants entre la maison et l'hôpital. Eric passe ses journées à chercher des explications, des preuves, un réconfort. Il fouille la vie d'Elsie comme une botte de foin, en quête d'une aiguille à laquelle se raccrocher.

Pendant que sa femme dort, il s'est fait à déjeuner sans un bruit, et à présent, assis à la table silencieuse du salon feutré, il tente de se distraire en regardant par la fenêtre.

Ils se sont mis d'accord pour surveiller Walter Bishop, chacun leur tour. Depuis la disparition du bébé, une panique muette a envahi la rue. Il l'a lue dans le regard des gens. Dans leur façon de se cloîtrer chez eux. Personne ne bavarde plus. Personne ne s'attarde au coin de la rue, personne ne s'adosse à un mur de jardin. Quand Eric voit un voisin, celui-ci va toujours quelque part, et, même s'ils épient tous Walter, on dirait que ce sont eux qui sont tous devenus ses prisonniers.

La petite fille de Sheila enlève ses patins à roulettes au milieu de la rue. Il est sûr que Sheila la surveille depuis sa fenêtre. L'enfant s'est entraînée sur le trottoir, arrachant des poignées de lierre et de végétation sur les haies pour se stabiliser, faisant le tour du manteau abandonné sur le macadam, prenant peu à peu confiance. Eric a écouté les roues gagner en assurance, parcourir le béton lentement mais sûrement. À présent, assise au bord du trottoir, elle retire ses patins dont les roues tournent toujours, s'empare de son manteau et le passe sur ses épaules.

Il y a un bruit à l'étage. Eric se demande si Elsie se lève. Il voudrait courir l'aider. La sortir du lit, trouver ses chaussons, boutonner son gilet. Mais dans un coin de sa tête il sait qu'il devra faire ces gestes à d'innombrables reprises dans les semaines qui viennent. Il n'aura plus à se demander ou à vouloir quoi que ce soit, ce sera inévitable, et s'il s'y met dès maintenant il privera Elsie du peu d'intimité qu'il lui reste.

C'est à cet instant qu'Eric le voit — quand il se retourne vers l'avenue.

Il est là depuis une minute, maximum.

Walter Bishop.

Il tient la fillette par le bras. Il tire, la force à reculer.

Lisa pleure, crie. Essaie de lui échapper.

Eric est déjà en train d'ouvrir la porte d'entrée quand il entend sa tasse se briser sur le sol du salon.

— C'est quoi, ce cirque ?

Harold l'a précédé de quelques secondes. Il tire sur la petite fille, desserre la prise de Walter Bishop.

Elle s'époumone :

— Tu es méchant, méchant. Ma maman, elle dit que tu voles les enfants.

Walter fait un bond en arrière. Il perd l'équilibre et trébuche sur le trottoir. Eric doit se retenir de l'aider.

— C'était un simple malentendu. Voilà tout.

La voix de Walter est à peine audible par-dessus les pleurs de Lisa.

— J'essayais de l'aider.

— De l'aider ? s'entend hurler Eric. Vous vous fichez de nous ?

— Son manteau, halète Walter. Elle avait du mal à l'enfiler. Il est trop serré, vous voyez. Je me suis arrêté pour l'aider.

Il désigne le duffle-coat rose abandonné sur le trottoir. Harold s'en empare comme s'il fallait également le protéger. À cet instant, la porte du 12 s'ouvre et Sheila Dakin se précipite vers eux en agitant les bras comme pour arriver plus vite.

Quand elle les rejoint, Lisa se colle contre sa mère et cache ses larmes dans son pull.

— Comment osez-vous ! s'indigne Sheila. Non mais comment osez-vous !

La fillette fait office de bouclier, se dit Eric. Sans elle, Sheila flanquerait son poing dans la figure de Walter Bishop.

— J'essayais juste de l'aider. Je ne ferais jamais de mal à un enfant. J'adore les enfants.

— Allez-vous-en. Partez, crache Harold. Laissez-nous tranquilles.

Walter Bishop disparaît. Il ramasse son sac et s'éloigne précipitamment, la tête basse, ses cheveux collés sur le col de son manteau. Même s'il se dépêche, il donne toujours l'impression de traîner les pieds. Les épaules rondes, les bras tendus, comme s'il essayait de prendre le moins de place possible sur cette terre.

Eric se tourne vers Sheila. Il lui demande comment elle va et elle doit lutter pour articuler.

— Ça va. Je ne me sens pas très bien, c'est tout. La journée a été difficile.

Elle chancelle et se raccroche à Lisa.

— Ah bon ?

— C'est une sorte de… d'anniversaire.

Eric sent le brandy qui enveloppe chacun de ses mots.

— Tu devrais rentrer, conseille Harold. Essaie de te reposer.

— De me reposer ?

Sheila serre Lisa contre elle.

— Comment est-ce que je pourrais me reposer alors que ce monstre vit à quelques mètres de mon enfant ?

Ils jettent tous un coup d'œil au numéro 11. Walter a disparu, englouti par les murs.

— Il faut qu'on s'en débarrasse, Harold, déclare Sheila. C'est pas une vie. Et il est hors de question que ce salopard me chasse de chez moi.

Elle se détourne en entraînant Lisa. Eric les regarde se diriger vers le 12, bras dessus bras dessous, se soutenant l'une l'autre.

Et il se demande laquelle des deux en a le plus besoin.

À partir de ce jour-là, Walter n'a pas une minute de répit. La rumeur selon laquelle il a tenté d'enlever un autre enfant se répand comme une traînée de poudre. De bouche en bouche, elle gagne en puissance et en furie ; elle fait le tour du lotissement en se chargeant de haine.

Eric observe sans rien dire. On lui demande ce qui s'est passé. On essaie de le pousser à donner son avis, mais il refuse de tomber dans les pièges. S'ils veulent exécuter Walter Bishop, qu'il en soit ainsi, mais il n'a pas l'intention de fournir les munitions. Harold Forbes, cependant, semble prêt à fabriquer autant de balles que nécessaire.

En plein jour, l'entend-il dire. *Oh oui, il la tirait vers chez lui. Aucun enfant ne sera en sécurité tant que ce type rôdera dans le coin.*

Les coups portent. Eric en voit les preuves. Le contenu de la poubelle de Walter Bishop, répandu dans son jardin tous les matins. Les vêtements arrachés à sa corde à linge, traînés dans la boue. Tout le monde guette, surveille, à l'affût de la moindre défaillance, du plus petit prétexte pour lâcher les chiens.

Quelques jours après l'incident avec Lisa, Eric va à l'épicerie. Il cherche ce qui pourrait éveiller l'appétit d'Elsie, des biscuits fourrés, peut-être, ou des fruits au sirop. Elle semble s'être complètement désintéressée de la nourriture, ce qui est très compréhensible. La météo a changé et les nuits sont longues et mornes. On n'a pas faim, quand il fait un temps pareil. Tout le monde le dit. Eric parcourt les étagères. Cyril n'a pas grand-chose, mais en général on trouve son bonheur parmi les boîtes de préparation pour flan et les paquets de corn-flakes. De l'autre côté d'une pyramide de soupes, Eric entend un groupe bavarder au comptoir. Il distingue les voix de Sheila Dakin et Harold Forbes, ainsi que d'autres qu'il ne reconnaît pas.

Ils parlent de Walter Bishop. C'est à se demander de quoi les gens discutaient avant toute cette affaire.

— Évidemment, si ça ne dépendait que de moi, on se serait débarrassé de lui dès le début. On ne lui aurait pas laissé l'occasion de récidiver.

C'est la voix de Harold, qui domine le thé en vrac.

— La police ne sert à rien. S'il touche encore à ma Lisa, c'est moi qu'ils vont devoir arrêter.

Sheila Dakin.

Eric se dirige vers la caisse. Il y a aussi deux types qu'il a vus au pub, et Lisa, emmitouflée dans son manteau. Ils doivent faire le procès de Walter depuis un moment, parce que la fillette s'est assise par terre pour se ronger les ongles tranquillement.

— On parlait de Bishop, annonce Harold.

— J'ai entendu.

Eric pose les biscuits et adresse un signe de tête à Cyril, planté derrière le comptoir.

— Sale affaire, hein ? commente Sheila.

Eric reconnaît l'invitation à entrer dans la danse.

— En effet, répond-il.

— On envisage de faire une pétition et de l'adresser au conseil du lotissement, lui dit Harold d'un ton interrogateur.

Eric compte ses pièces.

— Je ne pense pas qu'une pétition fera partir ce type, intervient Sheila. Il ne bougera que si on emploie la force.

L'enfant dirige son regard attentif vers Eric, qui lui sourit. Sheila disserte sur la force et ses nombreuses déclinaisons possibles quand la clochette de la porte l'interrompt d'un tintement contrit. Quand ils se tournent vers l'entrée, ils s'attendent clairement à voir quelqu'un qui les confortera dans leurs opinions, un autre partisan de la force et des pétitions, mais c'est Walter Bishop qui se tient dans l'embrasure, trempé par la pluie, ses lunettes déjà embuées. Leurs mots s'éteignent dans le silence.

Sheila prend Lisa dans ses bras en la serrant tellement fort que la fillette en a le souffle coupé.

Walter Bishop traverse l'épicerie. Ses chaussures crissent sur le lino et son sac heurte les conserves en bas des rayonnages. Quand il arrive au comptoir, il enlève ses lunettes et les essuie avec un mouchoir gris taché. Eric voit ses mains trembler, la sueur perler sur sa peau burinée.

— Je me demandais..., commence Walter Bishop. Je me demandais si vous auriez une pinte de lait...

Personne ne dit rien.

Derrière le comptoir, Cyril croise les bras, les mâchoires serrées en prévision du combat.

Walter Bishop attend. Il sourit. C'est un pâle sourire, fait d'optimisme plutôt que de joie, mais c'en est tout de même un. Eric n'arrive pas à décider si Walter Bishop est inconscient ou tout simplement stupide.

— On n'en a pas, déclare Cyril.

Les autres regardent en silence, comptant les points.

— Juste une pinte, plaide Walter en désignant une rangée de bouteilles de lait dans le frigo derrière le comptoir.

— On n'en a pas, répète Cyril. En fait, je crois que là, tout de suite, on n'a rien à vendre du tout.

Walter soutient le regard de l'épicier, mais peu à peu son sourire s'efface pour laisser place à un vide. Un visage qui cherche une issue, une expression qui puisse le sauver. Walter hésite. Eric entend les bras de Harold se croiser et les doigts de Sheila marteler le comptoir.

— Ce sera tout ? demande Cyril.

Walter se détourne. Murmures d'excuses, remerciements, chuchotements tellement faibles qu'Eric ne pourrait dire si ce sont vraiment des mots ou simplement le bruit de la défaite d'un homme. La porte se referme, la clochette se tait, et ils restent plantés là en silence.

Sheila abat son poing sur le comptoir.

— C'est pile ce qu'il nous faut, clame-t-elle. Quelqu'un qui montre à ce dégénéré ce que c'est que la politesse.

Ils traversent le lotissement. Harold parle et Sheila absorbe ses mots en même temps que des bouffées de cigarette.

Eric essaie de ne pas écouter.

Ils tissent des plans et des pétitions, évoquent des réunions au pub, des coups de téléphone au conseil. Eric a d'autres préoccupations, des problèmes plus importants dont il peut tapisser l'intérieur de son crâne.

Il regarde devant lui. Lisa grimpe sur les murets qui longent le trottoir. Elle tend les bras, essaie de toucher les branches basses, de les effleurer du bout des doigts. Elle n'y arrive pas, il lui manque toujours deux ou trois centimètres. Eric l'observe. C'est bizarre. Lisa est grande, ça ne devrait pas lui poser problème.

Puis il comprend pourquoi elle peine. Pourquoi les

branches restent hors de sa portée. Le tissu rose tire sur ses épaules, la gêne, l'empêche d'atteindre son but.

C'est pour ça qu'elle a du mal. C'est son duffle-coat. Il est beaucoup trop serré.

Numéro 14 de l'avenue

20 juillet 1976

— J'imagine que ça ne vous dérange pas vraiment…, demanda Mr Forbes.

Nous regardions tous Mr Kapoor laver sa très grosse voiture. J'étais assise dans l'herbe, aux pieds de Mr Forbes.

Mr Kapoor se détourna du capot.

— Qu'est-ce qui ne me dérange pas ?

— La chaleur.

Mr Forbes désigna le ciel et je vis ses talons se décoller de ses sandales.

— J'imagine que ça ne vous déprime pas ? Pas comme nous ?

Mr Kapoor fronça les sourcils en frottant une tache de caca d'oiseau. Il n'utilisait pas d'eau. Sinon, Mrs Morton l'aurait immédiatement rappelé à l'ordre.

— Ce que veut dire Harold, c'est que là d'où vous venez il doit toujours faire ce temps.

May Roper était appuyée contre la clôture derrière moi. J'entendais le bois se chamailler avec sa poitrine à chaque fois qu'elle parlait.

— À Birmingham ? releva Mr Kapoor.

— Ah, il y a aussi un Birmingham au Pakistan ? s'étonna Mrs Forbes.

Mr Forbes la fusilla du regard avant de reporter son attention sur Mr Kapoor.

— Mais c'est génétique, non ? Les Indiens ne souffrent pas de la chaleur. C'est une race robuste, qui supporte les pires épreuves.

— Je suis d'accord avec vous sur ce point, répondit Mr Kapoor.

Il frottait toujours très fort le caca d'oiseau, même si je n'avais pas l'impression qu'il en restait.

— Non que je sois raciste, se défendit Mr Forbes en se balançant dans ses sandales. Pas du tout.

— Absolument pas, renchérit Mrs Forbes.

— Ce n'est pas notre genre, ajouta May Roper.

— Je suis juste patriote, reprit Mr Forbes en faisant traîner ce mot. Je veux que l'Angleterre reste un grand pays. C'est comme un club sélect, n'est-ce pas ? On ne peut pas laisser entrer n'importe qui.

— Tout à fait, Harold, approuva Mrs Forbes.

Mr Kapoor s'accroupit et se mit à nettoyer la plaque d'immatriculation. La chaleur traînait une couche de poussière omniprésente. Elle recouvrait les voitures, les trottoirs et les maisons. Elle se déposait même sur la peau et dans les cheveux. On avait beau nettoyer, laver et frotter, impossible de s'en débarrasser. Tout n'était plus que crasse.

— En fait, je suis assez multiculturel, disait Mr Forbes.

Mr Kapoor leva les yeux.

— Multiculturel ?

— Oh oui.

Les pieds de Mr Forbes continuèrent à se balancer d'avant en arrière.

— Absolument. Je suis fan de Sidney Poitier, par exemple.

— C'est vrai, confirma Mrs Forbes.

— Et de Louis Armstrong. Les gens de couleur ont un merveilleux sens du rythme, vous ne trouvez pas ?

Je crus entendre Mr Kapoor marmonner quelque chose, mais je ne parvins pas à distinguer ce qu'il disait.

— Mais ce n'est pas parce qu'on est patriote qu'on n'est pas ouvert aux nouvelles idées. Il faut juste se rappeler que la Grande-Bretagne règne sur les mers.

Mr Forbes salua son propre discours d'un sourire approbateur.

— Vous fêterez le jubilé l'an prochain, alors ? s'enquit Mr Kapoor.

— Si on le fêtera ?

Les orteils de Mr Forbes s'agitèrent fébrilement.

— Notre rue aura la meilleure fête du lotissement. J'ai constitué un comité, n'est-ce pas, Dorothy ?

— Tout à fait, mon chéri.

Mrs Forbes sourit à Mr Kapoor et annonça :

— Je suis secrétaire.

— Évidemment, il nous reste quelques détails à finaliser.

Mr Forbes se tapota la tempe et fit un clin d'œil à Mr Kapoor.

— Mais on va faire honte à toutes les autres rues.

— J'ai entendu dire que le chemin des Pins allait louer un château gonflable bleu blanc rouge, intervint May Roper.

La clôture se mit à grincer.

— Et que l'allée des Peupliers a engagé un magicien.

— Vraiment ?

Mr Forbes fit volte-face. Il regarda Mrs Roper, de petites gouttes de salive au coin des lèvres.

— Mais où est-ce qu'ils trouvent l'argent ? On a un budget limité, vous savez.

Mrs Roper et la clôture haussèrent les épaules.

Mr Kapoor se leva en secouant son chiffon poussiéreux.

— Je pourrais peut-être vous aider ?

— Oh ! je ne crois pas, répondit Mr Forbes en se tournant vers lui. Je ne pense pas que ce soit votre truc.

— Mais j'ai un ami traiteur, insista Mr Kapoor. Il vous

préparerait un festin pour une somme modique si je lui en touchais un mot.

— Vraiment ? s'enthousiasma Mr Forbes.

— Oh oui. Pour en boucher un coin aux autres rues.

— Eh bien…

Mr Forbes sourit et les petites gouttes de salive s'étirèrent sur ses gencives.

— Si ça ne vous dérange pas, ce serait très gentil.

— Très, approuva Mrs Forbes.

— Étant donné que c'est pour notre reine, renchérit Mrs Roper.

— Je vais le contacter tout de suite.

Mr Kapoor ouvrit sa porte d'entrée.

— Il fait les meilleurs currys de ce côté de Bradford. Très multiculturels. Vous allez adorer, Harold.

La porte se referma.

Mrs Kapoor dut dire quelque chose de drôle, parce que Mr Kapoor avait à peine disparu que je l'entendis éclater de rire.

Je regardai les pieds de Mr Forbes.

Ses orteils faisaient une petite danse dans ses sandales. Comme s'ils jouaient du piano.

Numéro 4 de l'avenue

26 juillet 1976

Je décidai que l'inspecteur Hislop devait être quelqu'un de beaucoup plus important que de simples agents de police comme Green et Hay, parce qu'il ne conduisait jamais lui-même sa voiture et qu'il avait le droit de porter ce qu'il voulait.

— Il doit être de la brigade criminelle, commenta Mrs Morton.

— Pourquoi, c'est un criminel ? s'étonna Tilly.

Personne ne répondit.

L'inspecteur Hislop ne parlait pas de *Tiswas*, pas plus qu'il ne dégageait une odeur de tissu ni ne crissait au niveau des genoux. Au lieu de cela, il avait de longues conversations à voix basse derrière des portes fermées, et quand les gens en sortaient ils avaient tous le teint luisant et une expression étonnée. Quand ce fut le tour de mon père, ma mère fit les cent pas, les bras croisés, et prépara trois tasses de thé, qui attendaient toujours à côté de l'évier deux heures plus tard. Tilly et moi nous postâmes sur le palier, accoudées à la rambarde, pour regarder son crâne arpenter l'entrée.

Quand mon père émergea enfin, ma mère ouvrit la bouche pour libérer toutes ses questions, mais avant qu'elle n'en ait le temps il leva une main, secoua la tête et disparut dans le salon. Il y était toujours quand j'allai me coucher. Pendant un long moment, ma mère resta assise au bas de l'escalier, les bras croisés autour de ses genoux et le menton sur sa poitrine. Je commençais à me demander si elle bougerait un jour quand elle se raidit, leva la tête et hurla :

— Je ne sais pas pour toi, Derek, mais je ne vais plus pouvoir supporter longtemps cette putain de chaleur.

Ensuite, les mots flottèrent dans l'air comme s'ils ne voulaient pas partir. Je me tournai vers Tilly, parce que j'avais besoin de réconfort. Mais elle ne me rendit pas mon sourire. Elle baissa la tête, se mordit les lèvres et évita mon regard.

Le lundi matin, l'inspecteur Hislop parla de Mrs Creasy à la télévision.

Le signal serait transmis depuis une régie mobile, nous expliqua Mrs Morton (qui était soudain devenue une experte). Tilly et moi nous mîmes sur notre trente et un pour l'occasion, parce qu'on ne sait jamais, on peut toujours apparaître aux nouvelles locales à la dernière minute. Sheila Dakin tira sa chaise longue à l'avant de sa pelouse pour mieux admirer le spectacle, et Mrs Forbes enleva son tablier et mit une couche supplémentaire de rouge à lèvres. Tout le monde sortit dans la rue, y compris mes parents (même s'ils s'installèrent chacun à une extrémité du mur). Le seul qui manquait à l'appel était Mr Creasy. Il venait d'avoir une autre conversation avec l'inspecteur Hislop et il faisait une drôle de tête, alors il était allongé sur le canapé de Sheila Dakin, avec les rideaux tirés et un linge frais sur le visage.

L'avenue était pleine de camions, de câbles et de gens avec des blocs-notes qui déambulaient, les poings sur les hanches. Deux reporters du journal local suivaient des yeux l'inspecteur Hislop qui faisait les cent pas devant chez Mr Creasy en apprenant son texte, un bout de papier à la main.

— Je crois que ça me plairait bien, d'être dans le journal local, déclara Tilly.

Nous étions juchées sur le muret de Mrs Forbes. D'habitude, Mrs Forbes protestait, mais elle était trop occupée à essayer de tirer les vers du nez à un bloc-notes.

— Pourquoi ? m'étonnai-je.

Tilly était assise sur ses mains. Elle tendit les jambes et les balança au soleil.

— Les gens me verraient, répondit-elle.

J'attendis.

Elle continua à gigoter.

— Tu penses à quelqu'un en particulier ?

— Eh bien, avoua-t-elle en se trémoussant, si je suis dans le journal local, mon père me verra peut-être. Et si ça se trouve, il sera tellement fier qu'il me contactera pour en parler.

— Ton père vit à Bournemouth. Je ne pense pas qu'ils reçoivent notre journal local là-bas.

Tilly s'immobilisa et me regarda.

— Mais on ne sait jamais, hein ?

Et je me rendis compte qu'elle me tendait les mots. Je les pris, je les gardai un moment et je les lui rendis.

— Effectivement, on ne sait jamais.

Elle sourit et recommença à balancer ses jambes.

Quand l'inspecteur Hislop fut prêt, Mr Green et Mr Hay s'assurèrent que tout le monde était calme, silencieux et au courant qu'il ne fallait pas courir devant la caméra ni rentrer dans le monsieur avec le gros micro pelucheux. Ils ne se retournèrent pas vers l'inspecteur mais continuèrent à nous surveiller, comme à un match de foot.

Les hommes derrière la caméra comptèrent avec les

doigts et firent signe à l'inspecteur Hislop, qui commença à parler.

Nous tendîmes tous l'oreille.

— La disparition d'une habitante de la région suscite de plus en plus d'inquiétudes, annonça-t-il. Mrs Margaret Creasy a été vue pour la dernière fois la nuit du 20 juin, à son domicile.

Il désigna la maison de Mr Creasy derrière lui, et nous la contemplâmes comme si c'était la première fois que nous la voyions.

— La famille et les amis de Mrs Creasy s'accordent à dire que cette disparition ne lui ressemble absolument pas.

L'inspecteur regarda ses notes. Quand il leva les yeux, il fronça très fort les sourcils, et prit un air encore plus mécontent.

— À la lumière d'une découverte récente, nous souhaitons vivement localiser Mrs Creasy, ou parler à quiconque saurait où elle se trouve.

Dans la rue, tout le monde sembla grandir de quelques centimètres.

Mrs Forbes posa son tricot et tendit le cou pour mieux écouter. Sheila Dakin glissa en avant sur sa chaise longue. Mon père se redressa et ma mère croisa les doigts derrière sa tête. Même Tilly arrêta de se balancer.

L'inspecteur Hislop poursuivit :

— Hier matin, vers 11 heures, un citoyen vigilant a trouvé une paire de chaussures appartenant à Margaret Creasy.

Il y eut une seule et même exclamation de surprise. Nous l'arrachâmes tous au masque épais de la chaleur, suspendus dans l'instant. *Parfois, la vie vous donne ce genre de moments*, pensai-je. *Et c'est toujours quand on s'y attend le moins.*

— Les chaussures étaient au bord du canal, conclut-il.

Après une demi-seconde de silence, l'avenue commença à se décomposer.

Mrs Forbes fut la première à réagir.

— Je le savais. Quelqu'un lui a fait la peau. Je le savais. Je le savais.

Elle se mit à faire les cent pas sur le trottoir comme un métronome. Mr Forbes la prit par les épaules, mais même lui ne parvint pas à l'empêcher de piétiner le béton au rythme de son angoisse. Il lui sifflait des mots à l'oreille, tentait de la faire taire, mais on voyait bien qu'il perdait son temps.

Sheila Dakin bondit de sa chaise longue.

— C'est Bishop, déclara-t-elle. C'est forcément lui. Qui d'autre ferait une chose pareille ?

— Bon Dieu, Sheila, on n'est même pas sûrs qu'elle soit morte.

Mon père.

Depuis la fin de l'annonce de l'inspecteur, il était resté adossé au mur, le visage enfoui dans ses mains. Mais il se mit à hurler, avec une telle force que ma mère serra encore plus ses doigts derrière sa nuque et sembla sur le point d'asphyxier.

— Évidemment, qu'elle est morte, rétorqua Sheila, qui avait atteint le trottoir.

Elle essayait de traverser la route d'un air conquérant, mais ses jambes ne semblaient pas vouloir coopérer et elle trébucha sur le bord du trottoir.

— Qu'est-ce qui pourrait lui être arrivé d'autre ? poursuivit-elle.

— Elle a peut-être sauté.

May Roper se dirigeait vers eux tant bien que mal. Brian essaya de l'arrêter, mais il s'emmêla dans la corde à linge et fut stoppé dans son élan par trois torchons et un maillot de corps extra-long.

— Si ça se trouve, elle s'est jetée à l'eau. Il faudra qu'ils draguent la rivière, si on veut qu'il y ait un enterrement.

— Nom de Dieu, May, inutile d'être aussi lugubre, gronda mon père.

— Mais elle a raison.

Mr Forbes avait laissé Mrs Forbes faire le métronome et regardait par terre.

— Ils vont devoir envoyer des plongeurs.

— C'est ce qui arrive, intervint Mrs Forbes en le dépassant, c'est ce qui arrive quand on se mêle des affaires des autres.

Tout le monde se mit à crier en même temps. Les voix enflèrent en une seule rumeur assourdissante, il était impossible de comprendre qui que ce soit. Je regardai l'inspecteur Hislop, toujours devant la caméra, ses notes pliées et rangées dans sa poche et l'air très satisfait. Il hocha la tête très lentement en direction de ses assistants, qui l'imitèrent.

Je me tournai vers Tilly pour voir si elle aussi l'avait remarqué, mais elle fixait la pelouse de Sheila Dakin. Je suivis son regard. Il me fallut un moment pour l'apercevoir.

Mr Creasy était couché dans l'herbe, roulé en boule comme pour dormir, mais il avait les yeux ouverts et les bras repliés sur sa poitrine. On aurait dit qu'il était en train de compter quelque chose.

— J'en ai assez, déclara Tilly. On rentre ?

Je répondis que moi aussi j'en avais assez (même si c'était faux). Une partie de moi aurait voulu observer la suite des événements, mais je dégringolai du muret.

Avant de rentrer, je jetai un coup d'œil au numéro 11. Les rideaux de l'une des chambres étaient un peu entrouverts ; et le visage de Walter Bishop, collé à la vitre.

Je n'en étais pas sûre, mais il me sembla bien qu'il souriait.

Après les révélations de l'inspecteur Hislop sur les chaussures, l'avenue devint très silencieuse. On aurait dit que tout le monde avait dépensé ses cris en une seule fois et qu'il ne restait rien pour le reste de la semaine. Même mes parents se turent, et au lieu de claquer les portes, de hurler et de taper du pied, ils se mirent à marcher à pas feutrés en tentant de s'éviter.

Je demandai à plusieurs personnes si Mrs Creasy était morte, mais personne ne put me donner une réponse satisfaisante. Ma mère alluma la télévision, mon père dit *eh bien, c'est-à-dire que*, *eh bien*, et se rappela brusquement qu'il avait quelque chose d'urgent à faire dans le salon, et Mrs Morton marmonna simplement *personne ne le sait*, le regard perdu dans le vide.

Pour des gens qui ne savaient rien, ils se comportaient tous très bizarrement.

Numéro 4 de l'avenue

30 juillet 1976

On était vendredi matin. Tilly et moi étions installées dans le salon avec le catalogue Kays et une bouteille de limonade aux pissenlits. Nous avions tiré les rideaux pour éloigner la chaleur, mais elle semblait quand même se glisser dans la pièce, et à chaque fois que je tournais une page le papier brillant se collait à mes doigts et ne voulait plus me lâcher.

— J'aime bien celle-là, déclarai-je en désignant une veste en jean.

Tilly patientait, le menton dans les mains. Je savais qu'elle attendait que j'arrive aux figurines Whimsy.

— Et ça aussi, ajoutai-je en lui montrant une paire de mules.

J'entourai les deux avec un feutre vert. J'avais prévu de laisser le catalogue avec tous les cercles à un endroit stratégique et bien en vue, au cas où quelqu'un serait intéressé.

— Elles coûtent très cher, remarqua Tilly en scrutant la page dans la pénombre.

— Juste vingt-cinq pence par semaine en quarante-huit versements faciles.

Je soulignai *faciles*.

— Où est-ce que tu vas trouver vingt-cinq pence par semaine ?

— Je peux distribuer des journaux. C'est ce que fait Lisa Dakin.

— Lisa Dakin est beaucoup plus grande que nous, Gracie. On est trop petites pour distribuer des journaux.

J'entourai une écharpe à carreaux. Parfois, je savais ce que Tilly allait dire avant même qu'elle ait parlé.

— Elle est pas si grande que ça.

— Tu veux jouer au Monopoly ?

— Bof.

— Tu veux aller chez Mrs Morton ?

— Bof.

Je continuai à crayonner en silence.

— Pourquoi est-ce que tu entoures tous les vêtements de Lisa Dakin ?

Je m'interrompis.

— Je ne vois pas de quoi tu parles.

— Bien sûr que si. Pourquoi est-ce que tu as autant envie d'être elle ?

Je contemplai tous mes cercles. Tilly posait souvent des questions qui me trottaient déjà dans la tête mais auxquelles je n'avais pas particulièrement envie de réfléchir.

— Si Lisa Dakin m'aime bien, peut-être que les autres à l'école vont m'aimer aussi, répondis-je.

Tilly lâcha son menton.

— À mon avis, les gens comme ça ne comptent pas vraiment, Gracie. Tu m'as, moi, n'est-ce pas ?

— Bien sûr, qu'ils comptent. On a tous envie d'être populaires. On a tous besoin d'être aimés.

Je tournai les pages du catalogue en regardant les photos de mannequins qui riaient ensemble, les mains sur les hanches.

— Tu trouves pas ?

— Je veux juste que tu m'aimes, toi, et puis Mrs Morton, ma mère et mon père. Tous les autres, c'est du bonus.

— Dans ce cas, t'es pas vraiment normale, si ?

Je repris mon feutre.

— Pas comme Lisa Dakin.

Je savais que Tilly me regardait, mais je ne levai pas les yeux. Autrement, je verrais son visage et je serais obligée de m'excuser.

— Je vais peut-être rentrer chez moi, annonça-t-elle.

Je l'entendis se lever et quitter la pièce, mais je continuai à fixer les cercles.

— À plus ! criai-je.

Mais elle était déjà partie.

La maison était très silencieuse. J'entendais la pointe de mon feutre glisser sur les pages du catalogue, mais je n'avais plus vraiment envie d'entourer quoi que ce soit.

J'allai dans le salon, tout aussi silencieux, puis dans la cuisine, où seuls les ronflements de Remington sous la table se faisaient entendre. Bizarrement, la seule chose qui me tentait vraiment, c'était un Monopoly.

Je voulais récupérer Tilly.

Je savais qu'elle finirait par revenir. Peut-être que c'était une partie du problème.

Je mis la tête dans le frigo pour me rafraîchir.

Elles avaient quelques minutes de retard par rapport à mes prévisions, mais je les entendis par-dessus le ronronnement du réfrigérateur — les sandales de Tilly, qui claquaient dans l'allée à côté de la maison.

Elles étaient très rapides et faisaient beaucoup de bruit, et, avant que j'aie le temps de sortir la tête, Tilly ouvrait la porte de derrière avec une telle vigueur que la vitre trembla contre le bois.

— Gracie ! hurla-t-elle.

Tilly n'élevait jamais la voix. Un jour, elle s'était fait piquer par une guêpe et il nous avait fallu dix minutes pour nous en rendre compte.

— Pourquoi tu cries ? demandai-je.

Ma tête était à nouveau dans la cuisine et je sentais la chaleur envahir mon visage.

— Il faut que tu viennes tout de suite.

Elle était rouge tomate et tellement essoufflée qu'elle avait du mal à parler.

— Tout de suite, répéta-t-elle.

— Pourquoi ?

Je croisai les bras contre ma poitrine et je m'adossai à la porte du frigo pour ne pas avoir l'air intéressée.

— Tu ne devineras jamais qui est au bout de la rue. Tu ne devineras jamais, répéta-t-elle.

Je me penchai un peu plus.

— Qui ça ? demandai-je en regardant mes ongles.

Tilly prit une grande inspiration, et quand elle répondit ce fut à pleins poumons.

— Jésus !

La Gouttière

30 juillet 1976

Je crois que nous avons peut-être laissé la porte de derrière ouverte, mais je ne pourrais pas en jurer.

Nous nous précipitâmes dehors en nous emmêlant dans nos questions et le gilet de Tilly se prit dans la poignée de la porte. Remington se réveilla pour enquêter sur l'agitation ambiante et nous faillîmes trébucher sur lui en sortant.

— Je ne comprends pas, haletai-je.

Nous bondîmes dans l'allée. Je m'aperçus que je n'avais pas mis mes chaussures, mais peu importait. Le béton était aussi chaud qu'un tapis.

— Tu vas voir, répondit Tilly, et son enthousiasme m'entraîna dans la rue.

Nous croisâmes Mr Forbes, qui nous observait depuis sa pelouse.

— Jésus est là, criai-je en guise d'explication.

Mr Forbes continua à nous fixer, mais il fronça un tout petit peu les sourcils.

Sheila Dakin leva les yeux de son nombril, mit une main en visière et nous fit signe de l'autre. Je ralentis pour lui rendre son salut.

— Dépêche-toi, protesta Tilly. Il risque de partir !

Nous arrivâmes au bout de la rue, là où un petit carré d'herbe laissait place à un océan de gravillons. Tilly s'arrêta brusquement et me prit par le coude. Il y avait deux garages, qui appartenaient au lotissement, mais ils étaient tous les deux vides et les portes avaient disparu depuis longtemps. Des coquilles de béton froid et sombre nous faisaient face, mais je ne vis aucune trace de Jésus, seulement des flaques d'essence arc-en-ciel et des feuilles qui murmuraient dans les coins poussiéreux.

— Où est-ce qu'Il est passé ? demandai-je.

Tilly poussa un drôle de piaillement et désigna le garage le plus proche. Je fis quelques pas, Tilly toujours agrippée à mon coude.

Les petits cailloux blancs me mordaient les pieds.

— Là, dit-elle. Regarde.

Je m'exécutai. Il n'y avait rien.

— Il n'y a rien.

J'avais imaginé que Jésus serait en train de m'attendre, vêtu d'une robe d'un blanc immaculé aux larges manches, avec une barbe soignée et peut-être un sourire généreux. Au lieu de cela, je voyais des sacs-poubelle déchirés, un pneu pourri et des rangées de mauvaises herbes assoiffées à l'endroit où il y avait eu un jour des pavés.

— Là, répéta Tilly, un doigt en l'air.

Je ne bougeai pas. Elle poussa un petit soupir et me tira vers le mur du garage.

— Là.

Je regardai à nouveau. Rien.

— Je ne vois qu'une gouttière.

— Regarde-la, Gracie !

J'obéis. On aurait dit que la gouttière était en céramique. Elle avait dû être blanche autrefois, mais à présent elle était écaillée, éraflée, et il y avait une grosse tache brune vers le bas, comme si on avait renversé quelque chose dessus.

J'examinai à nouveau la tache.

— Tu vois ? demanda Tilly.

Je m'accroupis pour mieux regarder. J'aperçus des marques de peinture ou de goudron. Des traces brunes là où un pinceau avait frôlé le tuyau. Mais aussi quelque chose d'étrange, de presque familier.

Je m'assis et je plissai les yeux.

Et soudain je Le vis — comme le nez au milieu de la figure. Si éclatant que je ne compris pas comment j'avais pu ne pas Le reconnaître tout de suite.

— Jésus ! hurlai-je.

Et Tilly se mit à couiner.

Les cris de Tilly rameutèrent Mr Forbes, et comme Sheila Dakin l'avait vu partir elle se sentit obligée de venir aussi, histoire de ne pas nous priver de sa présence indispensable.

Ils s'accroupirent à côté de nous devant la gouttière. Je sentais leur odeur de crème solaire et de tabac.

Mr Forbes tourna la tête dans un sens puis dans l'autre. Il enleva ses lunettes et les avança puis les recula entre son visage et le tuyau.

— Vous voyez ? demandai-je.

Il continua à déplacer ses lunettes, et soudain il tomba à la renverse.

— Doux Jésus !

— Exactement ! approuva Tilly.

Sheila Dakin Le vit en même temps, déclara *bon Dieu de merde* et souffla de la fumée de cigarette sur le Fils de Dieu.

Mr Forbes lui enjoignit de faire attention, et tout le monde agita les bras et se mit à tousser (sauf Mrs Dakin, qui avait déjà suffisamment craché ses poumons en accourant).

— Je vais chercher Dorothy, annonça Mr Forbes. Ça va bien lui remonter le moral.

Sheila Dakin écrasa sa cigarette dans les gravillons du bout de sa mule. Elle examina Jésus.

— Il a pas l'air très joyeux, ceci dit, remarqua-t-elle.

— J'ai toujours cru que quand je rencontrerais Jésus Il serait tout content, fit Tilly. Je pensais qu'Il aurait une longue tunique et qu'Il regarderait les gens dans les yeux.

— Moi aussi, acquiesçai-je.

Nous fixâmes toutes les deux la gouttière.

Je penchai la tête sur le côté.

— Peut-être que c'est pas son jour.

— Je n'ai pas encore fini ma liste, Harold.

J'entendais Mrs Forbes se faire traîner vers nous. Quand elle apparut, elle avait un plumeau fourré dans la ceinture de son tablier et son mari avait passé un bras autour de ses épaules, comme s'il guidait une aveugle pour traverser la rue.

— Harold, tu m'embrouilles encore.

— Ouvre les yeux et regarde, répondit-il.

Elle fixa le garage sans bouger d'un cil. Puis sa main vola vers sa bouche.

Je me demandai quels mots tentaient de s'échapper.

— Jésus, s'écria-t-elle. Jésus dans la…

— Gouttière, compléta Mr Forbes.

— Ça alors.

Elle L'avait vu immédiatement.

À l'heure du déjeuner, le Jésus de la Gouttière avait déjà suscité un sacré choc.

Mr Forbes alla chercher un assortiment de chaises longues et Mrs Forbes insista pour s'asseoir aussi près que possible de Jésus, sans pour autant L'empêcher de voir tout le monde. Elle sortit un mouchoir de sa manche et se tapota le nez.

De temps en temps, elle déclarait :

— C'est un signe.

— De quoi ? chuchotai-je.

Mais personne ne répondit.

À un moment, Sheila Dakin marmonna *Dieu est au courant*, puis elle fit un saut chez elle pour mettre un T-shirt, juste au cas où.

Vu les circonstances, expliqua-t-elle.

Au bout d'une demi-heure, Eric Lamb fit son apparition, chaussé de grosses bottes en caoutchouc couvertes de terre. Il amena une traînée de boue jusqu'à Lui, puis il se pencha et Le regarda dans les yeux.

— Je ne vois rien, déclara-t-il.

— Comment est-ce possible ? fit Mrs Forbes en cessant de se tapoter le nez. Ça se voit comme… comme…

— Comme le nez au milieu de la figure, cria Mr Forbes.

— C'est juste une tache de goudron, Dot, reprit Eric, qui recula et croisa les bras. Juste une tache normale, tout ce qu'il y a de plus ordinaire. La chaleur a dû la faire ressortir.

Mrs Forbes plissa les yeux et leva un sourcil.

— Eh bien, j'imagine que c'est une question de foi, Eric, n'est-ce pas ? rétorqua-t-elle.

Eric Lamb fit un pas en arrière, loucha et regarda la gouttière sous un autre angle, et étrangement il reconnut soudain Jésus.

— Bon Dieu !

Mrs Forbes hocha la tête et demanda à Mr Forbes d'aller chercher de la limonade.

Sheila Dakin murmura qu'elle n'aurait rien contre un sherry, mais tout le monde l'ignora.

Mr Forbes revint avec de la limonade et d'autres chaises longues et nous nous assîmes tous à l'ombre des garages, à côté du pneu pourri, des feuilles poussiéreuses et de Jésus.

— Qu'est-ce que ça veut dire, d'après vous ? demanda Sheila Dakin.

Petit Brian était assis dans l'herbe, vêtu de sa veste en plastique. Il avait essayé de s'installer sur une chaise longue, mais avait fini par déclarer forfait, car à chaque fois qu'il bougeait elle essayait de le replier sur lui-même.

— À mon avis, c'est un avertissement, répondit-il. Comme quand on voit un chat noir ou qu'on casse un miroir. Ça doit vouloir dire qu'on va avoir des ennuis.

— Ne sois pas ridicule, mon garçon, le réprimanda Harold Forbes en sortant sa pipe. Ce ne sont que des superstitions. Ça, c'est de la religion.

— Mais Il est clairement venu nous dire quelque chose, affirma Mrs Forbes.

Elle fit disparaître le mouchoir, but une gorgée de limonade et ajouta :

— Il doit avoir un message.

— Quel genre de message ? s'enquit Tilly.

— Je ne sais pas trop, fit Mrs Forbes en se mordant la lèvre. Mais c'est Son truc, non ? Jésus apporte des messages.

Les gens se tortillèrent sur leurs sièges en toile et Tilly serra ses genoux contre sa poitrine.

— Qu'est-ce qu'Il pourrait bien avoir à nous dire ? chuchota-t-elle.

Harold Forbes toussota et tous les autres grattèrent le sol du bout de leurs chaussures.

— Vous croyez qu'Il essaie de nous dire que Margaret Creasy est toujours en vie ? demanda Mrs Dakin. Qu'elle n'est pas tombée dans le canal, finalement ?

— Ne sois pas ridicule, Sheila. Évidemment, qu'elle est morte, assena Harold Forbes tout en repositionnant son short sur la chaise longue. Je n'ai jamais vu de chaussures se matérialiser au bord d'un canal par l'opération du Saint-Esprit.

Mrs Forbes se signa et regarda la gouttière du coin de l'œil.

— Il faut que le pasteur traduise, articula-t-elle.

***

Il était 15 h 30 quand Mrs Morton fit son apparition. Prévenue par un coup de fil juste après *The Archers*, elle apporta ses lunettes de lecture exprès.

— Je ne savais pas quelle taille Il ferait, expliqua-t-elle. Elle plissa les yeux et fronça les sourcils comme tout le monde, puis, sur les conseils de Mrs Forbes, elle recula un peu, et sous le choc elle se laissa tomber sur une chaise longue.

— C'est génial, non ? m'enthousiasmai-je.

— Qui L'a trouvé ? demanda Mrs Morton.

Tilly approcha en traînant les pieds.

— C'est moi, répondit-elle. Je marchais par ici, j'essayais de décider si je devais rentrer ou retourner chez Grace pour m'excuser.

Mrs Morton me regarda, mais elle ne fit aucun commentaire.

— Eh bien, tu peux être fière, déclara-t-elle. Il était difficile à voir. De toute évidence, c'est le destin qui l'a voulu.

Tilly se tourna vers moi.

— Peut-être que le journal voudra nous interviewer, dit-elle. Peut-être qu'on en entendra parler partout. Même à Bournemouth.

— Peut-être, répondis-je.

— Je me demande si je ne devrais pas mettre une robe.

Elle frotta une tache sur la manche de son cardigan.

— Mais peut-être qu'on ne saura pas que c'est moi si je n'ai pas de gilet. Il faut qu'on me reconnaisse, hein, Gracie ?

— Évidemment.

— Cela dit, c'est toi qui L'as trouvé, Tilly, pas Grace, rappela Mrs Morton.

— On est amies.

Tilly me regarda.

— On fait moitié-moitié pour tout. Même pour Jésus.

Nous contemplâmes toutes les deux la gouttière, un sourire aux lèvres.

Numéro 2 de l'avenue

30 juillet 1976

— Comment ça, Jésus ?

May Roper remonta un peu l'océan de crochet qui recouvrait ses jambes.

— Sur la gouttière. Je L'ai vu de mes propres yeux.

— Tu as encore passé trop de temps au soleil, Brian ?

— Sheila Dakin dit que c'est un signe.

— Un signe qu'elle s'est lâchée sur le sherry.

Brian se tourna vers la fenêtre. Une vraie foule s'était rassemblée. Il voyait Harold Forbes, toujours en short, en train de bomber le torse en plein milieu.

— Tout le monde est dehors, maman. Ils pensent que ça a un rapport avec la disparition de Margaret Creasy.

— Pas la peine d'être Jésus pour comprendre ce qui s'est passé. Il suffit de regarder le numéro 11.

Brian fronça les sourcils, mais ne répondit pas.

— Apparemment, le pasteur de St Anthony's doit passer.

— Le pasteur ?

— Peut-être même un évêque. Tu sais, pour donner son feu vert. Confirmer que c'est un miracle.

— Pourquoi est-ce que le Seigneur déciderait d'accomplir un miracle dans cette rue ? Je doute que le pasteur accorde plus de deux minutes à ce Jésus.

— Le contraire ne m'étonnerait pas, fit Brian en jetant un dernier coup d'œil au-dehors et en rajustant le rideau. Dorothy Forbes est sur le coup.

— Dorothy Forbes ?

— Oui. Et pas qu'un peu.

Il se détourna de la fenêtre.

— Qu'est-ce que tu fais ?

Sa mère s'était extirpée de la couverture et relevée.

— J'y vais, bien sûr. Si quelqu'un est sur le coup, c'est moi.

La Gouttière

30 juillet 1976

L'après-midi fila tandis que nous nous attardions devant la gouttière.

Mrs Forbes refusa de quitter le Fils de Dieu, de crainte qu'Il ne disparaisse dès qu'on aurait le dos tourné, et May Roper refusa de quitter Mrs Forbes. Eric Lamb trouvait cela relaxant de paresser au soleil, et Sheila Dakin piquait du nez toutes les cinq minutes, si bien que nous restâmes tous assis ensemble, à nous éventer de la main et à parler de tout et de rien. Des badauds allaient et venaient — des gens qui ne vivaient pas dans notre rue, mais qui avaient entendu parler de Jésus à l'épicerie ou en étendant le linge. Ils L'admiraient derrière un périmètre de sécurité défini par Mrs Forbes, qui s'arrêtait à côté du pied gauche de Sheila Dakin. Elle ne voulait pas prendre de risques, avait-elle expliqué. Ils étaient des intrus tolérés dans notre petit coin de l'Univers, tandis que nous étions une grande famille, unis par Jésus et assis en cercle autour de Lui, comme les pièces d'un puzzle qui attendaient de s'imbriquer.

Après le dîner, je revins avec mes parents.

Ma mère fut facile à convaincre, parce que c'était soit Jésus, soit la vaisselle, mais il fallut persuader mon père.

— C'est une blague ? demanda-t-il.

— Pas du tout, répondis-je.

Il entreprit de se curer les dents.

— La chaleur a dû vous monter à la tête, marmonna-t-il.

— Jettes-y un coup d'œil, au moins, Derek, intervint ma mère en reposant le liquide vaisselle inutilisé sur l'appui de la fenêtre. Ça ne peut pas faire de mal.

Nous attendîmes donc qu'il passe ses dents en revue, puis qu'il baisse ses manches, boutonne les poignets et mette une laisse à Remington (qui n'en avait pas vraiment besoin, mais tout le monde jouait le jeu), et nous nous mîmes en route sous le soleil épais du soir à travers des nuages de moucherons angoissés, dans un concert de soupirs, de ricanements et de sermons de mon père, qui affirmait que le monde était devenu dingue.

On avait persuadé Mr et Mrs Forbes de rentrer dîner, et Mrs Forbes avait nommé Mrs Morton responsable de Jésus en son absence. Celle-ci s'était postée sur la chaise longue vide de Mrs Forbes et prenait son rôle très au sérieux, même si elle en profitait aussi pour avancer sur son tricot. Assis sur le transat d'à côté, Eric Lamb dévidait la laine d'une épaisse pelote bleue.

Mon père haussa les sourcils.

— Vous avez l'air débordés.

— Ça change, répondit Eric Lamb avec un sourire. Ça me rappelle de bons souvenirs.

Mon père jeta un coup d'œil derrière eux.

— Eh bien, où est-Il, alors ?

Il examina le mur du garage.

— Grace dit que Jésus est coincé dans une gouttière.

Ma mère se tordit les mains et se pencha maladroitement en avant.

— Il est là, fit Mrs Morton en désignant l'emplacement avec son aiguille n° 7. Mais prenez garde à ne pas Lui souffler dessus, on ne sait pas encore s'Il est très résistant.

Mes parents s'avancèrent à petits pas pour se présenter devant le Fils de Dieu et les points de jersey de Mrs Morton. Je sus immédiatement que ma mère L'avait vu, parce qu'elle poussa un cri perçant et sauta en arrière.

— Mais il n'a pas l'air très joyeux, si ? remarqua-t-elle en se baissant.

Mon père se rapprocha d'un pas, loucha et fit une grimace qui découvrit toutes ses dents. Il tourna la tête à gauche puis à droite, recula et fronça les sourcils.

— Je trouve que ça ressemble plutôt à Brian Clough. Vous savez, l'entraîneur.

Mrs Morton pinça le nez, l'air choqué.

— Mais si, vous ne trouvez pas ? Regardez par ici, insista mon père en penchant la tête. Ce sont les sourcils.

Il voulut tendre le doigt, mais l'aiguille à tricoter de Mrs Morton l'en empêcha.

— Non, c'est clairement Jésus, rétorqua Mrs Morton. C'est le nez, vous voyez. Ça ne peut être que Lui.

— Dommage.

Sheila Dakin se rallongea sur sa chaise longue.

— Notre Keithie aurait rappliqué dare-dare si on avait mis la main sur Cloughie.

Numéro 8 de l'avenue

30 juillet 1976

Ils étaient onze, à présent.

John voyait tout depuis la fenêtre de son salon, même si les piles de lettres et de photos avaient tellement grandi qu'il devait se faufiler entre deux tas pour atteindre la vitre. Il y avait beaucoup d'allées et venues : Sheila qui pressait le pas, un T-shirt à la main, Harold qui transportait des chaises longues. Quelques heures plus tôt, il avait regardé May Roper remonter ses manches et rejoindre les autres avec l'allure belliqueuse d'un général qui s'apprête à livrer bataille.

Il aurait aimé aller voir ce qui se tramait, mais il ne voulait pas affronter les questions. Il avait réussi à éviter tout le monde depuis qu'ils avaient trouvé les chaussures de Margaret. Sheila avait frappé à la porte deux ou trois fois et il avait vu Brian rôder devant chez lui en observant les fenêtres, mais il était parvenu à leur échapper.

Green avait été un peu plus persistant, comme toujours avec les policiers. Il avait toqué à la porte de devant et à celle de derrière, mais ce n'est que quand il l'avait interpellé à travers la fente de la boîte aux lettres que John s'était décidé à répondre avant que le vacarme ne rameute toute la rue.

Il voulait savoir si John souhaitait un officier de liaison.

John expliqua très poliment qu'il n'avait de liaison avec personne, et surtout pas avec la police.

Green lui avait enjoint de garder son sang-froid et John avait demandé comment il le pourrait alors que l'inspecteur Hislop répandait toutes sortes de théories abracadabrantes sur la disparition de Margaret. Il était évident qu'elle reviendrait quand elle serait prête. Ce serait bientôt leur anniversaire de mariage, elle rentrerait sûrement, et il se fichait de ce qu'en pensaient messieurs les agents Green et Hay, et même l'inspecteur Hislop.

Green s'était contenté de le fixer, la bouche grande ouverte, ce qui, comme John le lui avait fait remarquer, était une des causes principales des problèmes d'haleine et un facteur déterminant dans le développement des caries, c'était prouvé.

Depuis, Green l'avait laissé tranquille. John savait qu'il devrait appeler l'inspecteur Hislop pour lui dire la vérité, mais aucun d'eux ne comprendrait. Il s'attirerait simplement de gros ennuis.

En fait, ce n'était pas plus mal de ne rien dire. John se méfiait de ce qu'il pourrait raconter à des policiers. Il préférait d'ailleurs éviter tout le monde, parce qu'il avait toujours du mal à la boucler. Il finissait toujours par faire une sortie qu'il regrettait, et, s'il n'avait pas raconté sa vie à Brian quand il avait douze ans, il n'en serait pas là.

16 novembre 1967

Une menace plane sur l'avenue.

De longues ombres rampent sur les pelouses givrées et muettes, tandis qu'un ciel lourd écrase les toits gris ardoise. John Creasy regarde le spectacle à travers la vitre. Il touille son thé avec précaution, le bord de la cuillère à bonne distance de la porcelaine, de peur que le bruit libère les ténèbres assoupies.

Le thé est trop chaud et trop sucré. Depuis la mort de son père, sa mère le gave de féculents et de sucre. John se demande si c'est une manière de le garder auprès d'elle, si elle espère que, lesté de beurre et de crème, il sera trop lourd et trop endormi pour envisager de la quitter.

Il faut qu'on prenne des forces, dit-elle.

Mais il ne sait pas trop pourquoi.

Il l'entend incorporer du stoïcisme dans une pâte épaisse et mesurer des cuillerées d'endurance qu'elle verse dans un bol.

John essuie le bord de la tasse avec un mouchoir propre et se tourne vers la fenêtre.

Depuis la semaine dernière, l'avenue s'est recroquevillée sur elle-même. Il a suivi le processus. Il a vu Eric Lamb remonter le col de son manteau et Sheila Dakin serrer son gilet autour de ses épaules, comme pour enterrer ses pensées dans la laine. Il a vu des mains rafler les bouteilles de lait sur le pas de la porte et se dépêcher de tirer les rideaux avant le crépuscule. Il a vu le mutisme grandir. Il l'a vu envahir les moindres recoins de la rue, et à présent l'avenue s'est murée dans un long silence, unie simplement par des signes de tête, des regards fixes et des échanges muets.

John voit Brian traverser la rue et s'arrêter devant le 11. Comme presque tous les jours.

Parfois, Harold Forbes va se poster auprès de Brian, les bras croisés, les yeux rivés sur l'immobilité poussiéreuse de la porte d'entrée de Walter Bishop. John a vu Sheila faire pareil, poser ses sacs de courses au milieu de la route et fixer les fenêtres du numéro 11, les lèvres pincées, l'air écœuré.

John a l'impression qu'ils se relaient. Brian, Harold, Sheila, Derek. Selon une mécanique bien huilée, ils se répartissent les tours de garde pour tenter d'attirer Walter

Bishop dans une arène bien éclairée où ils pourront le palper, l'examiner et l'évaluer.

Malgré leurs efforts, Walter est resté dans l'ombre. Personne ne l'a vu.

John se demande si Walter ne sort que la nuit, s'il est rassuré par les ténèbres, réconforté par l'écho de ses pas sur le trottoir noirci, et, même s'il ne l'avouerait jamais à Brian, Harold ou Sheila, John comprend ce qu'il ressent.

Il essuie à nouveau la tasse et la pose au milieu de la table, loin du bord où un coude négligent ou un journal plié pourraient lui être fatals. Le mouvement semble attirer l'attention de Brian, et John se surprend à le saluer, tout en tentant de disparaître derrière un Palmier paradisiaque artificiel que sa mère a placé juste devant la fenêtre.

Incroyablement réaliste — vos invités n'y verront que du feu ! L'étiquette est toujours attachée à une branche.

John repousse une feuille et se dirige vers la porte.

Brian a reculé de quelques pas et s'est adossé à une clôture qui court entre la maison de Harold Forbes et celle des Bennett. John prend place à ses côtés. Il ne veut pas penser à la quantité de germes tapis dans le bois, mais il a découvert au fil des années que parfois le plus facile est de céder à la pression du groupe.

Quand il demande à Brian ce qu'il se passe, celui-ci désigne la maison de Walter Bishop.

John l'examine à son tour, parce que c'est ce que fait Brian et qu'apparemment il est censé l'imiter. Depuis l'époque où ils étaient écoliers, John observe et copie Brian. Brian était son éclaireur, le seul modèle qui lui permettait de savoir ce qu'on attendait de lui.

Ils continuent à fixer le 11, même si John ne sait pas trop à quoi ça sert.

— Il ne perd rien pour attendre, déclare enfin Brian.

La clôture est inconfortable. Le bois érafle et égratigne les jambes de John, même à travers son pantalon.

— Tu crois vraiment que Walter a kidnappé le bébé ? demande-t-il.

Brian croise les bras.

— Qui ça pourrait être d'autre ?

John parcourt l'avenue du regard mais ne dit rien.

Il y a quarante-sept briques dans le muret de Sheila Dakin — plus si on compte les demi-briques, mais comme elles risqueraient de falsifier le résultat il décide de les ignorer.

Sylvia Bennett remonte la rue, chargée de sacs de courses, et les deux hommes reculent les jambes pour la laisser passer. Elle s'en aperçoit mais garde les yeux baissés. Quand elle passe à côté d'eux, John sent les effluves de son parfum. Sombres et lourds, ils flottent dans l'air longtemps après qu'elle a disparu. Brian fixe l'espace qu'elle a traversé.

— Tu as toujours un faible pour elle, hein ? demande John.

Brian s'empourpre.

— Ne sois pas bête. Elle est mariée.

— Tu as toujours eu le béguin pour elle. Depuis l'école.

John sait que Brian attendait dans les couloirs, qu'il organisait ses journées de façon à pouvoir voler des regards gênés. Une enfance étouffée, empreinte d'un désespoir tranquille, où ils ne savaient pas où se mettre. Ni l'un ni l'autre n'avaient de modèle pour les relations avec les filles. Ça n'avait pas changé.

— Elle ressemble un peu à Julie Christie, remarque John en désignant le numéro 4.

— Julie Christie, mon cul, rétorque Brian.

Ils recommencent à observer la maison de Walter Bishop. L'après-midi s'éloigne en emportant les silhouettes des arbres et la ligne grise et humide des toits lointains. Le lampadaire cliquette, bourdonne et se met à diffuser une lumière rose.

— Combien de temps est-ce que vous comptez continuer ?

— Le temps qu'il faudra pour le faire sortir de son trou. Harold prend le relais à 16 heures.

— Et après ? Qu'est-ce que vous ferez quand vous lui aurez mis la main dessus ?

Brian se contente de le regarder sans rien dire.

— Tu n'es pas sérieux ?

— C'est un pédophile, John, un putain de pervers. Il n'a rien à faire dans cette rue. Tout le monde veut qu'il parte.

Brian change de position et ajoute :

— J'aurais cru que tu serais le premier à vouloir le faire disparaître.

John sent une pointe d'angoisse se glisser dans sa gorge.

— Je ne comprends pas.

— Tu sais. À cause de ton père.

Pour une fois, John se réjouit d'être adossé à quelque chose, parce qu'il sent ses jambes se dérober sous lui.

— Je ne vois pas de quoi tu parles.

Brian le fixe avant de se tourner vers le numéro 11.

— Bien sûr que si.

Et il a raison.

John se souvient de leur conversation, hâtive et à voix basse, dans le vestiaire de l'école, quand tout le monde était parti. Il ne cherchait qu'un autre modèle, qui le rassure — quelqu'un qui lui dise que ça arrivait à tout le monde. Il aurait dû obéir à son père et garder ça pour lui.

— Tu t'es trompé, répond-il sans regarder Brian. J'avais mal compris. C'était un simple malentendu.

Les yeux de Brian ne quittent pas la maison de Walter.

— C'est faux, John.

Si on compte les demi-briques, il y en a soixante. Soixante secondes dans une minute, soixante minutes dans une heure. C'est un bon nombre, soixante — solide et fiable. Une valeur sûre.

Le bruit d'une porte qui s'ouvre attire leurs regards. Harold traverse une flaque de lumière orange sur le trottoir, les mains derrière lui, le dos aussi droit que l'âge le lui permet. On dirait un vieux soldat, même si John sait que Harold n'a jamais servi son pays une seule minute.

Apparemment, la patrie n'avait pas voulu de lui. *C'est un sujet délicat*, déclarait toujours Dorothy quand quelqu'un en parlait.

— Forbes au rapport, aboie Harold en les rejoignant. Du mouvement ?

Brian s'écarte de la clôture.

— Rien à signaler, répond-il. On disait justement qu'on a hâte que ce pervers dégage, hein, John ?

Brian le fixe, mais John ne dit rien.

Il y a treize ardoises au sommet du mur de Sheila Dakin.

Il s'éloigne, fuyant les regards et les questions, le passé qui s'immisce dans le présent.

Le nombre treize a toujours été mauvais pour lui. Il y avait treize marches, mais seulement douze si on ne comptait pas celle du haut, qui était plutôt un minipalier.

Il ferme la porte derrière lui et emprunte l'allée du jardin.

Il avait mal compris. C'était un simple malentendu. C'est ce qu'avait dit sa mère.

La Gouttière

31 juillet 1976

Il n'était même pas 10 heures, mais Jésus avait déjà attiré la foule.

Autour d'une table pliante que Mr Forbes était allé chercher dans leur garage, les Forbes apprenaient à Sheila Dakin et à Eric Lamb à jouer à la canasta.

— Non, onze cartes, Sheila. Maintenant, le paquet est gelé, tu comprends ?

Une rivière de fourmis avait afflué sur le bol à céréales de Mrs Forbes, abandonné dans l'herbe à ses pieds, et une guêpe solitaire flânait autour de la tête d'Eric Lamb.

— Mais je ne comprends pas pourquoi je ne peux pas prendre une carte. C'est ce que vous venez de faire.

Mrs Morton était debout devant Jésus, un verre de jus d'orange à la main et le *Daily Telegraph* sous le bras.

— Moi, je ne comprends pas qu'on ne L'ait pas remarqué plus tôt, déclara-t-elle à la cantonade.

Eric Lamb s'affala dans sa chaise longue, qui protesta avec un grognement.

— Mais on ne voit pas toujours ce qui nous entoure, si ? On passe devant les mêmes endroits tous les jours sans vraiment les regarder.

— J'imagine.

Mrs Morton fit quelques pas vers la gauche et contempla Jésus en sirotant son jus.

— Mais ça paraît tellement évident, vous ne trouvez pas ?

La chaise longue d'Eric Lamb grogna derechef.

— C'est souvent le plus flagrant qui nous passe sous le nez.

— Et puis c'est peut-être la chaleur, ajouta Mr Forbes.

Mrs Morton se retourna dans un crissement de gravillons.

— Comment ça ?

— Peut-être que la température L'a fait ressortir. Elle a des effets étranges, cette canicule.

Sheila Dakin réajusta son T-shirt et Mrs Morton contourna le plumeau qui était tombé de la ceinture de Mrs Forbes la veille et que personne n'avait ramassé.

— En effet, acquiesça-t-elle.

— Ça te donne des boutons, hein, maman ? renchérit Petit Brian.

— Ah bon ?

May Roper leva le visage vers le ciel et sourit.

— Je n'y ai jamais vraiment fait attention.

C'était le milieu de la matinée. Mrs Morton avait décidé de faire une sieste, Eric Lamb avait remonté un peu plus les jambes de son pantalon et Mrs Forbes était allée chercher des biscuits, *pour redonner des forces à tout le monde*. Mon père regardait un journal tandis que ma mère le regardait lui, et Mrs Dakin avait installé Keithie à bonne distance. Je l'entendis taper dans un ballon contre un mur de garage, puis fouiller dans une haie quelques minutes plus tard.

Tilly était apparue avec un déjeuner sous cellophane et un gilet propre, au cas où des journalistes feraient leur apparition. Assises sur l'herbe, nous lisions un vieil exemplaire de *Jackie* que j'avais trouvé sous le canapé. Tilly allait moins vite que moi, et toutes les quelques pages j'étais forcée de faire semblant de lire tout en mangeant son déjeuner et en l'attendant. Parfois, c'est moi qui la faisais patienter, pour qu'elle ne se doute de rien.

J'étais très occupée à faire semblant quand j'entendis des pas.

— Ça alors ! s'exclamèrent-ils. C'est là que vous êtes tous fourrés.

C'était Mr Kapoor. Il s'approcha de la gouttière, se baissa et l'examina.

— Qu'avons-nous là ?

Mr Forbes se leva et le rejoignit.

— C'est Jésus, expliqua-t-il en pointant la gouttière du doigt. Vous savez, dans la Bible.

Tilly leva les yeux.

— Mr Kapoor est sourd ? s'enquit-elle.

Je fronçai les sourcils.

— Je ne crois pas.

Mon père les rejoignit devant la gouttière.

— C'est le Fils de Dieu, clarifia-t-il en souriant et en hochant la tête à l'intention de Mr Kapoor. Je sais que c'est un peu déroutant pour un étranger.

Il continua à sourire et à hocher la tête, même après avoir fini de parler.

Mr Kapoor se pencha un peu plus et plissa les yeux. Il fit le tour de la gouttière et s'approcha, puis il se redressa, se tourna vers mon père et répondit :

— Pour être honnête, je trouve qu'il ressemble plus à Brian Clough.

Mon père s'exclama *ha !*, éclata de rire et lui donna une tape dans le dos.

Ce n'était pas très habile, mais pour sa défense il faut dire que mon père n'avait pas toujours conscience de sa force.

Le pasteur arriva à 16 heures, juste à temps pour les macarons, que Mr Forbes fit passer avec du thé au lait et un demi-paquet de Malted Milk. Mrs Forbes se leva de sa chaise longue pour permettre au pasteur de mieux voir, et il tourna autour de Jésus, les mains derrière le dos. De temps en temps, il se balançait d'avant en arrière et hochait la tête. Il portait un pantalon et une chemise ordinaires, mais il sentait toujours les bougies.

— Où est sa cape ? chuchota Tilly.

Je haussai les épaules.

— J'en sais rien. Peut-être qu'il ne la met que pour Dieu.

Quelqu'un toussota et j'entendis des gravillons crisser sous des pieds. Mrs Forbes demanda :

— Eh bien ?

Le pasteur fronça les sourcils et serra les dents.

— Je ne crois pas que Jésus soit déjà venu dans les Midlands, dit-il enfin.

May Roper fit un grand sourire, comme si elle s'était chargée personnellement d'organiser Sa visite.

— Mais vous Le voyez, n'est-ce pas ?

Sheila Dakin fit un pas en avant. Le pasteur serra encore plus les dents et elle recula.

— Ce qu'il y a, commença-t-il.

Puis il s'interrompit et regarda tout le monde.

Mr Forbes faisait passer les macarons. Eric Lamb, qui avait enlevé ses bottes en caoutchouc et remonté son pantalon, était allongé dans l'herbe. Sheila Dakin lui versait un autre verre de limonade. Mr Kapoor et mon père jouaient à la canasta et Mrs Forbes souriait. Tout le monde avait l'air content.

Le pasteur fronça les sourcils, mais son expression s'adoucit.

— Je crois que vous avez là quelque chose d'extraordinaire, finit-il par déclarer.

Mrs Forbes applaudit avant de s'interrompre brusquement.

— J'espère qu'on ne va pas être envahis par les pèlerins, remarqua-t-elle. Ils mettraient un bazar pas possible.

*
* *

Grâce à Jésus, une routine se mit en place.

Mrs Forbes arrivait toujours la première pour prendre la chaise longue près de la gouttière, même si un jour Mrs Roper faillit la devancer et elles firent la course en chaussons. Mrs Kapoor apprit à ma mère à faire des biscuits indiens et Sheila Dakin devint une championne de canasta. Eric Lamb apportait à tout le monde des tomates et des pois de senteur de son jardin, et Clive du British Legion venait nous rendre visite avec son chien et distribuait des petits morceaux de porc grillé. Keithie jouait au foot avec Shahid. Cela lui convenait beaucoup mieux, en fait. Il perdait moins le ballon, parce que quand il shootait dedans il y avait toujours quelqu'un pour le lui renvoyer. En rentrant du travail, mon père et Mr Kapoor s'asseyaient sur leur chaise longue dans un coin et Mr Kapoor parlait de l'Inde à mon père. Plutôt que la pauvreté et la saleté, il lui décrivait les temples, les jardins et une telle profusion de couleurs, de lumière et de musique que nous déclarâmes tous que nous aimerions bien y aller un jour. Évidemment, tous savaient que ça n'arriverait jamais, mais là n'était pas la question.

Tilly soutenait que c'était la météo qui réjouissait tout le monde, la caresse du soleil sur les visages et la brise dans les feuilles des aulnes. Elle affirmait que c'était l'odeur de l'été qui faisait sourire quand elle parfumait les fleurs, l'herbe et les tomates d'Eric Lamb. Mais je n'étais pas d'accord. Selon moi, il s'agissait d'autre chose. J'aimais penser que Walter Bishop avait raison, que c'était parce que les gens avaient trouvé quelque chose en quoi croire. De temps en temps, quand je me disais que personne ne me voyait, je les observais — ils jetaient un coup d'œil à la gouttière et souriaient, comme s'ils s'étaient mis d'accord avec Jésus, comme s'ils avaient soudain découvert une nouvelle façon de voir le monde.

Je n'arrive pas à me souvenir du moment où la situation a commencé à déraper. C'est difficile à dire, mais je sais que l'odeur du malheur flottait dans l'air. Comme celle de la pluie.

La Gouttière

2 août 1976

— Ça fait six semaines, déclara Sheila Dakin.

Mrs Forbes leva les yeux de son livre de puzzles.

— Pardon ?

— Margaret Creasy a disparu il y a six semaines.

Tilly et moi étions allongées dans l'herbe sous l'aulne. Je lui donnai un coup de coude.

Mrs Forbes ne répondit pas. Elle retourna à ses puzzles. Pour quelqu'un qui avait toujours l'air de chercher à recoller les morceaux, elle ne semblait pas très bonne à ce jeu.

— Enfin, on ne peut pas s'empêcher de se poser des questions, non ? reprit Mrs Dakin.

— Comme quoi ? demanda Mrs Forbes.

— Est-ce qu'elle va revenir un jour ?

— Bien sûr que non.

Harold Forbes se leva de sa chaise longue et commença à arpenter la pelouse devant le mur de la gouttière.

— Elle est au fond du canal, cette bonne femme. Aussi sûr que deux et deux font quatre.

Mrs Dakin nous jeta un coup d'œil, à Tilly et moi.

Ayant prévu le coup, nous faisions semblant de dormir.

— Dans ce cas, pourquoi est-ce qu'ils ne l'ont pas dragué, Harold ?

Sheila Dakin enleva ses lunettes de soleil et le regarda en plissant les yeux.

— J'aurais cru qu'ils auraient envoyé les plongeurs, depuis le temps.

— C'est une question d'argent, répliqua Mr Forbes en se frottant les doigts. Ils ne veulent pas dépenser de sous.

— Il a raison, vous savez, intervint May Roper. C'est l'argent qui décide de tout, aujourd'hui.

Mrs Roper et Mr Forbes échangèrent un hochement de tête approbateur.

— Mais je vous jure qu'elle est là-dedans, reprit Mr Forbes.

Il cessa de patrouiller et se redressa, les mains dans le dos, le regard rivé sur Jésus.

— Au fond du canal, à bouffer les nénuphars par la racine.

— Elle n'est pas morte.

Tout le monde se retourna, Tilly et moi comprises.

C'était John Creasy. Il se tenait au bord du trottoir, la chemise mal rentrée dans son pantalon, le regard lourd et incertain.

— John !

Mr Forbes frappa dans ses mains et ses genoux firent une sorte de petite révérence.

— On se demandait quand tu nous rejoindrais. Assieds-toi. Viens voir le Christ.

Mr Forbes le conduisit vers une chaise longue de l'autre côté de la gouttière.

— Elle n'est pas morte.

John Creasy regarda Jésus en passant.

— Vraiment pas.

Mr Forbes répondit :

— Non, bien sûr que non. Assieds-toi, John. Prends un verre de limonade.

Mr Creasy prit le verre qu'on lui fourrait dans les mains.

— Je t'assure, Harold.

Mr Forbes s'accroupit près de la chaise longue.

— Je crois qu'il faut faire comme les bons marins, John. Espérer le meilleur et se préparer au pire. Ce sont les chaussures, tu vois. C'est une preuve indéniable.

— Les chaussures ne comptent pas, répliqua Mr Creasy en agrippant sa limonade. Vraiment pas.

Harold Forbes regarda Mrs Dakin et je le vis implorer son aide d'un haussement de sourcils.

— Mais elles ne seraient pas à côté du canal si Margaret allait bien, n'est-ce pas, John ?

— Je vous le répète.

Mr Creasy reposa le verre avec une telle violence que la limonade déborda et se répandit sur l'herbe.

— Les chaussures ne veulent rien dire.

Mrs Dakin le regarda en fronçant les sourcils.

— Comment est-ce que tu peux en être aussi sûr, John ?

Il croisa les bras et leva les yeux vers elle.

— Parce que c'est moi qui les ai mises là.

— Qu'est-ce que c'est que ce délire ?

Harold Forbes se leva et balaya les gravillons qui lui collaient aux mains.

— Margaret les avait oubliées, vous voyez.

Mr Creasy se pencha en avant et serra ses bras autour de son torse.

— Elle est partie sans emporter de chaussures.

Il commença à se balancer très lentement.

— Oh mon Dieu.

Sheila Dakin s'affala sur sa chaise longue en se pinçant le nez.

Je regardai autour de moi. Ils suivaient tous le spectacle, la bouche ouverte, et May Roper tenait un Quality Street exactement à mi-chemin entre la boîte et son visage.

— Je ne comprends toujours pas, reprit Mr Forbes. Pourquoi diable laisserais-tu une paire de chaussures au bord d'un canal ?

— Margaret aimait se promener au bord de l'eau. Elle déjeunait là-bas et je les ai laissées près du petit banc pour qu'elle les trouve. On ne peut pas vivre sans chaussures aussi longtemps.

— Comme les gants près de la porte, et le parapluie au pied de l'escalier, commenta Mrs Dakin, qui se pinçait toujours le nez.

— Oui, acquiesça Mr Creasy en souriant. Vous comprenez, n'est-ce pas ?

— Bon Dieu, John.

Mrs Dakin se cacha le visage dans les mains.

— Mais pourquoi est-ce que tu n'as rien dit ?

— Je ne pensais pas que quelqu'un y ferait attention. Je ne m'étais pas rendu compte que le ticket du cordonnier était toujours collé dessus.

— Doux Jésus, fit Mr Forbes.

Mrs Forbes jeta un coup d'œil à la gouttière.

— Donc vous voyez, elle va revenir, conclut Mr Creasy. Et très bientôt, pour notre anniversaire de mariage.

Tout le monde le regarda en silence. Je crus entendre quelqu'un déglutir. Mrs Morton, qui venait de se réveiller, avait l'air très désorientée.

— C'est quand, ton anniversaire de mariage, John ? demanda Mrs Roper d'une toute petite voix.

— Le 21.

John Creasy sourit.

— Et Margaret ne le manquerait pour rien au monde.

Mrs Dakin farfouilla dans son sac à main et lui tendit une pièce de deux pence.

— Pourquoi est-ce que tu me donnes ça ? s'étonna-t-il.

Elle se prit la tête dans les mains et soupira.

— Pour appeler la police.

*
* *

Une voiture de police déposa Mr Creasy deux heures plus tard. Mr Forbes affirma qu'il avait de la chance de ne pas être poursuivi pour leur avoir fait perdre leur temps. Je ne savais pas qu'on pouvait être arrêté pour ça, mais Mrs Morton m'expliqua que ça ne valait que pour les policiers, heureusement.

Toujours assis près de Jésus, nous regardâmes Mr Creasy traverser son jardin et rentrer chez lui.

Tilly me tira par la manche.

— Ça veut dire que Mrs Creasy est toujours en vie ? chuchota-t-elle.

— Je crois.

Nous observâmes les visages des gens.

— Dans ce cas, pourquoi est-ce qu'ils ont tous l'air inquiets ?

Numéro 4 de l'avenue

2 août 1976

— J'imagine que tu es content.

J'apercevais ma mère à travers la rampe d'escalier. Elle était debout dans la cuisine, les mains sur les hanches.

Mon père était assis à table, recroquevillé, comme si on lui avait volé tout son air.

— Comment ça, content ? Content de quoi ?

— Qu'elle soit en vie.

— Bien sûr, que je suis content. Qu'est-ce que c'est que cette question ?

— Content pour ta cocotte, accusa ma mère d'une voix bien plus aiguë que d'habitude.

— Bon Dieu, Sylvia. Pour la énième fois, ce n'est pas ma cocotte.

Ma mère prit un mug juste pour pouvoir le reposer.

— J'ai vu ton expression quand John Creasy a dit que c'était lui qui avait posé ces foutues chaussures. Tu as eu l'air soulagé, Derek. Soulagé.

Pour une fois, je me réjouissais que Tilly ne soit pas là et que seul Remington me tienne compagnie sur l'escalier. Il était tout aussi sensible que moi aux disputes de mes parents. À chaque fois, il enroulait sa queue autour de mes orteils et me regardait avec ses yeux perdus de labrador.

— Ne me dis pas que tu ne l'étais pas, je l'ai lu sur ton visage, disait ma mère.

— Évidemment, que j'étais soulagé. N'importe qui de normalement constitué le serait en apprenant qu'un de ses voisins ne repose pas au fond d'un canal, non ?

— Surtout si on est le dernier à l'avoir vu vivant.

J'entendis mon père toussoter.

— Il y a de ça.

— Alors tu l'admets ? Tu avoues l'avoir retrouvée à ton bureau alors que tu étais censé participer à une réunion de la Round Table au British Legion ?

Mon père garda le silence un moment. Quand il parla, les mots semblaient fatigués et vaincus.

— Oui, Sylvia, je l'admets.

— Enfin, souffla ma mère.

Ses mains quittèrent ses hanches pour voler dans l'air. On aurait dit qu'elle avait gagné une compétition à laquelle elle n'avait jamais voulu participer.

— Ce n'est pas ce que tu crois, déclara mon père.

— Oh non, Derek, comme toujours, hein ?

Ma mère commença à faire les cent pas dans la cuisine, mais elle réapparaissait de temps en temps, sans cesser de gesticuler.

— Ce n'est jamais ce qu'on croit.

— Je suis sincère, Sylvia. Vraiment.

Mon père tendit le bras vers ma mère quand elle passa, et elle le laissa l'arrêter.

— Je t'en prie, assieds-toi. S'il faut que je te raconte, ça vaut mieux.

Ma mère obéit.

— Elle m'aidait, expliqua-t-il. Margaret Creasy me donnait un coup de main.

— Comment ça ? En quoi est-ce qu'elle aurait pu t'aider ?

Mon père s'affaissa. J'entendis la chaise grincer sur le lino et ses mains se poser sur la table.

— Elle a fait un peu de comptabilité avant d'épouser John.

Mon père s'interrompit, mais ma mère ne dit rien.

— Elle m'aidait à faire mes comptes, Sylvia. À mettre de l'ordre dans mes finances.

— Je ne comprends pas.

Mon père fit une nouvelle pause.

— On est ruinés, Sylvia. Ça va très mal. J'arrive à peine à payer les salaires, sans parler du loyer du bureau.

Il prit une grande inspiration.

— Nous sommes en train de faire faillite.

Personne ne parla pendant un long moment. Je dus faire un bruit, parce que Remington me tapota les pieds avec sa queue.

— Pourquoi est-ce que tu n'as rien dit ? demanda ma mère d'une voix presque inexistante.

— J'essayais de te protéger. Tout ce que j'ai fait, c'était pour vous protéger, Grace et toi.

Je crus l'entendre sangloter, mais je dus me tromper, parce que mon père ne pleurait jamais.

— Qu'est-ce que je vais faire, Sylve ? Je suis un homme d'affaires. J'ai réussi. Il ne faut pas que les voisins apprennent la vérité.

— On s'en sortira, Derek. On s'en sort toujours.

— Mais c'est la honte que je ne pourrais pas supporter. Si les gens se rendaient compte que je ne suis pas celui qu'ils croient.

Je sentis Remington glisser sa tête sur mes genoux. Il voulait que je continue à lui caresser les oreilles. Je ne m'étais même pas rendu compte que je le faisais.

— Tout va bien, Remington, ne t'inquiète pas, chuchotai-je. Rien ne va changer. Tout va continuer à être exactement comme avant.

Les chiens sont comme ça. Ils ont besoin d'être rassurés.

Numéro 3, Clos des Sorbiers

3 août 1976

— Mais pourquoi elle ne vient pas ? demandai-je.

Mrs Morton fermait la porte de derrière.

Le parfum de la mère de Tilly flottait toujours dans l'air. Il sentait la terre humide.

— Sa maman pense qu'il vaut mieux qu'elle se repose aujourd'hui. Elle n'a pas l'air dans son assiette.

— Comment ça, pas dans son assiette ?

— Tilly est une petite fille fragile, Grace. Tu le sais.

Je pensai à la façon dont Tilly ouvrait des pots de confiture quand je n'y arrivais pas, et portait les sacs de courses de ma mère quand celle-ci manquait de mains.

— Pas tant que ça, protestai-je.

Mrs Morton fronça les sourcils et s'essuya les mains dans un torchon.

— C'était gentil de la part de sa maman de nous prévenir. Elle avait l'air très inquiète.

La mère de Tilly avait toujours l'air très inquiète. J'avais appris à l'ignorer, parce qu'elle ne se séparait jamais de son expression soucieuse, comme un gilet qu'elle emporterait au cas où.

— La mère de Tilly a toujours l'air inquiète, dis-je à haute voix. C'est sa spécialité.

Mrs Morton s'assit en face de moi à la table de la cuisine.

— C'est comme ça, quand on aime quelqu'un, dit-elle en lissant la nappe en plastique. On se fait du souci.

Je fis un pli dans la nappe avec mon coude.

— Comme moi quand Remington était malade l'été dernier ?

— J'imagine. Même si je ne suis pas sûre que ce soit très convenable de comparer Tilly à un labrador sable.

— Oh ! ne vous en faites pas, c'est tout à fait convenable.

Je regardai les yeux de Mrs Morton. Ils semblaient très occupés.

— Mais ça ira, non ?

— Bien sûr.

— Tilly va toujours bien, n'est-ce pas ?

— Oui.

Parfois, les adultes attendent trop longtemps avant de répondre à une question, et cet intervalle est toujours l'endroit idéal où glisser ses craintes.

J'étais déçue. J'aurais voulu raconter à Tilly la conversation que j'avais entendue la veille sans faire exprès. Mrs Morton disait que je pouvais tout lui dire, mais sa vie était tranquille et feutrée ; et ses horloges, toujours à l'heure. À mon avis, elle ne savait pas ce que c'était que d'être pauvre. Tilly, en revanche, avait vécu dans un hôtel où tout le monde devait partager une salle de bains et où toutes les décorations étaient collées aux appuis des fenêtres, alors elle serait peut-être plus au courant.

Mrs Morton et moi décidâmes de faire un Monopoly.

Comme Tilly prenait toujours la botte et moi la voiture de course, Mrs Morton opta pour le haut-de-forme.

Je lançai les dés et j'avançai sur les cases.

— Il ne faut pas faire un six pour commencer ? s'étonna Mrs Morton.

— Il n'y a que Tilly qui s'embête avec ces bêtises, répliquai-je.

J'atterris sur Whitechapel.

— Tu vas acheter ? demanda Mrs Morton.

Je regardai le plateau. Tilly achetait toujours Whitechapel et Old Kent Road. Elle disait qu'elle avait pitié d'eux, parce qu'ils étaient marron et sans intérêt, et que les locataires n'avaient probablement pas beaucoup d'argent.

— Vous croyez que les gens qui vivent sur Old Kent Road sont heureux ?

— J'imagine.

Mrs Morton arrêta de mélanger la caisse de communauté et fronça les sourcils.

— En tout cas, pas moins que les autres.

Je regardai l'autre côté du plateau.

— Autant que les gens qui vivent à Mayfair ou Park Lane ?

— Bien sûr.

— Ou à Pall Mall ?

— Naturellement.

— Vous croyez qu'à Old Kent Road il y a beaucoup de divorces ?

Mrs Morton posa les cartes.

— Grace, de quoi parlons-nous ?

— Je m'intéresse, c'est tout. Alors, qu'est-ce que vous en pensez ?

— Je ne crois pas. Pas plus que partout ailleurs.

— Même s'ils sont pauvres ?

Mrs Morton était en train d'acheter la gare de King's Cross et il lui fallut une minute pour répondre.

— Je pense que manquer d'argent est angoissant mais n'empêche pas de s'aimer.

— Ou de s'inquiéter pour les autres ?

Mrs Morton sourit.

— Est-ce que vous vous inquiétez pour moi ? demandai-je.

— Tout le temps.

Mrs Morton posa les dés et me regarda droit dans les yeux.

— Tous les jours, depuis l'époque où tu étais un petit bébé.

La Gouttière

6 août 1976

Mes parents étaient assis côte à côte près de Jésus. De temps en temps, ma mère serrait la main de mon père et lui adressait le sourire qu'elle réservait d'habitude à mes visites chez le dentiste. Mon père fixait ses chaussures. Mr Forbes était assis sur sa chaise longue, les bras croisés, et, dans le coin, Clive donnait à son chien les morceaux de porc grillé en trop et s'essuyait les doigts sur son pantalon.

Les cartes à jouer attendaient tranquillement sur la table pliante, sauf le roi de cœur, qu'on retrouva dans la main d'Eric Lamb, qui rêvassait. May Roper se frottait les pieds en attendant que Brian aille lui chercher son onguent. Allongée sur l'herbe, je n'entendais que le cliquetis désapprobateur des aiguilles à tricoter de Mrs Morton.

Tilly lissa sa robe.

— Tu te sens mieux ? demandai-je.

— Beaucoup mieux, merci. Je crois que ma mère s'inquiète pour moi.

— C'est une bonne chose. Quand on s'inquiète pour quelqu'un, ça veut dire qu'on l'aime.

— Dans ce cas, ma mère doit m'aimer très fort.

Je regardai mes parents. Ma mère tenait toujours la

main de mon père, mais je n'arrivais pas à déterminer s'il serrait aussi la sienne.

— Tu crois que les journalistes vont venir aujourd'hui ? m'interrogea Tilly.

Je regardai tout le monde.

— S'ils viennent, je crois que leur interview ne sera pas terrible.

— J'espère qu'ils passeront. Ce serait dommage de ne pas avoir de photo de Jésus.

Mrs Forbes leva les yeux.

— On pourrait en prendre une nous-mêmes, si on avait un appareil.

Elle regarda Mr Forbes, puis Clive.

— N'est-ce pas, Eric ? reprit-elle.

Eric Lamb les observa l'un après l'autre, puis il brossa ses bottes en caoutchouc couvertes de boue séchée.

— Pourquoi est-ce que personne ne dit rien ?

Tilly lissa encore un peu sa robe.

— Et où est Mrs Dakin ?

— Elle a fait un saut chez elle, répondis-je. Encore une fois.

Nous dérivions tous sur un vaste océan de silence quand soudain Mrs Forbes se leva et frappa dans ses mains. Le roi de cœur tomba par terre et May Roper cessa de contempler ses pieds.

— Je sais ce qu'il nous faudrait, déclara Mrs Forbes. Un petit remontant. Je vais chercher un jeu de plateau et des biscuits fourrés.

Tous les regards retombèrent.

Je désignai la gouttière et je fis remarquer à Tilly :

— Regarde Jésus. Même Lui semble encore plus malheureux qu'avant.

— C'est peut-être la chaleur, suggéra-t-elle.

Il avait fait chaud en juillet, mais le mois d'août semblait encore plus infernal. La canicule se déversait sur le pays, engloutissait rivières et fleuves, vidait les réservoirs et brûlait les forêts.

Il y a des morts, avait dit ma mère pendant que nous regardions les nouvelles. *Les êtres humains ne sont pas faits pour supporter des températures pareilles. Ce n'est pas normal, Derek.*

Comme si mon père y pouvait quelque chose. Ce matin-là, j'avais contemplé le manteau accroché à la porte de ma chambre, incapable d'imaginer que je le remettrais un jour.

Quelques minutes plus tard, Mrs Forbes revint avec trois paquets de biscuits et un Scrabble. Pendant son absence, Mrs Roper s'était glissée ni vu ni connu dans sa chaise longue et trônait désormais à côté de Jésus, les yeux fermés, une boîte de Cadbury Roses sur les genoux.

— Oh ! fit Mrs Forbes.

C'était un tout petit *oh*, mais j'avais appris de ma mère que les mots n'ont pas forcément besoin d'être gros pour impressionner.

— J'ai pensé qu'il était temps de changer un peu, déclara Mrs Roper.

— Je vois.

Mrs Forbes posa les biscuits et le Scrabble. Elle se posta devant la chaise longue, recouvrant de son ombre la totalité de Mrs Roper, ainsi que presque toute la jambe gauche de mon père.

Il y eut un silence. Tout le monde attendait.

— De toute évidence, tu ne sais pas que c'est moi qui m'assois à côté de Jésus, attaqua Mrs Forbes.

Mrs Roper n'ouvrit pas les yeux.

— Je n'ai jamais approuvé cette règle.

Mrs Forbes toussota.

— C'est logique que ce soit moi. Non seulement je suis responsable des fleurs de l'autel, mais je fais aussi les cuivres toutes les deux semaines. De nous tous, je suis la plus proche de Dieu.

Mrs Roper entrouvrit un œil.

— Un plumeau et un chiffon ne suffisent pas à rendre quelqu'un respectable, rétorqua-t-elle avant de refermer la paupière.

Mrs Forbes prit une grande inspiration, les lèvres pincées, et tout le monde se pencha en avant.

— De nous tous, c'est moi qui suis la plus en droit de m'asseoir près de Jésus.

Mrs Roper ouvrit les deux yeux et se redressa.

— En y réfléchissant, tu verras que si quelqu'un mérite de s'installer près de Lui, c'est bien moi.

— Et tu constateras que c'était moi qui étais là d'abord.

— *Que celui qui a deux tuniques partage avec celui qui n'en a point.*

May Roper croisa les bras.

— Luc, chapitre III, verset 11, répliqua Mrs Forbes, en croisant également les bras.

Mrs Dakin se dirigea vers nous en zigzaguant et se laissa tomber sur la chaise longue à côté de moi.

— Qu'est-ce qu'elles ont à se disputer, ces deux-là ?

— Elles essaient de savoir qui mérite le plus d'être à côté de Jésus, expliquai-je.

Tilly se redressa et souleva le bord de son chapeau de marin.

— Je croyais que Dieu était censé rapprocher les gens.

— Je n'ai pas *volé* ton siège. Il ne t'appartenait pas, disait Mrs Roper.

— *Comme un voleur est confus lorsqu'il est surpris*, rétorqua Mrs Forbes.

— Jérémie, chapitre II, verset 26. Et ne commence pas à raconter des mensonges, Dorothy Forbes. *Renoncez au mensonge, dites chacun la vérité à votre prochain.*

— Éphésiens, chapitre IV, verset 25.

John Creasy se mit à se balancer dans son coin.

— Je ne supporte pas tous ces nombres, gémit-il.

— Je suis venu ici pour être tranquille, annonça Eric Lamb. Pas pour vous écouter vous chamailler sur votre respectabilité.

Et il commença à enfiler ses bottes en caoutchouc.

La voix de May Roper monta d'un ton.

— Non, Dorothy, Jésus-Christ n'a pas été crucifié juste pour que tu puisses choisir ta chaise longue. Il a été crucifié pour que nous puissions tous choisir nos foutus sièges.

J'étais en train de savourer leur prise de bec quand je me rendis compte que tout le monde se retournait et regardait quelque chose. Même la dispute s'interrompit quand Mrs Forbes tapota le coude de Mrs Roper en lui montrant la rue.

C'était Walter Bishop.

Il nous observait depuis le trottoir, une miche de pain dans une main et deux boîtes de poisson pané dans l'autre.

— Je viens d'aller faire les courses, expliqua-t-il. J'ai entendu parler de Jésus et je me demandais si je pourrais jeter un coup d'œil.

— Je ne crois pas, fit Mrs Roper, qui bondit de sa chaise longue et se campa devant la gouttière, aux côtés de Mrs Forbes. C'est une propriété privée.

Walter Bishop regarda les garages du lotissement.

— Vraiment ?

Mr Forbes rejoignit à grands pas le petit espace entre les aulnes et les gravillons où Walter patientait avec ses courses.

— Il n'y a rien à voir, déclara-t-il. Rien qui puisse vous intéresser. À votre place, je rentrerais.

Il désigna le bout de la route d'un doigt un peu tremblant.

Je me demandai si Mr Bishop allait essayer d'argumenter, ou au moins de dire qu'il avait tout autant le droit de regarder qu'un autre, mais il n'en fit rien. Il hocha la tête, se détourna et commença à partir.

Mrs Roper tendit les bras et protégea la gouttière derrière ses bourrelets.

— Jésus n'est pas là pour tout le monde, vous savez, cria-t-elle.

Pendant que Mr Bishop s'éloignait, Eric Lamb adressa un sourire à Tilly et à moi.

— Ne faites pas attention, conseilla-t-il. Parfois, les adultes disent des choses déroutantes.

Tilly soupira. Je savais qu'il y avait une question en préparation, parce qu'à chaque fois qu'elle voulait en poser une Tilly commençait par pousser un gros soupir.

— Je peux vous demander quelque chose ?

Eric Lamb répondit que oui et nous attendîmes.

— Vous savez ce qu'a dit Mrs Roper, sur les raisons pour lesquelles Jésus a été crucifié ?

Nous regardâmes Walter Bishop remonter la rue vers le soleil.

— Il n'a pas été crucifié pour des histoires de chaises longues, Tilly, déclarai-je.

— Je sais.

Elle soupira à nouveau.

— Mais pourquoi est-ce qu'il a été crucifié, en vrai, Mr Lamb ? Pourquoi est-ce qu'il a fallu qu'ils Le tuent ?

Walter Bishop s'arrêta près du mur de Mrs Forbes et regarda la maison d'en face.

— C'est compliqué, répondit Eric Lamb. C'est parce qu'Il avait des convictions différentes, une autre vision de la vie. À cette époque, les gens étaient très durs avec ceux qui ne pensaient pas comme eux.

J'entendis les chaussures de Walter Bishop mordre dans les gravillons de son allée.

— Il n'était pas intégré, Tilly, expliqua Eric Lamb en nous regardant toutes les deux. Il ne faisait pas partie du groupe. C'est pour ça qu'ils L'ont crucifié.

— Alors, dans ce cas, Jésus aussi était un bouc, non ?

— J'imagine.

— En fait, reprit Tilly, Jésus était probablement le roi des boucs.

Nous regardâmes Walter Bishop disparaître à l'intérieur du numéro 11.

— Tu as peut-être raison, concéda Eric Lamb. C'est bien possible.

Tout le monde se calma après l'agitation engendrée par la dispute et la visite de Walter Bishop. Tilly continua à lisser sa robe et Mrs Morton lui remit ses chouchous. On convainquit Eric Lamb d'enlever ses bottes, et apparemment Mrs Forbes renégocia sa chaise longue, même si toutes les demi-heures Mrs Roper se mettait en plein dans le passage et faisait les cent pas devant Jésus.

J'envisageais de faire une petite sieste quand Lisa Dakin apparut en faisant claquer ses mules sur les gravillons.

— Pas trop tôt, commenta Mrs Dakin. Tu as enfin décidé de venir voir Jésus ?

Lisa Dakin tourna autour de sa mère comme une guêpe.

— Rien à voir, répliqua-t-elle en regardant la gouttière. Je voulais te dire qu'on n'a plus de lait.

Mrs Dakin tenta de mettre la main sur son porte-monnaie. En fait, il était tombé dans l'herbe, entre ses pieds, mais elle ne semblait pas le voir et je dus le lui passer.

— Jettes-y au moins un coup d'œil, Lisa, pendant que tu es là, implora sa mère.

Je regardai Lisa Dakin s'approcher d'un pas traînant. Elle s'arrêta devant la gouttière, les mains sur les hanches, en faisant *tss-tss* et en envoyant valser des gravillons.

— Je comprends pas, commenta-t-elle. Pourquoi est-ce que vous êtes tous passionnés par une tache sur un mur de garage ?

Tilly me regarda et dessina quelque chose dans l'herbe du bout du doigt.

Je fis semblant de ne rien remarquer.

Lisa continua à s'acharner sur les graviers.

— Enfin, c'est quoi l'intérêt ?

Je me levai et je la rejoignis.

— Si tu recules un peu et que tu plisses les yeux, tu Le verras, lui conseillai-je.

— Je ne veux pas Le voir.

Elle prononça ces mots comme s'ils appartenaient à quelqu'un d'autre.

— C'est une putain de tache de goudron, Grace. C'est ridicule.

— Oui, quelque part, c'est juste une tache, je suppose.

Mes mots s'éteignirent dans ma bouche, incapables de décider s'ils voulaient avoir raison.

— Alors, c'est par là qu'Il traîne en ce moment, Jésus ?

C'était une voix forte et inconnue qui étirait les voyelles, comme si elle avait voulu être américaine mais ne savait pas trop comment s'y prendre.

Elle appartenait à un petit homme vêtu d'un grand costume qui faisait des plis partout. Il y avait des traces poussiéreuses sur les ourlets, là où les points s'étaient défaits. Il portait autour du cou un énorme appareil photo à lanière épaisse, dont le poids le faisait se pencher en avant et lui donnait l'air un peu mal en point.

— Andy Kilner - journal local.

Il le dit d'une traite, comme si c'était devenu une partie de son nom. Il hocha la tête à l'adresse de tout le monde, puis il sourit à Lisa Dakin et à moi.

— Et vous devez être les deux filles qui L'ont trouvé. Formidable. Si vous voulez bien rester où vous êtes, je vais prendre quelques photos, d'accord ? Fantastique, formidable, épatant.

Je voyais Tilly. Elle avait arrêté de faire des dessins et me regardait droit dans les yeux. Mrs Morton s'avança et commença à dire quelque chose, mais sa voix s'éteignit dans un froncement de sourcils, et elle se contenta d'observer la situation avec un regard triste.

Quand mes yeux revinrent vers Tilly, elle me parut pâle et esseulée, et même si on n'était qu'à quelques mètres elle semblait très lointaine.

Je tentai de la retenir, je tentai de la garder à mes côtés, mais elle se perdit dans le sourire de Lisa Dakin.

Lisa Dakin et moi prîmes diverses poses à côté de Jésus, guidées par Andy Kilner et une ribambelle de *fantastique, formidable, épatant*.

Pendant tout ce temps, Tilly ne nous quitta pas des yeux.

— Quelle trouvaille, hein ? s'enthousiasma Andy Kilner.

— Oui, fit Lisa Dakin en secouant son dégradé à la Suzi Quatro et en remettant une couche de baume à lèvres. Une belle trouvaille.

Elle alluma et éteignit son sourire au rythme des cliquetis de l'appareil. Elle mit la main sur ses hanches et serra les genoux, récompensée par une salve de *fantastique, formidable, épatant*.

Et moi je regardais Tilly.

Ensuite, je ne vis les photos qu'une fois. Ma mère découpait toujours les nouvelles importantes dans le journal local — le haut de ma tête sur le char du carnaval et la moitié de mon visage à la fête du jubilé l'année suivante. Elle découpa même mon père quand la police le surprit en excès de vitesse. Mais elle ne conserva aucun cliché de moi devant la gouttière. J'aperçus les photos dans le kiosque à journaux quelques semaines plus tard. Lisa Dakin qui allumait son sourire, Jésus assis entre nous, l'air déçu, et moi, cherchant Tilly du regard. Et la perdant.

Le journal cita Eric Lamb et Mrs Forbes, en se trompant

sur l'orthographe de leurs deux noms. Et *« une belle trouvaille », selon l'expression de Lisa Dakin (quinze ans), qui a trouvé Jésus avec son amie Grace Bennett (dix ans).* L'article s'intitulait « La quête de la sainte gouttière ».

Le temps qu'Andy Kilner finisse de prendre les photos, Tilly avait disparu. Je cherchai son visage dans la foule, mais en vain, alors je me rabattis sur Mrs Morton.

Elle me rendit mon regard, mais une étincelle s'était éteinte dans ses yeux.

Numéro 10 de l'avenue

6 août 1976

Harold et Clive étaient au bout de la rue.

Eric Lamb les voyait du coin de l'œil, mais il commit l'erreur de penser que, s'ils ne croisaient pas son regard, il n'aurait pas besoin de s'arrêter et de leur parler.

— Eric, l'homme de la situation !

Avec Harold, la vie n'était jamais aussi simple.

— Drôle d'histoire, hein ?

Harold désigna d'un signe de tête le bas de l'avenue.

Ignorant s'il parlait de Jésus, de Walter Bishop ou de la comédie de Dorothy à propos de la chaise longue, Eric fit un vague sourire approbateur qui pouvait convenir pour les trois.

— On ne sait pas quoi en penser, pas vrai, Clive ? reprit Harold.

Clive ne répondit pas, mais il émit un grognement qui aurait aussi bien pu être un non qu'un raclement de gorge.

— Les nouveaux voisins ont l'air gentils ? demanda Harold.

Eric fit signe que oui.

— On dirait que le temps ne va pas changer…

Eric fit signe que non.

— Le jardin ne va pas trop mal, tout bien considéré.

Eric hocha la tête et dit que, comme c'était presque l'heure du dîner, si Harold et Clive voulaient bien l'excuser, il allait…

— Ce qu'il y a…

Harold avança d'un pas et baissa la voix.

— Dorothy et son commentaire sur les photos. Qu'est-ce qu'elle voulait dire, exactement ?

Harold et Clive le regardaient droit dans les yeux. Il jugea impossible de glisser le moindre mensonge entre eux.

— Vous feriez mieux de poser la question à Dorothy, répondit-il. Ce ne sont pas mes oignons.

Eric tenta de s'éloigner, mais le regard de Harold l'en empêcha. Malgré son dos voûté, malgré les poils grisonnants qui hérissaient sa chair blafarde et dépassaient de sa chemise, il avait l'esprit vif et entêté d'un adolescent.

— Elle a trouvé l'appareil, hein ? lança Harold.

Eric ne dit rien, ce qui était une réponse suffisante.

— Bon Dieu, souffla Clive en s'affaissant contre le mur.

Harold leva la main.

— Du calme, Clive. Nous n'avons rien fait de mal.

Eric leva un sourcil.

— C'est vrai, Eric. C'était un service rendu à la communauté. Nous avions parfaitement le droit de le lui confisquer.

Harold jeta un coup d'œil à Clive.

— Dieu sait ce qu'il y avait sur cette pellicule.

— Un merle sur une bouteille de lait ?

Eric entendait sa voix enfler, mais il ne pouvait pas s'en empêcher.

— Beatrice Morton en train de faire ses lacets ?

— Dorothy ne s'imagine quand même pas qu'on a quelque chose à voir avec l'incendie ? s'inquiéta Clive. On a pris l'appareil photo plusieurs heures avant.

— Je ne sais pas ce qu'elle s'imagine, mais elle est moins bête que tu le dis, Harold.

— Elle a probablement pensé qu'on l'avait mis à l'abri des voleurs, répondit Harold.

— Des voleurs ?

Eric se passa les doigts dans les cheveux.

— Tu veux dire des types qui s'introduisent dans des maisons vides pour prendre ce qui ne leur appartient pas ?

Clive commença à descendre l'avenue d'un pas vif et assuré, fuyant les accusations et les responsabilités.

— Il faut que tu comprennes, plaida Harold en se détournant de Clive. Nous ne savions pas ce qu'il y avait dessus. Nous voulions nous en assurer, et Bishop était en vacances. C'était l'occasion rêvée.

— Tu ne peux pas voler les affaires des autres simplement parce que ça t'arrange, Harold.

— De toute façon, il aurait été détruit dans l'incendie. Si on avait su, on aurait pu s'épargner cette peine et le laisser à sa place.

Eric ne répondit pas.

— Nous ne pouvions pas courir le risque, Eric.

Soudain, Harold eut l'air très vieux et très fatigué.

— Si les gens découvraient la vérité. S'ils savaient, dit-il d'une voix qui n'était plus qu'un murmure, je ne pourrais pas supporter la honte.

Eric ferma la porte derrière lui et rabattit le loquet. Il tira les rideaux de la fenêtre de la cuisine, de manière à ce qu'aucun rayon de soleil ne puisse passer.

Si cela avait été son genre, il aurait bu. À la place, il regarda la chaise d'Elsie, lisse et vide, et essaya d'imaginer ce qu'elle aurait dit si elle avait été là.

Mais le meuble garda le silence.

Étrange, comme le passé s'engouffrait souvent dans le présent comme un intrus, dangereux et indésirable. Mais quand il était invité, quand sa présence était requise, il semblait s'étioler, au point qu'on se demandait s'il avait vraiment existé un jour.

Tout avait commencé il y a bien longtemps, quand Walter Bishop avait enlevé le bébé, et les événements qui avaient suivi n'étaient que la conséquence logique de ce péché originel. Aujourd'hui encore, le souvenir de cet instant hantait l'avenue. Malgré leurs efforts pour l'écarter, les autres souvenirs qu'ils avaient essayé d'interposer, il était toujours là. Il s'insinuait dans leur vie ; il jetait une ombre sur tout ce qui avait eu lieu depuis, jusqu'à ce que le présent soit tellement troublé par le passé que personne ne savait plus où l'un finissait et où l'autre commençait.

Eric s'adossa au dossier de son siège et se rongea les ongles. Il ne l'avait pas fait depuis son enfance. Peut-être que le passé aussi était trouble, pensa-t-il. Peut-être que cela marchait dans les deux sens. Ils étaient tous convaincus de savoir ce qui était arrivé, mais peut-être que le présent obscurcissait également les mémoires, et que le passé n'était pas tout à fait aussi certain qu'on l'aurait voulu.

7 novembre 1967

Il faut prendre trois bus pour aller à l'hôpital. En plus, aucun des trajets n'est assez long pour s'installer confortablement. Courts et sinueux, ils regorgent de feux rouges, de ronds-points et de virages serrés. Sa petite valise sur les genoux, Eric Lamb se laisse ballotter en essayant de ne pas percuter ses voisins, tomber dans l'allée ni faire trébucher les autres. Quand il arrive enfin à l'hôpital, il est épuisé par ses efforts pour ne pas gêner.

Des gens montent et descendent du bus, et il scrute ces fenêtres sur la vie des autres : les couples qui s'enlacent et se murmurent des mots doux ; les mères qui bataillent avec des poussettes et des sacs de courses ; le jeune homme avec un livre dont les pages tanguent au rythme du macadam. À mesure qu'ils approchent de l'hôpital, les uniformes se multiplient, gris pour les aides-soignants et bleus pour les infirmiers. Les chaussures pensées pour des couloirs. Les chevilles massées. Les nuques tendues. Les uniformes sont dissimulés sous des anoraks et des manteaux, masqués par des gilets, mais ils s'échappent de temps en temps, comme si leurs propriétaires ne pouvaient jamais se libérer de cette identité, malgré toutes les épaisseurs d'une autre vie dont ils les recouvrent.

Il est allé voir Elsie. Il lui rend visite tous les matins et tous les soirs, et entre-temps il rentre à la maison regarder le sol et les murs, et le siège vide où Elsie s'assoit toujours. Contempler ce siège rend toujours le manque plus douloureux, comme s'il avait trouvé le cœur de son absence et lui avait permis de régner sur toute la maison.

— Des examens, avaient-ils dit. Il faut juste que nous fassions quelques examens, pour comprendre pourquoi vous êtes aussi pâle, maigre et fatiguée.

— Je vieillis, avait-elle répondu en riant.

Mais le docteur n'avait pas ri. Il avait esquissé un faible sourire et pris des notes, et le grattement de sa plume sur le papier avait rempli toute la pièce. L'hôpital l'avait appelée une semaine plus tard, et elle avait fourré dans une valise sa chemise de nuit la plus présentable, une paire de chaussons et son livre, ainsi qu'un petit sachet de lavande dont Eric n'avait jamais compris l'intérêt, parce qu'il le faisait toujours éternuer.

— Ça m'aide à me détendre, avait-elle expliqué.

Il avait essayé de mener son enquête, demandant pourquoi elle avait besoin de se détendre, mais elle avait secoué la tête et répondu en lui prenant la main que c'était à cause du lit inconnu, de la nourriture dont elle n'avait pas l'habitude, et des journées à attendre la visite des médecins.

— Calme-toi. Inutile de prendre un air aussi inquiet, Eric.

Il avait donc fait de gros efforts pour ne pas paraître soucieux, ce qui l'avait encore plus angoissé.

Aujourd'hui, Eric a tenté de masquer son appréhension en parcourant l'interminable couloir gris. Comme l'endroit est toujours encombré par des familles attendant l'ouverture des portes, il a avancé lentement, passant à côté de l'obstétrique, de la pédiatrie et de l'orthopédie, des lourdes portes battantes menant aux amphithéâtres, et de la solennité feutrée de la cardiologie. C'était comme si le cours d'une vie se déroulait sous ses yeux, avec les services de cancérologie et de soins palliatifs au loin. Au bout du couloir s'amassaient les files les plus importantes — des petits groupes qui attendaient tous que 14 heures sonnent, comptant les secondes.

La chambre d'Elsie était aux trois quarts du chemin. SERVICE 11, CHIRURGIE FÉMININE, annonçait le panneau au-dessus des portes bleues.

— Tous les patients en chirurgie ne sont pas opérés, avait affirmé l'infirmière des admissions en voyant leur expression. Il n'y a pas de quoi s'inquiéter.

Au contraire, ils avaient toutes les raisons de s'inquiéter, mais Eric réussissait de mieux en mieux à ne pas le montrer.

Aujourd'hui, Elsie lui a paru très petite. L'hôpital, le service et le lit semblaient l'engloutir, et elle se raccrochait aux draps comme si elle avait peur d'être absorbée par les oreillers blancs et raides. Ils ont parlé du roman qu'elle lisait, de l'état du jardin et de la météo — de petites conversations banales, qu'ils auraient eues sans y penser à la table du petit déjeuner, mais qui sonnaient faux autour d'un lit d'hôpital. Les médecins étaient déjà passés, a-t-elle annoncé, toute une ribambelle de blouses blanches. On aurait dit des boulangers. Peut-être qu'ils allaient essayer de lui vendre du pain et une demi-douzaine de scones, a-t-elle suggéré avant d'éclater de rire. Non, elle ne leur avait pas posé de questions sur les résultats des examens. Ils étaient occupés. Elle n'avait pas voulu les déranger. Elle demanderait demain. Eric a regardé ses mains. Il mangeait correctement, au moins ? Pas seulement de la soupe à la tomate ? Et ils étaient retournés là où ils avaient pied, au milieu des mots contrefaits.

Eric se laisse ballotter sur le trajet du retour, tamisant ses pensées dans l'espoir d'y trouver une pépite de réconfort. De l'autre côté de la fenêtre, les rues ressemblent à une aquarelle, rien d'assez vif pour fixer l'attention, rien d'assez clair pour distraire. Autour de lui, les sièges se remplissent et se vident, mais il ne voit que les contours, les silhouettes qui évoluent à la périphérie de son inquiétude, dépouillées de leurs détails. Ce n'est que lorsque le bus entre dans le lotissement, quand ses yeux reconnaissent les toits et que les freins crachotent et sifflent une mélodie familière, qu'il est détourné d'Elsie, de la façon dont sa peau est tendue sur ses os, dont son alliance tourne sur son doigt.

Il marche lentement, d'un pas qui égrène les secondes. Dans quatre heures, il refera le chemin inverse, quatre heures à regarder dans le vide, à ruminer, à chercher la carte qui lui permettra de s'orienter dans cette nouvelle trajectoire de vie. Il ne voit pas Sylvia tout de suite. Elle apparaît devant lui, comme surgie de nulle part, blanche d'inquiétude, les lèvres tremblantes, même si aucun mot ne sort de sa bouche. Il n'a pas vu ce genre de terreur depuis vingt-cinq ans. Depuis les télégrammes. *Nous avons le grand regret de vous informer…*

Eric pose la petite valise sur le trottoir et met les mains sur les épaules de Sylvia. Rongée par la peur, elle bouge à peine. Très lentement, il lui demande ce qui ne va pas, et il le répète encore et encore, jusqu'à ce qu'elle croise son regard. Au début, elle chuchote, si bas qu'il a du mal à l'entendre et doit se pencher vers elle. Puis sa voix devient plus forte, plus désespérée. Elle hurle les mêmes mots, encore et encore, au point qu'Eric se demande s'il reste encore une personne qui ignore la nouvelle.

— Grace a disparu.

Sylvia se couvre les oreilles, comme si elle ne supportait pas d'entendre ces mots prononcés à voix haute.

Numéro 4 de l'avenue

7 août 1976

Le lendemain, Tilly ne vint pas à la gouttière.

D'habitude, elle arrivait avant 10 heures, mais quand Mr Creasy sortit guetter le bus de 10 h 55, puis rentra chez lui, les mains dans les poches, elle n'était toujours pas apparue. Il n'y avait que Mrs Forbes, qui criait les indices de ses mots croisés, et Sheila Dakin, qui bronzait en faisant semblant de ne pas l'entendre.

Je décidai de rentrer à la maison. Sans Tilly, Jésus était moins marrant.

Assise dans la cuisine, ma mère recousait des boutons de chemises appartenant à mon père. Elle me regarda quand j'arrivai.

— Est-ce que quelqu'un a appelé ? demandai-je.

Elle secoua la tête et retourna à sa couture.

Ma mère était très silencieuse depuis qu'Andy Kilner avait pris les photos. Quand Tilly était partie sans dire au revoir, j'avais pensé que ma mère me ferait peut-être un de ses sourires spécial dentiste, ou qu'elle me dirait que Tilly avait un comportement ridicule, mais elle n'en fit rien. De temps en temps, elle me regardait en silence, puis elle continuait ce qu'elle faisait. En temps normal, j'aurais abandonné. Je serais allée chez Mrs Morton, mais Mrs Morton m'avait annoncé qu'elle serait très occupée aujourd'hui et qu'elle n'aurait pas le temps de me garder ni de me préparer de l'Angel Delight. Elle m'avait conseillé de rester à la maison et de bien réfléchir.

Je montai dans ma chambre et j'essayai en vain de trouver une occupation qui me donnerait l'air très absorbé et désinvolte quand Tilly se montrerait enfin. Je guettai le bruit de ses sandales, mais je n'entendais qu'un immense silence brûlé. Il faisait trop chaud pour que les oiseaux chantent.

Il était 15 heures quand le téléphone sonna. J'étais assise sur mon lit, à changer la disposition des Whimsies avant de les remettre exactement dans le même ordre. Comme notre téléphone ne sonnait pas très souvent, je me sentais toujours obligée, quand cela arrivait, de sortir sur le palier et de contribuer à l'appel en écoutant.

— Si c'est Tilly, dis-lui que je suis très occupée, criai-je par-dessus la rampe d'escalier.

Je me rassis, puis me relevai.

— Enfin, pas au point de ne pas pouvoir lui parler. Juste assez occupée, corrigeai-je.

Ma mère attendit que la demoiselle du téléphone établisse la communication.

J'essayai d'écouter la conversation, mais dès le début elle se tourna vers le mur et parla trop bas pour que je puisse l'entendre. Ensuite, elle posa le combiné très lentement, alla dans le salon, où mon père s'occupait de sa paperasse, et ferma la porte derrière elle.

J'avais l'impression d'être assise sur le palier depuis très longtemps. Mon dos me faisait mal et mes jambes commençaient à me picoter, mais je ne pouvais pas arrêter de fixer la porte du salon en espérant qu'elle s'ouvre.

Ce n'est que quand mon vœu fut exaucé que je compris que je n'en avais pas du tout envie.

— Grace, descends une minute, cria ma mère. Il faut qu'on te parle.

Je ne répondis pas.

Au bout d'un moment, son visage apparut en bas de l'escalier.

— Je suis très occupée, tu sais, murmurai-je.

— C'est important.

Elle me fit un de ses sourires.

Quand je me levai, mes jambes vacillaient tellement que je n'étais pas sûre qu'elles me porteraient jusqu'à l'entrée.

Je m'assis dans le fauteuil près de la cheminée.

Mes parents s'installèrent en face, sur le canapé, et mon père passa un bras autour des épaules de ma mère. Ils étaient pâles et bizarres, comme s'ils risquaient de se fêler à tout instant.

— Il faut qu'on te parle, déclara mon père.

J'essayai de me lever.

— En fait, je suis censée aller chez Mrs Morton, donc on va devoir parler plus tard. Demain, peut-être.

Mon père se pencha en avant et m'obligea à me rasseoir.

— Grace, écoute. Nous avons quelque chose à te dire.

Ma mère éclata en sanglots.

Et, quand je regardai mes mains, je m'aperçus qu'elles s'étaient mises à trembler.

7 novembre 1967

Les hurlements de Sylvia Bennett forcent les voisins à sortir de chez eux.

Sheila Dakin est la première à apparaître. Elle s'essuie les mains dans un torchon, les sourcils froncés, l'air énervé, et demande ce que c'est que ce vacarme. Ses chaussons claquent sur l'allée du jardin.

— C'est Grace.

Eric tient toujours Sylvia par les épaules. Il craint qu'elle ne lui glisse entre les mains s'il la lâche.

— Elle dit que Grace a disparu.

Sheila se précipite vers eux. Le torchon tombe sur le trottoir.

— Disparu ?

Les doigts de Sylvia se crispent sur sa tête.

— Les gens ne disparaissent pas comme ça, décrète Sheila.

Elle repousse Eric, attrape les poignets de leur voisine et éloigne ses mains de ses oreilles.

— Écoute-moi, ordonne-t-elle.

Eric laisse Sheila prendre les choses en main. Il n'a jamais été très doué pour consoler les gens. C'est toujours lui qui met de l'eau à bouillir, qui passe des coups de téléphone, qui indique le chemin. Ce n'est pas qu'il soit insensible, mais il ne peut pas s'empêcher de laisser l'émotion le gagner, ce qui ne fait qu'empirer les choses.

Sylvia se met à gémir et à tituber, comme si toute sa terreur l'avait épuisée.

— Écoute-moi, répète Sheila.

Sylvia se tait et lève les yeux vers elle, comme une enfant.

Sheila pose une série de questions, chacune entraînant la suivante. Elle s'interrompt pour laisser parler Sylvia, mais ça ne retarde que d'un instant l'arrivée de la question d'après. Quand Sylvia répond, c'est par bribes, des mots qui tanguent, chancellent et vacillent, la forme des phrases volée par la peur.

Grace était dans la cuisine, raconte-t-elle, dans sa poussette. Elles allaient sortir. Sylvia est montée changer de chaussures, et à son retour Grace et la poussette avaient disparu.

— Combien de temps es-tu restée à l'étage ? demande Sheila.

Sylvia regarde le trottoir et Sheila bouge la tête pour croiser son regard.

— Combien de temps ?

— Pas longtemps, répond Sylvia. Pas si longtemps.

Eric remet la main sur son épaule.

— Oui, mais combien de temps, Sylve ? Ça pourrait être important.

Sylvia se passe les doigts dans les cheveux. Ses yeux tirés semblent encore plus grands, encore plus blancs.

— Je me suis assise sur le lit. Je crois que je me suis peut-être assoupie, avoue-t-elle. Pas longtemps. Juste une minute. Je ne sais pas.

Eric échange un regard entendu avec Sheila. Cela ne dure qu'un instant, mais Sylvia surprend leur manège.

— Ce n'est pas ma faute !

Elle s'est remise à hurler.

— Personne ne comprend ce que je vis ! Personne !

D'autres voisins sont sortis. May Roper tend l'oreille dans son jardin, les yeux ronds comme des soucoupes. Elle mange, et sa mastication ralentit à chaque phrase, comme si elle avait besoin que tout son visage soit immobile pour se concentrer. Brian apparaît derrière son épaule gauche, mais elle tend la main pour l'empêcher de lui cacher la vue.

— Tu as cherché dans toute la maison ? demande Sheila. Dans toutes les pièces ?

Sylvia acquiesce. Elle s'est mise à pleurer, de gros sanglots douloureux qui purgent tout son corps.

Sheila regarde autour d'elle et aperçoit May.

— Fouille la maison, ordonne-t-elle. Histoire d'être sûrs.

May plaque une main contre sa poitrine.

— Moi ? articule-t-elle.

— Ne commence pas, May. Dépêche-toi.

May traverse la rue en sautillant comme un insecte gavé de sucre, et Sheila se tourne vers Sylvia. Tout un groupe s'est assemblé. Harold et Dorothy Forbes, John Creasy,

Petit Brian. Ils forment un cercle autour de Sylvia, endiguant l'hystérie, la contenant comme un animal sauvage qu'il faudrait piéger.

— Dis-nous ce qui s'est passé ce matin, dit Sheila. Absolument tout. Est-ce que vous avez vu quelqu'un ? Parlé à quelqu'un d'inhabituel ?

Eric écoute Sylvia raconter sa journée. Une journée très ordinaire. Il est étrange de voir à quel point le pire jour d'une vie commence souvent comme tous les autres. Au point qu'on se plaint parfois tout bas de sa banalité. Qu'on espère qu'il va se passer quelque chose d'intéressant, qui rompra la routine, et, juste au moment où on se dit qu'on ne supportera plus cette monotonie une minute de plus, on est frappé par une telle catastrophe qu'on regrette de tout son cœur d'avoir été exaucé.

— Nous sommes allées à l'épicerie ce matin.

Sylvia se tient la tête, comme si le poids de la réflexion était insupportable.

— Pour acheter du lait.

— Y avait-il quelqu'un à l'épicerie ? Un inconnu ? interroge Sheila. Est-ce que vous avez été suivies ?

— On n'a vu personne. Seulement le postier. On est sorties de l'épicerie et on a pris le chemin des Tilleuls puis la ruelle. Il faisait bon. Je disais à Grace qu'elle n'avait pas vraiment besoin de son gilet.

Sylvia s'interrompt et lève les yeux vers Sheila.

— Quoi ? De quoi est-ce que tu t'es souvenue ?

— On a vu quelqu'un d'autre, répond Sylvia. Quelqu'un qui s'est arrêté pour nous parler sur le chemin du retour.

— Qui était-ce ? demande Eric. On le connaît ?

Sylvia regarde chacun des visages qui l'entourent avant de parler. Les mots sont fins comme un mouchoir, à peine plus qu'un souffle.

— C'était Walter Bishop, déclare-t-elle. Nous avons parlé à Walter Bishop.

Ils jettent tous un coup d'œil au numéro 11, le scrutant un bref instant avant de reporter leur attention sur Sylvia.

— Qu'est-ce qu'il vous a dit ? demande Sheila.

— Il a dit…

Les sanglots reprennent et Sylvia doit intercaler ses mots entre des halètements.

— … Il a dit que Grace était très mignonne. Qu'il adorait les enfants.

Brian se tourne vers le numéro 11.

— Eh bien, dit-il, voilà votre réponse.

— Ne tirons pas de conclusions hâtives.

Eric se sent obligé d'essayer de calmer le jeu. Il y a de plus en plus de monde, des gens qui n'habitent pas sur l'avenue mais qui dérivent vers la crise comme du bois flotté. John Creasy les répartit en groupes pour fouiller le lotissement. La police a été prévenue. Quelqu'un est allé à la cabine téléphonique appeler Derek.

— Il n'y a qu'une conclusion possible, rétorque Brian en fixant la maison de Walter. On devrait y aller. L'affronter.

— Vous ne pouvez pas vous pointer chez lui et l'accuser d'avoir enlevé un enfant, répond Sheila, dos à Sylvia, dans l'espoir de la protéger de la conversation.

— La police sera bientôt là, ajoute Eric. Laissons-la s'en occuper.

Brian serre les poings dans ses poches.

— Il passe ses journées dans ce parc, vous savez. Assis dans le kiosque, à reluquer les gamins. Sale pervers.

— Brian a raison. Je l'ai vu.

Dorothy Forbes a ramassé le torchon de Sheila, qu'elle plie et déplie tout en parlant.

— Il est tout le temps fourré là-bas. Il s'installe et il regarde les enfants.

Il y a une vague d'agitation. Eric la sent passer, serpenter dans tout le groupe, hausser les voix et faire briller les yeux.

Il essaie de leur dire de se calmer, de réfléchir, mais Harold enflamme la foule, s'empare de l'inquiétude et la distribue.

— Eh bien moi, j'y vais, annonce-t-il. Tout le monde est venu aider. Tout le monde, sauf Bishop. Où est-il ?

Harold se dirige vers le 11, Brian sur les talons. Eric leur crie de s'arrêter, mais il sait que c'est inutile. La foule leur emboîte le pas, ne voulant pas rater un chapitre de l'histoire. Eric les suit. Il ne peut rien faire de plus.

La maison de Walter Bishop a le genre de porte d'entrée que personne ne semble avoir poussée depuis dix ans. La pellicule de peinture s'écaille sur les côtés et la poussière a transformé le noir en un gris éteint et lugubre.

Harold frappe le bois du talon de la main.

Rien.

Il recommence. Crie. Secoue la poignée de la boîte aux lettres, mais la rouille a mangé les gonds.

Il s'époumone.

À travers la vitre encastrée dans la porte, derrière le verre flouté, Eric voit une ombre de mouvement, un bref changement de lumière. Une chaîne tremble et glisse, et la porte s'ouvre de quelques centimètres. Juste assez pour entrapercevoir la peau pâle et mal rasée, le reflet d'une paire de lunettes.

— Qu'est-ce que c'est ?

La voix de Walter Bishop est douce et indistincte. Un léger zézaiement allonge ses mots.

— Un enfant a disparu. Grace Bennett.

Par comparaison, les mots de Harold ressemblent à des aiguilles.

— Vous étiez au courant ?

Walter secoue la tête. Eric voit les franges de ses vêtements. Eux aussi sont gris. Il a l'air délavé et décoloré, comme s'il avait abandonné l'idée de laisser une quelconque empreinte sur le monde.

— Vous avez parlé à sa mère ce matin, poursuivit Harold. Dans la ruelle près du chemin des Tilleuls.

— Ah bon ?

— Oui. Vous lui avez dit que vous adorez les enfants.

La colère de Harold est contenue, mais elle pèse sur chaque syllabe.

Walter s'agite derrière la chaîne et Eric voit l'intervalle diminuer légèrement.

— Je faisais la conversation, se défend-il. Je voulais être aimable.

— Aimable ?

— C'est ce que font les gens, non ?

Il y a une pellicule de sueur sur le front de Walter.

— Ils bavardent, ils admirent les enfants des autres.

— Pas si l'enfant en question disparaît quelques heures plus tard.

Eric sent le poids de la foule derrière lui. Il la sent se contracter et se resserrer. Il y a quelques grognements à l'arrière, discrets pour l'instant, mais Eric sait qu'il suffirait qu'une de ces voix s'affirme pour que tout le groupe se déchaîne.

— Savez-vous où Grace pourrait être ? demande Harold d'une voix basse, en détachant ses mots.

— Je n'en ai aucune idée.

Walter tente de fermer la porte, mais le pied de Harold est trop rapide.

— Le truc, c'est que tout le monde est en train de la chercher. Allez-vous vous joindre à nous ?

— Je ne saurais pas par où commencer.

Un léger tremblement envahit la voix de Walter.

— Je ne sais pas du tout où elle est.

— Dans ce cas, vous accepteriez peut-être que nous fouillions la maison ?

Maintenant que le pied de Harold bloque la porte, Eric voit mieux le visage de Walter. Sa peau est un peu trop laiteuse ; ses cheveux, un peu trop longs. L'inquiétude fait perler des gouttes de sueur autour de ses lunettes, et Eric cherche une ombre de sollicitude derrière les verres. Il ne trouve rien. Juste un certain malaise, une couche d'instinct de conservation.

— C'est une propriété privée, déclare Walter. Je vais devoir vous demander de partir.

— On ne partira que quand on aura trouvé Grace. Alors vous feriez mieux d'ouvrir cette porte et de nous laisser faire.

Eric entend le grattement des bottes sur l'allée. Les voix enflent, se renforcent les unes les autres. Un coude lui rentre dans le dos, le poussant en avant.

— J'insiste, répond Walter, le souffle court. Je vous demande de partir.

Petit Brian est derrière l'épaule d'Eric. Celui-ci sent sa fureur de jeune homme, le genre de rage qui bouillonne, écume et cherche un exutoire. Il se souvient d'avoir ressenti la même chose, avant que les frottements du temps ne transforment sa colère en une créature qu'il peut maîtriser.

La foule est sur le point de craquer. Il le devine aux voix, à la poussée des corps derrière lui. Il regarde l'embrasure de la porte.

Walter Bishop n'a aucune chance.

Juste au moment où il se dit que ça va arriver, où il se prépare à la vague, Eric entend un cri à l'arrière de la foule.

— Police !

Et c'est comme si un nœud se défaisait. La foule se délite, les hommes s'éloignent dans l'avenue, sur les trottoirs, par les ruelles.

Harold Forbes se retourne et la porte d'entrée de Walter Bishop claque.

— On n'est pas passés loin, commente Eric Lamb. Je commençais à m'inquiéter.

— À t'inquiéter ? Il a enlevé un enfant, Eric. Une fillette.

Harold regarde la porte.

— Au moins, la police est arrivée avant que ça se gâte, dit Eric.

Harold jette un coup d'œil par-dessus son épaule en s'éloignant.

— Cette fois.

Numéro 4 de l'avenue

13 août 1976

— Je veux aller à l'hôpital.

Je le répétais à mon père et à ma mère, à Mrs Morton, et même à la nuit tous les soirs, tandis que je cherchais le sommeil.

Personne ne me répondait. Les adultes se contentaient de sourire ou de m'enlacer, comme si je n'avais pas prononcé une vraie phrase. Parfois, ils essayaient de me distraire avec des bonbons ou des magazines, et à chaque fois que mon père parlait ça commençait par *et si*.

Et si on regardait la télévision ?

Et si on allait au parc ?

Et si on jouait au Monopoly, Grace ? Tu peux m'apprendre.

Je ne voulais rien faire de tout cela, je voulais juste voir Tilly.

Ma mère faisait le tour des pièces, clôturant son inquiétude dans la périphérie de la maison. Elle tentait de la dissimuler derrière de grands yeux brillants et un sourire tellement crispé et malhonnête que je n'étais pas sûre de pouvoir y croire encore un jour.

Mrs Morton passait souvent. Elle s'asseyait dans la cuisine avec mes parents, buvait du thé et mangeait des biscuits. Je ne savais pas trop pourquoi je ne l'avais jamais remarqué, mais pendant que j'avais le dos tourné Mrs Morton était devenue vieille. Ça devait être pendant que je dînais ou que je lisais, ou quand je regardais la télévision, mais je voyais bien qu'elle avait changé. Son visage était enlisé dans des plis et sa mâchoire se disputait avec elle-même quand elle mangeait.

Je décidai de les affronter en face, alors qu'ils étaient tous les trois dans la cuisine, échangeant des mots éteints.

Je m'arrêtai dans l'encadrement de la porte, et leurs voix se turent. Ma mère tapissa un sourire sur ses lèvres et Mrs Morton tenta de dissimuler son regard triste.

— Je veux aller à l'hôpital, déclarai-je.

Mon père se leva.

— Et si on te trouvait quelque chose à manger ? Un bol d'Angel Delight, ça te dirait ? Ou des chips ?

— Je veux aller à l'hôpital, répétai-je.

Mon père se rassit.

— Ce n'est pas un endroit pour les enfants, répondit ma mère en étirant encore davantage son sourire.

— Tilly est à l'hôpital. Et Tilly est une petite fille.

Mon père se pencha en avant.

— Tilly ne se sent pas bien du tout, Grace. Il faut qu'elle y reste jusqu'à ce qu'elle aille mieux.

Je vis ma mère regarder mon père.

— Elle a déjà été à l'hôpital. Les infirmières avaient des guirlandes dans les cheveux. Elle a guéri.

Je sentis une boule de larmes me boucher la gorge.

— Elle est rentrée à la maison.

— Je crois qu'on devrait laisser les médecins et les infirmières s'occuper d'elle.

Ma mère pesa ses mots avant d'ajouter :

— Il faut qu'ils comprennent quel est le problème.

— Il y a quelque chose qui ne va pas avec son sang.

Je savais que ma voix montait, parce que Remington vint s'asseoir à mes pieds.

— On doit leur dire. Peut-être qu'ils ne sont pas au courant.

— Si, ils le savent, Grace, répondit Mrs Morton. Ils cherchent juste un moyen de l'aider.

Je les fixai tous les trois, et ils me rendirent mon regard, comme un mur de grandes personnes.

— Je veux aller à l'hôpital. C'est mon amie, et j'ai un cadeau pour elle. Si votre amie était à l'hôpital, vous voudriez aussi aller la voir.

Mrs Morton reposa sa tasse sur sa soucoupe très lentement et leva les yeux vers mes parents.

— Je crois que parfois il vaut mieux que les enfants voient par eux-mêmes. Sinon, ils comblent les trous avec toutes sortes de choses.

Mon père hocha la tête et se tourna vers ma mère.

Tous les regards convergèrent vers elle.

— Très bien, capitula-t-elle au bout d'un moment. Ne faites pas attention à moi. Faites ce qui vous semble le mieux.

— Très bien, répéta mon père. Allons-y.

Ma mère eut l'air déçue. Elle avait l'habitude que ses mots soient accompagnés d'une traduction.

La Gouttière

13 août 1976

— Le courrier !

Keithie jeta une pile de lettres sur les genoux de Sheila Dakin et son vélo disparut derrière les garages.

— Bon Dieu, Keithie.

Sur sa chaise longue, Sheila ouvrit les yeux et se pencha en avant.

— Si tu continues, je vais avoir une attaque.

Il y avait une enveloppe blanche, tapée à la machine, intéressante. Sheila la prit et laissa les lettres marron tomber dans l'herbe. Brian se pencha pour les ramasser.

— Te fais pas de bile, Brian, fit Sheila. Si je les perds, la compagnie d'électricité aura la gentillesse de m'en renvoyer.

Elle regarda les chaises longues vides.

— C'est calme, hein ?

Brian se rassit.

— Harold est parti, lança-t-il. Il dit qu'il n'est même plus sûr que ce soit Jésus. Qu'on s'est probablement raconté des histoires.

Sheila examina Jésus, les yeux plissés.

— Où sont passés tous les autres ?

— Dorothy est venue il y a un moment, mais elle a

déclaré qu'elle était trop inquiète pour Tilly et qu'elle n'avait plus la force de rester avec Jésus. Elle est allée s'allonger.

— Des nouvelles ?

Brian secoua la tête et regarda ses pieds.

— Pauvre gosse.

Sheila se redressa et posa les jambes sur le pneu, qu'elle avait converti en repose-pieds.

— Ça me brise le cœur, vraiment. Tu comprendras quand tu auras des enfants.

— Y a peu de chances que ça arrive.

Le rire de Brian n'atteignit pas ses yeux.

Sheila le regarda. Maigre, hésitant, un homme qui ne s'était jamais dépouillé du malaise de l'adolescence. Même Keithie avait plus d'assurance.

— Tu ferais bien de quitter le numéro 2 avant qu'il ne soit trop tard. Lâche les jupes de ta mère, Brian.

— Ça non plus, c'est pas demain la veille. Elle a tout fait pour que j'y arrive jamais.

Sheila secoua la tête et regarda l'enveloppe.

— Je crois que ça vient du conseil du lotissement, dit-elle. Pour du bénévolat. Margaret a dit que ça me plairait.

Elle la tendit à Brian.

— Lis-la-moi, tu veux. Je n'ai pas pris mes lunettes.

L'enveloppe lui resta dans la main.

Elle le regarda.

— Brian ?

— Tu n'es pas obligée de la lire maintenant. Elle ne va pas disparaître, si ? Tu n'as qu'à la lire plus tard.

— Mais je veux savoir ce qu'ils disent, insista-t-elle en tendant un peu plus le bras. Je veux savoir s'ils veulent de moi.

Il la regarda.

— Je ne peux pas, Sheila.

— Comment ça, tu ne peux pas ?

Elle vit la nuque, puis le visage de Brian s'empourprer.

Il fixa les chaises longues, la gouttière, ses pieds — tout sauf elle.

— Brian ?

— Je veux dire que je ne peux pas. Je n'en suis pas capable.

— Idiot, pourquoi tu n'as rien dit ?

Debout près de la gouttière, Brian fumait une des cigarettes de Sheila, même s'il était censé avoir arrêté et avait craché ses poumons sans pouvoir parler pendant dix minutes.

— Comment ? Comment est-ce que j'aurais pu dire ça aux gens ?

— Ils comprendraient, Brian.

— Ils comprendraient que je suis bête. Ils comprendraient que je suis débile.

— Tu n'es pas débile. Et tu dois bien savoir lire un peu ? Quelques mots ?

— Quelques-uns.

Il prit une autre bouffée de sa cigarette.

— Mais les lettres flottent sur la page et je ne peux pas les mettre dans le bon ordre. Elles se mélangent.

Il la regarda, et elle se rendit compte qu'elle ne l'avait pas quitté des yeux.

— Tu vois, même toi, tu ne comprends pas. Même toi, tu me trouves bête.

— Mais non, Brian.

Sheila vit sa frustration se transformer en colère.

— J'essaie de comprendre, vraiment.

— Margaret Creasy comprenait.

Brian prit une dernière bouffée de sa cigarette.

— Elle m'aidait.

— Comment ?

— Ce rendez-vous, expliqua-t-il. Elle m'apprenait à lire. Elle m'avait dit de prendre un livre à la bibliothèque. Quelque chose qui me tentait.

— Oh ! Brian.

Sheila posa la lettre et se leva.

— Pourquoi as-tu attendu aussi longtemps ? Pourquoi est-ce que tu ne nous en as pas parlé plus tôt ?

— C'est maman. Elle a dit que c'était pas grave.

Il fixa Sheila. Il avait un regard d'enfant, de ceux qui ne remettaient pas les ordres en question.

— Elle a dit que si j'avais besoin de lire quelque chose, elle serait toujours là pour le faire à ma place.

Il jeta la cigarette et la poussa dans les gravillons.

— De toute façon, comment est-ce que j'aurais pu en parler à quelqu'un ? Supporter une honte pareille ?

Brian commença à s'éloigner.

— Vous auriez tous pensé que j'étais bizarre.

Numéro 4 de l'avenue

15 août 1976

— Tu sais que tu ne pourras pas entrer dans la chambre ? demanda mon père.

Je lui répondis que oui, j'étais au courant, car on me l'avait déjà dit quatre fois.

— Parce qu'ils ne veulent pas que Tilly attrape un de tes microbes, expliqua-t-il. Il faut que tout soit très propre.

— Je suis propre.

— Super propre.

Il prit les clés de voiture.

Ma mère attendait dans l'embrasure de la porte en pianotant sur le bois.

— Allons-y, déclara-t-elle. Qu'on en finisse.

Je n'étais encore jamais allée à l'hôpital, sauf au moment de ma naissance, et je décidai que cela ne comptait pas vraiment. C'était un long bâtiment sinueux situé à la limite de la ville, et on voyait les endroits où d'autres bâtiments avaient été greffés au premier, à mesure que de plus en plus de gens se sentaient mal et qu'il fallait leur trouver de la place.

Nous fûmes obligés de nous garer loin de l'entrée et de traverser tout le parking. Ma mère, les bras croisés, s'était renfermée sur elle-même, et mon père avait enfoui ses pensées dans ses poches en même temps que ses mains. Quand nous arrivâmes enfin dans le couloir principal, nous n'avions aucune idée de la direction à prendre. À mon avis, en entrant dans un hôpital, on reconnaît tout de suite les gens qui y travaillent, parce que leurs chaussures ne font aucun bruit et qu'ils regardent toujours droit devant eux en marchant. Tous les autres regardent les panneaux à l'entrée des couloirs, montrent les plans et suivent les petites flèches peintes sur le sol.

— C'est par là, annonça mon père.

Nous traversâmes un immense hall plein de photos de fleurs et de chaussures silencieuses. La pédiatrie était au bout d'un couloir, avec un dessin de Tigrou à l'entrée.

— Alors ça, ça ne plaira pas du tout à Tilly, déclarai-je. Elle n'aime pas Tigrou. Elle le trouve trop bruyant.

Mon père parla à l'infirmière de l'accueil, qui me jeta un coup d'œil par-dessus l'épaule de mon père et glissa un sourire dans son hochement de tête.

Pendant qu'ils discutaient, je partis explorer la pièce. Je ne vis Tilly nulle part.

Je m'attendais à ce qu'il y ait plus de bruit chez les enfants. Je pensais qu'il y aurait des jeux, des feutres et des dessins animés. Je pensais qu'on entendrait des cris. Comme à l'école, mais avec des infirmières à la place des maîtresses. Il n'y avait rien de tout ça. Les enfants étaient allongés sur des matelas étroits, les chaises de leurs parents collées à leurs lits, et des mères s'étaient endormies sans lâcher la main de leurs nourrissons. Une seule petite fille était assise à une table, en train de peindre. Quand elle se tourna vers moi et me sourit, je vis un tuyau qui sortait de son nez et s'entortillait autour de son oreille.

Je retournai voir ma mère et je me cachai dans ses jambes.

Elle posa un bras autour de mon épaule, marmonna *je le savais* et fusilla du regard le dos de mon père.

***

L'infirmière nous fit prendre un autre couloir et passer devant d'autres dessins, des éviers géants et des piles de serviettes dans des cages en métal.

Je vis mon père regarder ma mère.

— C'est par là, annonça l'infirmière. La maman de Tilly vient d'aller à la cafétéria.

Je pressai le pas pour la rattraper.

— Je sais que j'ai pas le droit d'entrer, mais j'ai un cadeau pour Tilly, expliquai-je.

On s'arrêta devant une porte. Une pancarte disait LAVEZ-VOUS LES MAINS en majuscules agressives, comme si elle criait sur tout le monde.

— On ne peut rien faire entrer, répondit l'infirmière. Il y a un risque d'infection.

— Mais c'est important.

Mes mots semblaient trop grands et tremblants.

— Peut-être… Peut-être que vous pourriez le donner à Tilly quand elle ira mieux ? suggéra mon père.

L'infirmière le regarda.

— D'accord, concéda-t-elle sans le quitter des yeux. Faisons comme ça.

Je lui tendis mon cadeau et elle le glissa dans sa poche.

Il y avait une grande vitre à côté de la porte, avec un store ouvert. Elle était trop haute et mon père dut me soulever pour que je puisse regarder.

La pièce n'était pas éclairée, et au début je ne reconnus pas grand-chose. Je vis le bord d'un lit et le coin d'un évier, mais tout le reste disparaissait dans les ténèbres. Ce n'est que quand mes yeux s'habituèrent à l'obscurité, que les silhouettes commencèrent à se rassembler et à former une pièce, que je compris que je regardais Tilly.

Elle n'avait pas ses lunettes ni ses chouchous, et elle avait l'air pâle et minuscule. On aurait dit que le lit l'engloutissait. Sa tête était trop petite pour les oreillers et ses mains serraient les couvertures comme si elle faisait de son mieux pour ne pas lâcher le monde.

Même si elle avait les yeux fermés, je lui fis signe. J'agitai de plus en plus les mains, parce que j'avais l'impression que si je m'appliquais assez elle finirait bien par m'entendre et par ouvrir les yeux.

Je criai son nom.

— Arrête, Grace, me réprimanda mon père.

Je recommençai. Encore et encore.

— Réveille-toi, hurlai-je, réveille-toi, réveille-toi, réveille-toi !

— Grace !

Mon père me laissa glisser par terre.

— C'est un hôpital, il ne faut pas crier ! cria-t-il.

— Ce n'est pas Tilly. Si c'était Tilly, elle me reconnaîtrait et elle se réveillerait.

L'infirmière s'accroupit près de moi.

— Elle ne se sent pas bien du tout, Grace. Pour l'instant, elle n'est pas en état de se réveiller.

— Et qu'est-ce que t'en sais, toi ? vociférai-je.

Je me levai et je m'enfuis en courant. Je passai devant les dessins et les éviers et les serviettes, et mon père et ma mère me coururent après, et je sortis dans le couloir.

— Tilly ne peut pas disparaître, hurlai-je. Vous ne pouvez pas laisser Tilly disparaître !

Ma mère arrêta de courir. J'entendis sa voix résonner dans le couloir.

— Je t'avais bien dit que c'était une mauvaise idée, Derek, cria-t-elle. Merde, je te l'avais dit !

Toutes les chaussures silencieuses se retournèrent pour regarder.

La Gouttière

15 août 1976

Je m'assis sur les gravillons devant Jésus.

Une fois de retour à la maison, j'étais repartie tout de suite. Ma mère voulait que je reste, mais mon père déclara qu'il valait mieux *que ça sorte*.

Je ne sais pas ce qui était censé sortir, mais j'avais pensé que ça aiderait peut-être d'aller voir Jésus. Pourtant, ça faisait dix minutes que je Lui parlais et je ne voyais pas de différence.

Mr Forbes avait enlevé toutes les chaises longues, ainsi que la table pliante, et la seule trace de notre passage était la mule de Sheila Dakin contre le mur du garage.

Je fixai Jésus.

— Pourquoi fais-Tu disparaître Tilly ? demandai-je.

Il me rendit mon regard avec ses yeux en goudron.

— Je pensais que si je Te trouvais Tu veillerais sur tout le monde. Je pensais que si Tu étais là on pourrait tous rester chez nous.

Le soleil de l'après-midi escalada le côté du garage. Il roula sur Jésus et la gouttière, se hissa au sommet du mur et y trouva une araignée, qui planifiait, ourdissait et tissait sa toile.

Tilly adorait les araignées. Elle disait que c'étaient des

bêtes malignes, patientes et douces. Elle ne comprenait pas pourquoi tout le monde avait aussi peur d'elles, et j'aurais voulu la lui montrer. Mais Tilly n'était pas là.

J'étais seule avec un trou béant, à l'endroit qu'elle avait occupé dans ma vie.

Jésus se contenta de regarder sans rien dire. Il avait commencé à s'effacer sur les côtés, et Son visage s'effritait et tombait en miettes.

— S'il Te plaît, ne la laisse pas partir, suppliai-je.

Mais apparemment Jésus était comme tous les autres. Lui aussi aurait bien aimé disparaître.

Numéro 4 de l'avenue

17 août 1976

Nous étions assis dans le salon. Mes parents, moi et le bol d'Angel Delight que ma mère m'avait préparé.

— Tu n'en veux pas ? demanda-t-elle.

Je regardai par la fenêtre.

— Je n'ai pas très faim.

Je voyais Mrs Dakin sur sa chaise longue, Eric Lamb qui élaguait quelque chose dans son jardin, et Mrs Forbes qui errait sur les gravillons, un balai à la main. On aurait dit que rien n'avait changé, que le monde continuait comme si de rien n'était, même si une partie de lui s'éteignait.

— Et si on feuilletait le catalogue ? proposa ma mère. Ça te remonte toujours le moral.

Elle fit beaucoup d'efforts. Elle tourna les pages, montra les modèles en essayant de se moquer, et choisit des cadeaux imaginaires pour nous tous.

En tombant sur un de mes cercles verts, elle regarda mon père.

— Tu peux commander ces mules, Grace, si tu veux, dit-elle.

Je levai les yeux vers elle.

— On ne peut pas se le permettre, protestai-je. On est pauvres.

— On peut bien dépenser vingt-cinq pence par semaine en quarante-huit versements faciles.

Elle me serra l'épaule et désigna les lignes vertes.

Je regardai les mules.

— En fait, je crois que ça ne m'irait pas, répondis-je. Je préfère garder mes sandales.

Ma mère écarta les mèches qui me tombaient dans les yeux et me fit un grand sourire.

— C'est une voiture de police, annonça mon père.

Nous avions entendu un moteur toussoter et des portières claquer, et mon père était allé se renseigner à la fenêtre.

— L'inspecteur Hislop et l'autre flic, ajouta-t-il. Comment s'appelle-t-il ?

— Green ? suggéra ma mère.

— C'est ça. Green.

Ma mère leva les yeux.

— Tu crois qu'ils ont trouvé Margaret ?

— Je ne sais pas.

Mon père écarta un peu plus le rideau.

— Mais tout le monde est dehors.

Ma mère se leva tellement vite que le catalogue Kays tomba sur le tapis.

Le temps qu'on sorte, l'inspecteur Hislop était encerclé.

Tout le monde le bombardait de questions, Mr Forbes et May Roper, Petit Brian dans sa veste en plastique, et Dorothy Forbes qui agitait les bras, de plus en plus hystérique. Mr Green tentait de calmer les gens, et l'inspecteur Hislop, les bras tendus, refusait d'ouvrir les yeux tant qu'ils ne la boucleraient pas. Mr et Mrs Kapoor assistaient à la scène depuis le pas de leur porte, l'air éberlué.

— Je dois parler à Mr Creasy, si vous voulez bien me laisser passer, déclara l'inspecteur Hislop.

Il essaya de se diriger vers le numéro 8, mais la foule se déplaça avec lui, comme un lac de curiosité.

John Creasy attendait au bord du trottoir. Il était le seul à ne pas piper mot.

— Quoi que vous ayez à m'annoncer, vous pouvez me le dire ici, devant tout le monde, déclara-t-il.

Ses mots semblèrent avoir beaucoup plus d'effet que ceux des deux policiers. La foule se tut.

L'inspecteur nous dévisagea à tour de rôle. Il se tourna vers son collègue, qui haussa les épaules et sortit un carnet de sa poche de poitrine.

— Très bien, concéda-t-il.

Il s'interrompit un instant et tout le monde retint son souffle.

— Je suis venu vous dire que votre épouse s'est rendue dans un commissariat pour confirmer qu'elle est saine et sauve.

Les voisins se remirent à respirer tous en même temps, même si on aurait dit qu'ils s'apprêtaient à plonger en apnée.

— Je le savais, affirma Mr Creasy. Je vous l'avais bien dit, hein ? Je vous avais dit qu'elle n'était pas morte.

Personne ne répondit. Les visages étaient silencieux, mais derrière moi je crus entendre quelqu'un dire *oh mon Dieu*.

— Où était-elle ? demanda John Creasy. Elle vous a dit pourquoi elle était partie ?

— Il me semble qu'elle a dit qu'elle avait eu besoin de réfléchir à pas mal de choses, répondit l'inspecteur Hislop. Elle a utilisé une de ces expressions modernes que les femmes ont l'air d'adorer ces temps-ci. Qu'est-ce que c'était, déjà ?

Green étudia son carnet.

— Elle a déclaré qu'il fallait qu'elle *fasse le point*, inspecteur.

— C'est ça.

L'inspecteur secoua la tête.

— Qu'elle fasse le point.

Cette fois-ci, j'étais certaine d'avoir entendu un *oh mon Dieu.*

— Oh ! et elle nous a demandé de vous donner ça.

Green tendit une enveloppe à Mr Creasy.

L'inspecteur regarda la foule.

— Elle a dit que tout le monde comprendrait.

John Creasy contempla l'enveloppe et nous l'imitâmes. L'inspecteur Hislop et Mr Green retournèrent vers la voiture de police.

— Est-ce qu'elle rentre à la maison ? cria Mr Creasy. Elle vous l'a dit ?

— Oh ! je crois bien que oui, monsieur.

L'inspecteur ouvrit la portière arrière et se glissa lourdement à l'intérieur.

Green alluma le contact et l'inspecteur Hislop baissa la vitre pour nous regarder l'un après l'autre.

— Mais elle compte commencer par passer au commissariat, lâcha-t-il.

Nous regardâmes la voiture de police descendre l'avenue et disparaître au coin de la rue. Il régnait un silence si absolu qu'on entendit le moteur s'éloigner pendant une éternité.

Mr Creasy tenait toujours la lettre à bout de bras.

— Tu ne l'ouvres pas, John ? demanda Mr Forbes.

Mr Creasy retourna l'enveloppe.

— Il y a marqué « L'Avenue », dit-il.

— Alors c'est pour nous tous ? s'enquit Sheila Dakin.

Mr Creasy acquiesça. Il déchira l'enveloppe et en sortit un bout de papier. Après l'avoir lu, il leva les yeux, fronça les sourcils et le relut.

— Alors ? le pressa Sheila. Qu'est-ce que ça raconte ?

— Je ne comprends pas.

Il y jeta un nouveau coup d'œil.

— Accouche, nom de Dieu, s'énerva Harold.

John Creasy s'éclaircit la gorge et lut :

— Matthieu, chapitre VII, versets 1 à 3.

On attendit.

— C'est tout ? s'étonna Sheila Dakin.

— Qu'est-ce que c'est que ce bazar ?

Mr Forbes leva les bras au ciel.

— Elle est devenue complètement timbrée ou quoi ?

Mrs Forbes et Mrs Roper échangèrent un regard. Quand elles répondirent, ce fut d'une seule voix.

— *Ne jugez point, afin que vous ne soyez point jugés*, récitèrent-elles en chœur.

Numéro 12 de l'avenue

17 août 1976

Sheila Dakin ouvrit la porte du garde-manger à la volée et entreprit de vider les rayons.

— Maman ? Qu'est-ce que tu fais ?

Elle savait que la bouteille était finie, mais ça valait la peine de vérifier. Ça valait toujours la peine de vérifier. Parfois, elle ne savait plus où elle les avait mises. Il y avait toujours une chance.

Des coquillettes se répandirent sur le sol.

— Maman ?

Lisa était sur le pas de la porte, les cheveux enroulés dans une serviette.

— Je cherche quelque chose, Lisa.

Il y en avait peut-être une sous l'évier. Sheila se souvenait d'y avoir laissé quelque chose il y a quelque temps. Peut-être. Elle écarta Lisa et la planche à repasser.

— 28 °C, pesta-t-elle en désignant le thermomètre près de la fenêtre. 28 °C, merde. Comment est-ce qu'on est censés faire comme si de rien n'était quand il fait aussi chaud ?

Elle s'accroupit et fourra la main dans le placard. Des boîtes de cirage et des bouteilles de lave-vitre tombèrent comme des quilles.

— Mais qu'est-ce qui se passe, maman ?

Sheila jeta un coup d'œil par-dessus son épaule.

— Margaret Creasy rentre, voilà ce qui se passe.

— Ce n'est pas une bonne nouvelle ? s'étonna Lisa.

— Non, Lisa, ce n'est pas une bonne nouvelle. Pas du tout, fit Sheila en reportant son attention sur le placard. Parce qu'elle ne rentre pas seule, tu sais.

— Ah bon ?

— Non.

Une boîte d'encaustique roula sur le lino.

— Elle revient avec tous nos secrets. Elle en a des tonnes. Elle sait tout.

— Voilà. On est fichus.

Dorothy Forbes apparut à la porte, les bras levés au ciel, en faisant tournoyer son nuage de vêtements taupe d'un air hystérique.

— Oh mon Dieu, Dot. Il ne me manquait plus que ça.

Dorothy avait dû la suivre dans la rue.

— Je te préviens, Sheila. Je le dis depuis le début. Cette femme a tout compris. C'est l'apocalypse.

— Arrête ton mélo, Dot.

Sheila s'assit sur un chiffon.

— Il faut juste qu'on réfléchisse et qu'on se mette d'accord sur ce qu'on va dire.

— Je ne sais même plus ce que je suis censée raconter. À chaque fois que j'essaie d'y penser, je m'embrouille.

Lisa enleva la serviette de ses cheveux et les fixa toutes les deux.

— Vous êtes devenues complètement tarées, décréta-t-elle.

Elle tourna les talons, monta l'escalier en tapant des pieds et s'enferma dans sa chambre.

Sheila se leva en titubant et prit ses cigarettes. Quand elle se tourna vers Dorothy, celle-ci ramassait toutes les boîtes et les paquets tombés par terre et les remettait dans le placard.

— Tu vas arrêter de ranger chez les autres, Dot, oui ? Ça me rend dingue.

— Je ne peux pas m'en empêcher.

Dorothy tendit la main vers une bouteille de Javel qui avait roulé sous la table de la cuisine.

— C'est mes nerfs, expliqua-t-elle.

— Il faut qu'on reste calmes.

Sheila se mit à faire les cent pas sur le lino, sa cigarette au bec.

— Il faut qu'on recolle les morceaux. Qu'est-ce que tu as dit à Margaret ? Qu'est-ce que tu lui as raconté, *exactement* ?

Sheila attendit. Elle sentait son pouls dans sa gorge.

Dot la regarda en clignant des yeux.

— Dorothy ?

— Qu'est-ce que tu m'as demandé, déjà, Sheila ?

Le sang se mit à battre dans tout le corps de Sheila, retournant son estomac, compressant sa poitrine et martelant son crâne. Elle regarda Dot plier le torchon.

Dans ce sens-ci, puis dans celui-là. Des carrés de tissu, à l'envers puis à l'endroit.

— Tu vas arrêter de jouer avec ça, oui !

— Pardon, s'excusa Dorothy. C'est une habitude. Je ne m'en rends même pas compte.

Sheila prit une bouffée de sa cigarette.

— Ça se plie pas, ces trucs-là, de toute façon. D'après Walter Bishop, en tout cas. Ça favorise les germes.

Dorothy arrêta son manège et posa le torchon sur l'évier.

Sheila suivit le bout de tissu des yeux. La cuisine était plongée dans le silence, mais le tic-tac de l'horloge rythmait ses pensées. Elle fixa le torchon. Plié. Sur l'évier.

— Walter Bishop ne plie pas les torchons, dit-elle.

Dorothy cligna des yeux.

— Mais toi, si, Dot. N'est-ce pas ?

Pas de réponse.

— Dorothy ?

Dorothy Forbes regarda le torchon. Puis elle posa sur Sheila ses yeux très bleus écarquillés.

— Toute l'avenue voulait se débarrasser de lui, Sheila. Vous l'avez dit vous-mêmes. Ça rendait service à tout le monde.

Elle n'obtint pas de réponse. Pour la première fois de sa vie, Sheila Dakin resta sans voix.

Numéro 3, Clos des Sorbiers

17 août 1976

Mrs Morton reposa le combiné.

Elle avait espéré des nouvelles de Tilly, mais c'était May Roper, qui monopolisait une cabine téléphonique avec une pile de pièces de deux pence pour transmettre les dernières informations sur Margaret Creasy. Elle avait comme l'impression qu'elle n'était pas la seule sur sa liste.

Le lotissement avait toujours été comme ça. Un défilé de voisins, unis par l'ennui et la curiosité, qui se passaient le malheur des autres comme un colis. Cela avait été pareil à la mort d'Ernest. Et après l'enterrement.

Mrs Morton retourna dans le salon et se rassit dans son fauteuil avec son tricot, mais même si la laine l'attendait, enroulée autour des aiguilles au milieu d'un point, elle n'arrivait pas à s'y remettre. Elle se leva et replaça les coussins. Elle ouvrit un peu plus la fenêtre, éloigna le repose-pieds, en vain. Sa sérénité s'était envolée, remplacée par une vague de malaise. Elle ne savait pas si c'était dû aux halètements d'impatience de May Roper, ou à l'impression que ces derniers temps le passé semblait constamment envahir le présent, ou s'il y avait encore autre chose. Peut-être le sentiment d'avoir raté un élément important — un détail de cette journée qui attendait, tapi dans sa mémoire, qu'elle le retrouve et se souvienne.

7 novembre 1967

Il y a vingt-deux cartes sur le manteau de la cheminée. Beatrice Morton les recompte, même si elle sait que leur nombre n'a pas changé depuis trois heures. Elles s'étalent en diagonale entre les assiettes qu'elle a rapportées de Llandudno l'année dernière et leur photo de mariage, recollant les morceaux de sa vie avec de sincères condoléances.

Elle a laissé d'autres cartes sur la table de la cuisine, plus quelques-unes près du téléphone dans l'entrée, mais elle n'a pas le cœur de les ouvrir. Elles disent toutes la même chose, encore et encore, un flux infini de cascades éloquentes noyées dans les profonds regrets. Le choix d'une carte en dit long sur la personnalité de l'expéditeur. Il y a celles qui ne prennent pas de risques, les lys et les papillons, avec des messages directs aux textes simples. Celles qui suggèrent qu'une force mystérieuse est à l'œuvre, les couchers de soleil, les arcs-en-ciel et les chaînes de montagnes aux intrigantes formations rocheuses. Et, bien sûr, les cartes religieuses — celles qui laissent entendre que vous souffrez pour une très bonne raison, qui vous expliquent que le Seigneur supervise votre malheur, en lettres d'or calligraphiées, parce qu'apparemment Dieu ne s'exprime que dans des polices tarabiscotées.

Invoque-Moi au jour de ta détresse, Je te délivrerai, disait l'une d'elles.

Beatrice Morton doute d'être délivrée un jour — non de la tristesse et du désespoir mais de la honte.

Elle a tiré les rideaux, mais le faible soleil de novembre traverse le tissu et dissipe les ombres. Cela fait deux semaines que la maison est suspendue entre perte et résignation.

Elle a fermé les rideaux dès le départ du policier, en le regardant descendre l'allée. Un jeune homme timide, qui ne semblait pas certain de la marche à suivre quand il s'agit d'informer une veuve que feu son mari a pris une passagère quelque part entre le pont de Chiswick et l'aire de Reading. Elle aurait voulu lui faciliter la tâche, lui dire qu'elle connaissait l'existence de la passagère depuis longtemps, qu'elle vivait dans son ombre depuis quinze ans et avait fourni d'immenses efforts pour construire sa vie autour d'elle. Elle aurait voulu proposer au policier une autre tasse de thé et lisser la conversation pour qu'ils puissent laisser leur malaise derrière eux. Mais le policier avait un inventaire à finir, une liste à rayer avant de pouvoir quitter la tasse à laquelle il n'avait pas touché et le bord du fauteuil.

Mais Ernest n'aime pas les New Seekers, avait-elle protesté, cherchant une faille logique qui puisse le ressusciter.

Après avoir toussoté plusieurs fois, le policier avait expliqué que la passagère avait survécu. À cet instant précis, elle était d'ailleurs en train de tout raconter à un de ses collègues aux urgences du Royal Berkshire Hospital, en sirotant un thé dans un gobelet en plastique.

Je suis désolé, avait-il dit, même si Mrs Morton ne savait pas trop s'il s'excusait parce que son mari était mort ou parce que la maîtresse de celui-ci avait survécu.

En le regardant partir, elle savait. Elle savait qu'il raconterait tout à sa femme le soir même, qu'il se renfoncerait dans son siège et mâchonnerait les détails de sa vie en même temps que son dîner. Et le lendemain sa femme irait chez la coiffeuse, lui ferait promettre de garder le secret, et la coiffeuse, tout en calant un peigne entre ses dents et en tirant des mèches autour de bigoudis en plastique bleu, se demanderait déjà qui aurait l'honneur d'entendre en premier ce potin croustillant. Et tout le monde découvrirait sans peine le secret que Mrs Morton avait eu tant de mal à dissimuler.

Le soleil brûlant se pose sur l'appui de la fenêtre et répand l'odeur des plantes en décomposition dans la pièce. La mort d'Ernest s'est emparée de la maison. Il y a des fleurs tapies un peu partout, dans des vases, des pots de confiture et des cruches en faïence. Leurs feuilles grignotées ne sont plus que de frêles squelettes et leurs pétales se rassemblent en petits groupes solennels sur le tapis. Elle devrait vraiment s'en occuper, évacuer l'eau croupie qui diffuse dans l'air sa lente pourriture, mais elle n'a pas l'énergie de tout nettoyer et de repartir à zéro. On lui avait imposé tout ce bazar sans lui demander son avis.

Les fleurs étaient posées sur le pas de la porte, ou livrées par une aimable jeune femme dans une camionnette rouge. Personne n'était entré. Trois jours après l'accident, Sheila et May s'étaient bien aventurées jusqu'à la porte, mues par la curiosité et une demi-bouteille de sherry, mais même elles avaient disparu en découvrant que le veuvage portait un gilet beige et ne disait presque rien. En tout cas, il ne parlait pas de maris morts — ni de leurs maîtresses. Elles voulaient savoir comment elle allait *étant donné les circonstances*, mais ces circonstances, Mrs Morton ne pouvait même pas les évoquer quand elle était seule, et encore moins en compagnie des sourcils pleins d'espoir de Sheila et du larynx de May qui montait et descendait dans les plis de sa gorge.

L'enterrement avait nourri les vautours à sa place. Un vrai festin. Il avait étalé sa sottise aux yeux de tous, déroulant chaque fil de souffrance, chaque mot trompeur, et, quoi qu'elle fasse à l'avenir, Beatrice sait que ses choix auront toujours pour arrière-plan sa propre stupidité. Elle ne s'était pas retournée quand les sanglots avaient commencé. Elle regardait droit devant elle depuis quinze ans, elle n'allait pas détourner les yeux maintenant.

Elle doit aller faire les courses, mais chaque incursion dans le monde extérieur lui est pénible. Elle prend le trottoir le moins encombré, au moment le plus calme de la journée, mais elle a toujours l'impression d'être un objet de curiosité, une bête de foire. Elle sait que sa présence dans la rue allumera les conversations comme une guirlande lumineuse. Dès qu'elle sera hors de portée, ils commenceront à disséquer son malheur et son ridicule et à se le distribuer comme des petits-fours.

Elle va de boutique en boutique, aussi discrètement que possible, comme une proie.

Les mains de la marchande de primeurs se referment autour des siennes.

— Et comment vous sentez-vous ? demande-t-elle en penchant la tête et en fronçant les sourcils, comme si sa cliente était une énigme à résoudre.

— Je sens que j'ai envie d'une livre de tomates et d'un beau chou, rétorque Mrs Morton.

Elle ne sait pas très bien ce qu'elle ressent. Ou ce qu'elle devrait éprouver. Son état d'esprit est-il normal ? Approprié ? C'est la première fois qu'elle perd un mari. Une partie d'elle-même pense qu'elle devrait être plus émue, et chaque matin elle se prépare à une vague de chagrin qui n'arrive jamais. Au lieu de cela, elle a une impression désagréable de déviation. Comme si, dans le voyage qu'elle avait prévu, on l'avait forcée à prendre une direction différente. Elle ne sait pas si elle est choquée par la mort d'Ernest ou par la nécessité de revoir son itinéraire.

Mrs Morton traverse la rue principale pour prendre le trottoir où il y a le moins de magasins. Les regards la suivent quand même, mais elle les trouve plus supportables à quelques mètres de distance. De ce côté-ci se trouvent quelques banques, un coiffeur et une boutique de vêtements pour enfants. Les soldes ont commencé et des panneaux rouge et blanc l'interpellent à chaque vitrine.

— Beatrice !

Trop occupée à contempler *l'affaire du siècle* dans la boutique de chaussures, elle manque de percuter Dorothy Forbes.

— Comment vas-tu ?

Dorothy fait traîner les mots jusqu'à ce qu'ils remplissent le trottoir tout entier.

— Je me plains pas, marmonne-t-elle.

— Ah bon ? relève Dorothy sans cacher sa déception.

— Ça ne sert à rien, pas vrai ?

Mrs Morton essaie de sourire, mais elle ne sait pas si les veuves en ont le droit, si bien que sa tentative se transforme en une grimace étrange qui lui mange la moitié du visage.

— Oui, mais étant donné les circonstances…, suggère Dorothy.

La fin de la phrase flotte un moment avant de se dissoudre. Tout le monde parle des circonstances, mais personne ne veut dire de quoi il s'agit exactement.

Mrs Morton marmonne *excuse-moi* et tente de contourner le grand rabat à carreaux du cabas de Dorothy.

— C'était une belle cérémonie, déclare celle-ci en se déportant très légèrement vers la gauche. Dans l'ensemble.

Il y a une trace de rouge à lèvres abricot sur les incisives de Dorothy. Sa bouche débite les mots trop vite dans un nuage d'orange.

— Quelle sale affaire, entre le psaume 23 et l'orgue.

Elle est coincée — coincée entre les roues du cabas, l'entrée d'un magasin et la compassion abricot de Dorothy Forbes.

Choquant. Alarmant. Embarrassant, commente-t-elle.

— Si tu veux bien m'excuser…

— Tu la connaissais ?

— Je dois juste…
— Harold dit qu'elle n'est pas du coin.
— Il faut vraiment que…
— Elle devait être très proche d'Ernest ? Pour se mettre dans des états pareils ?
— J'ai besoin de quelque chose. Dans ce magasin.

Et elle se glisse à l'intérieur, enfermant les questions de l'autre côté, observant à travers la vitre la mine défaite de Dorothy, qui a l'air de plus en plus déçue.

C'est la boutique pour bébés.

Elle n'est jamais entrée. Ça sent la laine et les serviettes, une odeur propre, pure et innocente qui n'appartient qu'aux enfants. La fille derrière le comptoir lève les yeux et sourit. Elle est très jeune, sûrement trop pour avoir un bébé, mais Mrs Morton sait qu'elle a perdu la capacité d'évaluer l'âge des gens. Son baromètre s'est cassé avec le temps, seulement calibré par la perception opiniâtre qu'elle a d'elle-même. La fille retourne à ses pliages. Elle ne pose pas un regard intéressé sur Mrs Morton. Il n'y a pas d'examen ni d'opinion. Peut-être qu'elle est plongée dans ses pensées. Ou peut-être que les murmures n'ont pas encore traversé les couches et les langes.

Le regard de Mrs Morton se perd sur les étagères. Chacune offre du réconfort. Tout ici est pensé pour apaiser, envelopper ou bercer. Même les couleurs sont reposantes : bleu layette, rose poudré, abricot délicat. Une oasis contre le bruit des autres, une promesse que tout finit par passer ; un sentiment de sérénité glissé dans les châles et les patchworks, caché dans les plis silencieux des couvertures au crochet.

— Vous avez une jolie boutique, dit Mrs Morton.

C'est la première fois depuis deux semaines qu'elle parle d'autre chose que de la mort.

La fille lève les yeux et lui adresse un nouveau sourire.

— Elle est tellement paisible, ajoute sa cliente. Reposante.

La fille continue à plier. Elle range des édredons dans des sacs en plastique et l'emballage crisse doucement au rythme de ses gestes.

— C'est vrai, les bébés peuvent être très apaisants, tant qu'ils ne pleurent pas.

Un chaud accent irlandais enveloppe la phrase.

— Vous n'êtes pas d'ici ?

La fille sourit dans les plis. On voit qu'elle s'est entraînée.

— Non, je suis une étrangère.

— Je ne dirais pas ça.

La fille lève les yeux, le regard pétillant de malice.

— Mais si. Cette ville est toujours un peu troublée par tout ce qui sort de l'ordinaire. Elle ne digère pas bien la nouveauté.

— Eh bien, ce n'est pas faux.

Mrs Morton part explorer le rayon suivant. Il est rempli de pyramides de pelotes de laine et de rangées de patrons. Des patrons pour tous les vêtements de bébé possibles et imaginables.

— C'est pour ça que j'aime la compagnie des enfants, explique la fille. Ils vous voient, vous. Et pas ce que vous avez dans les poches.

Mrs Morton ne connaît pas beaucoup d'enfants. Il y a Lisa Dakin, bien sûr, mais elle passe ses journées à l'école, et elle se transforme en Sheila miniature. Grace Bennett doit avoir presque un an. Elle voit souvent la mère et la petite fille dans le quartier, et elles s'arrêtent pour faire un brin de causette, mais Sylvia a toujours l'air épuisé, comme si elle venait de se réveiller d'une sieste. Mrs Morton contemple les photos sur les patrons. Un chœur de bébés lui rend son regard. Des têtes rondes et lisses comme des œufs et de grands iris clairs où on ne lit que la candeur. Voilà ce dont elle a besoin. Des yeux sans verdict. Quelqu'un qui ne voit pas son fardeau. Peut-être qu'elle pourrait passer un peu de temps avec un être qui ne la considérerait pas comme une vieille pie, peut-être que cela lui permettrait de se rappeler qui elle était autrefois.

— Vous cherchiez quelque chose en particulier ? demande la fille. Un cadeau, peut-être ?

Mrs Morton reporte son attention sur les photos.

— Oui, c'est ça. Un cadeau.

— Pour un garçon ou une fille ? De quel âge ?

— Une fille. Elle a presque un an.

Mrs Morton se dirige vers le comptoir, passant devant des rayons qui respirent la sérénité.

— Elle s'appelle Grace.

Elle repart avec une peluche — un éléphant. Il a de grandes oreilles crème doublées de velours et des yeux de verre très solennels. Elle le fourre dans son sac, sous le chou et la livre de tomates, de crainte que quelqu'un ne le voie et se dise qu'elle a définitivement perdu la tête.

La clochette au-dessus de la porte tinte quand elle sort.

— Au revoir, Mrs Morton. Prenez soin de vous, dit la fille derrière le comptoir.

Elle fronce les sourcils et veut répondre, mais la vendeuse est déjà retournée à ses pliages.

Le lotissement somnole dans la tranquillité de l'heure du déjeuner. Mrs Morton ne croise personne. La solitude est une bénédiction qui lui permet de regarder devant elle, au lieu de fixer ses pieds sur le trottoir. Elle contemple les arbres aux couleurs de novembre qui s'agrippent à leurs dernières feuilles comme des mains d'enfants. Ce sont les tout derniers jours avant que les jupes de l'hiver ne plongent les soirées dans l'obscurité ; les nuages poudreux et les pelouses vert pomme n'ont plus que quelques jours de répit avant l'arrivée du gel.

L'avenue est plongée dans le silence, les fenêtres sont

muettes et impassibles. Les gens travaillent, mangent ou sont occupés ailleurs. Mrs Morton passe devant les maisons sans être dérangée. Dans le jardin de Sheila Dakin, les jouets de Lisa sont éparpillés sur l'herbe comme des fantassins blessés, et la brise fait claquer le loquet d'un portail indécis. De l'autre côté de la rue, l'allée de Dorothy et Harold est impeccable et silencieuse, les gravillons sont matés par un balai avant même le lever du jour.

Mrs Morton s'arrête juste devant chez Grace. Tout en nouant ses lacets, elle observe le reste de l'avenue. Elle se demande si on la regarde, si quelqu'un l'épie derrière une fenêtre sombre, mais chaque maison retient ses secrets sans rien laisser paraître, impassible.

La maison de Grace est un peu plus en retrait que celle de Dorothy. Elle comprend un petit gazon propret et des plates-bandes fleuries bien entretenues, mais à côté de celui des Forbes aucun jardin n'est à son avantage. Mrs Morton traverse l'emplacement où Derek gare sa voiture, passe devant les vitres opaques du garde-manger et de l'entrée, la rangée de plantes sur la fenêtre de la cuisine, et atteint la porte de derrière, dont la peinture est écaillée et couverte de cloques depuis l'été dernier.

La porte est entrouverte. Quand Mrs Morton frappe, elle s'ouvre un peu plus, et Mrs Morton voit les roues d'une poussette et les petites jambes robustes de Grace qui s'agite dans son siège.

— Bonjour !

Elle pousse un peu plus la porte.

— Bonjour ! répète-t-elle.

Elle entre.

La cuisine a capturé le soleil de début d'après-midi et sent la chaleur et les derniers repas. De l'eau goutte lentement d'un des robinets et frappe l'évier selon un tempo monotone, et des bribes de musique s'échappent d'une radio posée près de la fenêtre.

Grace est seule.

Quand elle voit Mrs Morton, elle éclate de rire, agite ses jambes et ses petits poings. Impossible de ne pas rire avec elle. Cela paraît si naturel. Grace semble comprendre qu'elle est drôle et gazouille de plus belle, sa petite bouille se plisse et ses bras s'agitent frénétiquement, jusqu'à ce que la poussette tout entière frissonne d'allégresse. Mrs Morton sent son dos se redresser et ses épaules se détendre, et elle est envahie par une vague de soulagement si puissante qu'elle en a le souffle coupé.

Elle va fermer le robinet.

Quand elle se retourne, Grace est penchée en avant et tente de rouler vers la porte ouverte.

— Qu'est-ce qu'il y a ? demande Mrs Morton. Tu veux regarder le jardin ?

Elle ouvre un peu plus la porte et pousse Grace dans une poche de soleil tremblant qui s'est installée sur le sol de la cuisine. Grace y serait bien, juste un instant.

Mrs Morton traverse le silence feutré de l'entrée, un peu effrayée par son intrusion dans la vie de quelqu'un d'autre. Le tic-tac de l'horloge souligne le vide du salon et du séjour, et elle s'arrête au pied de l'escalier, le cou tendu vers le palier. Elle tente un nouveau *bonjour*.

Rien.

Quand elle revient dans la cuisine, Grace se tortille sur son siège et agite ses poings potelés vers la porte ouverte. Elle tente d'expliquer ce qu'elle veut avec des babillements, des gargouillis, et des regards plus ou moins concentrés.

— Et si on attendait maman dans le jardin ? propose Mrs Morton.

Elle emmène Grace sur la terrasse, sous un cerisier dont les pétales ont été emportés par les brises d'été depuis longtemps. Un nuage de moineaux joue et sautille dans les branches, et Grace et Mrs Morton regardent les oiseaux bavarder, négocier et se faire des politesses.

— Tu vois, Grace ?

Mais, penchée vers l'allée qui longe la maison, la petite fille tend les mains vers le chat de Mrs Forbes.

— Whiskey ? Tu veux regarder Whiskey ?

Et elles suivent le chat dans l'allée, passent devant la rangée de plantes à la fenêtre de la cuisine et les vitres opaques de l'entrée et du garde-manger, traversent l'emplacement où le père de Grace gare sa voiture.

— On va juste au bout du jardin, tempère Mrs Morton. Et ensuite on fait demi-tour et on va attendre ta maman.

Le chat longe le mur en briques et les moineaux se chamaillent dans les branches du cerisier. Les roues de la poussette cahotent et tremblent sur le béton.

Au bout du jardin, elles s'arrêtent et regardent l'avenue déserte. À travers la petite fenêtre en plastique de la poussette, Mrs Morton voit Grace se tourner, se pencher et accorder la même attention à tout ce qu'elle voit : le bec jaune d'un merle, le bruissement des feuilles mortes, la courbe argentée d'un couvercle de poubelle. Elle les contemple tous avec la même solennité.

Mrs Morton jette un coup d'œil à la maison. Elle les attend avec une patience tranquille.

Dans quelques minutes, elle sera toujours là, inchangée.

— On va juste à la boîte aux lettres, dit Mrs Morton.

Mais la boîte aux lettres devient le bout de la rue ; et le bout de la rue, la caserne de pompiers ; et la caserne de pompiers, le portail du parc. Comme une bouée, les poignées de la poussette lui permettent de flotter au-dessus de la détresse et de la honte, et pendant quelques instants Mrs Morton s'autorise à imaginer ce qu'aurait pu être sa vie si elle avait eu sa bouée à elle. Elle ne pense pas à la marche. Elle ne remarque pas les arbres, les trottoirs ni les lampadaires. Ils restent tous à la périphérie de sa perception pendant qu'elle traverse le lotissement, longeant la vie des autres, les clôtures, les murs et les haies bien taillées. Au lieu de pas, son voyage est fait d'une série de réflexions. Une boule d'émotions, aussi dense qu'une bille, la pousse d'un endroit à l'autre.

Quand Mrs Morton y repense, ses choix les plus déterminants n'ont pas été conscients. Il s'agit d'une série de décisions anodines qui se succèdent machinalement. Ce n'est que quand elle s'arrête, se retourne et comprend qu'elle est arrivée quelque part que l'importance de ces arbitrages lui apparaît. Les peut-être, les une-autre-fois et les un-jour-bientôt s'empilent derrière elle et l'emprisonnent là où elle n'aurait jamais voulu aller. Chacun de ses choix fait désormais partie d'elle. Ils ont tissé sa personne, et, quand elle prend le temps de se regarder, elle découvre que sa nouvelle identité la fait suffoquer.

Arrivée au parc, Mrs Morton décide d'aller s'asseoir dans le kiosque, loin des symptômes de la fin de l'automne, de l'unique marchand de glaces et du tablier de feuilles à la surface d'une pataugeoire oubliée. Il y a des bancs pas loin, tous vides, sauf un au bout de l'allée, sur lequel un vieil homme somnole dans son journal tandis qu'un yorkshire découragé l'écoute ronfler. Pendant qu'elles se dirigent vers le kiosque, Mrs Morton se demande si Walter Bishop sera à sa place habituelle — assis sur un linge propre pour manger ses sandwichs tirés d'une boîte en plastique posée sur ses genoux tout en capturant des tranches de la vie des passants. Mais le kiosque n'est occupé que par un pigeon dont les grattements entre le paquet de chips de la veille et les gros titres du matin soulignent le passage du temps.

Mrs Morton tourne la poussette de Grace vers le banc et la fillette pose sur elle ses yeux bleus et humides.

— On va bientôt rentrer, annonce-t-elle. On va rentrer et voir où en est ta maman.

Grace esquisse un sourire qui illumine son visage entier.

— Mais on va commencer par s'asseoir un moment. Juste le temps de reprendre notre souffle.

Mrs Morton regarde Grace copier son expression, comme un miroir, la bouche tordue pour imiter ses mots, les yeux grands comme des soucoupes de dessin animé. Le bébé charme son public et, quand elle rit, Grace glousse et se trémousse, toute fière. Et Mrs Morton sent l'influence d'une force puissante, l'étincelle d'un commencement. C'est une nouvelle aube qu'elle n'a pas vue dans les arcs-en-ciel, les couchers de soleil et les formations rocheuses, pas plus que dans les pétales sur le tapis du salon. C'est un renouveau qu'on ne trouve pas dans les paroles creuses, ni dans les regards qui la suivent de l'autre côté de la route. Jusque-là, elle n'était même pas sûre qu'il soit possible, et maintenant qu'elle l'a découvert elle n'arrive pas à comprendre comment elle a pu le rater.

— Peut-être que ta maman voudra bien que je lui donne un coup de main de temps en temps ? Peut-être qu'on pourrait être amies, toi et moi ?

Le pigeon passe par-dessus la barrière du kiosque en agitant les ailes bruyamment, et Grace se retourne, alarmée.

— Ne t'inquiète pas.

Mrs Morton se penche en avant et referme les doigts de Grace sur les siens.

— Tant que tu seras avec moi, il ne t'arrivera jamais rien, parce que je veillerai sur toi comme un petit soldat de plomb.

Elles regardent les dernières lueurs de l'après-midi s'étendre sur le parc et souligner le gris des plates-bandes, là où s'étaient épanouies les strictes arabesques bleues, blanches et rouges choisies par le conseil du lotissement. Le soleil suit l'entrelacs des sentiers et les rangées de bancs vides, jusqu'à la mare, où il vacille et scintille à la surface de l'eau avant de se dissoudre dans le néant. Ce n'est que lorsque la lumière devient plus dense et qu'un orange profond envahit le parc que Mrs Morton se dit qu'il faudrait vraiment qu'elles y aillent. Elle se souvient de l'éléphant.

— Quand on rentrera à la maison, annonce-t-elle, j'aurai un petit cadeau pour toi. Mais avant il faudra que je vérifie que ça ne pose pas de problème. C'est plus poli de demander à ta maman d'abord.

Elle pousse Grace jusqu'à la mare, jusqu'au pont en bois tremblant et aux colonnes sombres des roseaux, mais le soleil rase les toits et commence à déboutonner le jour. Elle s'arrête, lève les yeux et fait demi-tour en direction du trottoir.

— Peut-être qu'on ferait mieux de prendre le chemin le plus court.

Elles ne croisent personne. De toute façon, Mrs Morton n'aurait rien remarqué. Elle est trop occupée à raconter à Grace ce qu'elles feront, où elles iront pour leur prochaine sortie. Au zoo, peut-être. Mais elle trouve cela cruel, alors elles pourraient peut-être plutôt visiter les jardins au bord de la rivière ou faire un pique-nique dans les bois à la périphérie de la ville. Quand Grace sera un peu plus grande, elles pourront même prendre le bus et aller passer un après-midi sur la côte. Est-ce que Grace a déjà vu la mer ? Ce serait une aventure pour toutes les deux. Quand Grace ira à l'école, elles auront moins de liberté, bien sûr, mais il restera toujours les week-ends et les longues vacances d'été. Il y aura toujours quelque chose à faire, à voir, une raison de se lever le matin.

Mrs Morton est toujours en train de parler quand elle arrive sur l'avenue. Elle explique à Grace qu'un ami de ses cousins possède un camping-car à Cromer, juste à côté du bord de mer. On peut regarder les mouettes plonger et remonter en flèche, portées par des rubans d'air salé, et les petites caravanes ressemblent à des bouts de papier éparpillés sur l'herbe au sommet des collines. Mrs Morton ne voit pas les gens massés dans la rue, ni le teint coquille d'œuf de la mère de Grace, ni le père de Grace assis sur le trottoir, les mains plaquées sur son crâne. Elle ne lève les yeux que quand elle entend le cri d'Eric Lamb.

— Tu l'as trouvée, tu l'as trouvée ! s'exclame-t-il.

Et c'est alors qu'elle voit la foule, et des visages déformés par la colère. Elle voit la voiture de Derek sur le trottoir, la portière grande ouverte ; Harold Forbes et Sheila Dakin, debout sur le trottoir, qui fixent le numéro 11, dont tous les rideaux sont tirés, comme si la maison fermait les yeux pour ne pas entendre les cris ; John Creasy qui se précipite vers elle ; Dorothy Forbes qui plie et déplie un torchon, les traits creusés par l'inquiétude. Le chaos règne. On dirait que quelqu'un a secoué tout le contenu de l'avenue avant de le renverser dans la rue.

Les visages sombres et rageurs s'élancent dans leur direction et Grace se met à pleurer. Sylvia se détache de la foule en titubant, les jambes coupées par le soulagement. Elle se laisse tomber devant la poussette et serre son enfant dans ses bras, chuchotant à son oreille. Les seuls sanglots que l'on entend sont ceux de Grace. Sylvia a l'air d'avoir déjà pleuré toutes les larmes de son corps.

— Où était-elle ?

Derek s'est posté devant Mrs Morton, les mains croisées sur le haut de sa tête. Elle cherche une lueur de méfiance dans ses yeux, mais il a l'air si soulagé que sa vue se brouille.

Elle regarde la foule. Elle serre les poings sur les poignées de la poussette.

— Je l'ai trouvée, déclare-t-elle.

Sylvia soulève Grace de son siège et la fillette se pelotonne contre sa mère. La poussette semble soudain trop légère, presque aérienne. Comme si elle risquait de dériver et de disparaître en emportant Mrs Morton.

— Où ? répète Derek. Où l'avez-vous trouvée ?

Elle le sent. Le choix crucial, qui tente de se dérober, de se dissimuler parmi les décisions anodines, de cacher son importance. Il se fraie un chemin jusqu'au premier plan, les poches lourdes de conséquences.

— Où était-elle, Beatrice ?

C'est Eric Lamb qui a pris le relais, mais tout le monde écoute. Ils attendent sa réponse, suspendus à ses lèvres.

Mrs Morton regarde le numéro 11. Les rideaux aveuglent toujours les fenêtres, mais derrière l'une d'elles, à l'étage, elle devine une silhouette.

— Au kiosque, déclare-t-elle sans quitter la fenêtre des yeux. Je l'ai trouvée au kiosque.

— Putain, j'en étais sûr.

Petit Brian se détache de la foule et fonce droit sur le 11. Il s'arrête près de chez Dorothy et Harold et ramasse une pierre dans le jardin de rocaille.

— Ce n'est pas une solution, crie Eric Lamb.

Mais ses mots n'ont pas le pouvoir de retenir Brian. Ivre de rage, il se jette sur la maison de Walter Bishop, le bras tendu, bouillonnant de colère.

Mrs Morton regarde les visages autour d'elle. Elle sent la satisfaction d'une soif interdite — une approbation secrète. Elle la reconnaît dans les souffles courts et les yeux écarquillés. Elle la voit sur les lèvres humides de Sheila Dakin, le poing serré de Derek, l'étincelle qui les parcourt tous, gagnant en puissance. Elle sait que cette pulsion a toujours été là, mais maintenant elle est libre de s'exprimer. Maintenant, elle peut se déchaîner.

L'impact de la pierre sur le verre retentit dans toute l'avenue. La fenêtre se fissure et se fend. Elle tient une fraction de seconde, puis tombe en un seul morceau et s'écrase sur le béton. C'est le genre de bruit qui fait bourdonner les oreilles et battre le pouls dans la gorge. Mais ce n'est pas tant le fracas que le silence qui suit qui est choquant.

— Pervers, hurle Brian. Putain de pervers !

Le vent soulève l'ourlet des rideaux. Ils se détachent de l'encadrement de la fenêtre et le tissu claque sur les briques, comme s'il essayait de fuir.

Ils suivent tous le spectacle, paralysés par l'idée que ce qu'ils viennent de voir pourrait ne pas avoir de conséquences.

Eric se place à quelques mètres de Petit Brian.

— Allez. Stop. Il y a d'autres réponses possibles.

Mrs Morton serre son gilet autour de ses épaules. Les contours du jour commencent à s'estomper et, à la lumière bleu-violet du crépuscule, le ciel au-dessus de leurs têtes semble meurtri. Derek lui prend la poussette et lui adresse un signe de tête. Et un sourire, bref mais encourageant.

Ses mains lui semblent très vides.

Sylvia porte toujours Grace, la tête du bébé calée contre sa poitrine.

— Comment pouvons-nous vous remercier pour l'immense service que vous nous avez rendu ? demande-t-elle.

Mrs Morton s'accroche à l'odeur aussi longtemps qu'elle le peut.

— C'est un beau bébé, répond-elle. Je pourrai peut-être passer encore du temps avec elle.

Sylvia se penche en avant et embrasse Mrs Morton sur la joue. La voilà, l'odeur. Celle de la pureté et de l'innocence.

Quand elle s'éloigne, ils sont toujours rassemblés autour du numéro 11 ; ils observent et patientent. Elle sent à nouveau un commencement, mais celui-ci est boiteux et plein d'appréhension. Elle ne veut pas tremper dans ce qui se prépare. Elle rentre sur les trottoirs vides, ployant sous le poids de ses courses, passant devant des fenêtres habitées par les vies entremêlées des autres. Ce sont les décisions anodines, celles qui se glissent dans le quotidien sans qu'on les remarque, celles qui couvrent leur importance d'un voile d'insignifiance. Ce sont elles qui nous tuent.

Elle pense à l'éléphant, enfoui sous les tomates et le chou. Grace ne s'en souviendra jamais. Elle grandira, ira à l'école et se fera des amis. Elle trouvera d'autres vies auxquelles se mêler et un jour, peut-être, elle tiendra un enfant dans ses bras, respirera la même odeur et sentira la même fascination, et elle comprendra qu'on a besoin de renaître. Grace ne se souviendra de rien.

Mais un éléphant, un éléphant n'oublie jamais.

La Gouttière

21 août 1976

Jésus ne ressemblait plus à rien, même si on plissait les yeux, si on s'accroupissait ou qu'on penchait la tête.

Je me demandai s'Il avait jamais été là. Les garages étaient redevenus des coquilles vides, tandis que la mare de pétrole et le pneu pourri étaient retombés dans le silence et l'oubli. Même les feuilles ne chuchotaient plus dans les coins.

Je me collai à la gouttière.

— C'était vraiment Toi ? murmurai-je.

Je serrai mes genoux contre ma poitrine et je tendis l'oreille.

Je l'entendis — quelques minutes après l'horaire prévu, mais c'était bien ça : le claquement des sandales de Tilly sur la route, plus lent et plus discret qu'avant. Mais il était là.

Elle apparut quelques secondes plus tard, tout sourires, coiffée de son suroît. Elle avait enlevé ses chouchous, mais ses cheveux avaient gardé la forme de ses couettes.

— Maman dit que je ne peux pas rester longtemps, annonça-t-elle.

Je lui fis de la place sur l'herbe et elle s'assit à côté de moi.

— Je croyais que tu n'en avais que pour dix minutes, m'étonnai-je.

— J'ai dû faire demi-tour, expliqua-t-elle en mettant la main dans sa poche. Je l'avais oublié.

Je regardai le galago.

— J'arrive pas à croire que tu te trimballes un Whimsy.

— Évidemment. Tu me l'as donné. C'est important.

Tilly retourna la figurine entre ses mains.

— Mais je croyais qu'ils ne pouvaient pas être séparés. Je pensais que c'était une paire.

— Effectivement.

Et je décidai que c'était vrai, après tout. Il suffit d'être deux à croire à la même chose pour former un groupe.

— Je réfléchissais, expliquai-je en me penchant en arrière. Je ne suis pas sûre que c'était vraiment Jésus, au final.

Tilly plissa les yeux et pencha la tête sur le côté.

— Peut-être pas, admit-elle. Mais on s'en fiche, non ?

— Comment ça ?

— Eh bien…

Tilly étendit les jambes au soleil.

— Peu importe que ce soit Jésus, Brian Clough ou juste une tache sur un mur de garage. Pendant un moment, ça nous a tous rassemblés, non ?

— Pendant un moment.

— C'est un signe, tu ne penses pas ?

— J'imagine.

— Et, après tout, Jésus est forcément dans la gouttière. Il y a toujours été.

Je me redressai un peu.

— Qu'est-ce que tu veux dire ?

— Dieu est partout, Grace. Tout le monde le sait.

Tilly fit de grands gestes avec les bras, j'éclatai de rire et je l'imitai.

Nous restâmes assises en silence. Sans que je sache pourquoi, tout avait changé. Au début, je ne comprenais pas ce qu'il se passait, mais j'avais l'impression que la journée avait viré de bord, comme si quelque chose avait disparu. Ce n'est que quand je regardai le ciel que je compris de quoi il s'agissait.

— Oh là là.

— Le soleil a disparu, s'étonna Tilly en levant également les yeux. Où est-ce qu'il est passé ?

Le ciel était d'un gris d'orage, noirâtre et colérique. Il s'assombrit sous nos yeux, se collant aux toits et faisant fuir le jour.

— Mais il fait toujours chaud, remarqua Tilly. Comment est-ce que c'est possible, vu qu'il n'y a pas de soleil ?

— C'est parce qu'il est toujours là.

Je désignai le vide.

— Il n'a pas disparu. Il ne peut pas disparaître comme ça. C'est impossible. Simplement, on ne le voit plus.

Nous y réfléchissions toujours quand je me souvins que le temps pressait.

— Dépêche, Tilly, il faut qu'on y aille. Il est presque l'heure.

— L'heure de quoi ?

— Du bus. Aujourd'hui, c'est le grand jour.

— Comment ça ?

Tilly tira sur son chapeau et épousseta les gravillons incrustés dans ses chaussettes.

— C'est le jour qu'on attendait tous. Celui où Mrs Creasy rentre à la maison.

L'avenue

21 août 1976

Quand on arriva au coin de la rue, tout le monde était rassemblé sur le trottoir.

Mr Forbes et son short, près de Clive. Dorothy Forbes, agrippée à son plumeau, et Sheila Dakin, qui l'observait les sourcils froncés. Petit Brian avec sa veste en plastique, flanqué de sa mère qui tenait un paquet de bonbons au citron ; et Eric Lamb, adossé au mur à côté d'eux. Ses bottes en caoutchouc avaient charrié de la boue depuis sa porte. Mes parents aussi étaient là. Je vérifiai qu'ils avaient l'air de s'inquiéter l'un pour l'autre, et je fus rassurée. Mon père avait posé une main sur l'épaule de ma mère et il se passait l'autre sur le visage. Je décidai que ce n'était pas grave si on était pauvres, parce que, tant qu'on s'inquiétait les uns pour les autres, tout irait toujours bien. Même Mrs Morton était là. Elle avait une expression distante bizarre, qui ne lui ressemblait pas du tout, et elle tenait une peluche. Je n'en étais pas sûre, mais on aurait dit un éléphant. Mr Creasy était planté en plein milieu. Les revers de sa veste de costume rebiquaient sur sa chemise, et le bouquet entre ses mains, à l'agonie, flétrissait dans la chaleur.

— Il est presque l'heure, annonçai-je en regardant ma montre.

***

On ne le remarqua pas tout de suite. Ce fut Petit Brian qui le vit en premier.

— Regardez ce chat, dit-il.

Tout le monde fixa le bout de l'avenue.

Dorothy Forbes en lâcha son plumeau.

— Whiskey ?

— Mince alors, commenta Mr Forbes. Après tout ce temps.

Le chat s'approcha à pas feutrés, faisant bien attention où il mettait les pattes, frôlant les clôtures et les murets. On aurait dit qu'il savait exactement où il allait.

Il s'arrêta près de Mrs Forbes et lui sauta dans les bras.

— Whiskey, répéta-t-elle en lui embrassant la tête. Tu n'as pas disparu, en fin de compte.

— Je vous l'avais bien dit, se rengorgea mon père. Je vous avais dit qu'il reviendrait.

Brian jeta un coup d'œil par-dessus l'épaule de sa mère.

— Ça faisait combien de temps qu'on ne l'avait plus revu, Dot ?

— Depuis la nuit de l'incendie, répondit Mrs Forbes. Hein, mon minet ?

Le chat ronronna, se frotta contre elle et entreprit de pétrir son gilet.

— Méchant taxi, qui t'a fait peur comme ça, gronda Mrs Forbes en lui rendant ses caresses.

Sheila Dakin l'observait en fronçant les sourcils.

— De quel taxi tu parles, Dot ?

— De celui qui a ramené Walter et sa mère, répondit Mrs Forbes sans cesser de caresser Whiskey et de le couvrir de baisers. Comme je l'ai dit à Margaret, ce n'est pas étonnant qu'il se soit enfui. Une grosse voiture comme ça, qui débarque au beau milieu de la nuit.

— Tu savais qu'elle était chez elle ? demanda Mrs Dakin.

Mrs Forbes sourit.

— Je me disais qu'ils devaient y être tous les deux.

La bouche de Mrs Dakin s'ouvrit, mais aucun mot ne voulut en sortir.

— C'est un miracle que tu le reconnaisses enfin, remarqua Brian.

Quand Mrs Forbes répondit, ce ne fut pas Brian qu'elle regarda mais Sheila Dakin.

— Mais c'est comme ça que ça marche, non ? On ne peut jamais oublier ce qu'on a vu. Même si on a perdu les photos, on peut aller chercher les images quand on en a besoin. Les souvenirs ne disparaissent que quand quelqu'un meurt. Ils sont dangereux. Ça vaut la peine de se le rappeler.

Et elle continua à fixer Mrs Dakin, même après avoir fini de parler.

Je regardai Tilly et je haussai les épaules, et Tilly me rendit mon regard et haussa les siennes en retour.

Nous entendîmes le bus arriver de très loin. Nous l'entendîmes traverser le lotissement, s'arrêter aux croisements puis redémarrer dans un sifflement de freins, toussoter et crachoter dans la chaleur. Le ciel devint de plus en plus sombre ; l'air, de plus en plus rare, et je vis Mr Forbes sortir un mouchoir de sa poche et s'essuyer le front.

— Elle est presque arrivée, déclara Mr Creasy.

Sheila Dakin alluma une cigarette, sans la fumer pour autant. Elle la garda simplement entre ses doigts, la laissant se transformer en une tourelle de cendres, tandis qu'elle contemplait Dorothy Forbes.

Nous surveillions tous le bout de l'avenue sans faire un geste quand il apparut au coin de la rue.

Walter Bishop.

Il tenait un parapluie et un manteau sur son bras, et, au

lieu de traîner les pieds et de fixer ses chaussures, il nous regarda droit dans les yeux en passant devant nos maisons.

— Eh bien, commenta-t-il en atteignant notre petit groupe. Un vrai comité d'accueil, hein ?

— Mrs Creasy rentre à la maison, expliquai-je.

— C'est ce que j'ai cru comprendre.

Il posa son chargement et caressa Whiskey entre les oreilles.

— On est tous très excités, ajouta Tilly.

— Je vois ça. Mais, pour des gens très excités, vous n'avez pas l'air ravis.

Il éclata de rire.

Je ne l'avais encore jamais entendu rire. Ça le transformait complètement.

Walter resta un instant immobile à regarder le ciel. Puis il ramassa son parapluie et son manteau et nous dévisagea l'un après l'autre.

Il y eut un silence — le genre de silence que seul Walter Bishop trouvait confortable.

Au bout de quelques minutes, il se tourna vers Mrs Forbes.

— À votre place, je mettrais ce chat à l'abri. On dirait bien qu'il va pleuvoir.

Un grondement retentit au loin. Au début, je crus qu'il s'agissait toujours du bus, puis je compris que non. C'était le tonnerre. Il rampait sur l'horizon et fendait le gris sombre du ciel. Tout d'abord bas et indifférent, il enfla en se mêlant au bruit du moteur jusqu'à ce que l'avenue tout entière se mette à gronder, et que chaque petite maison se mette à tanguer dans son jardin.

Les freins sifflèrent et le moteur cracha, et le bus s'immobilisa au bout de la rue.

C'est à ce moment-là que les premières gouttes s'écrasèrent sur le trottoir. D'abord, il n'y en eut que quelques-unes, qui frappèrent le béton comme si elles se jetaient sur nous, puis elles se firent de plus en plus nombreuses.

Elles se ruèrent vers nous, se serrant jusqu'à ce qu'il n'y ait plus d'intervalle entre les sons, rien que le crépitement ininterrompu de la pluie qui emportait la chaleur et la poussière, effaçant Jésus comme s'Il n'avait jamais été là.

Le bus attendait toujours. Nous l'observions.

Nous vîmes les chaussures de Mrs Creasy apparaître sur le marchepied.

— La voici, commenta Mr Creasy.

— Doux Jésus.

Je me retournai pour voir qui avait parlé. J'examinai chacun de leurs visages. Mr et Mrs Forbes, et Clive du British Legion. Petit Brian et sa mère, et Sheila Dakin, qui ne quittait pas Dorothy Forbes des yeux. Eric Lamb et mes parents, et Mrs Morton, qui s'accrochait toujours à l'éléphant.

Sous son parapluie, Walter Bishop contemplait tout le monde en même temps que moi.

Je savais que j'avais entendu les mots, mais je n'arrivais pas à savoir qui les avait prononcés.

Je me retournai pour attendre Mrs Creasy.

Ce n'était pas grave. Cela aurait pu être n'importe lequel d'entre eux.

Nous attendîmes au milieu de l'avenue. La pluie dégoulinait de nos cheveux et de nos nez, s'infiltrait à travers nos vêtements et nous trempait jusqu'aux os.

Je regardai Tilly, et elle me sourit sous son suroît.

Et je songeai que cela ressemblait à la fin de l'été.

Remerciements

Comme il serait impossible de citer tous ceux qui ont apporté leur soutien à *Mrs Creasy a disparu*, je voudrais simplement remercier du fond du cœur la communauté des auteurs dans son ensemble pour leur sollicitude et leurs encouragements extraordinaires, avec une mention spéciale pour Kerry Hudson et Tom Bromley. J'ai une immense dette envers mon agent fantastique, Sue Armstrong, et toute l'équipe de Conville & Walsh, ainsi que la charmante et très talentueuse Katie Espiner, et toute l'équipe de The Borough Press et de HarperCollins. Je remercie également le personnel du George Bryan Center de Tamworth et du service de psychiatrie de Radbourne à l'hôpital de Derby de m'avoir enseigné l'importance des histoires et de s'être soucié des boucs autant que des brebis. Enfin, merci à tous les patients que j'ai eu la chance de rencontrer. Nos chemins ne se sont peut-être croisés qu'un bref instant, mais votre courage, votre sagesse et votre sens de l'humour m'accompagneront toujours.

Composé et édité par HarperCollins France.

Achevé d'imprimer en septembre 2017.

BRODARD & TAUPIN

La Flèche
Dépôt légal : octobre 2017

Pour limiter l'empreinte environnementale de ses livres, HarperCollins France s'engage à n'utiliser que du papier fabriqué à partir de bois provenant de forêts gérées durablement et de manière responsable.

Imprimé en France